Michael Böckler hat sich als Krimiautor einen Namen gemacht. In seinen Romanen verknüpft er spannende Fälle mit touristischen und kulinarischen Informationen. Sein besonderer Fokus liegt dabei auf dem Wein. Er hat Kommunikationswissenschaft studiert, arbeitet als Journalist und lebt in München. Südtirol kennt er seit seiner Kindheit, bereist die Region auch heute noch regelmäßig – und natürlich liebt er die Südtiroler Weine. Im Rowohlt Taschenbuch Verlag erschien bereits «Tod oder Reben».

MICHAEL BÖCKLER

Mord in bester Lage

Ein Wein-Krimi
aus Südtirol

Rowohlt Taschenbuch Verlag

8. Auflage September 2023

Originalausgabe
Veröffentlicht im Rowohlt Taschenbuch Verlag,
Reinbek bei Hamburg, Oktober 2014
Copyright © 2014 by Rowohlt Verlag GmbH,
Reinbek bei Hamburg
Redaktion Arno Hoven
Umschlaggestaltung yellowfarm gmbh, Stefanie Freischem
(Abbildung: Rainer Mirau; Klaus-Gerhard Dumrath/mauritius images)
Satz Dorian PostScript, InDesign,
bei Pinkuin Satz und Datentechnik, Berlin
Druck und Bindung
CPI books GmbH, Leck
ISBN 978-3-499-26772-7

Prolog

Eigentlich hätte es ein schöner Tag werden können – damals vor über dreißig Jahren, inmitten der Weinberge rund um Eppan. Der Himmel war strahlend blau, und vom Mendelkamm strich eine schmeichelnde Brise über das weite Tal, in dem die Rebstöcke voller Trauben hingen. Im Osten konnte man hinter sanften Hügeln in weiter Ferne die schroffen Felszacken des Latemar erkennen. Südtirol wie aus dem Bilderbuch. Aber die Idylle trog. Jedenfalls für den schmächtigen Bub, der Josef hieß, aber von allen Seppi genannt wurde, der ein Waisenkind war, verschüchtert und verängstigt. Er lebte bei einer Familie in Sankt Pauls, die ihn nach dem Tod seiner Eltern aufgenommen hatte und es gut mit ihm meinte, aber nichts dagegen tun konnte, dass er von anderen Kindern gehänselt und drangsaliert wurde.

Heute waren seine Spielkameraden wieder besonders gemein zu ihm. Einer von ihnen hatte Seppi ein Bein gestellt und gleichzeitig fest gestoßen, weshalb nun sein Knie aufgeschürft und sein Hemd verschmutzt war. Als er abhauen wollte, weil ihm das keinen Spaß machte, ließen sie das nicht zu – sagten, dass alles nur Gaudi gewesen sei und es ihnen leid täte.

Der Bini boxte ihm freundschaftlich gegen den Oberarm. Er solle sich nicht so haben; er sei doch kein greinendes Mädchen, sondern ein Südtiroler Bua, der lernen müsse, was wegzustecken. Und so blieb Seppi bei den anderen. Wenig später half Lukas ihm über eine Mauer, dann rannten sie durch einen Weinberg und spielten zwischen den Rebzeilen «Fangsmandl».

«Ene, bene, subtrahene …» Schon war mit Bartl ein Fänger ausgewählt; die anderen stürmten davon und versuchten, sich hakenschlagend dem Abklatschen zu entziehen. Bartl nahm sich schließlich den Langsamsten in der Gruppe zum Ziel und brachte Seppi zur Strecke. Der war anschließend der neue Fänger. Und obwohl er sich nach Kräften mühte, schaffte er es nicht, jemanden zu fangen, nicht einmal Gerti, die als einziges Mädchen mitspielte. Die anderen lachten und neckten ihn. Seppi strauchelte, verhedderte sich mit dem Hemd in den Reben, rutschte aus – und blieb am Ende laut keuchend am Boden liegen.

Später zogen sie weiter, hinüber zu einem Hof, wo es Weinkeller gab, in denen sie gerne «Verstecken» spielten. Das war natürlich verboten. Sie waren dort auch schon mal erwischt worden, und danach hatte man ihnen die Ohren langgezogen. Aber genau das machte den besonderen Reiz aus. Seppi hingegen erinnerte sich noch allzu gut daran und wollte nicht mit.

«Feigling, Feigling …», riefen ihm die anderen zu. Widerstrebend ließ er sich überreden.

Sie schlichen sich in einen Keller mit großen Gärfässern aus Holz. Die standen derzeit leer, die nächste Weinlese war erst in einigen Wochen. Dann würde in diesen Fässern der Rotwein auf der Maische gären, Vernatsch zum Beispiel und Blauburgunder, und der Zucker im Most würde durch die Hefe zu Alkohol verwandelt: Es würde blubbern und schäumen, geruchloses, aber hinterhältiges Kohlenstoffdioxid entweichen; die Schalen würden aufsteigen und der sich dadurch bildende Tresterhut immer wieder nach unten gedrückt.

Aber noch war es nicht so weit. Die Gärfässer waren geschwefelt, damit sich kein Schimmel bilden konnte, und standen auf Steinblöcken. Dazwischen lagerten Holzgestelle, Leitern und Bretter, die benötigt wurden, um bei der Weingärung nach oben zu gelangen und den Tresterhut zu rühren und hinabzudrücken.

Für die Kinder war der verlassene Gärkeller ein idealer Abenteuerspielplatz mit zahlreichen Ecken und Winkeln, um sich zu verstecken. Das schummrige Licht und der hohle Klang im gemauerten Gewölbe ließen Seppi schaudern. Er war lieber draußen unter freiem Himmel und an der frischen Luft. Der leichte Schwefelgeruch erinnerte ihn an gruselige Geschichten vom Satan und vom Fegefeuer.

Er versteckte sich unter Schläuchen, war mucksmäuschenstill und traute sich kaum, zu schnaufen. Plötzlich wurde er an den Füßen gepackt. Bini zog ihn aus seinem Versteck. Seppi zitterte, obwohl es doch nur ein Spiel war.

«Angsthase, Angsthase», neckten ihn die Kinder.

Seppi war es egal. Er wollte nach Hause.

«Erst eine Mutprobe», forderte Bartl.

Gerti, die blonde Zöpfe und vor Aufregung gerötete Wangen hatte, klatschte in die Hände. «Au ja, eine Mutprobe!», rief sie.

«Dann darfst du heim», versprach Bartl und hielt dabei Seppi am Gürtel fest, damit er sich nicht davonmachen konnte.

Bini deutete grinsend auf die Klappe an einem Fass.

«Reinkriechen, reinkriechen!», rief Gerti.

Lukas ging zum Fass, das fast so hoch war wie zwei erwachsene Männer, gefertigt aus dem Holz der Kastanie und von zehn Stahlriemen umschlossen. Er öffnete die Verriegelung der Klappe, deren Zweck es war, nach der alkoholischen Gärung den Trester aus dem Fass zu holen. Auch konnte man durch die Öffnung hineingelangen, um es von innen zu reinigen.

Verzweifelt versuchte Seppi, sich zu befreien, er zappelte und schlug um sich. Aber Bartl war stärker und hatte ihn fest im Griff.

Aus dem Fass schlug ihnen der Geruch von Schwefel entgegen. Bini kam Bartl zu Hilfe und packte Seppi an den Beinen. Gemeinsam schafften sie es, ihn durch die Öffnung ins Fass zu schieben. Kaum hatten sie ihn losgelassen, setzte Lukas die Klappe vor die Öffnung und verriegelte sie. Von innen hämmerte Seppi dagegen; sie hörten ihn dumpf rufen und schreien.

«Das reicht, lassen wir ihn wieder frei», sagte Gerti, die plötzlich von Gewissensbissen geplagt wurde.

Bartl schüttelte feixend den Kopf. Er lehnte eine Leiter gegen das Fass und kletterte hinauf. Oben schob er den Deckel zur Seite und sah ins Fass hinab. Seppi hatte sich zusammengekauert und sah verängstigt zu ihm hoch.

«Hier geht's raus!», rief Bartl lachend. «Aber dafür bist du zu klein, Seppi, musst erst noch wachsen. Wir lassen dich jetzt ein bissel allein. Kannst über deine Sünden nachdenken.»

Seppi hustete und rieb sich die Augen.

«Und später lassen wir dich wieder raus. Dann hast du die Mutprobe bestanden und gehörst zu uns.»

Bartl stieg wieder hinunter zu seinen Freunden. Die Leiter ließ er am Fass gelehnt. Dann klatschten sie sich gegenseitig mit den Händen ab und verließen den Weinkeller. Seppi hatte aufgehört zu schreien. Leise zogen sie die schwere Holztür ins Schloss und machten sich auf den Heimweg.

*

Am Nachmittag begleitete Bini seinen Vater nach Bozen, Gerti hatte Strickunterricht bei ihrer Oma, Bartl und Lukas spielten Fußball. Und abends saßen alle brav beim Essen und sprachen das Tischgebet.

Währenddessen suchten Seppis Eltern nach ihrem Kind, das nicht ihr leibliches war. Sie fragten auch bei seinen Spielkameraden, aber die hielten dicht.

Spät am Abend stieg Lukas aus dem Fenster. Er traf sich mit Bartl vor der Pfarrkirche von Sankt Pauls, die so groß war, dass sie von Einheimischen «Dom auf dem Lande» genannt wurde. Die beiden Jungs hatten Taschenlampen dabei und machten sich auf den Weg. Im Weinkeller angelangt, wurde es ihnen unheimlich. Im Licht ihrer Lampen tauchten große Schatten an Wänden und Decken auf. Eine Maus huschte über den Kellerboden. Es roch nach Schwefel.

Bartl klopfte an das Fass. «Seppi, es ist vorbei!» Dann stieg er auf der Leiter nach oben.

Lukas öffnete die vordere Klappe. Er leuchtete mit der Taschenlampe ins Fass, Bartl gleichzeitig von oben.

«Wach auf!», rief Lukas. «Du darfst raus und heim in dein Kuschelbett.»

Seppi zeigte keine Bewegung. Er lag steif auf dem Rücken, die Arme waren weit zur Seite ausgestreckt.

Bartl, der von oben auf ihn heruntersah, schauderte. «Wie der Jesus am Kreuz», sagte er leise.

«Der rührt sich nimmer», stellte Lukas fest. «Ich glaub, der Seppi ist tot.»

«Scheiße», flüsterte Bartl.

«Kriech rein und schau, ob er keinen Schnaufer mehr tut.»

«Ich trau mich nicht. Der Seppi ist g'storben. Zu einer Leich' geh ich nicht hinein.»

Lukas holte eine lange Holzstange, führte sie durch die Öffnung und gab Seppi einen Schubs, erst leicht, dann fester.

«Nix, der rührt sich nicht», kam Bartls Stimme von oben. «Der Seppi ist tot.»

«Wir hab'n ihn um'bracht», flüsterte Lukas.

Bartl kam die Leiter hinunter und nahm seinen Freund in die Arme.

«Der hat sich selber um'bracht, der ist einfach g'storben», sagte er.

«Genau, wir hätt'n ihn ja wieder rausg'lassen.»

«Jetzt schwören wir bei allem, was uns heilig ist, dass wir keiner Menschenseele was davon sagen.»

«Ich schwöre, im Namen des Vaters und des Sohnes ...»

«Hör auf mit dem Schmarrn!», unterbrach Lukas seinen Freund.

«Wir haben nix g'macht. Wir sind unschuldig. Der verrückte Seppi hat sich da selber reing'legt. Wie der Jesus auf Golgatha. Da haben's ihn gekreuzigt, unseren Erlöser ...»

«Den Seppi?»

«Nein, den Jesus von Nazareth.»

«Lass uns abhauen!»

«Wir sagen keinem was, versprochen?»

«Versprochen!», bekräftigte Lukas.

Die beiden Burschen gaben sich feierlich die Hände.

«Und morgen früh reden wir gleich mit der Gerti und dem Bini, die müssen auch einschlagen.»

«Die machen das, die sind doch nicht blöd.»

«Wir schweigen in alle Ewigkeit!»

«In alle Ewigkeit, hoch und heilig!»

1

Emilio von Ritzfeld-Hechenstein stand in der kleinen Vinothek des Weingutes Pernhofer – nicht vor, sondern hinter der Theke. Der Baron war mit der Besitzerin befreundet und half ihr gelegentlich. Er tat das eher widerwillig, aber er mochte Phina. Außerdem bewohnte er ein Zimmer in ihrem Haus, ohne Miete zu zahlen, das verpflichtete ... irgendwie. Emilio verabschiedete gerade ein Ehepaar, das aus norddeutschen Landen ins wunderschöne Südtirol gereist war. Fast hätte er der Dame einen Handkuss gegeben, aus alter, lang zurückliegender Gewohnheit. Er lächelte charmant, wünschte den beiden einen erholsamen Urlaub und viel Vergnügen beim Genuss der gekauften Weine.

Emilio war stolz auf sich: Die Freundlichkeit, mit der er die Kunden soeben bedient hatte, entsprach überhaupt nicht seiner Wesensart. Aber er lernte dazu. Sogar bei Besuchern, die von Wein überhaupt keine Ahnung hatten. Woher er das wusste? Ganz einfach: Er hatte dem Ehepaar bei der vorangegangenen Weinverkostung einen Vernatsch eingeschenkt und behauptet, im Glas wäre ein Lagrein. Sie hatten ihm geglaubt, als er von der sortentypischen Säure und vom feinen Tannin erzählte, sie hatten zustimmend genickt, als er sie auf das Pflaumenaroma aufmerksam machte. Das war von ihm wirklich dreist gewesen. Schließlich war von all dem nichts wahrzunehmen gewesen, weder im Glas noch am Gaumen. Er hatte sich köstlich amüsiert. Wenn man etwas nicht verwechseln konnte, dann waren das Lagrein und Vernatsch. Schon die Farbe: tiefrot und dunkel versus hell- bis rubinrot. Nicht zu reden von den Aromen eines Lagrein: Waldfrüchte, Veilchen, im Abgang Bittermandeln … Na egal, die beiden Gäste waren ihm auf den Leim gegangen, hatten sich gefreut und waren beglückt von dannen gezogen. Was wollte man mehr? Phina wäre zufrieden.

Der Baron griff unter die Theke, holte eine kleine Flasche hervor und goss sich einen Goldmuskateller Passito ein. Der Süßwein rann wie Öl in sein Glas. Goldgelb die Farbe, in der Nase Muskatnuss, Pfirsich und gebratene Äpfel. Emilio dachte, dass er es hätte schlimmer treffen können, sowohl was den Wein betraf als auch hinsichtlich seiner aktuellen Lebenssituation. Zwar war er in privilegierten Verhältnissen aufgewachsen, auf einem Schloss im Rheingau, das seit Generationen seiner Familie gehört hatte – umgeben von Rebstöcken, erzogen auf einem englischen Internat. Doch dann hatte sich sein Vater das Leben genommen. Wie sich anschließend herausstellte, war die Familie bankrott und damit auch er selbst geld- und mittellos. Ein höchst unerfreulicher Zustand, an den er sich erst gewöhnen musste.

Nach Jahren der Irrungen und Wirrungen hatte er sich aus Gründen, die ihm selbst unerklärlich waren, für den Beruf des Privatdetektivs entschieden. Er war durch Zufall hineingestolpert und hatte gleich zu Beginn gute Erfolge erzielt. Sein Credo war, dass er nur arbeitete, wenn es unbedingt notwendig war – um seine Rechnungen zu bezahlen. Die restliche Zeit widmete er sich dem Müßiggang und seiner Leidenschaft: dem Wein. Er schloss die Augen und ließ den Goldmuskateller im Gaumen voll zur Entfaltung kommen. Weingenuss war auch eine Frage der Konzentration.

Auf den unerforschlichen Wegen, die das Schicksal für ihn bereithielt, war er in Südtirol gelandet. Emilio lächelte unwillkürlich, als er sich daran erinnerte, wie alles gekommen war. Eine alte Tante hatte einen Auftrag für ihn gehabt. Er hatte den Fall zu ihrer und zur allgemeinen Zufriedenheit gelöst, unter anderem einen Mörder überführt und schließlich das Honorar eingestrichen. Aufgrund der Presseartikel war er in Südtirol zu einiger Berühmtheit gelangt – und letzten Endes bei Phina hängen geblieben. Wieder musste er lächeln. Er dachte an einige Besonderheiten ihrer Beziehung. So wusste kaum einer, wie eng sie wirklich befreundet waren. Manchmal wussten sie es selbst nicht. Emilio hüstelte. Gott sei Dank fiel es ihnen immer wieder rechtzeitig ein.

Das Leben in Südtirol sagte ihm zu. Er hatte in relativ kurzer Zeit Wurzeln geschlagen; er mochte die Menschen, die Landschaft, das Wetter – und den Wein. Noch reichte das Honorar von seinem letzten Fall, sodass er nicht arbeiten musste. Er fühlte sich wie ein Privatier, was schon in seiner Jugend sein bevorzugter «Berufswunsch» gewesen war. Emilio wusste, dass dieser Status von vorübergehender Natur war, denn irgendwann würde er wieder pleite sein. Aber bis dahin wollte er keine Aufträge als Privatdetektiv annehmen. Die Arbeit konnte einem das schönste Leben versauen.

Emilio blickte zufällig durch ein rückwärtiges Fenster. Mit Schrecken sah er, dass sich ein Bus der Vinothek näherte. Es gab keine Anmeldung für eine Reisegruppe. Er reagierte unverzüglich. Rasch nahm er seinen Gehstock, den er aufgrund einer obskuren Beinverletzung, aber auch aus anderen Motiven immer bei sich führte. Er machte das Licht aus, schaffte es gerade noch, ins Freie zu treten und die große Glastür zu schließen – da rollte der Bus schon auf den gekiesten Vorplatz. Weil er sich nicht mehr verstecken konnte, rüttelte er an der Tür: Er tat so, als ob er hineinwollte, er klopfte gegen die Scheibe und begann zu schimpfen.

Ein Mann, der offensichtlich der Reiseleiter war, kam auf ihn zu. «Hat die Vinothek etwa geschlossen?», fragte er.

«Ja, ganz offensichtlich», bestätigte Emilio. «Das ist wirklich eine Unverschämtheit.» Er deutete auf ein Schild. «Hier stehen doch klipp und klar die Öffnungszeiten. Demnach müsste die Vinothek jetzt geöffnet sein.»

«Vielleicht kommt ja gleich jemand.» Der Reiseleiter beschloss, einen Moment zu warten.

«Dafür ist mir meine Zeit zu schade!», erwiderte Emilio empört.

Er eilte hinkend und leise schimpfend über den Hof zu seinem verbeulten Uralt-Landrover. Der Wagen sprang erfreulicherweise sofort an. Emilio trat die Flucht an. Er wusste nicht, wohin – aber Hauptsache weg.

Eine Reisegruppe hätte er nervlich nicht ertragen.

2

Der Artikel in der Südtiroler Tageszeitung *Dolomiten* war kurz, hatte keine reißerische Überschrift und vermied eine genaue Ortsangabe. Dennoch war klar, dass sich der Vorfall irgendwo an den Hängen der Mendel im Überetsch zugetragen hatte. Einheimische könnten auf Sankt Michael in Eppan tippen, wo ein Kreuzweg auf den Kalvarienberg mit der doppeltürmigen Gleifkirche führte, von der man einen herrlichen Blick ins Tal hatte. Hinter ihr befanden sich auf einem kleinen Hochplateau auf Kalk-Schotter-Böden gute Weinlagen, wie zum Beispiel Schulthaus. Irgendwo dort ließ sich wohl ein Platz finden, zu dem die Beschreibung passte. In dem Beitrag ging es um einen Felsen, der mit satanischen Symbolen beschmiert war, um ein Kreuz, das umgedreht an einem Baum hing, um die Zahl 666 und um ein Pentagramm. Auch hatte man abgebrannte Fackeln gefunden und einen Abendmahlkelch. Alles deutete darauf hin, dass hier zu nächtlicher Stunde eine schwarze Messe stattgefunden hatte. Ein Landrat äußerte sich in der Zeitung dahingehend, dass dies ein beleidigender Akt gegenüber allen Gläubigen sei, und forderte von den Gesetzeshütern rasche Aufklärung. Und falls Mitglieder einer satanischen Sekte dafür verantwortlich wären, müssten sie mit aller Härte bestraft werden.

*

Emilio legte die Zeitung zur Seite, in der er gerade den Artikel gelesen hatte. Er dachte darüber nach, dass das fünfzackige Pentagramm ein faszinierendes und mächtiges Symbol war, im Volksmund auch Drudenfuß oder Hexenstern genannt. Mit der Spitze nach unten war es ein okkultes Zeichen des Satanismus – ähnlich wie das umgedrehte Kreuz. Ihm fiel Goethes *Faust* ein, in dem ein Drudenfuß auf der Türschwelle den Teufel Mephistopheles daran hinderte, Fausts Studierzimmer zu verlassen.

«Gesteh ich's nur, dass ich hinaus spaziere», versuchte er, sich an die Zeilen zu erinnern. «Verbietet mir ein kleines Hindernis ... Das Pentagramma macht dir Pein ...»

Na ja, oder so ähnlich. Emilio stellte mit leichter Verärgerung fest, dass sein Gedächtnis schon mal besser gewesen war. Was bei genauerer Betrachtung nicht so schlimm war und seiner Lebensqualität keinen Abbruch tat. Nach dieser Erkenntnis bestellte er zum Tris aus Spinat-, Käse- und Rohnenknödeln ein Glas Vernatsch.

Baron Emilio von Ritzfeld-Hechenstein saß im Buschenschank Patscheider. Bei seiner «Flucht» vor dem Reisebus war er zunächst ohne Ziel losgefahren, hatte in Bozen eine Abzweigung verpasst, dann das Schild «Ritten» entdeckt und sich an diesen Gasthof in Signat erinnert. Das Wirtshaus hatte den besonderen Vorzug, dass es sich auf direktem Weg mit dem Auto erreichen ließ. Emilio konnte sich nur selten motivieren, auf «Wanderschaft» zu gehen, und sei es nur für kurze Wegstrecken. Er begründete dies mit seiner natürlichen Abscheu vor schwitzenden und schlecht angezogenen Rucksacktouristen sowie mit den alpinen Gefahren, die allgemein unterschätzt würden. Der Patscheiderhof der Familie Rottensteiner war unter diesen Gesichtspunkten perfekt: Emilio musste vom Parkplatz nur wenige Stufen hinuntergehen und konnte die gute Stube unter Vermeidung der Terrasse betreten. Weil schönes Wetter war, saßen alle anderen Gäste draußen in der Sonne. Sie erfreuten sich am Blick auf die Gipfel des Rosengartens und hinunter ins Eisacktal. Auf diese Weise hatte er die alte, ganz in Holz getäfelte Stube für sich allein. Besser konnte es nicht sein. Er hatte vor sich die Zeitung ausgebreitet und genoss die Ruhe.

Der Vernatsch war ehrlich und süffig, die Knödel zergingen auf der Zunge. Emilio schmunzelte, als er voller Ironie dachte: *Das Leben in den Bergen ist hart und entbehrungsreich.* Einmal mehr ging ihm durch den Kopf, dass er sich momentan nicht beklagen durfte. Er tat das ohnehin fast nie, da er sich im Laufe der Jahre und angesichts mancher Schicksalsschläge eine fatalistische Lebenseinstellung zugelegt hatte. Frei nach dem Motto: Erstens kommt es anders, und zweitens als man denkt. Aber man sollte nicht undankbar sein, weshalb man gelegentlich konstatieren durfte, dass es einem gutging, wenn dies tatsächlich der Fall war. Er hatte keine nennenswerten körperlichen Beschwerden, nur die üblichen Verschleißerscheinungen, die seinem Alter von vielleicht fünfzig geschuldet waren – sein genaues Geburtsdatum hatte er verdrängt. Dass er sich einst im Vollrausch beim Reinigen einer Waffe ins Bein geschossen hatte, machte sich zuweilen mit einem stechenden Schmerz bemerkbar, an den er sich aber gewöhnt hatte. Allerdings würde er nie verstehen, warum der Schmerz manchmal im anderen, im gesunden Bein auftrat. Und sonst? Mit Phina hatte er eine selbstbewusste Freundin, die in ihrem Weingut viel zu tun hatte – ihm also den nötigen Freiraum ließ. So gesehen war das eine geradezu ideale Beziehung. Auch in anderer Hinsicht … Emilio lächelte versonnen und nahm einen weiteren Schluck vom Vernatsch.

Kurz dachte er an seinen alten Landrover. Der Wagen sah aus, als ob er schon mal in den Nil gestürzt und danach in einen Bürgerkrieg geraten wäre, lief aber weitgehend pannenfrei. Die polternden Starrachsen störten ihn nicht.

Sein Blick fiel erneut auf den Vernatsch. Die Beschäftigung mit den Südtiroler Weinen war ein Projekt, das man über einen unbestimmten Zeitraum ausdehnen konnte. Das Leben zwischen dem Eisacktal und dem Vinschgau, rund um Bozen, Meran und entlang der Weinstraße von Eppan über Kaltern und Margreid bis hinunter zur Sprachgrenze an der Salurner Klause, entsprach seinem Naturell viel mehr, als er das zuvor erwartet hätte. Mittlerweile hatte er auch eine Erklärung dafür: In Südtirol kam die deutsch-österreichisch geprägte Mentalität quasi unter mediterranen Einfluss und vereinte sich mit italienischer Lebensart. Diese Mischung lag ihm gewissermaßen im Blut, denn seine leider längst verstorbene Mutter war gebürtige Italienerin gewesen.

Darauf führte er auch seine gelegentlich leichtsinnige Lebensweise zurück und seinen Hang zum *dolce far niente*, zum süßen Nichtstun. Der war unter den fleißigen Südtirolern nicht sehr ausgeprägt, auch Phina hatte dafür wenig Talent. Sie war andauernd geschäftig, kümmerte sich um ihre Weinberge, hatte Termine, fuhr auf ihrem Traktor herum, diskutierte mit ihrem Kellermeister oder präsentierte ihre Weine auf Messen, so wie heute. Phina würde erst am Abend aus Mailand zurückkommen. Ihm fiel ein, dass er versprochen hatte, etwas zu kochen. Vielleicht ein feines Radicchiorisotto? Oder Zanderfilet auf Salat? Dazu ein Fläschelchen Sauvignon aus der eigenen Kellerei?

Emilio sah auf die Uhr. Kein Grund, sich zu stressen. Er würde am Nachmittag gemütlich in Bozen einkaufen und anschließend noch Zeit für ein Nickerchen finden. Ein Leben ohne Kriminalfälle hatte zweifellos seine Vorzüge. Er hatte nichts aufzuklären, niemanden zu beschatten, es gab keine Leiche, nicht einmal eine betrogene Ehefrau mit Rachegelüsten – er hatte Zeit im Überfluss.

Es gab Philosophen, die hielten das für wahren Reichtum.

3

Der Mann hatte eine dunkelrote Mönchskutte aus einem schweren Baumwollstoff an, die Kapuze über den Kopf und tief ins Gesicht gezogen. Um den Hals trug er ein Lederband mit einem hölzernen Kreuz. Bruder Josephus hatte die Hände gefaltet und sprach leise ein Gebet. Er war nicht im Kloster, wo er viele Jahre seines Lebens verbracht hatte, sondern ganz allein bei sich zu Hause, wo er im Keller über einen geheimen Raum für die innere Einkehr verfügte. An den verrußten Wänden standen schwere Leuchter mit brennenden Altarkerzen, in der Luft hing ein merkwürdig süßlicher Geruch. Leise, wie aus weiter Ferne, drang von einer Schallplatte gregorianischer Gesang ans Ohr.

«Der Weihrauch steige auf zu dir», murmelte er, «und komme auf uns herab mit deinem Segen.»

Bruder Josephus schloss die Augen und hielt inne.

Dann fuhr er fort: «Satan, Herr der Hölle, unser Gott, du bist würdig und wahrhaftig. Ehre sei dir, in Ewigkeit. *Ave Satanas!*»

Er kniete sich nieder und küsste das Kreuz, das verkehrt herum an seinem Hals hing. Auf dem Boden war ein großes Pentagramm eingelassen. Im Flackern der Kerzen zeigte sich an der Wand die magische Zahl 666.

Josephus stand auf und verneigte sich. «Herr der Hölle, mächtiger und allwissender Gott der Finsternis, ich bitte dich um Rat. Erhöre mein Rufen und gib mir ein Zeichen.»

Er schlug die Kapuze zurück und wischte sich mit zittriger Hand über die schweißnasse Stirn. Josephus hatte ein hageres Gesicht mit markanten Wangenknochen. Der Kopf war kahl geschoren. Weil er alleine war, achtete er nicht auf sein Aussehen. Es machte nichts, dass er unsicher und verletzlich wirkte. In Gesellschaft verhielt er sich völlig anders, erst recht, wenn er als Hohepriester eine schwarze Messe zelebrierte. Da zeigte er ein fast dämonisches Selbstbewusstsein, da war er unnahbar und jederzeit Herr der Situation. Keiner wusste, wie es in seinem Inneren aussah. Wenn er in die rote Kutte schlüpfte, wurde er ein anderer Mensch.

Nachdem er vor einigen Jahren aus dem Kloster, in dem er fast sein ganzes bisheriges Leben verbracht hatte, ausgeschieden war, hatte er ein abgelegenes Haus im weiträumigen Gebiet von Eppan erworben – mit dem Geld aus einem überraschenden Erbe. Damit hatte er zwar ein Gelübde gebrochen und sich den Zorn des Abtes zugezogen, aber er hatte nie an der Richtigkeit seiner Entscheidung gezweifelt. In seiner neuen Heimat ging er keiner Tätigkeit nach, bei den Leuten galt er als verschroben und etwas irre. Weil man von seiner Vergangenheit als Klosterbruder wusste, war er allgemein als «Mönch» bekannt. Man brachte ihm trotz seiner Eigenarten Respekt entgegen. Besonders ältere Menschen baten ihn gelegentlich sogar um Rat. Manche hatten bei ihm schon ihre Beichte abgelegt. Der Pfarrer der örtlichen Kirche durfte das allerdings nicht wissen.

«Hilf mir, Satan, du gefallener Engel, der du Adam und Eva aus dem Garten Eden vertrieben hast. Erhöre mich! Was soll ich tun?»

Josephus, der nach außen hin den frommen Mann spielte, wusste seinen wahren Glauben gut zu verbergen. Schon im

Kloster hatte er einem geheimen Orden angehört, der dem Satanismus huldigte. Das war gefährlich gewesen, denn die Inquisition gab es auch heute noch.

Plötzlich war im Raum ein leichter Luftzug zu spüren. Josephus blickte sich erschrocken um. Aber die schwere Eichentür im fensterlosen Raum war fest verschlossen. Dann sah er, dass eine der Altarkerzen erloschen war.

«Der kalte Hauch der Finsternis», murmelte er ergriffen.

Er küsste erneut das Kreuz und faltete die Hände.

«Dämon, ich danke dir für diese Botschaft.»

Die Beine wurden ihm schwach. Er zog einen Hocker heran und setzte sich.

«Ich weiß nicht, ob ich es kann», flüsterte er. «Du verlangst viel von mir.»

Josephus sah abwechselnd auf das Pentagramm und auf die erloschene Kerze.

«Ich habe noch nie …»

Er atmete schwer.

«Ein Tier … Das schon, um es dir als Opfer darzubringen. Aber doch keinen Menschen.»

Er biss sich auf die Lippen.

«Aber was soll es anders bedeuten? Luzifer, Herr der Hölle und Herrscher der Welt, als Antwort auf meine Frage bläst du einer Kerze das Licht aus. Das ist wohl eindeutig, oder?»

Seine Hände verkrampften, die Knie schlugen gegeneinander. Dann, ganz plötzlich, wurde er ruhig. Sein Rücken straffte sich. Josephus lächelte. Aber sein Lächeln war kalt. Jetzt war er wieder der Hohepriester der schwarzen Messe.

«Oh Satan, dein Urteil ist weise. Er hat es verdient, die Strafe ist gerecht. Dank sei dir, Herr der Hölle. Gib mir die Kraft, die ich brauche. Ich werde dich nicht enttäuschen. *Ave Satanas!*»

4

Es gab Lerchen und Eulen. Emilio war definitiv eine Eule. Das war nach seiner Überzeugung genetisch so angelegt. Er konnte nichts dafür, dass er morgens gerne lange im Bett blieb und nur langsam auf Touren kam. Phina dagegen war eine Lerche. Sie wurde mit den Hühnern wach und entwickelte bereits zu früher Stunde einen Tatendrang, der nach Emilios Ansicht ebenso widernatürlich wie aus medizinischer Sicht bedenklich war. Umgekehrt konnte er bis spät in die Nacht wach bleiben – da fielen Phina längst die Augen zu. Dieser unterschiedliche Schlaf-Wach-Rhythmus hatte zur Folge, dass sie in getrennten Räumen nächtigten, jedenfalls unter der Woche. Aber heute war Sonntag.

Zu seiner Überraschung bemerkte er, dass er alleine im Bett lag. Mit einem Blick auf die Uhr stellte er fest, dass sich Phina verabredungswidrig entfernt hatte. Das würde Konsequenzen haben. Aber er war zu müde, um über das Strafmaß nachzudenken. Er drehte sich um und schlief wieder ein.

Er wähnte sich in einer Tiefschlafphase, als er an den Fußsohlen gekitzelt wurde. Das mochte er überhaupt nicht.

«Aufstehen, du Schlafmütze. In einer halben Stunde geht's los.»

«Wie, was …?»

«Wir wandern mit Laura auf Hocheppan, schon vergessen?»

«Wandern? Ich? Da liegt ein Irrtum vor.»

«Du hast es versprochen.»

«Da muss ich betrunken gewesen sein – jedenfalls nicht zurechnungsfähig.»

«Egal, jetzt wird aufgestanden.» Phina boxte ihm in die Rippen. «Dann können wir immer noch besprechen, wie wir es machen.»

«Au, du bist ja gewalttätig. Erst die Bettflucht, jetzt kitzeln, boxen, wandern. Ich glaub, du spinnst.»

*

Gleichwohl stand Emilio eine halbe Stunde später in der guten Stube. Er umarmte Phinas Freundin Laura, die wie immer hübsch anzusehen war und das Herz eines jeden Mannes erfreute. Phina reichte ihm eine Tasse Kaffee und musterte ihn vorwurfsvoll vom Kopf bis zu den Schuhen. Natürlich hatte er keine Wanderstiefel an, sondern alte, rahmengenähte Halbschuhe aus Budapest, die schon sein Vater getragen hatte. Auch seine sonstige Kleidung passte nicht zur angekündigten Wanderung. Sein weißes Hemd und der Anzug waren eine klare Ansage, dass er nicht im Traum daran dachte, sich an der Wanderung zu beteiligen.

«Du bringst es wirklich fertig», sagte Phina, «und gibst den zwei schönsten Frauen Südtirols einen Korb.»

Emilio dachte, dass das feminine Selbstbewusstsein bisweilen absurde Blüten trieb. Doch er musste zugeben, dass Phina tatsächlich prächtig aussah, mit ihren wild hochgesteckten blonden Haaren, ihren gletscherblauen Augen, den kurzen Männerlederhosen und der karierten Bluse, die oben mindestens einen Knopf zu weit offen war. Er wäre wirklich ein dummer Ignorant, wenn er sie alleine ihrem Schicksal überließ.

Laura flirtete gerne und hatte wechselnde Liebschaften. Es lag nicht in seinem Interesse, dass sich Phina an ihr ein Beispiel nahm.

Er entwickelte spontan einen Plan, der ihre Zustimmung fand. Eine Kaffeetasse später saßen sie in seinem Landy. Er chauffierte sie zum mittelalterlichen Schloss Korb, das als Hotel und Restaurant geführt wurde. Dort lud er die Damen zu einem Glas Sekt ein, was sie einigermaßen friedlich stimmte. Dann wünschte er ihnen viel Spaß und ließ sie ziehen. Vorher versprach er noch, pünktlich auf Hocheppan zu sein. Er wollte jedoch nicht die steile Wanderung in Angriff nehmen, sondern eine alternative Route: Den größten Teil der Strecke würde er mit dem Auto fahren und den Rest auf einem gut ausgebauten Weg zu Fuß zurücklegen.

Er holte sich aus dem Auto ein Buch über die Südtiroler Geschichte. Dann nahm er auf der Terrasse Platz, bestellte eine Tasse Kaffee und ein Butterhörnchen, setzte die Sonnenbrille auf – und kam zu dem Schluss, dass er wieder mal alles richtig gemacht hatte.

Emilio suchte das Kapitel, in dem es um Hocheppan ging. Schließlich wollte er wissen, warum er sich die Strapazen eines Besuchs auferlegte. Im Buch wurde zunächst die spektakuläre Lage hoch oben auf einem Felskegel gepriesen und der einzigartige Blick von Bozen bis Meran, hinüber zum Schlern, zum Rosengarten und auf den Mitterberg mit Burg Sigmundskron. Dann erfuhr er, dass einst ein vorgelagerter Teil der Burgmauern abgebrochen und in die Tiefe gestürzt war. Da er unter Höhenangst litt, fand er diesen Hinweis wenig beruhigend. Er informierte sich über die Kapelle im Burghof und über ihre berühmten Fresken. Und er erfuhr einiges über die Grafen von Eppan: Sie errichteten die Burg Anfang des 12. Jahrhunderts, um dem Schloss Tirol der Vinschgauer Grafen etwas Gleichwertiges entgegenzusetzen, standen in Konkurrenz zu den Grafen von Tirol und waren bestrebt, sich aus der Abhängigkeit der Bischöfe von Brixen und Trient zu lösen. Jetzt wurde es spannend. Emilio, der ein Faible für historisch überlieferte Handgreiflichkeiten hatte, las, dass die Grafen von Eppan 1158 eine Gesandtschaft überfielen, die vom Bischof Adelbret von Trient begleitet wurde. Das war ebenso mutig wie töricht. Denn die Gesandtschaft war im Auftrag des Papstes mit Geschenken zu Kaiser Barbarossa unterwegs. Bei dem kam es nicht gut an, dass die Eppaner Grafen die Gesandtschaft plünderten und diese zusammen mit dem Bischof in den Kerker werfen ließen. Der erzürnte Kaiser schickte daraufhin keinen Geringeren als den schlachterprobten Herzog Heinrich den Löwen, um die Eppaner Grafen zu bestrafen. Und obwohl der Herzog – wie übrigens auch Barbarossa – ein entfernter Verwandter war, hielt ihn das offenbar nicht davon ab, seinen Auftrag auszuführen. Danach ging es mit dem Geschlecht derer von Eppan bergab. Der letzte Graf starb um 1300 in verarmten Verhältnissen.

Irgendwie taten Emilio die Eppaner Grafen leid. Sie hatten sich was getraut, das imponierte ihm, aber sie hatten sich mit den Falschen angelegt. Das war ein häufig zu beobachtender Fehler – auch in unseren Tagen.

Eine Stimme riss Emilio aus seinen Gedanken. «Herr Baron, Gott zum Gruße. So vertieft in ein Buch? Recherchieren Sie gerade in einem Kriminalfall?»

Vor ihm stand ein pensionierter Kommissar von der Quästur in Bozen.

Emilio lächelte. «Ein Kriminalfall? Da haben Sie recht, Herr Gamper, jedenfalls im weitesten Sinne. Er liegt aber fast tausend Jahre zurück.»

Gamper schmunzelte: «Sie machen Fortschritte. Das letzte Mal waren es nur zehn Jahre.» Womit er auf Emilios ersten Fall in Südtirol anspielte.

«Wollen Sie Platz nehmen und ein Glas mit mir trinken?»

Gamper winkte ab. «Nein, vielen Dank. Ich bin mit meiner unseligen Verwandtschaft verabredet. Ich hasse Sonntage.»

Emilio dachte, dass dieser Wochentag tatsächlich seine Licht- und Schattenseiten hatte. Er machte etwas Konversation, verabschiedete sich dann vom Kriminalbeamten im Ruhestand, zahlte seine Rechnung und stand auf. Er blieb kurz vor einem Schild stehen, das ihn ins Bild setzte, dass Schloss Korb erstmals im Jahre 1236 urkundlich erwähnt wurde. Dann beschloss er, dass es nunmehr genug sei mit historischen Betrachtungen.

Während er zu seinem Landy ging, warf er einen sehnsüchtigen Blick auf die angrenzenden Weinberge. Lieber wäre er zwischen den Rebzeilen spazieren gegangen. Aber wohlan, er würde jetzt dem ausgestorbenen Geschlecht der Grafen von Eppan die Referenz erweisen. Phina und Laura mussten bereits einen Großteil ihres Weges durch den Wald geschafft haben. Sie hatten erzählt, dass es zum Schluss über einen steilen Steg ging, hinunter in eine Schlucht, und dann auf der anderen Seite wieder bergauf. Er würde sich beeilen müssen. Er nahm die Fahrstraße bis zum Parkplatz am Unterhauserhof. Dann ging er in zügigem Tempo los, leicht hinkend und dennoch dynamisch. Den Stock setzte er bei jedem dritten Schritt ein. Er war immer wieder selbst überrascht, wie schnell er zu Fuß sein konnte – wenn er Lust dazu hatte. Der Weg war nicht steil und hatte eine gute Oberfläche. Seine Budapester Schuhe waren völlig ausreichend. Vorbei ging es am wehrhaften Kreidenturm, der einstmals den Zugang zur Burg absicherte. Einige Rucksacktouristen sahen ihm verwundert hinterher. Er war der Einzige, der im Anzug unterwegs war.

Oben angekommen, blieb er auf einer Brücke am hölzernen Geländer stehen. Er wagte es nicht, in die Tiefe zu schauen, aber der Blick in die Weite entsprach der schwelgerischen Beschreibung im Buch. Burg Hocheppan war bewirtschaftet, das wusste er. Im Innenhof hatte man die Hecken wie Zinnen geschnitten, der Rasen war gepflegt wie in seinem alten englischen Internat, es standen Töpfe mit Kräutern herum und bauchige Flaschen. Schön war es hier.

Er ging die wenigen Schritte hinunter zur Kapelle, von der er gelesen hatte. Auch an der Außenwand waren Fresken zu sehen. Die Kapelle war verschlossen, also würde der berühmte Freskenzyklus im Inneren auf seine Ehrerbietung verzichten müssen.

Er blickte sich suchend um und entdeckte schließlich seine beiden Grazien, die unter einer Pergola an einem Holztisch saßen. Amüsiert stellte er fest, dass sie gehörig verschwitzt waren. Was wieder einmal die Sinnhaftigkeit einer anstrengenden Wanderung in Frage stellte.

Nach einer kurzen Begrüßung nahm er den Auftrag entgegen, in der Küche Knödelzweierlei mit Butter, Parmesan und Krautsalat zu bestellen und Gulasch vom Jungbullen. Die Damen waren offenbar ausgehungert. Und Durst hatten sie auch. Mehr auf Wein als auf Wasser. Nun gut, Phina war Winzerin, da gehörte es sich so. Und Laura kannte er als lebenslustige Person, die nicht so schnell etwas anbrennen ließ. Er dachte, dass dieser Sonntag doch noch ganz vergnüglich werden könnte. Oben auf der Burg Hocheppan – und später unten im Tal.

5

In dem alten Gewölbe am Ortsrand von Bozen hing der Duft von Wein in der Luft. Es wurde probiert, an Gläsern geschnuppert, der Rebensaft kreiste, manche Nasen waren schon rot, es wurde gefachsimpelt, gelacht und gefrotzelt. Die meisten Teilnehmer der Verkostung kannten sich. Es nahmen fast nur Einheimische teil, die alle was mit Wein zu tun hatten. Es hatten sich Südtiroler Winzer und Kellermeister zusammengefunden, von den Weingenossenschaften, von den freien Weinbauern und den privaten Weingütern. Es wurden Flaschen vom aktuellen Jahrgang geöffnet und einer ebenso kritischen wie sachkundigen Prüfung unterzogen. Jeder hoffte, dass sein eigener Wein möglichst positiv kommentiert wurde; gleichzeitig war man neugierig darauf, was die anderen zustande gebracht hatten.

Der Umgangston war hart, aber herzlich, nicht alle Bemerkungen waren ernst gemeint. Wie jene, die den Geruch eines Weines mit einer alten Lederhose aus dem Pustertal verglichen, oder einen anderen mit einem Ziegenstall im Vinschgau. In Wahrheit waren alle stolz auf ihren Südtiroler Wein, auf den sie nichts kommen ließen. Wo sonst gab es in einem so kleinen Anbaugebiet mit zwanzig zugelassenen Reben eine solche Sortenvielfalt? Südtirol hat in ganz Italien prozentual die meisten Weine mit der kontrollierten Ursprungsbezeichnung DOC. Aber da man unter sich war, musste man über all das nicht reden. Das Terroir, das Klima, die Höhenlagen, die Böden von Porphyr über Quarz bis zum Dolomitgestein ... geschenkt. Das war heute Abend wirklich kein Thema, weil gemeinsames Erbgut. Viel interessanter war, wie der Riesling aus dem Eisacktal gegenüber jenem aus dem Vinschgau abschnitt, ob es der Lagrein aus dem Unterland mit dem Bozner Talkessel aufnehmen konnte oder wie einige Blauburgunder aus dem Etschtal im direkten Vergleich mit ihren burgundischen Vorbildern abschnitten.

Auch Bartholomäus Unteregger war gespannt. Er hatte im letzten Jahr seinen Vernatsch, für den er berühmt war, zuerst im Ertrag stark reduziert, dann ungewöhnlich lange am Stock gelassen und zudem im Keller den Ehrgeiz entwickelt, aus der zwar beliebten, aber oft unterschätzten Traube einen hochklassigen Wein herauszukitzeln. Die bisherigen Kommentare seiner Winzerkollegen waren überaus positiv ausgefallen, geradezu überschwänglich. Soeben ließ sich ein renommierter Journalist eines italienischen Weinmagazins den Rebensaft über den Gaumen rinnen. Er hielt das Glas erneut gegen das Licht, roch noch mal daran – und nickte zustimmend, den Daumen nach oben zeigend. Bartholomäus lächelte zufrieden. Mehr konnte man nicht erwarten.

Als Nächster hielt ihm ein Mann sein Probierglas hin, dem er noch nie begegnet war. Er war groß und hager, mit einem kahlgeschorenen Kopf und ausgeprägten Wangenknochen. Als ihn der flackernde Blick des Fremden traf, lief Bartholomäus ein leichter Schauder über den Rücken. Er konnte sich nicht erklären, warum. Beim Einschenken zitterte Bartholomäus' Hand. Er war so verstört, dass er nicht daran dachte, sich vorzustellen oder den Besucher nach seinem Namen zu fragen. Der Mann roch nur kurz am Wein, dann trank er das Probierglas in einem

Zug aus. Das machte sonst niemand hier. Der Fremde zeigte die Andeutung eines Lächelns.

«A guater Tropf'n», sagte er mit knarzender Stimme. Und obwohl das ein Kompliment war, kam es Bartholomäus vor, als ob dem Mann der Wein völlig egal war.

«Sie sind der Bartholomäus Unteregger, richtig?», fragte er. Jetzt waren seine gerade noch irrlichternden Augen plötzlich starr. Sie fixierten sein Gegenüber mit einer bohrenden Intensität.

Bartholomäus bekam Atembeschwerden. Er nickte stumm.

Der Fremde hob seinen Zeigefinger. «Ihr Gesicht muss ich mir merken.»

Dann drehte er sich abrupt um und verschwand grußlos.

Bartholomäus sah ihm mit offenem Mund hinterher.

Ein Winzerkollege schlug Bartholomäus freundschaftlich auf die Schulter. «Was wollte denn der Irre von dir?», erkundigte er sich.

«Der Irre? Du kennst ihn?»

«Na klar. In der Eppaner Gegend kennt ihn fast jeder, zumindest vom Sehen. Das war der Josephus, der verrückte Mönch.»

«Ein Mönch?»

«Nein, jetzt nicht mehr. Aber er heißt überall so.»

Bartholomäus legte die Hand erleichtert auf die Brust. «Jetzt bekomme ich wieder Luft. Dein Mönch hat eine beängstigende Aura.»

«Findest du? Na ja, ein bisschen schon. Manche wechseln die Straßenseite, wenn sie ihn sehen. Andere dagegen suchen das Gespräch. Sie schätzen ihn als Seelsorger und Mann Gottes. Sie vertrauen ihm ihre Sünden an und fragen ihn um Rat.»

«Er hat gesagt, er müsse sich mein Gesicht merken. Wieso denn das?»

Der Winzerfreund zuckte mit den Schultern. «Weil er spinnt. Vergiss ihn einfach.»

Bartholomäus nickte. «Wird wohl das Beste sein. Hoffentlich verfolgt mich sein Blick nicht im Traum.»

«Ah geh, schenk mir lieber was von deinem Vernatsch ein.»

Jetzt war die Hand von Bartholomäus wieder ruhig. Kein Zittern, keine Atemnot. Er fasste den Vorsatz, nicht mehr an diesen unheimlichen Mönch zu denken. Gleichzeitig wusste er, dass ihm das nicht gelingen würde. Der kurze Auftritt war ihm unter die Haut gegangen.

6

Auch Phina Pernhofer war auf der Weinverkostung in Bozen gewesen, zusammen mit Emilio. Sie hatten sich unter anderem mit Bartholomäus Unteregger unterhalten, den Phina schon ewig kannte und der ähnlich wie sie schon seit Jahren auf den biologisch-dynamischen Weinbau setzte, also auf eine nachhaltige Bewirtschaftung mit organischem Dünger und ohne Chemikalien.

Einige Tische weiter hatten sie eine Begegnung mit Phinas ehemaligem Kellermeister gehabt. Franz Pichleitner hatte schon für ihren Vater gearbeitet. Seit einigen Jahren leitete er ein Weingut in der Nähe von Brixen. Sie hatte ihn mit Emilio bekannt gemacht und war dann rasch weitergegangen.

Jetzt lief Phina früh am Morgen durch ihre Rebzeilen. Sie mochte die Ruhe und das Erwachen des Tages. Vögel zwitscherten, ein Eichhörnchen kreuzte ihren Weg. Die Trauben machten einen guten Eindruck. Bislang sah es nach einem guten Weinjahr aus. Die feuchten Witterungsverhältnisse im Frühjahr wurden durch einen trockenen und sonnigen Sommer ausgeglichen. So durfte es weitergehen.

Phinas Weg führte sie einen Hang hinauf, wo sie vor nicht allzu langer Zeit einen Streifen Grund dazugekauft hatte. Das war in Südtirol nicht einfach und deshalb ein Glücksfall gewesen. Im Durchschnitt besaß jeder Weinbauer einen Hektar. Das war zu viel zum Sterben und zu wenig zum Leben. Deshalb lieferten viele ihre Trauben an eine der Genossenschaften. Das hatte sich bewährt und lohnte sich. Warum sollte man also Land verkaufen? Manchmal war die Situation jedoch anders. Ein Bauer, der mit einem kleinen Weinberg an ihren angrenzte, war ohne direkten Nachkommen gestorben, und das Land ging an einen Erben aus einem österreichischen Skigebiet, der von Wein so viel verstand wie ein Pinguin von der Apfelernte. Daher hatte Phina den Streifen Grund erwerben können. Die alten Rebstöcke hatte sie sofort ausreißen lassen und neue gepflanzt – Sauvignon, für die Lage perfekt geeignet.

Sie pfiff ein Lied vor sich hin. Das tat sie nur, wenn sie alleine war, denn sie wusste, dass sie keinen Ton traf und ihr Gepfeife anderen auf den Geist ging. Aber ihr selbst gefiel es. Und die Reben mochten es auch, da war sie sich ganz sicher. Schließlich hatten die Rebstöcke entlang ihrer üblichen Route die besten Trauben.

Oben am Hang angekommen, schaute sie erwartungsvoll auf ihre Neuanpflanzungen. Phina traf bei ihrem Anblick fast der Schlag. Die von ihr mit so viel Liebe und mit einigem Geld angelegten Rebzeilen boten ein Bild des Jammers. Trauben und Blätter hingen vertrocknet an den Stöcken, verschrumpelt und vergilbt. Auch die Rosen an den Enden ihrer Rebzeilen waren hinüber. Sie fungierten als eine Art Frühindikator, weil sie empfindlicher waren als der Wein und somit rechtzeitig Alarm gaben, wenn etwas nicht stimmte. Diesmal hatten sie dazu keine Gelegenheit, die Rosen waren mit den Trauben ins Verderben gestürzt.

Ihr schossen sofort die Namen diverser Schädlinge durch den Kopf, die für ein solches Desaster verantwortlich sein könnten. Da sie aus Prinzip keine Pestizide spritzte, vertraute sie auf die natürliche Abwehrkraft ihrer Pflanzen. Sie untersuchte an einigen Rebstöcken die Unterseite der verdorrten Blätter, konnte aber nichts Ungewöhnliches entdecken. Phina dachte an die amerikanische Rebzikade, von der sie wahre Horrorgeschichten gelesen hatte. Charakteristisch war eine goldgelbe Vergilbung und in der Folge ein rasches Absterben des Stockes. Phina stampfte wütend auf. Das durfte nicht wahr sein. Ihr wunderschöner neuer Weinberg, niedergestreckt von irgendeinem dämlichen Schädling. Sie wendete den Kopf und sah hinüber zu ihren Rebstöcken auf der anderen Seite des kleinen Weges. Hier hatte sie schon vor Jahren Weißburgunder gepflanzt. Der sah Gott sei Dank gesund aus – aber der Abstand betrug nur wenige Meter. Für einen aggressiven Schädling war das gar nichts. Es konnte einem angst und bange werden.

Phina überlegte fieberhaft, wann sie das letzte Mal ihre neuen Rebstöcke kontrolliert hatte. Vor drei oder vier Tagen war das erst gewesen. Da hatten sie noch völlig gesund gewirkt. Phina hatte noch nie erlebt, dass ein Schädling in so kurzer Zeit so gründliche Arbeit geleistet hatte. Vielleicht waren die Jungreben, die sie gepflanzt hatte, schon zuvor damit befallen gewesen?

Jedenfalls war jetzt rasches Handeln erforderlich. Sie musste mit ihren Arbeitern alle befallenen Rebstöcke sofort herausreißen und verbrennen. Einige Blätter, Stöcke und Wurzelproben würde sie ins Labor des Versuchszentrums Laimburg schicken. Hoffentlich fand man dort heraus, was passiert war. Dann konnte sie gezielte Maßnahmen ergreifen, um zu verhindern, dass auch ihre anderen Rebstöcke betroffen würden. Für den Augenblick konnte sie nur hoffen, dass sie sich selbst zu schützen wussten. Als anthroposophisch geprägte Weinbäuerin war sie davon überzeugt, dass Pflanzen intelligent waren, miteinander kommunizierten und Bedrohungen erkannten.

Sie sah zu ihren gesunden Rebstöcken jenseits des Weges und hob flehentlich die Hände. «Seid wachsam, meine lieben Freunde. Leistet Widerstand, lasst euch nicht unterkriegen!»

7

Die Geschichte Bozens war faszinierend, fand Baron Emilio von Ritzfeld-Hechenstein, während er wieder einmal in seinem Buch über Tirol las. Der Talkessel am Zusammenfluss von Talfer, Eisack und Etsch wurde wahrscheinlich schon in der Steinzeit besiedelt. Eineinhalb Jahrzehnte vor Christi Geburt kam der römische Heerführer Drusus des Weges, der im Auftrag seines Stiefvaters Kaiser Augustus weiter im Norden gegen die aufmüpfigen Germanen zu Felde ziehen sollte. Er ließ eine Brücke über die Talfer bauen, die Bozen den ersten Namen bescherte: *Pons Drusi*. Die heutige Drususbrücke befindet sich zwar nicht mehr am historisch überlieferten Ort, erinnert aber an diese Frühgeschichte Bozens. Von dort bauten die Römer die bereits bestehenden Handelswege über den Brenner und den Reschen aus. Es folgte ein kontinuierlicher wirtschaftlicher Aufschwung. Schon im Mittelalter war Bozen ein bedeutender Handelsplatz, obwohl der Ort in Rivalität zu den beiden bedeutenden Bischofsstädten Brixen und Trient stand. Selbst ein großer Brand im 17. Jahrhundert konnte den Aufschwung nicht bremsen. Nach dem Frieden von Pressburg fiel Bozen 1805 an Bayern. Zuvor hatte es wie ganz Südtirol seit 1363 zu Österreich gehört. 1809 folgten die Befreiungskämpfe von Andreas Hofer gegen die Bayern und Franzosen – bis zu seinem Tod durch ein Erschießungskommando am 20. Februar 1810 in Mantua. Nach Napoleons Niederlage in

Waterloo und dem Wiener Kongress von 1815 kam Südtirol erneut zu Österreich. Es folgte der Erste Weltkrieg und der anschließende Frieden von Saint-Germain, in dem Südtirol Italien zugesprochen wurde …

*

Bei seinen häufigen Spaziergängen durch Bozen freute sich Emilio, wenn er auf etwas stieß, das er aus seinem Buch über die Geschichte Tirols kannte. Wie zum Beispiel, wenn er vor der barocken Fassade des Merkantilgebäudes in der Silbergasse stand, ein Bau, der bis zur Laubengasse reichte und vom Merkantilmagistrat der Erzherzogin Medici kündete. Sehr viel konkreter waren seine Ambitionen, wenn er die verschiedenen Vinotheken und Weinbars aufsuchte, um ihm noch unbekannte Weine zu entdecken. Ein Unterfangen, das immer schwerer wurde, weil er mittlerweile fast alle Südtiroler Weingüter durch hatte – aber natürlich nicht jeden einzelnen Wein. Weshalb ihm um die Fortführung dieses Projekts nicht bange war.

Auch heute streifte er wieder durch die Altstadt von Bozen, ohne Programm und ohne festes Ziel. Er liebte die malerischen Gassen und das ganz besondere Flair. Zwar störten ihn die Heerscharen von Touristen, die ihm regelmäßig den Weg versperrten, dummes Zeug redeten und immer die gleichen Objekte fotografierten: zum Beispiel das Denkmal des Minnesängers Walther von der Vogelweide auf dem nach ihm benannten Waltherplatz, den Dom, die Laubengasse, schmiedeeiserne Schilder an den Häuserwänden und sogar Äpfel auf dem Obstmarkt, als ob sie noch nie Äpfel gesehen hätten. Sei's drum, er mochte Bozen trotzdem. Und irgendwie gehörten die Feriengäste dazu – im weitesten Sinne war er ja selber einer. Aber ihm war noch nie die absurde Idee gekommen, ein Foto zu machen … Na ja, egal.

Heute hatte Emilio bereits im Carrettai einige Crostini gegessen, darunter ein geröstetes Brötchen mit Tatar und eines mit Ziegenkäse, und dazu ein Gläschen Blauburgunder aus dem Vinschgau getrunken. Dann hatte er an einem der Stehtische vor einer Vinothek einen Bekannten getroffen, dem es ein Bedürfnis war, ihn zu einem Lagrein einzuladen. Er war höflich genug gewesen, dieser Einladung zu folgen.

Jetzt bummelte er über den Obstmarkt. Er blieb an der Ecke zur Laubengasse am Neptunbrunnen stehen, der im Volksmund «Gabelwirt» hieß, weil hier klamme Bürger, die sich keinen Wein leisten konnten, kostenlos Wasser zu trinken bekamen. Es gab in Bozen nicht viel, was es gratis gab. Aus seinem Geschichtsbuch wusste er, dass an dieser Stelle früher der Pranger gestanden hatte, an dem verurteilte Gefangene geächtet wurden. Aber das wollte heute keiner mehr wissen.

An der Ecke zur Museumstraße erinnerte ein Marmorschild an den «Sonnenwirt», wo einstmals Berühmtheiten wie Goethe, Luther und Kaiser Joseph Quartier bezogen hatten. Von Goethe ist dessen Begeisterung für den Obstmarkt überliefert. Er hatte in seiner *Italienischen Reise* von den Bozner «Obstweibern» geschwärmt und von ihren «runden Körben» – jene, die voller Äpfel, Pfirsiche und Birnen waren.

Emilio blieb vor dem Stand eines solchen «Obstweibes» stehen und überlegte, was er kaufen sollte. Er gelangte zu keiner sinnvollen Entscheidung, weil Phina vieles aus eigenem Anbau hatte. Es war Zufall, dass er gerade nach links blickte, als ein minderjähriger Junge einer älteren Dame die Handtasche von der Schulter riss und rasch die Flucht ergriff. Dabei machte der Bub einen entscheidenden Fehler. Haken schlagend, wählte er einen Weg durch die Menge, die direkt zu Emilio führte. Der drehte in aller Ruhe seinen auf Hochglanz polierten Spazierstock um, sodass der schwere Silberknauf nach unten zeigte – und hielt ihn Sekunden später so in den Laufweg des kleinen Diebes, dass dieser darüber stolperte und der Länge nach hinschlug. Etwas benommen, versuchte der Junge, wieder auf die Füße zu kommen. Emilio hielt das für keine gute Idee. Er drückte ihm den Spazierstock so gegen den Hals, dass es nicht wehtat, aber der Junge seinen Kopf nicht vom Asphalt heben konnte. Emilio hatte sich keine Sekunde anstrengen, nicht einmal bücken müssen. Als Nächstes trat er dem Jungen sanft, aber nachdrücklich auf das Handgelenk, der daraufhin die Handtasche losließ.

Emilio hörte Rufe und sah aus der Kapuzinerstraße zwei Polizisten herbeieilen. Auch von den Lauben näherten sich laute, schnelle Schritte. Und einige Obstverkäufer und ein kräftiger Passant setzten sich in Bewegung, um ihm überflüssigerweise bei der Überwältigung des kleinen Diebes zu helfen.

Derweil sah der Junge ihn aus großen Augen verzweifelt an. Emilio blickte auf die schmutzigen Hände, die strubbeligen schwarzen Haare, auf das zerschlissene kurzärmlige Hemd, dem einige Knöpfe fehlten – dann wieder in die flehenden Augen.

An das Elend dieser Welt denkend und einer spontanen Regung folgend, neigte er sich zum Jungen hinunter.

«Du kannst abhauen», sagte er gerade so laut, dass es nur der Bub hören konnte. «Hinten kommen zwei Carabinieri. An deiner Stelle würde ich in die Museumstraße Richtung Talferbrücke rennen. Und zwar so schnell du kannst.»

Emilio lockerte den Druck, den er mit dem Spazierstock ausübte, auch hob er fast unmerklich den Fuß vom Handgelenk. Der Junge hatte seinen Schockzustand überwunden; er stieß den Stock zur Seite und warf Emilio einen kurzen Blick zu. Dieser tat so, als ob er das Gleichgewicht verlieren würde. Schon war der Junge auf den Beinen. Er sprang über zwei Obstkisten, stieß eine Verkäuferin zur Seite, sprintete zur Ecke und dann auf direktem Weg in die Museumstraße. Emilio konnte nicht anders, er musste lächeln. Der Junge hatte ihn verstanden; hoffentlich schaffte er es.

«Haben Sie sich verletzt?», fragte jemand, der ihm helfen wollte.

Der Gedanke war abwegig. Emilio schüttelte verneinend den Kopf.

Ein Gendarm trat zu ihm und sagte mit Blick auf die sichergestellte Handtasche: «Das haben Sie gut gemacht, vielen Dank.»

«Nicht der Rede wert.»

«Den kleinen Gauner erwischen wir, ganz sicher», versprach der Carabiniere.

Emilio war anderer Ansicht, behielt seine Meinung aber für sich.

Auch die alte Dame und ihr Begleiter waren mittlerweile bei ihm angelangt. Er überreichte ihr die Handtasche.

«Tausend Dank.» Die Dame, offenbar eine Touristin aus norddeutschen Gefilden, griff sich theatralisch ans Herz. «In der Handtasche sind alle meine Kreditkarten, mein Geld, meine Schlüssel, sogar eine Perlenkette.»

«Oh», entfuhr es Emilio, dem zu diesem Bekenntnis nicht viel einfiel, außer dass ein solcher Leichtsinn eigentlich bestraft gehörte.

Die Dame kramte in einer Geldbörse. «Darf ich mich Ihnen erkenntlich zeigen?»

41

Emilio dachte, dass die Frau jetzt von allen guten Geistern verlassen war.

«Oder dürfen wir Sie als Dank zum Essen einladen?»

Der Gedanke erschreckte ihn. «Nein danke, ich bin auf Diät», antwortete er.

Einem raschen Rückzug stand noch der Gendarm im Weg, der aus unerfindlichen Gründen seine Personalien aufnehmen wollte. Aber Emilio hatte Glück. Ein Carabiniere, der ihn kannte, kam herbei.

«Herr Baron, von Ihnen brauchen wir natürlich keine Angaben zur Person.»

Die alte Dame sah ihn verlegen an. «Ein Baron? Gott, wie peinlich, und ich wollte Ihnen Geld anbieten.»

«Das muss Ihnen nicht peinlich sein», erwiderte Emilio mit einem gespielten Lächeln, «ich gehöre dem verarmten Adelsstand an. Ich darf mich entschuldigen. Küss die Hand, gnädige Frau.»

Dann machte er, dass er davonkam. Den Gehstock hatte er jetzt wieder richtig herum in der Hand. Sein Hinken war wie verflogen. Er dachte, dass er ein Idiot war. Was ging es ihn an, wenn einer naiven Touristin mit rosa gefärbten Haaren und schrecklichem Parfum die Handtasche geklaut wurde? An seinem Gerechtigkeitssinn konnte es nicht liegen, selbiger war unterentwickelt. Das nächste Mal würde er wegschauen, in der allgemeinen Hektik einen Apfel stibitzen, genussvoll hineinbeißen und weise lächelnd seines Weges gehen.

8

Es war spät am Abend, die Sonne längst untergegangen. Die Luft war mild, sie schmeckte nach einer lauen Sommernacht, nach Weingärten und Obstbäumen, roch nach Rosenblättern und frischen Gräsern. Josephus wusste nicht, ob ihn der Zufall hierher geführt hatte oder der unerforschliche Wille des Allmächtigen. Er hatte sein Auto unter einem alten Kastanienbaum geparkt und war einige Schritte zu Fuß gegangen. Jetzt saß er auf einem Stein und blickte über einige Rebzeilen hinweg auf ein Haus, das unter dem funkelnden Sternenhimmel und im hellen Mondlicht gut zu sehen war. Der Mönch wusste, wer dort wohnte. Er kannte nicht nur seinen Namen, sondern hatte seit der Bozner Weinprobe auch sein Gesicht genau vor Augen.

Bartholomäus Unteregger lebte hier mit seiner Frau und zwei Kindern. Die Weinberge rundherum gehörten ihm. Es waren beste Lagen für den Vernatsch. Aber das interessierte Josephus nicht. Er saß hier, weil er nicht weiter wusste. Er hatte eine Mission. Er hatte geschworen, den Willen Luzifers zu vollstrecken. Er hatte versprochen, ihn nicht zu enttäuschen. Aber er wusste nicht, wie er es anstellen sollte. Er könnte seine Armbrust holen und dem Unglückseligen im Weinberg einen Bolzen in den Kopf jagen. Da er im Kloster gelernt hatte, mit dieser Waffe vortrefflich zu schießen, wäre das am helllichten Tag kein Problem. Aber erstens bestünde eine erhebliche Gefahr, entdeckt zu werden, zweitens wäre das allzu prosaisch, geradezu primitiv, eines Hohepriesters Satans nicht würdig, und drittens wollte er mit dem Delinquenten zuvor noch sprechen. Er musste ihm den Grund für die Liquidation mitteilen, er wollte ihn winseln und um Gnade betteln sehen. Das war das Mindeste, was er erwarten durfte.

Ein Schuss mit der Armbrust schied deshalb aus. Ebenso ein Schierlingsbecher, den zu mischen er sehr wohl in der Lage war. In einem Kloster lernte man so etwas, erst recht in einem geheimen Orden, der dem Satanismus huldigte. Josephus fuhr sich über den kahlgeschorenen Kopf, während er weitergrübelte.

Er müsste den Mann irgendwo hinlocken, dachte er. Vielleicht an den Platz, wo er seine schwarzen Messen zelebrierte? Unter irgendeinem Vorwand – aber unter welchem? Er sah hinauf zum Mond, jenem Gestirn, das von sich selbst nicht leuchten konnte und dennoch die Dunkelheit erhellte. Der Mönch murmelte: «Luzifer, du Bringer des Lichts, erleuchte mich, zeig mir den Weg.» Er küsste das hölzerne Kreuz, das um seinen Hals hing. Dann zitierte er aus der Offenbarung des Johannes: «Und es wurde hinausgeworfen der große Drache, die alte Schlange, die da heißt: Teufel und Satan …»

Seine Stimme stockte, als er sah, dass jemand vor das Haus trat. Über der Eingangstür ging ein Licht an. *Luzifer, segne die Erfindung des Bewegungsmelders.* Denn die Lampe erleuchtete eine Gestalt, die selbst aus dieser Entfernung zweifelsfrei als Bartholomäus Unteregger zu erkennen war.

«Luzifer, du Bringer des Lichts», wiederholte Josephus fast ungläubig seine Worte, die er vor wenigen Augenblicken gesprochen hatte. Er sah, wie der Winzer aus dem Lichtkegel trat und sich eine Zigarette anzündete. Dann entfernte sich der Mann mit langsamen, aber zielstrebigen Schritten vom Haus.

Josephus sprang auf und eilte zu seinem Auto. Geschwind holte er die dunkelrote Mönchskutte aus dem Kofferraum, zog sie sich in Windeseile über und rannte los.

Josephus folgte der Richtung, die Bartholomäus eingeschlagen hatte. Sein Herz klopfte ihm bis zum Hals. Er spürte, dass die Stunde seiner Prüfung nahte. Es wunderte ihn nicht, dass er bald das Aufglühen einer Zigarette sah. Luzifer wies ihm den Weg. «*Lux est vita hominum et vita spiritus …*»

Es fiel ihm nicht schwer, dem Winzer unentdeckt auf den Fersen zu bleiben. Ohne sich umzublicken, ging dieser entlang seiner Rebstöcke einen Hügel hinauf. Der Mönch hatte keine Erklärung, was der Mann dort wollte, mitten in der Nacht. Vielleicht lenkte der Herr der Hölle seine Schritte – um Bartholomäus direkt ins Verderben zu führen?

Josephus zog sich die Kapuze über den Kopf und flüsterte: «*Fiat voluntas tua.* Dein Wille geschehe.»

9

Für Weine gibt es gute, mäßige und schlechte Lagen. Das hängt unter anderem vom Boden ab und vom Mikroklima. Beim Vernatsch finden sich die guten Lagen am Kalterer See, im Meraner Gebiet und mit dem Sankt Magdalener und dem Bozner Leiten im Bozner Talkessel.

Die Fachleute waren sich einig, dass es einen der besten Lagen für den Vernatsch war, wo man am frühen Morgen die Leiche eines weithin bekannten und renommierten Winzers fand. In der Brust des Bartholomäus Unteregger steckte eine Rebschere.

«Ein Qualitätswerkzeug mit geschmiedetem Metallkörper und verchromtem Schneidkopf», stand später im Polizeiprotokoll. Die Rebschere war bis zum plastikummantelten Griff in den Torso gerammt worden, und zwar mit erstaunlicher Präzision: Sie steckte genau dort hinter dem Brustbein, wo zwischen der zweiten und fünften Rippe das Herz lag. Das war für die Hinterbliebenen des bedauernswerten Opfers zumindest ein kleiner Trost: Der Mann hatte nicht leiden müssen, der Exitus war sofort eingetreten.

Als Todeszeitpunkt wurde von der Gerichtsmedizin die Stunde vor Mitternacht bestimmt. Blieb die Frage, was der Winzer zu jener Zeit in seinem Weinberg gesucht hatte. Darauf wusste man keine Antwort. Es gab keine Zeugen, und die Ehefrau hatte nicht einmal gemerkt, dass ihr Gatte weggegangen war – sie hatte einen guten Schlaf. Man wusste nur eines: Der Winzer war definitiv tot!

*

«Das ist ja grauenvoll», klagte Phina, die mit Emilio in ihrer kleinen Vinothek an der Theke saß und gerade den reißerisch aufgemachten Artikel in der Zeitung gelesen hatte. Natürlich wusste sie schon seit gestern von der Ermordung des Bartholomäus Unteregger. Die Nachricht hatte sich in kurzer Zeit herumgesprochen.

«Den Bartholomäus habe ich gut gekannt», sagte Phina, «auch wenn wir in der letzten Zeit wenig Kontakt hatten. Weißt schon, dass wir ihn erst vor kurzem auf der Weinprobe in Bozen getroffen haben?»

Emilio nickte. Natürlich konnte er sich erinnern, was ihn aber nicht weiter berührte. Welchen Unterschied machte es, ob er ein Mordopfer kannte oder nicht? Tot war tot! Emilio griff unter die Theke und goss Phina vom Goldmuskateller ein, den er so mochte. Er genoss es, mit ihr alleine zu sein – ohne irgendwelche lästigen Besucher.

Phina fuhr sich aufgeregt durch die Haare. «Da sieht man mal wieder, dass im Leben alles relativ ist. Meine kaputten Rebstöcke haben mich völlig aus der Bahn geworfen. Ich habe seitdem keine Sekunde mehr geschlafen ...»

«Deinem subjektiven Empfinden nach», unterbrach Emilio sie. «Objektiv hast du aber wohl doch geschlafen. Schlaflosigkeit ist ein weit verbreiteter Trugschluss.»

Phina schlug mit der flachen Hand auf die Theke. «Manchmal kannst du einen mit deiner Besserwisserei in den Wahnsinn treiben. Ich will doch auf was ganz anderes raus.»

«Dass alles relativ ist – ich weiß.» Emilio drehte geistesabwesend den goldgelben Wein im Glas. «Gemäß Einstein ist alles vom Standpunkt abhängig. Nur wenige Dinge sind absolut. Der Tod allerdings zählt ganz sicher dazu.»

«Das ist mir zu kompliziert. Ich will nur sagen, dass meine kaputten Rebstöcke eine Katastrophe sind, mir aber angesichts des Todes vom Bartholomäus als nicht mehr so schlimm erscheinen.»

«Sag ich doch. Nur wenige Dinge auf dieser Welt sind absolut. Apropos Weinstöcke: Hast du was über die Ursache herausgefunden?»

«Nein, leider habe ich noch keine Nachricht aus dem Labor. Ich kann mir einfach nicht erklären, was passiert ist. Aber das Wichtigste ist, dass mein angrenzender Wein von dem mysteriösen Schädling nicht befallen ist. Den Rebstöcken dort geht es prächtig.»

Emilio hob das Glas. «Darauf sollten wir anstoßen.»

Sie zögerte. «Angesichts des Todes vom Bartholomäus finde ich das pietätlos.»

«Unsinn. Wir stoßen ja nicht auf sein Ableben an, sondern darauf, dass sich der Schaden in deinem Weinberg in Grenzen hält. Hoffentlich bleibt es so.»

«Ja, darauf stoße ich gerne an.»

Nach einer Phase des Schweigens fragte Phina: «Wer könnte ihn umgebracht haben?»

«Wie soll ich das wissen?»

«Du bist doch der Detektiv von uns beiden.»

«Vielleicht, aber ganz bestimmt kein Hellseher. Du kennst die sieben Todsünden? Hochmut, Geiz, Neid, Habgier, Wollust, Rachsucht, Eifersucht, Missgunst. Eine wird im Falle unseres toten Winzerfreundes zutreffen.»

«Das waren aber acht Sünden, und ich glaube, du hast einige durcheinandergebracht.»

Emilio lächelte. «Kann gut sein. Dabei habe ich die Faulheit vergessen, aber die taugt weniger als Mordmotiv.»

Phina nahm ihr Handy und versuchte zum wiederholten Male, ihre Freundin Laura zu erreichen. Vergeblich. Sie fand das seltsam, weil sie gestern Nachmittag von Laura bei einer Verabredung in Kaltern versetzt worden war. Auch wenn Laura ein lockerer Vogel war und oft spontan ihre Pläne änderte, versäumte sie es nie, Phina über so etwas zu informieren. Daher war Phina beunruhigt: Laura war einfach nicht gekommen, ihr Handy nicht erreichbar, und Kurznachrichten konnten nicht zugestellt werden. Phina war bekannt, dass Laura seit kurzem eine neue Liebschaft hatte, aber sie wusste nichts Genaueres; ihre Freundin hatte ein Geheimnis daraus gemacht. Mit Lauras Eltern hatte sie schon telefoniert, aber die wussten auch nichts, was allerdings normal war, denn Laura führte ihr eigenes Leben.

Weil Phina nicht von Emilio für hysterisch gehalten werden wollte, erzählte sie ihm nichts von ihrer Sorge, dass Laura etwas passiert sein könnte. Stattdessen verabschiedete sie sich von ihm. Sie ging in den Hof, startete ihren alten Lamborghini-Traktor und fuhr in die Weinberge. Dort gab es immer viel zu tun, jetzt erst recht, da sie sicherstellen musste, dass es ihren Reben gutging. Die abgestorbenen Stöcke hatte sie mit ihren Helfern rausgerissen und verbrannt. Sie grübelte fast unablässig über die möglichen Ursachen. Noch fehlte der Laborbefund, aber zunehmend beschlich sie ein furchtbarer Verdacht. Wenn er sich bestätigen sollte, würde sie mit Emilio darüber sprechen müssen – dann brauchte sie seine Hilfe.

*

49

Es gab Tage, da konnte Emilio größere Menschenansammlungen nicht ertragen. Abgesehen von denen in Bozen, wo er sie tolerieren musste, weil es keine Alternative gab. Eigentlich gab es für Emilio nur solche Tage. Deshalb wollte er später nach Jenesien fahren, wo es ruhiger und beschaulicher zuging als beispielsweise auf dem Ritten. Dabei trennte die beiden Bergrücken nur das Sarntal mit dem Fluss Talfer, der am Schloss Runkelstein vorbei nach Bozen floss, um dort in den Eisack zu münden. Dass man auf dem Salten gut wandern konnte, war für Emilio aus bekannten Gründen von geringem Interesse, aber dort gab es viele Gasthäuser, die er erst in der letzten Zeit entdeckt hatte und die er allesamt mit seinem Landy ansteuern konnte. Heute hatte er das Glaninger Gasthaus Noafer ins Visier genommen. In unmittelbarer Nähe befand sich die Burgruine Greifenstein, die auf seinen Besuch würde verzichten müssen, weil sie nicht mit dem Auto erreichbar und außerdem in schwindelerregender Höhenlage war. Sie hatte sich ihm jedoch ins Gedächtnis geprägt, weil er die Geschichte ihrer Belagerung im 15. Jahrhundert mochte. Um reichlichen Vorrat an Lebensmitteln vorzutäuschen, warfen damals die Belagerten ein Schwein über die Mauer. Es half nichts, Greifenstein wurde trotzdem eingenommen – heißt aber noch heute im Volksmund «Sauschloss».

*

Bevor er nach Glaning fuhr, musste Emilio in Bozen einen kurzen Halt einlegen, um für Phina ein neu erschienenes Buch über Schädlinge im Weinberg abzuholen, das sie bestellt hatte.

Der Kauf war schnell erledigt. Der Buchladen war nicht weit von dem Hof entfernt, wo er regelmäßig seinen Geländewagen abstellte. Dank seiner Ortskenntnisse, die er sich mittlerweile erworben hatte, konnte er die teuren Gebühren in den großen Parkhäusern sparen. Als er nun zu seinem Auto zurückkehrte, stellte er fest, dass auf dem Beifahrersitz jemand saß. Es handelte sich um eine kleine Person, für die es offenbar kein Problem gewesen war, die abgesperrte Tür zu öffnen. Emilio musste lächeln, als er sah, wer da auf ihn wartete. Seelenruhig stieg er ein, legte die Tüte mit dem Buch auf den Rücksitz und begrüßte seinen ungebetenen Gast.

«Ich wusste, dass du es schaffst», sagte er zu dem Jungen vom Obstmarkt.

«Warum haben Sie mich laufen lassen?», fragte dieser in gebrochenem Deutsch. Wieder hatte er diese großen Augen, die Emilio schon das letzte Mal hatten schwach werden lassen.

«Ich weiß nicht», erwiderte er. «Vielleicht dachte ich, dass es für dich besser ist.»

«*Grazie.*»

«Gerne», antwortete Emilio. «Wollen wir Italienisch sprechen?»

«Nein, ich kann gut Deutsch.»

Emilio schmunzelte ob dieser selbstbewussten, aber nicht ganz zutreffenden Einschätzung. Weil der Junge nichts mehr sagte, fragte er schließlich: «War das alles? Du wolltest mir nur danken?»

Der Bub hustete. «Ja, das war alles.» Er machte Anstalten, auszusteigen.

«Wenn du magst, kannst du sitzen bleiben und mich auf einem kleinen Ausflug begleiten», schlug Emilio vor. «Ich habe Hunger und möchte was essen. Ich lad dich ein. Dabei könnten wir uns ein bissel unterhalten. Einverstanden?»

Der Junge zögerte einen Moment, dann nickte er.

Emilio startete den Motor. Er reichte dem Jungen seine Hand. «Ich bin Emilio. Wie ist dein Name?»

«Mitica.»

«Ein schöner Name. Also, Mitica, bitte anschnallen.»

*

Auf der Fahrt hinauf nach Jenesien sagte Mitica kein Wort. Das war leicht für ihn, denn Emilio stellte keine Fragen und schwieg ebenfalls die meiste Zeit. Beim Noafer angekommen, wählte Emilio einen Tisch in der holzgetäfelten Stube. Da waren sie unter sich, denn alle anderen Gäste saßen im Freien. Emilio spürte, dass sich sein kleiner Gast nicht wohl fühlte; dabei saßen sie in einem einfachen und urgemütlichen Gasthof, mit blanken Holztischen, Geweihen und Heiligenbildern an den Wänden und mit einem weiß verputzten Kamin. Am Ambiente konnte es also nicht liegen. Oder vielleicht doch? Emilio sah auf Miticas Hände, die alles andere als sauber waren, auf sein schmuddeliges kariertes Hemd und die ungewaschenen Haare. Der Junge hatte ein hübsches Gesicht, traurige Augen – und führte offenbar ein Leben, dessen Umstände nicht die besten waren. Als es ans Bestellen ging, rutschte Mitica verlegen auf der Sitzbank hin und her. Emilio orderte eine große Speckplatte und eine Karaffe mit Apfelsaft. Dann schickte er Mitica zum Händewaschen.

Speck, Kaminwurzen, Salami, geräucherte Gamswürste, Bergkäse, Gurken – serviert auf einem runden Holzbrett. Genau so musste eine Südtiroler Speckplatte aussehen. Dazu Grau- und Schüttelbrot. Emilio bediente sich mit den Fingern. Sein kleiner Gast tat es ihm gleich, erst zurückhaltend, dann mit immer größerem Appetit. Emilio schmunzelte.

Behutsam versuchte Emilio, ein Gespräch zustande zu bringen. Der Bub sprach mit einem Akzent, den er nicht einordnen konnte. Ursprünglich hatte er gedacht, Mitica stamme aus Süditalien, aber da lag er wohl falsch. Er wollte nicht gleich mit einer Frage nach seiner Herkunft beginnen, deshalb fing er mit unverfänglichen Themen an. So fragte er den Jungen, ob der die Geweihe an den Wänden zuordnen könne, er selbst würde sich da nicht auskennen. War das ein Gamsbock oder ein Reh? Mitica hatte keine Ahnung. Aber er wusste, wie man die Tür eines abgesperrten Landrovers öffnete. Für einen Bub in seinem Alter ließ das einige Rückschlüsse zu. Emilio hätte ihm die Geweihe erklären können, schließlich hatte er in Miticas Alter seinen Vater auf die Jagd begleitet.

Emilio wechselte das Thema und erzählte ihm von den technischen Besonderheiten seines alten Landrovers, was Mitica sehr viel mehr zu interessieren schien als die Geweihe. Dann ließ sich Emilio erklären, wie der Bub das Auto geöffnet hatte. Das hörte sich verblüffend einfach an.

Wie er ihn gefunden habe, wollte Emilio wissen. Zum ersten Mal zeigte der Bub ein Lächeln. Das sei ja nun wirklich nicht schwierig gewesen, erklärte er. Anschließend deutete er auf Emilios Gehstock mit dem Silberknauf, der in der Ecke lehnte, auf die dicke Sonnenbrille aus Horn und auf Emilios altes Sakko über der Lehne, das zwar etwas mitgenommen aussah, aber aus feinstem Kaschmir gewebt war. Niemand anders würde in seinem Alter so herumlaufen. Er sei Emilio schon einmal nachgegangen und wusste deshalb, wo er sein Auto parkte.

Mitica wurde immer redseliger. Langsam gelang es Emilio, das Gespräch auf dessen Herkunft und Lebensumstände zu lenken. Einen Apfelsaft und einen Kaiserschmarrn später hatte er einiges in Erfahrung gebracht.

Der Bub stammte aus Rumänien. Er lebte mit seiner Mutter in einer Einzimmerwohnung am Stadtrand von Bozen. Seinen Vater hatte er nie kennengelernt. Er war noch ganz klein gewesen, als seine Mutter Rumänien den Rücken kehrte. Irgendwann waren sie in Bozen gelandet. Erst hatten sie in einem provisorischen Lager für Zuwanderer gehaust, in der Nähe der Autobahn. Später hatte seine Mutter eine Arbeitsgenehmigung bekommen; sie arbeitete abends als Bedienung in einer Bar, tagsüber schlief sie meistens. Außerdem schien sie zu trinken. Mitica war auf sich alleine gestellt. Er ging unregelmäßig zur Schule, wurde auch schon mal von der Polizei abgeholt, bekam kein Taschengeld, hatte wenig Freunde – und stahl gelegentlich alten Damen die Handtaschen. Wenn viel Geld drin war, gab er das meiste seiner Mutter, die es gut brauchen konnte und nicht fragte, wo er es her hatte. Den anderen Tascheninhalt verkaufte er oder warf ihn in die Talfer.

Mitica sah Emilio hilflos an und zuckte mit den Schultern. Was solle er schon anderes machen? Das sei nun mal sein Leben.

Emilio dachte, dass der Bub wohl recht hatte. Ja, so war sein Leben. Er nahm ihn an der Schulter und sah ihn nachdenklich an. «Da müssen wir noch mal drüber reden», sagte er. «So, jetzt lass uns gehen!»

Auf der Fahrt zurück nach Bozen gab er Mitica seine Visitenkarte mit der Handy-Nummer. Das kam ihm zwar irgendwie albern vor, aber er wollte, dass der Bub wusste, wie er ihn erreichen konnte. Er sagte Mitica, dass es nett gewesen sei, mit ihm zu plaudern. Das hatte er wahrscheinlich noch nie von jemandem gehört. An der Talferbrücke ließ er ihn aussteigen. Im Rückspiegel sah er, wie ihm der Bub hinterherwinkte. Emilio musste schlucken. Er hielt sich für einen abgebrühten Kerl, für einen harten Knochen, der schon viel erlebt hatte und dem nichts so schnell ans Herz ging. Aber dieser kleine Taschendieb stimmte ihn sentimental.

10

Auf jeder Stufe brannten Kerzen, und es roch nach Weihrauch. Der Mönch saß auf der steilen Treppe, die hinunterführte zu dem Kellerraum, in den er sich normalerweise für seine satanischen Gebete zurückzog. Heute wagte er nicht, die versteckte Tür zu öffnen. Morgen war ein anderer Tag, da würde er sich der Herausforderung stellen; aber heute war er nicht stark genug.

«Luzifer, vergib mir», murmelte er. «Ich werde die Schwäche überwinden, das gelobe ich bei deinem Namen.»

Josephus schlug sich mit einem Kreuz, das er umgedreht in der Hand hielt, mehrfach gegen die Stirn. «Ich bin deinen Zeichen gefolgt, und auf überirdische Weise wurde dein Urteil vollstreckt. Satan, Herr der Hölle, ich bin deiner würdig.»

Er faltete die Hände und sprach ein blasphemisches Gebet: «Satan unser in der Hölle, geheiligt werde Dein Name, Dein Reich komme, Dein Wille geschehe, wie in der Hölle, so auf Erden. Führe uns in Versuchung und beschere uns das Böse. *Quia tuum est regnum et potestas et gloria in saecula!*»

Josephus hatte am Hals kein Kreuz mehr hängen, stattdessen eine gläserne Ampulle mit Blut. Er führte sie an die Lippen und küsste sie hingebungsvoll.

«Ich weiß nicht weiter, mein Herr und Gebieter. Wie wichtig darf ich mich selbst nehmen und mein irdisches Leben?»

Josephus stützte seinen Kopf in die Hände und schloss die Augen. Leise begann er zu schluchzen. Eigentlich sollte er voller Stolz sein. Stattdessen quälten ihn Selbstzweifel. Und doch übermannten ihn gleichzeitig Glücksgefühle. Im nächsten Moment begann er schrill zu lachen. Seine Seele war aufgewühlt wie ein Ozean im Sturm. Aus tiefen Wellentälern trug es ihn hinauf zum Scheitel gewaltiger Brecher, von denen weiße Gischt über das Meer sprühte; er hätte schreien können vor Freude. Dann ging es wieder in rasender Fahrt hinab in ein tiefes Tal der Verzweiflung.

Josephus versuchte, seine Gedanken und Gefühle zu beruhigen. Er achtete auf seinen Atem, murmelte monotone Gebete, dachte an die Kapelle im Kloster, wo er einst mit seinen Brüdern meditiert hatte – stundenlang, mit sich und der Welt im Einklang.

Es dauerte, aber schließlich legte sich der Sturm, das Meer wurde glatt und friedlich wie ein See. Josephus' flackernder Blick war einem fast schon schläfrigen Gesichtsausdruck gewichen. Er fühlte sich bereit, auf die Stimme seines Herrn und Gebieters zu hören.

Bartholomäus war gerichtet, das Urteil vollstreckt. Nun erforderte ein anderes Individuum seine uneingeschränkte Aufmerksamkeit.

«Lucanus, der du in das Licht hineingeboren wurdest. Du bist nicht minder schuldig als Bartholomäus. Oh Satan, sag mir einen Grund, warum wir ihn verschonen sollten.»

Der Mönch schlug die Kapuze zurück und hielt die Hände an die Ohren. «Habe ich etwas gehört? Nein, mein Gebieter, du schweigst, wie ich es nicht anders erwartet habe. Es gibt keinen Grund, den Sünder Lucanus davonkommen zu lassen. Er steht als Nächster auf der Liste der Übeltäter, die da gerichtet werden. Es bedarf keines Inquisitionsverfahrens, das Urteil ist gesprochen.»

Josephus bekreuzigte sich. «Luzifer, ich danke dir für deine unermessliche Weisheit und für den Mut, den du mir schenkst. *Ave Satanas!*»

11

Emilio döste vor Phinas Haus im Schatten einer Pergola. Er hatte keine Ahnung, wie spät es war, es interessierte ihn auch nicht. In den Wachphasen las er in einem Weinbuch über die unheilvolle Vergangenheit der Reblaus, die den schönen Namen *Viteus vitifoliae* trug, gemeinhin auch nach der übergeordneten Familie der Zwergläuse *Phylloxera* genannt wurde. Obwohl er eigentlich alles darüber wusste, faszinierte ihn das Thema immer wieder.

Es brauchte nur ein kleines gelbes Insekt, um länderübergreifend einen ganzen Wirtschaftszweig lahmzulegen. So geschehen ab den sechziger Jahren des 19. Jahrhunderts. Mit Rebstöcken, die von der Ostküste Amerikas nach London geliefert wurden, kam als ungebetene Reisebegleiterin die mit den Blattläusen verwandte Reblaus nach Europa. Die Folgen waren dramatisch, die Verwüstungen hatten biblische Ausmaße. Von London gelangte die Reblaus nach Frankreich, wo sie 1863 an der südlichen Rhône flächendeckend die Rebstöcke vernichtete. Dann nahm sie sich die anderen französischen Weinbaugebiete vor. In weniger als zwei Jahrzehnten waren allein in Frankreich 2,5 Millionen Hektar Rebfläche vernichtet – mit katastrophalen Folgen für die Menschen, die vom Weinanbau lebten. Die Reblaus kannte keine Grenzen: Schon 1867 tauchte sie in Österreich auf, 1874 in Deutschland. Es folgten fast alle bedeutenden Weinregionen Europas von Italien bis Spanien. Auch Südtirol war betroffen: Gerade hatte man den Echten Mehltau überwunden, der ebenfalls aus Amerika eingeschleppt worden war und die sogenannte «Blattfallkrankheit» bewirkte, da machte sich die Reblaus über die Südtiroler Weinberge her.

Lange wusste man kein Rezept gegen die gefräßigen Invasoren; selbst der große Chemiker und Mikrobiologe Louis Pasteur scheiterte in seinem Bemühen, der Reblaus Herr zu werden. Schließlich fand man heraus, dass die Wurzeln vieler amerikanischer Rebstöcke reblausresistent waren. Also nahm man die Edelreiser der reblausanfälligen europäischen Sorten und pfropfte sie auf amerikanische Wurzeln. Mit Hilfe dieser Veredelung bekam man die Reblaus unter Kontrolle. Weshalb in Europa heute fast alle Reben auf amerikanischen Wurzeln gediehen – ein Riesling aus dem Rheingau ebenso wie ein Lagrein von den Steillagen des Sankt-Magdalener-Gebietes.

Viele früher bedeutsame Weinbauregionen erholten sich nie mehr von der Invasion der amerikanischen *Phylloxera*. Mancherorts ist der Weinbau komplett eingestellt worden. Auch in Südtirol beträgt die heutige Rebfläche mit etwa 5000 Hektar nur noch die Hälfte von jener um 1900. Dieser Rückgang kann allerdings nicht der Reblaus allein angelastet werden: Auch die Zersiedlung und der sich ausweitende Obstbau haben dazu ihren Beitrag geleistet.

*

Emilio war das Buch aus der Hand gefallen. Er träumte von Läusen, die den Rebstock hinunterliefen, um sich über die Wurzeln herzumachen. Dann verscheuchte er diese apokalyptischen Bilder. Plötzlich war ihm, als ob der Duft von Waldbeeren in seine Nase stieg und sich die ätherischen Aromen eines Blauburgunders breitmachten. Er tauchte aus seinem Schlummer auf, öffnete ein Auge und lächelte. Vor ihm stand Phina, die ihm ein Weinglas unter die Nase hielt. Das war eine überaus charmante Art, geweckt zu werden. Er richtete sich auf und nahm einen Schluck.

«Ich habe gerade von der Blattlaus geträumt», offenbarte er ihr. «Das war deprimierend.»

Phina zog einen Stuhl heran und setzte sich. «Das sind eigentlich typische Albträume für einen Winzer, speziell für mich, weil ich auf Insektizide verzichte und auf die natürliche Widerstandskraft der Pflanzen setze. Es gibt kaum eine Rebkrankheit oder einen Schädling, von dem ich noch nicht geträumt habe.» Das Thema schien sie wirklich so stark zu beschäftigen, dass sie unvermittelt zu einem Vortrag darüber ansetzte. «Wenn es im Frühjahr stark regnet, sucht mich die Rebenperonospora heim. Ich träume von Beeren mit einem weiß-grauen Pilzbefall und denke an den Mehltau. Zum Zeitpunkt des Rebschnitts quält mich die Schwarzfleckenkrankheit. Rebzikaden und Traubenwickler zählen in schlaflosen Nächten zu meinen ständigen Begleitern. Kurz vor der Weinernte peinigt mich die winzige Kirschessigfliege, die ursprünglich aus Japan stammt und erst vor wenigen Jahren nach Südtirol eingeschleppt wurde. Sie legt ihre Eier in die reifen Trauben, die dann faulen. Die Kirschessigfliege mit dem lateinischen Namen *Drosophila suzukii* vermehrt sich unheimlich schnell, ein Weibchen kann in einer Saison Millionen Nachkommen haben.»

«Suzuki, das klingt nett», sagte Emilio mit einem Schmunzeln. «Ist kein Auto, auch kein Motorrad, stammt aber trotzdem aus Japan.»

«Du kannst mir glauben. Seit meinem abgestorbenen Weinberg begleiten mich Tag und Nacht alle Schädlinge und Rebkrankheiten dieser Welt.»

Er nickte. «Kann ich verstehen, tut mir leid.»

«Morgen um elf Uhr bekomme ich das Ergebnis aus dem Labor, dann weiß ich Genaueres. So lange muss ich mich noch gedulden.»

«Du musst mich anschließend sofort informieren, ich bin gespannt.»

Sie zögerte, bevor sie weitersprach. «Ich habe eine Ahnung», sagte sie. «Eigentlich wollte ich mit dir erst darüber reden, wenn ich Gewissheit habe. Aber wenn ich mich nicht täusche, dann brauche ich bald ganz dringend deinen Rat.»

«Ich habe auch schon daran gedacht», sagte er.

Phina sah ihn überrascht an. «Woran hast du gedacht?»

«Dass weder ein Schädling noch eine Rebkrankheit deine Weinstöcke vernichtet hat, sondern ein menschliches Wesen, das dir nicht wohlgesonnen ist. Mit irgendeinem Pflanzengift, das er dir in nächtlicher Stunde auf die Pflanzen gesprüht hat. Daran habe ich gedacht.»

«Tatsächlich? Warum hast du nichts gesagt?»

«Weil ich keine falschen Verdächtigungen in die Welt setzen möchte. Ich bin nun mal ein zutiefst misstrauischer Mensch, der notorisch auf solche Gedanken kommt. Auch wenn sie anderen vielleicht völlig abwegig erscheinen.»

«Wenn sich herausstellen sollte, dass wir recht haben, würdest du mir dann helfen?»

«Natürlich. Hast du jemanden im Verdacht?»

Phina schüttelte energisch den Kopf. «Noch weigere ich mich, daran zu denken. Erst muss ich Gewissheit haben, dann, erst dann, bin ich bereit, mir vorzustellen, was ich nicht glauben mag.»

«Hast recht. Warte den Laborbericht ab. Vielleicht war es doch dieser japanische Suzuki.»

Sie lächelte. «Nein, der bestimmt nicht.»

Er stand auf, trank das Glas mit dem Blauburgunder aus, klemmte sich das Buch unter den Arm und stützte sich auf seinen Gehstock.

«So, was machen wir jetzt?», fragte er unternehmungslustig. «Ich bin ausgeschlafen und vielseitig einsetzbar.»

«Du könntest mir im Weinberg helfen», schlug sie mit einem spitzbübischen Lächeln vor.

Emilio griff sich ins Kreuz. «Meine Bandscheiben, tut mir leid. Wie wäre es mit einem Teller Spaghetti? Nudeln machen glücklich. Wie spät ist es eigentlich?»

«Du kochst?»

«Nein, aber bei Siegi bekommen wir immer einen Tisch.»

«Einverstanden. Ich habe noch ein anderes Thema, das ich mit dir besprechen will.»

*

Die *Spaghetti al limone* schmeckten köstlich. Emilio dachte, dass dies wieder mal ein Tag nach seinen Vorstellungen war. Schönstes Wetter, freundliche Leute, keinerlei Aufregungen, eine Phina, die ihn so anschaute, dass er sich auf die bevorstehende Nacht freute. Allerdings wusste man bei ihr nie genau, was einen erwartete – aber das gehörte zu ihrer Persönlichkeit.

«Was wolltest du mit mir besprechen?», fragte er.

«Ich hätte einen kleinen Ermittlungsauftrag für dich», antwortete sie. «Aber du musst diskret vorgehen, darfst niemandem davon erzählen. Und bezahlen kann ich dich dafür auch nicht.»

Emilio grinste. «Das sind mir die liebsten Aufträge», sagte er.

«Da ist sicher nichts dran, ganz bestimmt nicht, aber ich mach mir Sorgen …»

«… um deine Freundin Laura, ich weiß. Du willst wissen, ob ihr was passiert ist.»

«Woher … woher weißt du …», stammelte sie.

«Da wäre auch ein schlechterer Beobachter als ich drauf gekommen. Wie viele SMS hast du ihr geschickt? Und nie eine Antwort bekommen. Ihr habt seit Tagen nicht miteinander telefoniert, jedenfalls nicht in meiner Gegenwart. Das ist noch nie passiert, seit ich dich kenne.»

«Wir waren vor kurzem in Kaltern in einer Weinbar verabredet, im Lustigen Krokodil, doch sie hat mich versetzt. Ihr Handy ist nicht erreichbar, sie ist einfach weg. So etwas hat sie noch nie getan. Zu Hause ist sie auch nicht, da macht niemand auf. Die Nachbarn haben sie seit Tagen nicht gesehen. Das ist nicht normal.»

Emilio nahm die Serviette und wischte sich den Mund ab. «Nun gut, dann schauen wir mal in ihrer Wohnung nach. Das können wir gleich machen. Fahren wir hin.»

«Aber ich hab keinen Schlüssel», sagte Phina.

Er lächelte. «Aber ich.»

«Wie bitte, du hast einen Schlüssel zu Lauras Wohnung?», empörte sich Phina. «Willst du damit andeuten, dass ihr was miteinander habt?»

«Spinnst du, natürlich nicht. Ob ich wirklich einen Schlüssel habe, wird sich erst vor Ort herausstellen, das hängt vom Schloss ab. Mit dem Werkzeug in meinem Handschuhfach komme ich jedoch fast immer ans Ziel.»

«Aber das ist illegal.»

«Das ist ja das Schöne dran. Ein Leben ohne gelegentliche Gesetzesübertretungen ist nicht lebenswert. Außerdem heiligt der Zweck die Mittel, das steht schon bei Machiavelli.»

*

Eine halbe Stunde später standen sie vor Lauras Wohnungstür. Phina klingelte und klopfte gegen die Tür.

«Nicht so laut», sagte Emilio. «Jetzt geh mal zur Seite und schau woandershin.»

«Wird es lange dauern?», fragte sie.

«Etwas länger als mit einem Schlüssel, aber nicht sehr viel länger … Abrakadabra, Simsalabim. Ich bitte einzutreten.»

Er machte eine einladende Handbewegung. Phina wollte es nicht glauben. Sie zweifelte an der Sinnhaftigkeit von Türschlössern, zumal ihr eigenes ganz ähnlich wie das hier aussah.

Leise schloss Emilio die Tür hinter ihnen. «Du warst schon mal hier?», fragte er.

«Na klar, oft.» Sie ging zu einem Blumentopf am Fensterbrett und prüfte die Erde. «Trocken … seit Tagen nicht gegossen», stellte sie fest.

Emilio schlenderte durch die Wohnung, machte einige Schubladen auf, schaute aus dem Fenster, setzte sich schließlich an den Esstisch und beobachtete Phina, die hektisch hin und her lief.

«Laura ist weg», stellte er lakonisch fest. «Du hattest recht.»

Sie blieb stehen und sah ihn entgeistert an. «Mehr fällt dir nicht ein? Du bist mir vielleicht ein Detektiv.»

Er zuckte mit den Schultern. «Ich kann es nicht besser. Wenn du fertig bist, könntest du dich zu mir setzen, und wir könnten reden.»

Sie zog einen Stuhl heran, drehte ihn um und setzte sich rittlings drauf. «Okay, lass uns reden. Die Wohnung ist nicht aufgeräumt, ihre Reisetasche ist noch da. Laura ist bestimmt nicht weggefahren, so viel ist sicher.»

Emilio wiegte den Kopf. «Sicher ist es nicht. Deine Freundin neigt zu spontanen Entschlüssen, das weißt du selber. Aber es spricht einiges dafür: das schmutzige Geschirr im Spülbecken, der Reisepass in der Küchenschublade, die Kosmetiktasche im Bad. Aber ihr Auto ist weg, der Platz im Hof mit ihrem Kennzeichen ist verwaist. Ihr Handy ist auch nicht da, doch das Ladekabel hängt in der Steckdose. Ihre Handtasche, die sie bei ihrem letzten Besuch dabei hatte, kann ich auch nicht finden. Halten wir also fest: Laura ist nicht da; sie war schon seit einigen Tagen nicht mehr in der Wohnung, hat aber mutmaßlich keine weite Reise angetreten. Sie ist nicht erreichbar, lässt ihre Blumen vertrocknen, meldet sich nicht bei ihrer besten Freundin. Ich gebe zu, das ist merkwürdig. Ist dir noch was aufgefallen?»

Phina zögerte mit der Antwort. «Ja, aber es ist mir fast peinlich, darüber zu reden.»

«Meinst du den Intimrasierer vor dem Badezimmerspiegel und die Härchen in der Wanne?»

Phina wurde rot. «Du hast das gesehen? Normalerweise räumt sie den Rasierer immer weg. In die Schublade mit den anderen Utensilien ...»

«Ich hab mir den Inhalt der Schublade angeschaut, du musst nicht weiterreden. Was schließen wir daraus?»

Sie hüstelte verlegen. «Dass Laura auf dem Sprung zu einem Rendezvous war. Darauf deutet es hin, oder?»

«Das sehe ich auch so.» Emilio stützte den Kopf in die Hand und dachte nach. «Ich nehme deinen Auftrag an», sagte er schließlich. Und mit einem angedeuteten Schmunzeln fügte er hinzu: «Zu deinen Bedingungen. Also ganz diskret, ich erzähle niemandem davon, und Geld will ich auch keines.»

«Mir ist nicht zum Spaßen zumute», sagte Phina. «Ich mache mir wirklich Sorgen.»

Emilio nickte. «Womöglich zu Recht.»

12

In Meran fehlt es nicht an gut sortierten Feinkostläden. Da gibt es unter den Lauben das weithin bekannte und traditionsreiche Delikatessgeschäft «Seibstock». Oder in der Freiheitsstraße neben dem Kurhaus den «Genussmarkt Pur Südtirol», in dem ausschließlich Qualitätsprodukte aus Südtirol angeboten werden.

Für Lukas Mitterhofer war die Konkurrenz kein Problem. Sein Laden lag am Rand der Altstadt und hatte eine Stammkundschaft, die ihm treu ergeben war. Er hatte ausschließlich Spezialitäten im Angebot, die Feinschmeckerherzen höher schlagen ließen: erstklassigen Speck, ausgefallenen Käse, feinste Pastasaucen, hochwertige Olivenöle, hausgemachte Marmeladen … Außerdem hatte er über hundert verschiedene Weine in den Regalen, nicht nur aus Südtirol, sondern aus ganz Italien. Lukas Mitterhofer gab sich größte Mühe und ging keine Kompromisse ein. Das hatte sich herumgesprochen. Weshalb auch Urlauber den Weg zu seinem Laden fanden.

Die Geschäfte liefen gut. Mitterhofer hätte also einen guten Grund, zufrieden zu sein. Aber das Gegenteil war der Fall. Seine Ehefrau, von der er sich getrennt hatte, nervte ihn mit immer neuen Geldforderungen. Seine Freundin, die an Jahren viel jünger war und im Bett eine Kanone, hatte ihm vor einigen Tagen ohne Vorwarnung den Laufpass gegeben. Jetzt stand er plötzlich ohne Frau da; das war ihm noch nie passiert. Außerdem hatte er vor kurzem eine Lieferung Wein reklamieren müssen, weil fast alle Flaschen Kork hatten. Er musste einen Käse wegwerfen, der zu schimmeln begonnen hatte – aber dummerweise kein Schimmelkäse war. Obendrein wollte das Finanzamt irgendwelche Nachzahlungen. Und zu allem Überfluss hatte seine geliebte Ape, ein kleiner, dreirädriger Kabinenroller mit Ladefläche und der Aufschrift «Delikatessen Mitterhofer», einen Motorschaden. Kurzum: Er war sauer, stinkesauer.

Der Feinkosthändler versuchte, sich auf seine Arbeit und den geräucherten Rohschinken vom Naturnser Sonnenberg zu konzentrieren. Auf seiner roten Schwungradmaschine schnitt er den Südtiroler Speck in hauchdünne Scheiben – und stellte sich dabei die Frage nach dem Sinn des Lebens.

Just in diesem Augenblick betrat ein Mönch seinen Laden, in einer schwarzen Kutte mit einer weißen Kordel um die Hüfte, und sah ihn mit einem freundlichen, irgendwie vergeistigten, leicht irren Lächeln an. Unwillkürlich fragte sich Mitterhofer, ob das ein Zeichen des Himmels war. Gerade hatte er über den Sinn des Lebens nachgedacht, hatte mit seinem Dasein gehadert und sich gefragt, warum und für wen er sich hier den Arsch aufriss, da kam ein Mönch daher und lächelte ihn an.

Bei seinem Anblick hatte Mitterhofer ein seltsames Gefühl. Er hatte den Glaubensbruder noch nie gesehen, fühlte sich aber dennoch auf das Merkwürdigste von ihm angesprochen. Vor allem die Augen des Mannes zogen ihn in ihren Bann. Für einige Sekunden irrlichterten sie herum, dann waren sie plötzlich völlig ruhig und so auf ihn gerichtet, dass er das Gefühl hatte, sie würden in sein tiefstes Innerstes blicken. Das war beunruhigend – wie nicht von dieser Welt.

Mitterhofer reichte dem Mann Gottes eine Scheibe Speck. «Wollen Sie probieren?», fragte er.

Der Mönch lächelte. «Eine mildtätige Gabe? Sei gedankt. Der Herr schenke Ihnen neue Freude und frischen Lebensmut.»

Mitterhofer schauderte es. Freude und Lebensmut? Wie konnte der Mönch wissen, dass es ihm genau daran mangelte? Dass er genau darüber soeben nachgedacht hatte. Der Mönch hätte ihm auch die Vergebung seiner Sünden wünschen können. Oder eine bessere Gesundheit. Aber nein, stattdessen Freude und Lebensmut.

Der Mönch versuchte den Speck und nickte. «Sehr gut. Ich mag's, wenn er so fein geschnitten ist.»

Sie waren allein im Laden: der Lukas Mitterhofer und der Mönch mit dem kahlen Schädel, den markanten Wangenknochen und einer Aura, die unter die Haut ging.

«Wie kann ich Ihnen helfen?», fragte der Feinkosthändler, wie er das bei allen Kunden tat.

Der Mönch legte die Handflächen gegeneinander und beugte sich leicht nach vorne. «Die Frage ist nicht, wie Sie mir, sondern wie ich Ihnen helfen kann», entgegnete er.

Mitterhofer fürchtete, vom Mönch hypnotisiert zu werden – so durchdringend war dessen Blick.

«Das ist wohl kaum der Platz für ein seelsorgerisches Gespräch», erwiderte er mit einem gespielten Lachen, um sich der seltsamen Aura zu entziehen. «Wonach gelüstet es Ihnen? Vinschgauer Almkäse, ein Stilfser aus naturbelassener Milch, Kastelbeller Speck, Hirschwurst, Kaminwurzen? Oder vielleicht einen Altarwein für die heilige Messe?» Er freute sich über seinen launigen Einfall.

Der Mönch nickte. «Das ist ein guter Vorschlag. Würden Sie einen mitbringen?», erkundigte er sich.

Mitterhofer wusste nicht, wie das gemeint war. «Einen mitbringen?», wiederholte er verständnislos.

«Ja, einen Altarwein für die heilige Messe, zu der ich Sie gerne einladen möchte.»

«Eine heilige Messe? Ich war schon ewig nicht mehr in der Kirche. Ich bitte um Vergebung.»

«Mein Sohn, da bedarf es keiner Vergebung, ganz im Gegenteil. Ich spreche von einer heilige Messe der besonderen Art. Nicht in der Kirche, sondern in der freien Natur. Zu später Stunde, unter funkelnden Sternen und alten Ritualen folgend. Sie würden Gefallen daran finden, ich verspreche es. Aber was viel wichtiger ist: Sie würden wieder Vertrauen in die Zukunft gewinnen. Sie hätten etwas, woran Sie sich festhalten könnten, und würden daraus frischen Lebensmut schöpfen.»

«Woher wissen Sie ...», stammelte Mitterhofer. «Wie sind Sie überhaupt auf mich gekommen?»

Der Mönch bekreuzigte sich.

Irgendetwas war komisch an diesen Handbewegungen, dachte der Feinkosthändler, aber es war schwer zu sagen, was nicht stimmte.

«Um mit dem Apostel Paulus zu sprechen: Die Wege des Herrn sind unergründlich. Manchmal lässt er uns Hilfe zuteil werden, wenn wir es am wenigsten erwarten. Wir müssen lernen, sie offenen Herzens anzunehmen.»

Mitterhofer wusste nicht, was er denken sollte. Auch hatte er keine Antwort auf die Frage, ob er an einer solchen Messe, unter der er sich nichts vorstellen konnte, teilnehmen wollte. Aber wenn der Mönch, der seine verborgenen Gefühle und Sorgen zu kennen schien, recht haben sollte, dann war es vielleicht einen Versuch wert.

Der Mönch nickte aufmunternd. «Überleg es dir, mein Sohn. Ich werde dich rechtzeitig wissen lassen, wenn es so weit ist.» Er hob warnend den Zeigefinger. «Du solltest nicht darüber sprechen, sonst geht die Magie der heiligen Messe verloren.»

Mitterhofer hatte keine Ahnung, was gemeint war, nickte aber trotzdem.

«Und noch etwas», sagte der Mönch. Jetzt war sein Lächeln breit und das Funkeln in seinen Augen voller Vergnügen und Lebenslust. «Vergesse er nicht den Messwein.»

«Weiß oder rot?», fragte Mitterhofer, dem natürlichen Reflex des Fachberaters folgend.

«Am besten schwarz!»

Für einen Moment hatte Mitterhofer den Eindruck, dass es der Mönch ernst meinte.

Dann lachte der unheimliche Besucher und nannte die lateinische Bedingung für einen reinen und unverfälschten Messwein: *«Vinum de vita purum et non do corruptum.* Rein und unverfälscht. Die Farbe ist egal.»

Erneut schlug er ein Kreuz. «Wir sehen uns wieder», sagte er zum Abschied. «Bis dahin lasse er es sich gutgehen.» Er deutete grinsend auf die Aufschnittmaschine. «Und schneide er sich nicht in den Finger!»

13

Emilio hatte im Café Museion, das zum Bozner Museum für moderne Kunst gehörte, eine Tagliata vom Roastbeef gegessen, dazu Wasser getrunken und danach einen *Caffè macchiato* bestellt. Er hielt sich an die italienische Gewohnheit, einen Cappuccino nur am Vormittag zu trinken – später am Tag taten das nur alte Damen und kleine Kinder. Ein *Caffè macchiato* war ein Espresso, der mit etwas aufgeschäumter Milch veredelt beziehungsweise «befleckt» wurde. Wobei Emilio den Begriff «Espresso» verabscheute, er hielt ihn für eine deutsche Erfindung. Überhaupt könnte er sich bei diesem Thema in Rage reden; er könnte sich in epischer Breite und wissenschaftlich fundiert über die Qualität der Bohnen und ihren perfekten Mahlgrad auslassen, über den Härtegrad des Wassers, die erforderliche Temperatur, den Brühdruck der Maschine, über die Durchlaufzeit und die Bedeutung dickwandiger und vorgewärmter Tassen. Aber erstens war er heute friedlich gestimmt – und zweitens saß er alleine an seinem Tisch.

Emilio machte ein grimmiges Gesicht. Als ob er irgendjemandem freiwillig etwas erzählen würde? Er zog es meistens vor, zu schweigen – und höchstens einen inneren Dialog zu führen. Ein Selbstgespräch hatte den unschätzbaren Vorzug, dass er sich dabei mit jemandem unterhielt, der ihm wissensmäßig ebenbürtig war und nicht zum Widerwort neigte. Er sah zwei Frauen hinterher, die in ihren kurzen Röcken seinen Blick erfreuten. Ihm fiel ein lebenskluges Zitat von Oscar Wilde ein: «Versuchungen sollte man nachgeben. Wer weiß, ob sie wiederkommen.» Dann wurde ihm bewusst, mit wem er in einer halben Stunde verabredet war – und dass er bei dieser Dame keinerlei Versuchungen würde widerstehen müssen, nur der von Maronenplätzchen.

Emilio zahlte und stand auf. Er suchte einen Blumenladen in der Nähe auf, wo er sich für einen Strauß entschied, der nach Auskunft der Verkäuferin «mediterranes Flair» und einen «betörenden Duft» verströmte. Weil er mit abgeschnittenen Blumen in geschlossenen Räumen grundsätzlich nichts anfangen konnte, hatte er dazu keine Meinung, aber er vertraute der Floristin.

*

Es war nicht weit bis zur Ecke Dante- und Marconistraße, wo sich in Bozen die Quästur mit den Büros der Kriminalpolizei befand. Dort traf er sich mit einer vollschlanken Sachbearbeiterin, die den schönen Vornamen Mariella trug und die er bei seinem letzten Fall kennengelernt hatte. Erschreckenderweise fiel sie ihm zur Begrüßung um den Hals, so entzückt war sie über seinen Besuch und die mitgebrachten Blumen. Emilio lächelte und machte ihr ein Kompliment. Das war sogar ehrlich gemeint, denn Mariella strahlte eine offene Herzlichkeit aus. Aus der Schublade zauberte sie einen Teller mit Maronenplätzchen hervor. Dann erzählte sie ihm von ihrem Chef, der sich in Verona auf einer Fortbildungsveranstaltung befand, und vom Kirchenchor, in dem sie eifrig mitwirkte und zu dessen nächster Aufführung sie ihn herzlich einlud.

Es dauerte, bis Emilio auf den Grund seines Besuchs zu sprechen kam.

«Liebe Mariella, ich habe ein kleines Problem, bei dem Sie mir helfen könnten.»

Sie strahlte ihn an. «Herr Baron, Sie wissen, ich tue alles für Sie.»

Er verschluckte sich fast an einem Plätzchen. «Das wird nicht nötig sein. Ich meine, es handelt sich nur um einen kleinen Gefallen. Wobei ich gar nicht mal weiß, ob Sie das für mich in die Wege leiten können.»

Ihre Wangen waren vor Aufregung gerötet. «Arbeiten Sie an einem neuen Fall?»

Er winkte ab. «Nein, da muss ich Sie enttäuschen. Nur ein kleiner Freundschaftsdienst. Der Freundin einer Bekannten ist das Handy abhanden gekommen. Sie hätte es gerne wieder, weil sie darauf alle ihre Adressen hat, viele Fotos und so weiter.»

«Und sie hat kein Backup?»

«Nein, offensichtlich nicht.»

«Ganz schön leichtsinnig.»

«Meine Rede. Eigentlich hat sie die Strafe verdient. Aber dann habe ich mich erweichen lassen und gesagt, dass ich mal schaue, was sich machen lässt.»

«Eine Handy-Ortung? Das kann die Freundin Ihrer Bekannten selber machen, wenn sie ihr Handy entsprechend vorbereitet hat.»

«Hat sie eben nicht. Kann nicht die Polizei …?»

Mariella nickte. «Kann schon, aber darf nicht. Die Rechtslage ist einigermaßen kompliziert. Voraussetzung wäre eine schwerwiegende Straftat, zu deren Aufklärung die Handy-Ortung beitragen könnte, ein dringender Tatverdacht – oder wenn ein Menschenleben in Gefahr ist. Ein einfacher Verlust des Handys reicht nicht, selbst wenn es gestohlen wäre.»

«Sie kennen sich gut aus», sagte Emilio beeindruckt.

«Wir hatten gerade so einen Fall, deshalb weiß ich das. Mein Chef könnte Ihnen das genauer erklären.»

«Aber technisch wäre es machbar, oder?»

«Na klar, da gibt's sogar verschiedene Möglichkeiten.»

«Was ist, wenn das Handy mittlerweile abgeschaltet wurde? Kann man rückwirkend über den Netzbetreiber feststellen, wo sich das Handy zuletzt befunden hat?»

Mariella lächelte misstrauisch. «Herr Baron, Sie schwindeln mich an, oder? Es geht nicht nur um ein Handy, richtig?»

Emilio machte ein unschuldiges Gesicht. «Ich käme nie auf die Idee, Sie zu beschwindeln. Sie kennen mich doch.»

Jetzt musste sie lachen. «Eben deshalb. Gerade weil ich Sie kenne, denke ich, dass Sie mir etwas verschweigen.»

«Ich glaube wirklich nicht, dass was dahinter steckt», sagte er. «Und wenn doch, wären Sie die Erste, die es erfährt.»

«Versprochen?»

«Na ja, vielleicht die Zweite, aber ganz bestimmt vor Ihrem Chef.»

Mariella schob ihm einen Zettel hin und reichte ihm einen Stift. «Also, dann schreiben Sie schon auf – die Handy-Nummer und den Namen dieser leichtsinnigen Person. Ich schau mal, was ich machen kann. Zufällig arbeitet mein Bruder in der zuständigen Dienststelle.»

«Sie sind ein Schatz.»

«Ein verloren gegangenes Handy? Mein lieber Baron, Sie sind ein ganz schlechter Lügner. Aber ich mag Sie trotzdem.»

*

Emilio war auf dem Weg zu seinem geparkten Landy, da klingelte sein Handy. Ihm kam der Gedanke, dass er sein Mobiltelefon immer bei sich führte, man also auch bei ihm zu jeder Zeit feststellen könnte, wo er sich gerade aufhielt. Dabei würde herauskommen, dass er sich viel in Weinschenken herumtrieb, beim Autofahren gelegentlich die Orientierung verlor und ansonsten lange Ruhephasen einlegte, von denen nur er wusste, dass er sie abwechselnd mit Lesen und Dösen verbrachte.

Der Anrufer stellte sich als Küster einer Pfarrkirche vor, die am Ortsrand von Bozen gelegen war. Er fragte zögerlich und mit deutlicher Skepsis, ob er mit einem gewissen Baron von Ritzfeld-Hechenstein spreche und ob dieser einen frechen Rotzlöffel namens Mitica kennen würde.

Unwillkürlich musste Emilio lächeln. Er bestätigte seine Identität und auch, dass ihm ein Mitica bekannt sei, allerdings nicht unter der Bezeichnung «Rotzlöffel».

«Ja, wie würden Sie denn einen dahergelaufenen Buben nennen, der versucht hat, unseren Opferstock aufzubrechen?», fragte der Küster aufgeregt.

«Das hat er getan? Sind Sie sich sicher?»

«Aber klar. Ich hab ihn auf frischer Tat ertappt, den kleinen Dieb. Ich wollte gerade die Polizei verständigen, da hat er mir Ihre Visitenkarte gegeben. Was haben Sie mit dem Bengel zu tun?»

«Bitte rufen Sie nicht die Polizei», sagte Emilio, «der Junge hat ein schlimmes Schicksal. Ich bin in einer Viertelstunde bei Ihnen, dann regeln wir alles.»

Er ließ sich den Weg erklären – und hoffte, dass er ohne große Irrfahrten hinfinden würde.

*

Die Pforte der Pfarrkirche, die für ihren Marienkrönungsaltar bekannt war, fand Emilio verschlossen vor. Er musste mehrfach klopfen, bis ihm aufgetan wurde. Der Küster ließ ihn rein und sperrte sofort wieder zu. Emilio dachte an Miticas Flucht auf dem Obstmarkt und daran, dass der Küster mit seiner Vorsichtsmaßnahme wohl recht hatte. Ganz vorne saß der kleine Mitica auf einer Kirchenbank. Er sah überhaupt nicht aus wie ein «Rotzlöffel», sondern wie ein kleiner Sünder im Haus des Herrn.

«Der Pfarrer ist nicht da», sagte der Küster, «deshalb muss ich mit dem ausländischen Bengel alleine klarkommen.»

«Ihr Herr Pfarrer würde ihn wohl kaum der Polizei übergeben», erwiderte Emilio, «da bin ich gewiss. Mitica ist doch noch ein Kind.»

«Schauen Sie auf unseren Opferstock. Mit dem Brecheisen hat er ihn aufgehebelt. Da ist das ganze Geld für die Kerzen drin, die im stillen Gebet angezündet worden sind. Das ist ein unglaublicher Frevel. Aus so einem Bub wird nichts Gescheites mehr, der landet sowieso irgendwann im Gefängnis.»

«Dein aber ist die Barmherzigkeit und Vergebung», antwortete Emilio mit einem Bibelzitat. «Es ist unsere Pflicht als Christenmenschen, diesem kleinen Erdenbürger den rechten Weg zu weisen.»

Der Küster schien beeindruckt. Er konnte ja nicht wissen, dass Emilio längst aus der Kirche ausgetreten war und sonst eher seine Zeitgenossen mit ketzerischen Bemerkungen provozierte.

Emilio gab Mitica ein Zeichen, zu ihm zu kommen. Er nahm ihn in den Arm und zwinkerte ihm zu.

«Ich bekenne mich schuldig», sagte Emilio zum Küster. «Ich habe als Vormund dieses Lausbubs meine Aufsichtspflicht verletzt. Selbstverständlich komme ich für den entstandenen Schaden auf.»

Er holte aus seiner Hosentasche einige zerknüllte Geldscheine und reichte sie dem Küster. «Ich hoffe, mit dieser kleinen Spende sei uns Ablass gewährt.»

Der Küster zählte das Geld und sah ihn irritiert an. Emilios Auftreten und Ausdrucksweise war für ihn eine ungewohnte Erfahrung. Er schloss die Pforte auf, nahm die Grüße entgegen, die er dem Herrn Pfarrer übermitteln sollte, und verabschiedete sich devot mit einem Diener.

Mitica, der die ganze Zeit kein Wort gesagt hatte, stieg zu Emilio in den Geländewagen.

Beim Einlegen des ersten Ganges machte das Getriebe so laute Geräusche, dass Emilio fast überhört hätte, wie sich Mitica für die Hilfe bedankte.

«Gern geschehen. Aber ein drittes Mal würde ich mich an deiner Stelle nicht darauf verlassen. Ist deine Mutter zu Hause?»

«Die ist im Sanatorium auf Entzug», antwortete Mitica leise.

«Auf Entzug? Alkohol oder Drogen?»

«Ich glaub, beides.»

«Wie lange noch?», fragte Emilio.

«Keine Ahnung.»

«Ich bring dich heim. Zeig mir den Weg.»

Mitica zögerte, dann deutete er bei der nächsten Kreuzung nach links.

«Bist du ganz allein zu Hause?»

«Ja, ist so.»

«Hast kein Geld, oder?»

Mitica schüttelte den Kopf.

«Und wer macht dir was zu essen?»

Der Bub zuckte mit den Schultern.

«Sind gerade Schulferien, hab ich recht?», fragte Emilio.

«Ja.»

«Du bist nicht gerade redselig.»

«Nein.»

Emilio blickte hinüber zu seinem Beifahrer. Er sah noch ungepflegter aus als das letzte Mal. Was kein Wunder war, wenn man seine Situation in Betracht zog. Aber die Augen waren immer noch so groß und herzerweichend, wie er sie in Erinnerung hatte.

«Ich würde dir gerne helfen», sagte Emilio.

Er deutete auf einen Kreisverkehr, dem sie sich näherten. «Ich hasse diese bescheuerten Kreisel», offenbarte er. «Welche Ausfahrt?»

Mitica gab ihm keine Antwort.

Emilio musste stehen bleiben, um auf eine Lücke im vorfahrtsberechtigten Kreisverkehr zu warten. Mitica nutzte die Gelegenheit, öffnete die Beifahrertür und war so schnell draußen, dass Emilio keine Gelegenheit hatte, ihn festzuhalten.

Als Mitica vom Auto weglief, brachte er fast einen Fahrradfahrer zu Fall. Er spurtete über einen Grünstreifen – und verschwand in einer kleinen Gasse.

Emilio schüttelte langsam den Kopf. So hatte er sich das nicht vorgestellt. Der Küster hatte recht: Mitica war ein Rotzlöffel, ein undankbarer zudem. Emilio gestand sich ein, dass er von dem Jungen enttäuscht war. Nicht, weil er versucht hatte, einen Opferstock auszurauben, was natürlich auch nicht in Ordnung ging, aber irgendwie zu verstehen war – falls die Version mit der Mutter im Sanatorium überhaupt der Wahrheit entsprach. Aber dass der Junge jetzt einfach abhaute, obwohl er angeboten hatte, ihm zu helfen: Das war nicht fair und verletzte ihn. Was ging ihn dieser Bub überhaupt an?, schalt er sich selbst. Er hatte aus gutem Grund keine Kinder. Sollte der Schlingel doch schauen, wie er im Leben zurechtkam. Auf seine Unterstützung würde er fortan verzichten müssen.

Emilio stand noch immer mit laufendem Motor und weit geöffneter Beifahrertür am Kreisverkehr. Hinter ihm hupte jemand. Vor ihm war alles frei. Er machte seiner Verärgerung mit einem Blitzstart Luft, dabei fiel die Beifahrertür von selbst ins Schloss.

«Dummer Bub», sagte Emilio, der in seiner Verärgerung wild lenkend über einen Randstein fuhr. Krachend legte er den nächsten Gang ein und wählte auf gut Glück die nächste Abzweigung. Er hatte nur eine ungefähre Vorstellung, wo es hinging. Dass Mitica vermutlich ganz woanders wohnte, war ihm klar. Auch dass er von dem Racker keinen Nachnamen hatte. Aber das war jetzt auch egal. Was hatte er zum Küster gesagt? Dass er der Vormund sei, hatte er behauptet.

Er brauchte beide Hände zum Lenken, sonst hätte er sich an den Kopf gefasst.

14

Phina saß in ihrem Arbeitszimmer vor dem Computer und las immer wieder dieselbe E-Mail, die sie vor kurzem aus dem Labor in Laimburg erhalten hatte. Obwohl der Befund den Verdacht bestätigte, den sie schon seit Tagen immer intensiver gehegt hatte, wollte sie es nicht glauben. Es schmerzte, sozusagen schwarz auf weiß zu lesen, dass es jemanden gab, der ihr Schaden zufügen wollte: jemanden, der keine Skrupel kannte und zu einem Mittel griff, das in ihrer chemiefreien Welt des harmonischen Gleichgewichts der Natur unvorstellbar war. Aber die Analyse war eindeutig und von schonungsloser Offenheit: Es stand außer Zweifel, dass die Rebstöcke von einem Pflanzengift hingerafft worden waren, genauer gesagt von einem hochwirksamen Breitbandherbizid. Jemand musste das Herbizid des Nachts, mit einem Sprühkanister auf dem Rücken, auf ihren Weinstöcken ausgebracht haben. Gott sei Dank hatte es wohl keinen Wind und damit keine Abdrift auf die Nachbarstöcke gegeben. Aber dieser Angriff war schlimm genug und hatte mehr zerstört als ihren kleinen Weinberg – nämlich ihr Vertrauen an das Gute im Menschen.

Seit dem 19. Jahrhundert wurden Herbizide im Weinbau eingesetzt, zum Beispiel Schwefel zur Bekämpfung von Unkräutern oder Kupfermittel. Obwohl Phina als Vertreterin des biodynamischen Weinbaus alle chemischen und synthetischen Spritzmittel ablehnte, wusste sie alles darüber, kannte zum Beispiel auch die berühmte «Bordeauxbrühe» aus Kupfersulfatlösung und Branntkalk, mit der erstmals die Franzosen gegen den Falschen Mehltau vorgegangen waren. Das in ihrem Weinberg ausgebrachte Herbizid war jedoch in seiner chemischen Zusammensetzung von ganz anderem Kaliber. Da hatte jemand zu einem radikalen Mittel gegriffen, um auf Nummer sicher zu gehen.

Phina musste sich beherrschen, um nicht wütend auf die Tastatur einzuschlagen. So schlimm es auch gewesen wäre – sehr viel lieber hätte sie im Befund von irgendeinem blöden Schädling gelesen, der es auf ihre Rebstöcke abgesehen hatte. Diesen natürlichen Feind hätte sie zähneknirschend akzeptiert und nach einer friedlichen Abwehrstrategie gesucht. Aber nun hatte sie es mit einem menschlichen Widersacher zu tun, der ihr Böses wollte.

Natürlich hatte sie einen Verdacht, auch wenn es ihr immer noch unvorstellbar erschien. Aber ihr fiel niemand anders ein, der ein Motiv haben könnte. Sie erinnerte sich an die Verhandlungen, die dem Erwerb des kleinen Weinbergs vorausgegangen waren. Peter Waldleitner, der Nachbar auf der anderen Seite, war ein Mann, mit dem sich schon ihr Vater gestritten hatte. Selbstverständlich hatte auch er es auf den Streifen Grund abgesehen, der plötzlich zum Verkauf stand. Aber sie hatte geschickter verhandelt und war letztendlich zum Zug gekommen. Der Waldleitner war danach stinkesauer gewesen und hatte sie wüst beschimpft. Er war ein jähzorniger Patron, außerdem passionierter Jäger und radikal in seinen Ansichten. Trotzdem hätte sie nie gedacht, dass der Waldleitner so verrückt sein könnte, ihre neu gepflanzten Reben zu vernichten. Aber wer sollte es sonst gewesen sein? Ihr fiel kein anderer ein, der ihr Feind hätte sein können. Aber was bezweckte Waldleitner damit? Blinde Destruktion war doch kein ausreichendes Motiv. Oder vielleicht doch?

Es stellte sich die Frage, wie sie auf diesen Akt der Gewalt reagieren sollte? Wenn sie mit ihrem Verdacht zur Polizei ging, würde ein Stein ins Rollen kommen, der nicht mehr aufzuhalten war. Eine Anzeige gegen Unbekannt war zwar unverfänglicher, würde im Ergebnis aber wohl auf das Gleiche hinauslaufen. Oder sie könnte den Waldleitner zur Rede stellen – wobei sie sich ausmalen konnte, wie der alte Choleriker auf ihren Vorwurf reagieren würde. Das war auch keine gute Idee.

Phina druckte die Mail aus, stand auf und machte sich auf die Suche nach Emilio. Jetzt brauchte sie wirklich seinen Rat.

15

Es war spät am Abend, als Lukas Mitterhofer sein Auto auf einer Wiese parkte, um von hier zu Fuß zu gehen. Er wunderte sich, dass keine anderen Fahrzeuge zu sehen waren. Schließlich sollte oben in der alten Burgruine eine heilige Messe stattfinden. Entweder war er zu früh dran, oder die anderen Teilnehmer kannten einen besseren Weg. Aber er hatte sich genau an die Anweisungen des Mönchs gehalten, der ihn gestern erneut in seinem Meraner Delikatessengeschäft besucht und hierzu eingeladen hatte.

Mitterhofer zögerte. Sollte er vielleicht doch besser umdrehen und wieder nach Hause fahren? Ein bisschen unheimlich war das alles schon. Eine heilige Messe im verfallenen Gemäuer einer alten Burg, zu nächtlicher Stunde, zelebriert von einem Mönch, den er nicht wirklich kannte, der irgendwie seltsam war, aber von einer hohen Eindringlichkeit, der in der Lage schien, seine geheimen Gedanken zu lesen, der seine frustrierte Gemütsverfassung kannte und wohl auch von seinen Depressionen wusste. Eigentlich war das unmöglich. Er hatte sich dem Mönch ja nicht anvertraut, hatte ihm nicht den kleinsten Hinweis gegeben – und doch ließen seine Worte keinen anderen Schluss zu. Das war andeutungsweise schon bei seinem ersten Besuch so gewesen und erst recht gestern. Deshalb hatte er auch zugesagt, zur heiligen Messe zu kommen. Der Mönch hatte von alten Ritualen gesprochen und davon, dass ihm die Magie der Zeremonie neuen Lebensmut schenken würde.

Mitterhofer entschied sich, keinen Rückzieher zu machen. Auch wenn er den Versprechungen keinen wirklichen Glauben schenkte, war er doch neugierig, was ihn erwartete. Er machte sich auf den Weg.

*

«Du kommst spät, mein Sohn.» Der Mönch stand im Burghof vor einem großen, massiven Kreuz und inmitten lodernder Fackeln. Aus der Tiefe der Ruine waren gregorianische Kirchengesänge zu hören. «Unsere Glaubensbrüder sind bereits gegangen. Gleichwohl freue ich mich, dass du den Weg zum Herrn gefunden hast.»

«Habe ich mich in der Zeit geirrt?»

«So scheint es, mein Sohn.» Der Mönch faltete die Hände. «Aber das macht nichts. Auf diese Weise wird dir die Ehre einer ganz privaten Inauguration zuteil.» Der Mönch, der eine rote Kutte trug, sah ihn missbilligend an. «Obwohl ich dich tadeln muss.»

«Weil ich zu spät bin?»

«Nein, mein Sohn, sondern weil du den versprochenen Wein nicht mitgebracht hast.»

Mitterhofer griff sich an die Stirn. «Tut mir leid, den Korb mit den Flaschen habe ich im Auto vergessen.»

Der Mönch lächelte. «Es sei dir verziehen. Es zählt der Wille, nicht die Tat.»

Gemessenen Schrittes ging er zu einem kleinen Tisch und goss Wein in einen Kelch, den er dann Mitterhofer reichte.

«Trinke davon, mein Sohn, und lobe den Herrn.»

Dem Kelch entströmte ein intensiver, süßlicher Geruch. Mitterhofer nahm einen Schluck. Der Wein schmeckte sonderbar, machte aber Lust auf mehr, weshalb er den Kelch erneut an die Lippen setzte. Dann erinnerte er sich an die Mahnung des Mönchs und sagte pflichtschuldigst, die Augen zum Kreuz gewandt. «Gott Vater, wir danken dir ...»

Der Mönch riss die Arme nach oben. «Stopp, mein Sohn, halt inne!», rief er mit lauter Stimme.

Mitterhofer zuckte zusammen. «Ich wollte den Herrn preisen», sagte er entschuldigend, «dazu haben Sie mich doch gerade aufgefordert.»

Der Mönch schüttelte die Fäuste. «Den Herrn preisen, das schon. Aber doch nicht Gott Vater!»

Er deutete zu den Burgmauern, wo Mitterhofer zunächst ein großes Pentagramm und an anderer Stelle die Zahl 666 entdeckte.

«Wir preisen hier den Namen unseres Herrn Luzifer, des Gottes der Finsternis.» Er schlug ein Kreuz. «*Ave Satanas!*»

Mitterhofer schauderte. Gleichzeitig schien es ihm, als ob sich seine Sinne benebelten.

«Weißt du denn, warum du hier bist?», hörte Mitterhofer den Mönch fragen, der jetzt wieder ganz ruhig war und ihn wohlgefällig ansah.

«Um einer heiligen Messe beizuwohnen», antwortete er und dachte, dass er am liebsten davonrennen würde. Er hatte sich in eine Situation begeben, die ihm nicht behagte, die ihm mittlerweile Furcht einflößte. Luzifer? *Ave Satanas?* Was war das für ein Mönch, der dem Satan huldigte?

«Um einer *schwarzen* Messe beizuwohnen, die gleichwohl heilig ist», präzisierte der Mönch, «denn der Herr der Hölle ist unser allmächtiger Gott, den wir verehren und dem wir dienen. Aber das ist nicht der einzige Grund, warum du hier bist.»

Lukas Mitterhofer konnte keinen klaren Gedanken mehr fassen. Die Sterne am Himmel begannen zu tanzen. Er sah in den Kelch und dachte, dass sein Zustand am Wein liegen könnte. Dennoch nahm er erneut einen tiefen Schluck und begann zu lachen.

Den Mönch schien sein Verhalten nicht zu irritieren, ganz im Gegenteil. «Du bist hier, um eine Sünde zu bereuen», fuhr er fort. «Du sollst Einsicht zeigen und Buße tun.»

Sünde bereuen? Mitterhofer fiel der Kelch aus der Hand. Er konnte sich kaum mehr auf den Beinen halten. Er hatte mal seine Frau geschlagen, aber das war im Affekt gewesen und deshalb keine Sünde. Er mogelte bei der Steuererklärung, doch das machte jeder. Und vom Hund, den er letzte Woche mit seiner Ape angefahren hatte, konnte dieser Mönch nichts wissen.

«Mir sind keine Sünden bewusst», lallte Mitterhofer, «mein Herz ist rein.»

Der Mönch ging einen Schritt auf ihn zu. «Ich spreche nicht von den Verfehlungen des Alltags. Satan predigt: Gehe hin und sündige! Hier gibt es also nichts zu bereuen. Wollust, Völlerei, Neid, Gier: Das alles sind Tugenden, die uns mit Freude und Stolz erfüllen. Indes gibt es auch im Glauben an Luzifer Todsünden, nur ganz andere. Dazu zählen zum Beispiel Dummheit und Anmaßung.»

Mitterhofer dachte an Wollust und Völlerei – dann fiel er um.

Der Mönch schüttelte tadelnd den Kopf. «Es geziemt sich nicht, sich einer Strafpredigt durch Ohnmacht zu entziehen», flüsterte er. «Lukas Mitterhofer, du bist ein Spielverderber», fuhr er fort. «Bevor du stirbst, musst du doch wissen, warum dich dieses Schicksal ereilt. Was machen wir denn jetzt? Die Tropfen im Wein waren zu stark für dich. Soll ich deinem kümmerlichen Leben im Status der Bewusstlosigkeit ein Ende bereiten? Nein, das wäre zu einfach und unangemessen gnädig.»

Der Mönch kniete sich hin und murmelte ein Gebet. Dann stand er auf und gab Mitterhofer einen kräftigen Tritt mit dem Fuß. Der zuckte zusammen und stöhnte. Beim nächsten Tritt öffnete er die Augen.

«Na also», sagte der Mönch. «Die Nacht ist noch lang. Ich habe eine schlechte Nachricht für dich: Du wirst den Sonnenaufgang nicht mehr erleben!»

16

Es gab Tage, da hatte Emilio perverse Gelüste. Heute war wieder so ein Tag. Obwohl er ein passionierter, geradezu fanatischer Weintrinker war, stand ihm der Sinn nach Bier. Früher fühlte er sich in solchen Momenten an einen Mann erinnert, der heimlich in den Puff ging. Hoffentlich sah ihn niemand, wie er vor einem Krug Bier saß. Wenn sich das herumsprach – was sollten dann die Menschen von ihm denken? Der Wein-Baron geht fremd, er ist seinem Rebensaft nicht treu! Nun, um ehrlich zu sein, war ihm schon immer egal gewesen, was andere von ihm dachten. Er hätte auch im Bordell keine Angst, entdeckt zu werden – rein hypothetisch.

Die Bierlust führte ihn in Bozen durch die Bindergasse zum Batzenhäusl. In diesem traditionsreichen Gasthof, der Ende des 19. Jahrhunderts als Künstler- und Intellektuellentreff bekannt war, hatten sie einen eigenen Sudkessel und einen Biergarten. Er nahm in der Stube an einem Holztisch Platz. Im Spätmittelalter war das Batzenhäusl die Schenke des Deutschen Ordens gewesen. Und dass hier nicht nur Bier, sondern auch kräftig Wein gezecht wurde, ging schon aus dem Namen hervor. Denn der «Batzen» war das Münzstück, das einstmals für einen Krug Wein zu entrichten war.

Emilio lechzte heute dem ersten Schluck Frischgezapftem entgegen – da konnte ihm der feinste Blauburgunder gestohlen bleiben.

Wenig später strich er glückselig den Schaum von den Lippen, um anschließend hausgemachte Fleischtortellini mit Mascarponesauce und Kirschtomaten zu bestellen. Nun hatte er seinen Kopf frei, um über die Dinge nachzudenken, die ihn seit einiger Zeit beschäftigten. Zwar hatte er keinen Ermittlungsauftrag und auch keine Absicht, in absehbarer Zeit einen anzunehmen, aber es schien ihm, als ob er gerade in einige Unwägbarkeiten hineinstolperte. Da waren zunächst Phinas Rebstöcke, die jemand mit Gift besprüht hatte. Sie hatte ihm gestern vom Laborbefund erzählt, auch davon, dass sie die Rebstöcke nicht hätte in Panik herausreißen müssen, sie hätten sich wohl wieder erholt. Dann hatte sie ihm von ihrem Nachbarn Peter Waldleitner berichtet, der vor einigen Jahren beim Kauf des Weinbergs den Kürzeren gezogen hatte. Sie hatte Emilio die Südtiroler Bestimmungen des nachbarschaftlichen Vorkaufsrechts erläutert und beschrieben, wie sie mit ihrem Nachbarn heftig aneinandergeraten war, sodass sogar ein Friedensrichter bemüht werden musste. Jedenfalls hatte sie am Ende den Zuschlag bekommen – und seither grüßten sie sich nicht mehr, der Peter Waldleitner und die Phina Pernhofer.

Emilio schmunzelte. Seine Phina pochte auf ihre Rechte, das wusste er, und der Waldleitner war ein bekannter Querulant. Irgendwann wären sich die beiden sowieso in die Wolle geraten, vor allem, da sich schon ihr Vater nicht mit ihm verstanden hatte. Aber nach Emilios Einschätzung rechtfertigte all das noch nicht Phinas Verdacht, dass ihr Nachbar ihre Rebstöcke mit Gift besprüht hatte. Er musste zwar zugeben, dass diese spontane Annahme nachvollziehbar war, aber von der Logik her sprach nicht viel dafür. So blöd konnte dieser Waldleitner nicht sein. Wenn er sich schon an Phina hatte rächen wollen, dann doch nicht so, dass der Verdacht sofort auf ihn fallen würde. Aber vielleicht hatte er gedacht, mit einem Schädling als Verursacher durchzukommen? Womöglich hatte er nicht geglaubt, dass man das Herbizid identifizieren könnte? Unter Umständen war er betrunken gewesen, hatte nicht lange nachgedacht und war einfach zur Tat geschritten?

Emilio bestellte ein zweites Bier. Er beschloss, bei nächster Gelegenheit mit diesem Waldleitner ein Gespräch zu führen. Ohne Phina und in aller Ruhe. Dann würde man weitersehen. Jedenfalls hatte er diesen Fall an der Backe, da durfte er sich keine falschen Hoffnungen machen. Natürlich wollte Phina herausbekommen, wer ihr auf so hässliche Art geschadet hatte. Sie wollte verhindern, dass Ähnliches noch einmal passierte, wollte den Schuldigen seiner gerechten Strafe zuführen. Der Polizei traute sie auf diesem Gebiet nicht viel zu.

Trotzdem hatte Emilio ihr geraten, Anzeige gegen Unbekannt zu erstatten, schon aus versicherungstechnischen Gründen. Aber mit irgendwelchen Verdächtigungen solle sie sich bitte zurückhalten. Sie würde mit ihrem Nachbarn noch Jahrzehnte zusammenleben müssen. Sie könne nicht einfach wegziehen und einer hasserfüllten Feindschaft aus dem Weg gehen. Das war der Fluch des eigenen Bodens, in dem sie und ihre Rebstöcke verwurzelt waren. Also war es dringend geboten, behutsam vorzugehen.

Nach den Fleischtortellini wandte sich Emilio dem zweiten Fall zu, der nur ein Freundschaftsdienst und mutmaßlich ohne jeden kriminellen Hintergrund war. Wo war Phinas verschwundene Freundin Laura? Aus einer Tasche des Sakkos, das er über die Rückenlehne gehängt hatte, fischte er einen Computerausdruck. Mariella von der Quästur hatte es tatsächlich geschafft! Er würde sie mal zum Abendessen einladen müssen, mit einem Blumenstrauß war das nicht mehr getan.

Nun hatte er es schwarz auf weiß: Lauras Mobiltelefon war nicht mehr am Netz, war weder zu lokalisieren noch zu erreichen. Die Statusbeschreibung des Netzbetreibers offenbarte den Tag und die Stunde, an dem sich das Handy verabschiedet hatte. Genauer gesagt, war das in einer Nacht erfolgt, kurz vor Sonnenaufgang. Das Datum deckte sich mit Phinas Angaben. Emilio freute sich, wenn Mosaiksteinchen zusammenpassten.

Unten auf der Seite war der Ausschnitt einer Straßenkarte von Bozen zu sehen, darauf markiert ein Punkt mit dem letzten Standort des Handys. Emilio sah genauer hin. Die Stelle bot für einige Spekulationen Anlass: Das letzte Lebenszeichen von Lauras Handy stammte vom Ufer des Flusses Eisack. Emilio stellte sich vor, wie Laura das Handy hineingeworfen hatte. Fragte sich nur, warum? Dass sie versehentlich mit dem Auto ins Wasser gestürzt und ertrunken war, schloss er aus. So tief war der Fluss nicht, dass in ihm ein Auto auf Nimmerwiedersehen verschwinden könnte. Natürlich gab es eine weitaus naheliegendere Erklärung: Ihrem Handy war einfach der Saft ausgegangen. Aber warum hatte sie es in der Zwischenzeit nicht wieder aufgeladen?

Emilio bestellte einen Macchiato und dachte nach. Ihm fielen weitere Möglichkeiten ein. Aber er beschloss, seine Phantasie zu zügeln. Manchmal war die Realität ganz harmlos – manchmal, aber nicht immer.

Genau genommen eher selten.

17

Die Wandergruppe aus der Steiermark hatte einen Urlaub gebucht, der den Besuch der schönsten Burgen und Ruinen Südtirols versprach.

Es mangelte nicht an Auswahl, denn im späten Mittelalter musste der Adel an Etsch und Eisack von einer wahren Bauwut infiziert gewesen sein. Dabei machten viele der Burgen militärisch überhaupt keinen Sinn, sie dienten wohl nur der Repräsentation.

Die Urlauber aus der Steiermark waren natürlich besonders an solchen Burgen interessiert, die nicht bequem mit dem Auto zu erreichen waren, schließlich wollte man sich die historisch interessanten Gemäuer im Schweiße des Angesichts erwandern. Schon am Tag ihrer Anreise waren sie am Mitterberg auf einem nicht allzu beschwerlichen Waldweg hinauf zur Ruine der Leuchtenburg gewandert und hatten von dort den Blick auf den Kalterer See und die umliegenden Weinberge genossen. Gestern hatten sie die Burgruine Neuhaus oberhalb von Terlan besucht, was ein besserer Spaziergang war, ihnen aber die Geschichte Südtirols näherbrachte und die lange Zugehörigkeit zu Österreich erklärte. Im Volksmund trug die Burg den Namen Maultasch, benannt nach Margarethe Maultasch, die sich hier gerne aufgehalten hatte. Die Tochter des letzten Grafen von Tirol hatte als «hässliche Herzogin» 1363 nach diversen gescheiterten Verehelichungen und tragischen Todesfällen resigniert und ganz Tirol den Habsburgern übereignet. Mit Unterbrechungen, unter anderem durch Napoleon, sollte das bis 1919 und dem Frieden von Saint-Germain so bleiben.

Heute absolvierte die Wandergruppe auf einem Höhenweg gleich mehrere Burgruinen, die allesamt nur wenig bekannt, gleichwohl ausgesprochen faszinierend waren. Die letzte Ruine auf ihrer Route fand sich in den wenigsten Reise- oder Wanderführern. Es war nicht überliefert, wer die Burg errichtet hatte, es gab keine Fresken zu bewundern, und selbst Einheimische wussten nicht genau, wem sie gehörte. Ihr Zustand war beklagenswert, über die Jahrhunderte fiel sie langsam, aber sicher in sich zusammen. Manchmal stürzte eine Mauer ein – weshalb das Betreten der Ruine verboten war.

Natürlich ignorierten die steirischen Wanderer die Verbotstafel. Sie hatten eine Brotzeit und Getränke in ihren Rucksäcken. Im Burghof wollten sie in mittelalterlicher Tradition jausen, mit den Fingern essen, wenn möglich rülpsen oder einen Furz lassen. So wie man sich halt das Mittelalter vorstellte. Aber dazu sollte es nicht kommen.

Denn kaum hatten sie die Ruine betreten, blieben sie wie erstarrt stehen. Alle Gespräche verstummten. Jemand ließ einen Rucksack fallen. Ein anderer flüsterte: «O mein Gott!»

Mitten im Innenhof stand ein großes, massives Holzkreuz, das einige Meter hoch war, von Wind und Wetter gezeichnet, aber ausgesprochen robust. Ihr Führer hatte zuvor von diesem Kreuz erzählt, das schon seit Jahrzehnten hier stand – ohne dass jemand wusste, warum.

Einer Wandersfrau schwanden die Sinne. Sie verdrehte die Augen und sank zu Boden. Die anderen Wanderer nahmen ihr Schicksal nicht zur Kenntnis, denn wie gebannt blickten sie auf das große Kreuz. Genauer gesagt, starrten sie auf den rechten

Querbalken und den menschlichen Korpus, der daran an einem Seil aufgehängt war – mit dem Kopf nach unten. Aus dem offenen Mund hing die Zunge heraus, und obgleich der Mann offensichtlich tot war, pendelten seine Arme hin und her. Das sah schauerlich aus. Bliebe noch anzumerken, dass das Opfer nackt war.

Den Wandersleuten war der Appetit auf eine mittelalterliche Brettljause vergangen. Einer musste sich sogar übergeben. Ein anderer verständigte mit dem Handy die Polizei. Ein weiterer hatte tatsächlich die Nerven, seinen Voyeurismus zu befriedigen und ein Foto zu machen.

18

Es war spät am Abend, als Phina von Verona zurückkam, wo sie auf einer Messe ihre Weine präsentiert hatte. Emilio lag dösend auf dem Sofa, und aus dem Kopfhörer drangen ihm Lieder von Zucchero in die Ohren. «*Il mare impetuoso al tramonto salì sulla luna e dietro una tendina di stelle …*»

Phina rüttelte ihn unsanft wach, was er als wenig zärtlich empfand; ihm waren andere Formen der Begrüßung in Erinnerung. Dass sie ihm zugleich den Kopfhörer von den Ohren zog, und zwar just als Zucchero mit seiner rauchig-kratzigen Stimme auf Liebe, Sex und einen «Tanz ohne Tabus» zu sprechen kam, stellte seine Sanftmut auf eine harte Probe.

«Es brennt Licht», sagte sie aufgeregt.

«Stimmt», bestätigte er mit einem trägen Blick auf die Stehlampe in der Ecke.

«Nicht hier. Ich meine, bei Laura brennt Licht. In ihrer Wohnung.»

Emilio richtete sich auf. «Tatsächlich?»

«Ich habe geläutet, aber sie öffnet nicht.»

«Hmm.»

Phina wedelte mit den Händen. «Jetzt komm schon!»

«Wohin soll ich kommen?», fragte er.

«Wir fahren zu Laura. Nimm dein Einbruchswerkzeug mit.»

«Einbruchswerkzeug?», murmelte Emilio. «So etwas besitze ich nicht. Ich bin ein rechtschaffener Bürger …»

«Da lachen ja die Hühner. Zieh deine Schuhe an. Los geht's!»

Emilio mochte es nicht, wenn ihm jemand sagte, was er tun sollte. Damit provozierte man eher, dass er ziemlich genau das Gegenteil tat. Aber bei Phina machte er eine Ausnahme. Was darauf hindeutete, dass er sie mochte und ihr deshalb einen gewissen Freiraum zubilligte; außerdem teilte er ihre Neugier. Auch er wollte wissen, was es mit dem Licht in Lauras Wohnung auf sich hatte. Denn an eines erinnerte er sich genau: Bei ihrem vorangegangenen Besuch hatten sie keines brennen lassen.

*

Eine halbe Stunde später öffnete Emilio die Wohnung. Dabei bemerkte er, dass er den «Schlüssel» nur einmal umdrehen musste, obwohl er selbst die Eingangstür doppelt verriegelt hatte. Phina rief nach Laura und rannte durch alle Räume. Vergebens. Enttäuscht ließ sie sich in einen Sessel sinken.

«Was hast du gedacht? Dass sie tot in einer Ecke liegt ...»

«Spinnst du!»

«... oder dich mit einem Glas Prosecco empfängt und ihrer besten Freundin von einer neuen Liebschaft erzählt, wegen der sie die letzten Tage und Nächte nicht aus dem Bett gekommen ist?»

Phina warf den Kopf nach hinten und fuhr sich durch die Haare.

«Ja, so etwas Ähnliches habe ich mir erhofft. In diesem Fall hätte ich ihr sogar verziehen, dass sie mich versetzt und nicht angerufen hat.»

Emilio lief langsam durch die Zimmer, machte wie schon das letzte Mal einige Schubladen auf, ging ins Bad, dann an das Fenster mit dem Blumentopf. Schließlich blieb er vor Phina stehen.

«Es spricht alles dafür», sagte er.

«Wofür?»

«Dass Laura hier war und eine kürzere oder längere Reise angetreten hat.»

«Eine Reise?»

«Ja, denn ihre Tasche, auf die du mich das letzte Mal aufmerksam gemacht hast, ist weg, außerdem ihr Reisepass und der Kosmetikbeutel aus dem Bad. Von den Schubladen mit der Unterwäsche ist eine leer. Ob in den Kleiderschränken was fehlt, kann ich nicht beurteilen, das müsstest du überprüfen. Sie hat das schmutzige Geschirr abgespült und aufgeräumt. Sie hat das Ladekabel für ihr Handy mitgenommen, und sie hat die Blumen am Fenster gegossen; die Erde ist noch feucht. Ihr Besuch kann also noch nicht so lange her sein. Ich vermute, sie war letzte Nacht hier. Deshalb das Licht.»

«Du bist ein genialer Beobachter.»

Emilio zuckte mit den Schultern. «Das sieht jedes Kind. Auch, dass sie nicht in ihrem Bett geschlafen hat.»

«Woher willst du das wissen?»

«Weil der rote Büstenhalter unter ihrem zerknautschten Kopfkissen noch exakt so liegt wie bei unserem letzten Besuch.» Emilio lächelte. «Übrigens ein sehr reizvolles Modell, geradezu erotisch.»

«Findest du?», erwiderte Phina und setzte sich in Pose. «Wie du weißt, trage ich nie einen Büstenhalter; ich besitze überhaupt keinen.»

Er grinste. «Auch das ist überaus reizvoll, und in deinem Fall ganz besonders erotisch, weil es die Natur mit dir gut gemeint hat.»

«Laura hat auch einen schönen Busen», stellte sie fest.

«Das ist mir nicht aufgefallen.»

«Glaube ich nicht.»

«Na ja, jetzt, wo du es erwähnst ...»

Phina drohte ihm lachend mit dem Finger.

«Die Variante ohne BH», fuhr er unbeirrt fort, «ist mir schon deshalb lieber, weil man sich als Mann nicht unnötig mit den verschiedenen Verschlusstechniken beschäftigen muss. Nichts ist peinlicher, als wenn man die Dinger nicht aufkriegt.»

«Du sprichst aus Erfahrung?»

«Nein, das habe ich in Filmen gesehen», antwortete er mit Unschuldsmiene.

«Wer wie du ein Sicherheitsschloss an einer Wohnungstür in Sekunden öffnet, wird doch nicht an einem Büstenhalterverschluss scheitern.»

Emilio zog eine Augenbraue nach oben. «Ich denke, wir sind vom Thema abgekommen. Die entscheidende Frage lautet doch: Wo ist deine Freundin? Und geht es ihr gut, oder müssen wir uns Sorgen machen?»

Sie zuckte ratlos mit den Schultern. «Wo sie ist, wissen wir nicht. Aber es spricht wohl einiges dafür, dass es ihr gutgeht. Vielleicht hat sie wirklich einen neuen Liebhaber, und sie hat alles andere auf der Welt vergessen. Das sähe ihr ähnlich.»

Er dachte an seine Recherchen, an das Handy, das nicht mehr am Netz war, und an den Ort, wo es seinen Geist aufgegeben hatte. Nach kurzer Überlegung setzte er Phina ins Bild. Das brachte ihm ein Lob ein, was ihn erfreute, aber nicht wichtig war. Phina ging es nicht anders als ihm: Sie konnte sich keinen Reim darauf machen. Wahrscheinlich sei dem blöden Ding der Strom ausgegangen oder es sei einfach kaputt, mutmaßte sie. Sie habe schon von Mobiltelefonen gelesen, die plötzlich in

Flammen aufgegangen seien. Und weil Laura eine aufregende Liebesaffäre habe, fehle ihr einfach die Zeit, sich ein neues zu kaufen. So, das sei ihre Theorie. Und sie hoffe, dass diese stimme, so ungefähr wenigstens.

19

Am nächsten Morgen war Emilio wohlig erschöpft und um die Erkenntnis reicher, dass es in Südtirol mindestens eine Frau gab, die keine Reizwäsche brauchte, um ihn um den Schlaf zu bringen. Er vertrat sowieso die Auffassung, dass Frauen weniger in erotische Dessous investieren sollten. Das Ganze basierte auf einem grundlegenden Missverständnis. Natürlich machte es Spaß, ein Geschenk auszupacken: Aber wer Kinder zu Weihnachten oder an ihrem Geburtstag beobachtete, der konnte erleben, wie sie völlig enthemmt Schleife und Papier herunterrissen, um möglichst schnell zum Präsent vorzudringen. Wenn das dann nichts taugte, half selbst die schönste Verpackung nichts.

Emilio gähnte. Da Laura ganz offenbar kein Leid geschehen war, bedurfte es keiner weiteren Ermittlungen. Jedenfalls war Phina zu dieser Auffassung gelangt. Er selbst hatte eine etwas differenziertere Sichtweise. Laura war ja nicht persönlich in Erscheinung getreten, sondern hatte nur Spuren hinterlassen – allerdings ziemlich eindeutige, wie er zugeben musste.

Blieb also wirklich zu hoffen, dass es Laura gutging, sie irgendwann wieder auftauchen würde und für alles eine Erklärung hatte. Wie er von Phina wusste, machten sich die Eltern ohnehin keine Sorgen. Sie schienen sich an die Eskapaden ihrer Tochter gewöhnt zu haben und hatten am Telefon erklärt: «Sie ist wie eine freilaufende Katze, die auf ihren Streifzügen mal für einige Tage und Nächte verschwindet, dann aber zuverlässig wieder auftaucht, um sich zu Hause die Wunden zu lecken, die sie sich bei ihren Abenteuern zugezogen hat.» Jedenfalls sahen die Eltern keine Notwendigkeit, eine Vermisstenanzeige aufzugeben. «Wenn wir zur Polizei gingen, würde sich unsere Tochter nach ihrer Rückkehr fürchterlich darüber aufregen und uns Vorwürfe machen. Nein, das kommt nicht in Frage!»

*

Am späteren Vormittag dachte Emilio, dass es an der Zeit war, ein unangenehmes Gespräch zu führen. Mit seinem Landy fuhr er zum Hof von Peter Waldleitner, Phinas Nachbarn, der beim Geschacher um den angrenzenden Weinberg vor Jahren den Kürzeren gezogen hatte, als jähzornig galt und schon mit ihrem verstorbenen Vater zerstritten war. Das konnte heiter werden. Emilio hatte seinen Besuch mit Phina abgestimmt, aber mit dem Mann keinen Termin vereinbart. Fast hoffte er, diesen Waldleitner nicht anzutreffen.

Im Hof parkte er hinter einem Stapel leerer Kisten, in der Absicht, möglichst keine Arbeitsabläufe zu behindern; denn das wäre ein denkbar schlechter Einstand. Er begegnete einem Mann in Gummistiefeln und mit der für Südtirol typischen blauen Schürze. Von ihm bekam er die Auskunft, dass der Chef oben in seinem Büro säße. Emilio ging die schmale Holztreppe hinauf und klopfte.

«Die Tür ist offen!»

Emilio trat ein. Peter Waldleitner, den er schon einige Male aus dem Auto gesehen, aber noch nie begrüßt hatte, saß hinter einem alten Schreibtisch, um ihn herum Papierstapel und Aktenordner. Waldleitner nahm die Lesebrille ab und sah Emilio misstrauisch an.

«Grüß Gott», sagte Emilio. «Entschuldigen Sie bitte meinen unangemeldeten Besuch. Aber ich möchte mich gerne bei Ihnen vorstellen.»

«Nicht nötig», unterbrach ihn Waldleitner brummig. «Sie sind der Baron, der bei der Phina wohnt.»

«Darf ich mich setzen?», fragte Emilio und deutete auf einen Besuchersessel vor dem Schreibtisch.

«Warum? Wollen Sie etwa länger bleiben?»

Emilio rang sich ein gequältes Lächeln ab und klopfte mit dem Gehstock gegen sein Bein.

«Ach so, ja, bitte nehmen Sie Platz.» Waldleitner kniff die Augen zusammen. «Gefällt's Ihnen in Südtirol, bleiben Sie länger?»

«Mir gefällt es hier sehr gut. In meinem nächsten Leben komme ich als Südtiroler auf die Welt.»

«Das kann man sich nicht aussuchen. Vielleicht werden Sie ein Negerkind im Kongo. Dann haben Sie Pech gehabt.»

«Kann Ihnen aber auch passieren.»

Waldleitner grinste. «Nein, das kann mir nicht passieren. Als Südtiroler kommt man nach dem Tod entweder in den Himmel ganz weit oben oder in den Himmel auf Erden, also wieder nach Südtirol. So einfach ist das.»

«Sofern man ein braves Leben geführt hat», sagte Emilio, der die Gelegenheit wahrnahm, schneller zum Thema zu kommen. «Sonst kommt auch ein Südtiroler in die Hölle.»

«Nein, schlimmstenfalls ins Fegefeuer», entgegnete Waldleitner. «Aber die meisten Südtiroler sind von Grund auf gute Menschen, denen geschieht nichts. Warum schauen Sie mich so skeptisch an?»

Emilio zuckte mit den Schultern, gab keine Antwort.

«Wir sind wie unsere Haflinger», fuhr Waldleitner fort. «Unsere Pferde sind gutmütig, zuverlässig und leistungswillig.»

«Die Haflinger gelten aber auch als eigensinnig, stur und dickschädlig.»

Waldleitner nickte. «Ja, solche gibt's auch. Die sind dann so wie ich.»

Emilio schmunzelte. «Dann habe ich auch was von einem Haflinger. Ich bin zwar weder gutmütig noch leistungswillig, aber ich bin eigensinnig und oft stur.»

«Womit wir was gemeinsam hätten. Ihre Phina ist übrigens auch ein sturköpfiger Haflinger. Ganz wie ihr Vater.»

«Ist nicht meine Phina», korrigierte Emilio ihn. «Ich bin Hausgast.»

Waldleitner winkte ab. «Erzählen Sie keinen Blödsinn. Sie sind weder Hausgast, noch sind Sie hier, um mit mir über die Charaktereigenschaften der Südtiroler zu plaudern. Also, worum geht's?»

«Mich würde Ihre Meinung interessieren ...»

Waldleitner schlug mit der Faust auf den Tisch. «Warum traut sich die Phina nicht selber her?»

«Weil ich ihr abgeraten habe. Sie ist bei diesem Thema zu emotional. Ich glaube, es ist besser, wenn wir beide darüber sprechen. In aller Ruhe.»

«Es geht um den beschissenen Weinberg, richtig?»

Emilio nickte. «Genau, um den Weinberg geht es, in dem jemand Gift versprüht hat.»

«Die Polizei war schon da. Ich hab gesagt, dass ich nichts weiß. Und wenn die Phina nur einmal behaupten sollte ...»

«Sie behauptet überhaupt nichts.»

«Das will ich ihr auch geraten haben», sagte Waldleitner, der nun einen roten Kopf bekommen hatte, «sonst mach ich die kleine Gitsch nämlich fertig.»

Emilio blieb ganz ruhig. «Mit Drohungen würde ich mich an Ihrer Stelle zurückhalten.»

Waldleitner kniff die Augen zusammen. «Weil Sie auf Phina aufpassen, soll ich mich fürchten?»

«Wenn wir uns vernünftig unterhalten, gibt's keinen Grund», entgegnete Emilio leise lächelnd. «Phina hat auf meinen Rat hin eine Anzeige gegen Unbekannt erstattet. Das war nötig wegen der Versicherung. Sie hat niemanden beschuldigt, hat gegenüber der Polizei keinen Verdacht geäußert. Das ist alles.»

Waldleitner lehnte sich zurück und verschränkte die Arme über der Brust. «Ich will's glauben. Also, was wollen Sie wissen?»

«Sie hätten diesen Weinberg damals gerne gekauft. Phina hat ihn Ihnen weggeschnappt. Das stinkt Ihnen noch immer, richtig?»

«Klar stinkt mir das. Die Rebfläche hätte mir zugestanden, da gibt's überhaupt keine Diskussion. Deshalb hab ich mich auch gefreut, als Phinas Sauvignon eingegangen ist. Geschieht ihr recht. Aber deswegen bin ich's nicht gewesen, das dürfen Sie mir glauben. Und wenn Sie es mir nicht glauben, ist mir das auch scheißegal. So, jetzt wissen Sie es.»

«Was hätten Sie auf dem Berg angepflanzt?», fragte Emilio übergangslos.

«Bestimmt keinen neumodischen Sauvignon! Den mag ich nicht, der Franzos' riecht grauslich. Ich hätte einen Blatterle gepflanzt, aber den werden Sie nicht kennen.»

«Fruchtig-mineralisch, Zitrusnoten, Anis, Äpfel, rassige Säure. Natürlich kenne ich den Blatterle. Schade, dass diese uralte Südtiroler Sorte fast ausgestorben ist. Blatterle, ja, das war ein guter Gedanke. Hätte mir gefallen.»

Waldleitner schaute überrascht. «Wirklich? Mit dieser Meinung würden Sie bei Ihrer Phina Ärger bekommen.»

«Ist mir egal. Ist außerdem nicht *meine* Phina. Sie ist sie, und ich bin ich. Und mir gefällt Ihre Idee mit dem Blatterle, Punktum.»

Waldleitner musterte sein Gegenüber. «Vielleicht kommen wir besser miteinander aus, als ich dachte», sagte er schließlich. Er stand auf und ging zu einem klimatisierten Weinschrank in der Ecke. Er brachte eine Flasche mit und zwei Gläser.

«Dieser Blatterle stammt vom unteren Eisacktal, angebaut auf etwa siebenhundert Meter Höhe. Den machen wir jetzt auf, einverstanden?»

Emilio grinste. «Sehr gerne. Hab schon lange keinen mehr getrunken.»

*

Eine halbe Stunde später waren Peter Waldleitner und Emilio beim vertrauten Du angelangt. Emilio war klar, dass ihn das später bei Phina in Erklärungsnöte bringen würde. Er würde es als strategische Maßnahme begründen, um ihren Nachbarn besser aushorchen zu können. Was in gewisser Weise auch stimmte, denn so richtig sympathisch fand Emilio ihn nicht. Sein neuer «Freund» kam ihm vor wie ein Vulkan, der zwar nett brodeln konnte, aber immer kurz davor stand, ohne Vorwarnung auszubrechen. Dem Duzen maß Emilio sowieso keine Bedeutung bei. Er kannte viele nette Leute, mit denen er sich förmlich siezte, dafür duzte er sich mit einer Reihe von Vollidioten. Zudem ging man im alpenländisch geprägten

Südtirol recht schnell zum Du über. Das hatte also nicht viel zu besagen – und nach einigen «Glasln» Blatterle war es fast unvermeidlich.

Emilio gelangte im Gespräch zu der Auffassung, dass der Peter, der gerade vor ihm saß, wohl wirklich nichts mit den vergifteten Rebstöcken zu tun hatte. Jedenfalls hatte er sie nicht in nüchternem Zustand und mit kühlem Kopf besprüht. Was nicht ausschloss, dass er sich in einem Wutanfall von einem ehrenwerten Dr. Jekyll zu einem bösen Mr. Hyde verwandelt haben könnte. Zuzutrauen war ihm das. Auch, dass er sich jetzt überzeugend davon distanzieren konnte. Emilio befragte ihn wie einen unbeteiligten Zeugen, wollte wissen, ob er irgendjemanden beobachtet habe, ob ihm was aufgefallen sei, ob er jemanden in Verdacht habe. Peter Waldleitner verneinte und goss den restlichen Wein in die Gläser.

Beim Abschied bat er, Emilio möge verstehen, dass er Phina nicht grüßen ließe. Aber Emilios Besuch sei ihm ein Vergnügen gewesen, trotz des Anlasses. Jederzeit wieder gerne – nur habe er jetzt keinen Blatterle mehr. Das sei seine letzte Flasche gewesen.

20

Weil er seinen geheimen Raum im Keller nur noch betrat, wenn es unbedingt erforderlich war, hatte Josephus die Fensterläden geschlossen und die Vorhänge im Wohnzimmer zugezogen. Er hatte Kerzen angezündet und hörte einen gregorianischen Choral in lateinischer Sprache. Die Luft war mit Weihrauch geschwängert.

«Der Weihrauch steige auf zu dir», murmelte er, «und komme auf uns herab mit deinem Segen.»

Er kniete mit gefalteten Händen vor einem aufgeklappten Reisealtar, ein antikes Stück aus geschnitztem Holz und Leder. In der Mitte war kein Jesus, auch keine Madonna, sondern ein umgedrehtes Kreuz, das eine seltsame Farbe und Oberflächenstruktur hatte, weil es schon häufig in Blut getaucht worden war. Außen war in Intarsien aus Perlmutt ein Pentagramm eingelassen.

«Satan, Herr der Hölle, du bist würdig und wahrhaftig. Ehre sei dir, in Ewigkeit. *Ave Satanas!*»

Josephus hatte keine Kutte an, und auch sonst nichts – er war nackt. Um seinen Hals hing an einer Kette die gläserne Ampulle. Sie war gefüllt mit dem Blut, das er den Sündern mit einer Kanüle *post mortem* entnommen hatte. Sein Rücken war voller Narben – eine Folge der Selbstgeißelungen. Er war so mager, dass überall die Knochen hervorstanden. Wer aber glaubte, dass er schwach war, täuschte sich gewaltig. Durch jahrelange Exerzitien hatte er sich eine unglaubliche Zähigkeit antrainiert. Und er konnte schwere Lasten schleppen. Als er noch im Kloster war, hatte man ihn mehrfach ausgewählt, auf dem Leidensweg Christi das schwere Kreuz zu tragen. Das war, bevor er seinen Glauben wechselte, um einem Herrn zu dienen, der mächtiger und größer war als Gott.

In den linken Flügel des Altars hatte Josephus zwei Bilder geklebt. Eines zeigte das Gesicht des Meraner Delikatessenhändlers Lukas Mitterhofer. Er befand sich in Gesellschaft des Winzers Bartholomäus Unteregger.

Josephus flüsterte: «Satan, Herr der Hölle. Gepriesen sei dein Name.»

Der nackte Mönch begann zu zittern. Dies rührte nicht daher, dass ihm kalt war. Das Schaudern kam von innen.

«Ich spüre dich, o mein Gebieter. Du nimmst von mir Besitz, der ich ohnehin dein williges Werkzeug bin.»

Das Zittern wurde immer stärker, er konnte sich nicht mehr auf den Knien halten. Josephus fiel seitwärts auf den Boden, schlug dort wie wild um sich und brauchte Minuten, bis er ruhiger wurde. Schließlich lag er zusammengekrümmt da, leise weinend und ein unverständliches Gebet murmelnd.

Diese epileptischen Anfälle waren für ihn nichts Neues, er hatte sie schon im Kloster gehabt. Deshalb hatten seine Ordensbrüder geglaubt, er sei vom Teufel besessen. Aus Rom war extra ein Priester angereist, der als Exorzist seine Seele befreien sollte.

Unvermittelt begann Josephus, der immer noch auf dem Boden lag, hysterisch zu lachen. Seine Seele vom Dämon befreien? Der Exorzist hatte jämmerlich versagt. Dessen ganzes Brimborium mit Handauflegen, den Psalmen, die Beschwörung mit dem Kreuz: All das war ohne Wirkung geblieben.

Spätestens damals war Josephus klar geworden, dass der Satan längst von ihm Besitz ergriffen hatte – und dass seine Macht größer war als jene des Exorzisten.

Er richtete sich auf und nahm vor dem Altar wieder eine kniende Stellung ein. Erneut faltete er die Hände und versuchte, sich zu konzentrieren. Die ersten beiden Sünder waren bestraft. Er hatte weniger Probleme gehabt als erwartet. Er war über sich hinausgewachsen und hatte eine andere, höhere Bewusstseinsebene erlangt. Luzifer sei Dank.

Doch seine Mission war noch nicht beendet. Er wusste, dass weitere Aufgaben auf ihn warteten, die er zu meistern hatte. Aber sein Verstand war klar genug, um zu erkennen, dass er vorsichtig sein musste. Zwei Todbringungen in kurzer Zeit zeugten von einer gewissen Unverfrorenheit. Er durfte den Bogen nicht überspannen. Nun gut, zwischen den beiden Fällen gab es kaum Parallelen. Sehr unwahrscheinlich, dass die Polizei sie miteinander in Verbindung brachte. Aber bei seinem nächsten Strafgericht sollte er es vielleicht nach einem Unfall aussehen lassen. Das wäre klug, allerdings widersprach das seinen Wünschen.

Freilich gab es ein grundsätzliches Problem: Er wusste nicht, wo sich der nächste Sünder aufhielt. Er hoffte schon seit längerem auf ein Zeichen Luzifers, das ihn auf seine Spur brachte. Bisher jedoch hatte der Teufel beharrlich geschwiegen.

Josephus sah auf den rechten Flügel des kleinen Altars. Dieser repräsentierte gewissermaßen das Reich der Lebenden. Dort hatte er das Foto eines weiteren, eines vierten Opfers angepinnt. Er wusste genau, wer das war, und er würde auch nicht lange nach diesem Menschenkind suchen müssen. Gleichwohl hatte er hier die meisten Skrupel, weshalb er dieses Urteil zuletzt vollstrecken wollte – wenn es darum ging, das Werk zum

Abschluss zu bringen, um danach wieder Frieden zu finden. Also bedurfte es zunächst des anderen Delinquenten. Von ihm hatte er kein Foto. Wo, zur Hölle, fristete dieser sein jämmerliches Dasein?

Er schloss die Augen und murmelte ein Gebet. Dabei bat er den Herrn der Finsternis um Hilfe. Und weil er schon dabei war, erflehte er einen Rat, wie er mit einem Problem umgehen sollte, auf das er nicht vorbereitet gewesen war, das seine Kreise gestört hatte und nunmehr wie ein Damoklesschwert über seinem Haupt schwebte. Genau genommen war er selbst das Schwert des Damokles, das unversehens herabstürzen konnte. Noch hing es wie in der Sage des Königs von Syrakus an einem Rosshaar – er hatte die Macht, es durchzuschneiden. Aber war das der Wille seines Herrn? Warum hatte ihm Satan diesen Streich gespielt? Um ihn zu prüfen? Oder wollte er ihn zu Fall bringen? Nein, das durfte und konnte nicht sein. Er war dem Herrn der Finsternis treu ergeben, er war sein williges Werkzeug.

Plötzlich kam ihm ein Gedanke. Sollte das der verborgene Sinn dieser Verstrickung sein? Der nackte Mönch schauderte. Er spürte, wie ihn die Wollust übermannte. Er war zwar ein Mann der Askese – aber das Gelübde der Keuschheit hatte er widerrufen.

21

Phina hatte in ihrem Weingut ein gläsernes Abteil, das nur wenige Eingeweihte betreten durften. Ihr Kellermeister zählte dazu – und auch Emilio, den sie gerne dabei hatte. Es handelte sich um einen speziellen Verkostungsraum, der nichts mit einer gemütlichen Weinstube gemein hatte, sondern eher an ein Labor erinnerte. Mit Reagenzgläsern, mehreren Mikroskopen, hochempfindlichen Waagen … Hier wurden Mostgewichtsbestimmungen und Gärkontrollen durchgeführt, wurde der biologische Säureabbau überprüft, wurden Hefen und Bakterien analysiert oder der pH-Wert bestimmt.

Emilios Stärken lagen nicht in der Analyse; er lehnte es prinzipiell ab, sich mit Zahlen zu beschäftigen oder durch ein Mikroskop zu schauen. Aber wenn es um die sensorische Wahrnehmung ging, wenn also die Nase gefragt war, da war Emilio nach Phinas Auffassung unschlagbar. Sie kannte keinen anderen, der bei Blindverkostungen so häufig richtig lag, der die Rebsorten erkannte, die Anbaugebiete, oft sogar auf die richtigen Weingüter tippte. Für Phina war aber viel wichtiger, dass er ihre eigenen Weine in den verschiedenen Entstehungsphasen hervorragend einschätzen und daraus Empfehlungen ableiten konnte, zum Beispiel hinsichtlich des Ausbaus im Fass oder bei der feinen Assemblage verschiedener Rebsorten zu einer Cuvée. So wurden bei Phina Weißburgunder, Chardonnay und Sauvignon miteinander «vermählt», wobei die prozentualen Anteile von Jahrgang zu Jahrgang variierten. Darüber hinaus wurden auch Weine ein und derselben Traube unterschiedlich ausgebaut, etwa im Stahlfass oder im Barrique, und später zusammengeführt. Auch hier kam es auf die Nase und viel Erfahrung an.

Natürlich hatte Phina ihre eigene Meinung und auch eine klare Vision, wo sie mit ihren Weinen hinwollte. Aber Emilio hatte in seinem Leben tausendmal mehr Weine probiert als sie. Diesen Erfahrungshintergrund, kombiniert mit seinem sensorischen Talent, machte sie sich zunutze. Selbst ihr Kellermeister verstummte, wenn Emilio seine mürrischen, oft spöttischen, aber immer eindeutigen Kommentare abgab.

Heute hatten sie den aktuellen Lagrein mit älteren Jahrgängen verglichen und diskutiert, warum sich der neue mit einer auffallend stärker ausgeprägten Veilchennote präsentierte – und ob sie das gut fanden oder nicht. Der Kellermeister war schon gegangen. Emilio nahm noch einen Schluck und verlieh seiner Überzeugung Ausdruck, dass der übertriebene Veilchenduft etwas fürs Poesiealbum junger Mädchen war: Beim Wein könne er darauf verzichten, beim Barbera oder Sangiovese mache er eine Ausnahme, seinetwegen auch beim Lagrein, aber bitte mit der nötigen Diskretion, sonst fühle er sich an das Eau de Toilette seiner Großmutter erinnert – Gott sei ihrer Seele gnädig.

Phina lachte, machte dann aber ein ernstes Gesicht. «Apropos Gott und das selige Angedenken eines Verstorbenen ... Hast du in der Zeitung von dem grausamen Mord in der Burgruine gelesen?», fragte sie.

Emilio schwenkte das Glas mit dem Lagrein und goss kurzerhand etwas Blauburgunder hinzu. Dann rührte er mit dem Finger um, schwenkte das Glas erneut und roch daran.

«Na bitte», sagte er, «jetzt ist meine Großmutter weg, so einfach geht das.» Er schleckte den Finger ab, um dann auf Phinas Frage zu antworten: «Ja, habe ich gelesen: erst der abgemurkste Winzer und jetzt dieser Delikatessenhändler aus Meran. Phina, ich bin entsetzt. Ich habe euch Südtiroler für ein friedfertiges und liebenswertes Volk gehalten, und jetzt diese Gräueltaten. Was sollen die Touristen von euch denken? Ihr könnt euch doch nicht einfach gegenseitig umbringen, das macht man nicht. Es sollte eine Quote von maximal einem Mord pro Quartal verbindlich festgeschrieben werden. Alles andere schadet dem Fremdenverkehr.»

«Du bist ein zynischer Idiot.»

«Zyniker sind enttäuschte Romantiker», zitierte Emilio Oscar Wilde. Dann nahm er einen großen Schluck von seiner Spezial-Cuvée.

«Ich wollte dir was erzählen», sagte Phina.

«Nur zu. Lass mich raten: Du kanntest auch den toten Delikatessenhändler, richtig?»

Phina sah ihn mit offenem Mund an. «Das stimmt. Woher weißt du das?»

Er deutete auf eine Liste, die neben anderen Blättern und einigen Fotos an eine Korkwand gepinnt war. «Deine Vertriebspartner in Südtirol. Daher kenne ich seinen Namen. Lukas Mitterhofer aus Meran. Er hat nicht viele Flaschen abgenommen, aber immerhin.»

«Da stehen doch hunderte von Namen drauf. Die kannst du doch nicht alle im Kopf haben, oder?»

«Nein, dazu müsste ich sie auswendig lernen, wozu die Veranlassung fehlt. Aber mein Hirn neigt dazu, sich unnützes Wissen anzueignen. Auch wenn ich etwas nur einmal gelesen habe, bleibt irgendwas hängen. Schrecklich, ich leide darunter.»

«Du bist der merkwürdigste Mensch, den ich kenne.»

«Tut mir leid.»

«Aber du hast recht. Den Lukas Mitterhofer kannte ich. Das ist doch unheimlich, findest du nicht?»

«Wieso unheimlich? Bei der niedrigen Bevölkerungszahl in Südtirol, dividiert durch die Menschen, die direkt oder indirekt mit Wein zu tun haben, multipliziert mal zwei, daraus die Wurzel im Quadrat … Die statistische Wahrscheinlichkeit, dass dir die beiden Mordopfer persönlich bekannt sind, ist deutlich höher als die gegenteilige Annahme. Muss dir also nicht unheimlich sein. Das ist ganz normal.»

Phina schüttelte sich. «Mir graust's trotzdem. An den Füßen hat man ihn aufgehängt. Wer macht denn so was?»

«Ich fürchte, der Täter hat ihn nicht gemocht. Ist übrigens kein Grund, zu sterben, außer man hat einen hohen Blutdruck.»

«Stimmt. Wie ist er eigentlich zu Tode gekommen?»

«Stand nicht in der Zeitung. Nur dass der arme Kerl tot war und Wandersleute erschreckt hat, das steht fest. Ich fürchte, du musst dich in Meran nach einem neuen Weinhändler umsehen.»

«Und du bist doch ein Zyniker.»

«Habe ich doch gar nicht bestritten.» Er reichte ihr sein Glas. «Magst du mal meine Spezial-Cuvée probieren?»

«Die du mit dem Finger umgerührt hast? Ich denke nicht daran.»

«Großer Fehler», sagte er grinsend und trank das Glas mit Genuss aus.

*

116

Eine halbe Stunde später klingelte Emilios Handy.

«*Sono io*, ich bin's», sagte eine verdruckste Kinderstimme.

«Hallo Mitica, hab nicht gedacht, dass du dich noch mal meldest.»

«Ich wollt mich entschuldigen.»

«Wofür?»

«Sie wissen schon ... Ich meine, also ...», stotterte er.

«Nun sag es schon; ich will es gerne von dir hören.»

«Also, ich hätt nicht einfach abhauen dürfen, wo Sie mir doch geholfen haben.»

«Nein, hättest du nicht, das war nicht gut. Und jetzt?»

«Mir geht's nicht so gut.»

Emilio dachte, dass er nach Miticas unrühmlichem Abgang eigentlich beschlossen hatte, dem Knirps nicht mehr zu helfen – und daran, dass solche Vorsätze nichts wert waren.

«Wollen wir uns in einer Stunde in Bozen treffen?», schlug er vor. «Beim Archäologiemuseum.»

«Kenn ich nicht», sagte Mitica.

«Freilich kennst du es. Weißt schon, wo der Ötzi liegt ...»

«Der g'frorene Mann. Ach so.»

«Aber klau keine Handtasche, bis ich da bin, versprochen?»

«Ich bin ganz brav.»

*

Der Bub stand auf der gegenüberliegenden Straßenseite, mit dem Rücken gegen ein Haus gepresst. Als ob er sich demonstrativ von den Touristen fernhalten wollte, die am Archäologiemuseum anstanden, um den über fünftausend Jahre alten Eismann vom Similaungletscher zu besuchen.

Emilio fuhr ihm durch die strubbligen Haare. «Hast Hunger? Gehen wir was essen? Mit vollem Bauch kann man besser reden.»

*

Zum Dessert bestellte Emilio Topfenknödel mit Zwetschgenröster – für Mitica gleich zweimal, denn der erste Teller war schneller leer, als der Ober servieren konnte.

Emilio lehnte sich schmunzelnd zurück. Kleine Jungs können unheimlich viel verdrücken. Bei so einem mageren Kerl wie Mitica grenzte die Nahrungsaufnahme hinsichtlich Menge und Geschwindigkeit an Hexerei.

«Na, ist deine Mutter noch im Sanatorium?», fragte Emilio.

«Ja, dauert wohl länger.»

«Bist immer noch alleine zu Hause, oder?»

Statt einer Antwort schob Mitica den letzten Rest der zweiten Portion Topfenknödel in sich rein.

«Mitica, was ich gerne wissen würde … Hast du überhaupt keine anderen Verwandten? Deinen Vater kennst du nicht, das hast du mir erzählt. Aber irgendwelche Onkel oder Tanten, gibt's da niemanden? Oder sind die alle in Rumänien?»

Mitica schüttelte den Kopf. «Ich kenn keinen Onkel, auch keine Tante.»

«Großeltern müsst's doch in deinem Alter auch noch geben. Was ist mit denen?»

«Mein Opa ist vor zwei Jahren in Bukarest von einem Auto überfahren worden. Seitdem trinkt meine Mutter noch mehr als zuvor.»

«Mitica, du hast meine Visitenkarte, du weißt, wie ich heiße. Deinen Nachnamen kenne ich aber nicht. Wenn wir Freunde sein wollen, müsste ich schon mehr von dir wissen.»

«Nastasiu», nuschelte er. «Mitica Nastasiu.»

«Und deine Mutter?»

«Ileana Nastasiu. Den Namen von meinem Vater kenn ich nicht.»

«Ich hör gleich auf», sagte Emilio. «Aber zwei Sachen würd ich noch gern wissen. Wo wohnst du, und in welchem Sanatorium ist deine Mutter?»

Mitica wischte sich mit der Serviette den Mund ab. «Sag ich nicht.»

Emilio schüttelte missbilligend den Kopf. «So kommen wir nicht weiter. Entweder du sagst mir jetzt, was ich wissen will, oder du kannst gehen. Das war's dann, aber endgültig, das kannst mir glauben.»

Der Bub sah ihn aus großen Augen an. «Warum wollen Sie das wissen?»

«Jetzt hör mit dem Sie auf. Ich bin der Emilio. Warum ich das wissen will? Einfach so. Man will sich doch kennen, wenn man befreundet ist. Ich sag dir auch alles, was dich interessiert.»

«Echt? Bist du reich? Muss man als Baron arbeiten?»

Emilio lächelte. «Meine Eltern waren mal reich, aber dann war alles weg. Ich hab schon mal unter einer Brücke geschlafen und auch mal Geld geklaut ...»

«Sie haben geklaut?»

«Wir sind beim Du.»

«Du hast geklaut? Das glaube ich nicht.»

«Doch, habe ich, ist aber schon lange her. Ich find's nicht gut, dass ich's gemacht hab. Heute komm ich über die Runden, es geht mir nicht schlecht. Aber ich muss dich enttäuschen: Reich bin ich nicht.»

«Und was arbeitest du? Ich seh dich immer nur spazieren.»

«Gerade mach ich nichts. Wenn ich Geld verdienen muss, arbeite ich als Detektiv.»

«Wirklich? Das heißt, Sie …»

«Du!»

«… du bist so eine Art Thomas Magnum, wie im Fernsehen?»

Emilio lachte. «Nein, wohl eher eine Miss Marple, aber die wirst du nicht kennen. Hast ja mein Auto gesehen. Ich bin kein Magnum, der fuhr doch einen Ferrari, oder?»

«308 GTS», präzisierte Mitica.

«Kennst dich nicht nur mit Handtaschen und Opferstöcken aus.»

«Das hättest nicht sagen müssen, das war unfair.»

«Hast recht. Das nehme ich zurück.»

«Privatdetektiv, wirklich? Des isch cool. Da hätt'st du ja von der alten Tante, der du die Handtasche zurückgegeben hast, eine Belohnung kassieren können.»

Emilio grinste. «Ist nicht mein Geschäftsmodell. Und auf dich war kein Lösegeld ausgesetzt, dein Glück. Jetzt bist du dran.»

«Womit?»

«Deine Adresse und das Sanatorium, wo deine Mutter liegt.»

«Muss das sein?»

«Schon vergessen? Ich bin Detektiv, ich krieg's sowieso raus, also kannst es mir auch sagen. Ist einfacher.»

Mitica musste sichtbar mit sich ringen. Dann gab er die Informationen preis.

«Du hast am Telefon gesagt, dir geht's nicht so gut. Wie kann ich dir helfen?»

Mitica rutschte auf dem Stuhl hin und her. «Gar nicht, geht schon wieder.»

«Du bist ein schlechter Schwindler. Pass auf, ich mach dir einen Vorschlag: Ich könnte einen Assistenten gebrauchen. Das muss natürlich unser Geheimnis bleiben. Dafür würde ich dich bezahlen. Was hältst du davon?»

Vor Aufregung bekam der Bub einen roten Kopf. «Einen Assistenten? Wirklich?»

«Na, schauen wir mal. Es gibt natürlich eine Probezeit. Und es darf keiner davon wissen. Eigentlich bist du ja viel zu jung …»

Mitica versuchte, sich im Sitzen größer zu machen, und drückte die Brust heraus. «Ich bin älter, als ich ausschau. Und ich bin clever, wirst schon sehen.»

Emilio reichte ihm die Hand. «Bist also einverstanden? Komm, schlag ein!»

Mitica gab ihm die Hand und drückte so fest zu, wie er konnte.

«Also, darauf brauch ich einen Schnaps», stellte Emilio fest. «Magst noch eine Cola?»

Mitica nickte und schien im Glück. Emilio dachte, dass er gerade ziemlichen Blödsinn redete. Einen minderjährigen Assistenten rumänischer Herkunft, der auf Taschendiebstahl spezialisiert war: War er von allen guten Geistern verlassen? Er sollte den Bub vorübergehend in ein Waisenhaus stecken und die Kosten übernehmen, das wäre vernünftig. Wäre es das? Nein, natürlich nicht. Mitica wäre schneller durch die Hintertür draußen als er selbst vorne durch die Pforte. Wenn er dem kleinen Racker wirklich helfen wollte, musste er einen kreativeren Weg wählen. Einen Assistenten, warum nicht? Seinem vorigen hatte er mal den Namen Rebstock gegeben – aber der hatte nur in seiner Phantasie existiert. Mit ihm hatte er reden können, ohne je eine Antwort zu bekommen. Und auch sonst war er zu nichts zu gebrauchen. Mitica war immerhin physisch existent – aber sonst auch nicht zu viel zu gebrauchen. Gut, das mit dem Assistenten war ein spontaner Einfall gewesen. Weil er dachte, dass das ein Bub in seinem Alter toll finden würde. Und vielleicht kam er ihm auf diesem Umweg näher und fand heraus, wie man ihm wirklich helfen könnte. Er würde seine Mutter im Sanatorium aufsuchen ...

«Was ist mein erster Auftrag?», fragte Mitica und schlug vor Begeisterung so laut in die Hände, dass sich die Gäste an den Nebentischen umdrehten.

Mist, ein erster Auftrag? Er konnte ihn ja wohl kaum bitten, seine Schuhe zu putzen. Wobei ihm das wirklich eine Hilfe gewesen wäre.

«Ich hab dir doch gesagt, dass ich gerade nichts mache.»

Mitica schaute enttäuscht. «Aber wofür brauchst du dann einen Assistenten?»

*

Einige Zeit später standen sie in einem Laden für Mobiltelefone. Emilio erklärte, dass sein Assistent immer erreichbar sein müsse. Er kaufte für Mitica ein Handy mit einer Prepaid-Karte. Anschließend spazierte er mit ihm auf der Promenade an der Talfer, wo sie sich auf eine Bank setzten.

«Also, pass auf. Ich hab doch einen Auftrag für dich. Du musst für mich ein Auto suchen.»

Dann sagte er ihm, welches Auto Phinas verschwundene Freundin Laura fuhr; er nannte ihm das Kennzeichen und die Gegend, wo er suchen sollte, nämlich dort in der Gegend, wo sich Lauras Handy aus dem Netz verabschiedet hatte. Mitica nahm sein neues Handy und speicherte mit wichtigem Gesicht das Kennzeichen, damit er es nicht vergaß. Na bitte, sein neuer Assistent machte einen professionellen Eindruck.

Emilio wusste, dass er ihm einen Schwachsinnsauftrag erteilt hatte. Laura war offenbar unterwegs und sogar in ihrer Wohnung gewesen. Ihr Auto konnte gar nicht mehr in der angegebenen Gegend stehen. Wie auch immer, Mitica hatte was zu tun.

Emilio zückte seine Brieftasche. «So, mein Lieber. Du hast Betriebsausgaben, und dir steht ein Vorschuss zu.» Er nahm einige Geldscheine und drückte sie Mitica in die Hand. «Ich brauch keine Quittung, ich vertrau dir.»

«Das ist Kinderarbeit, und die ist in Südtirol verboten», sagte Mitica frech.

Emilio grinste. «Nicht nur in Südtirol, deshalb muss es ja unser Geheimnis bleiben.» Er hob den Zeigefinger. «Und noch was: Du darfst dich grundsätzlich nie in Gefahr begeben. Das musst du mir versprechen.»

«Was soll daran gefährlich sein, ein Auto zu suchen?»

«Das meine ich nicht. Ich fürchte sowieso, dass das Auto nicht mehr da ist. Macht nichts, ich brauche Gewissheit.» Er lächelte. «Aber wir wollen ja länger zusammenarbeiten. Deshalb meine Anweisung. Verstanden?»

Mitica nickte. «Nie in Gefahr, verstanden.»

Er fuhr dem Jungen über den Kopf. «Kauf dir vom Vorschuss ein Shampoo und wasch dir die Haare. Mein Assistent muss einen gepflegten Eindruck machen.» Emilio gab Mitica einen Klaps auf die Schulter. «Und jetzt hau ab. Lass dir mit dem Auto Zeit, das hat keine Eile.»

Emilio sah ihm nach. Mitica drehte sich kurz um und winkte. Er dachte, dass er ein sentimentaler Trottel war, aber das musste ja keiner wissen.

22

Sie zog sich die Bettdecke über den Kopf, strampelte die Füße frei, drehte sich auf den Bauch, vergrub ihr Gesicht so tief im Kopfkissen, bis sie keine Luft mehr bekam. Irgendwann setzte sich Phina auf, wischte sich den Schweiß von der Stirn und blickte auf die grün leuchtende Anzeige ihres Weckers. So ein Mist, erst zwei Uhr. Das war wieder so eine Nacht, die kein Ende nahm. Sie hasste das. Albträume suchten sie heim – so intensiv wie schon lange nicht mehr.

Vorhin hatte sie von kleinen Monstern geträumt, die ihre Weintrauben von den Rebstöcken fraßen. Das war ja fast noch lustig gewesen, wie in einem Kinderfilm. Dann hatte sich auf einen Schlag die ganze Verwüstung offenbart: Ihre Weinberge hatten ausgesehen wie nach dem Abwurf einer Atombombe, nur noch einige verkohlte Strünke hatten in einen blutroten Himmel geragt, dazwischen lagen umgefallene Stützen und Drähte. Außerdem musste sie den Anblick einer grausam verbrannten Leiche ertragen, die sie an ihre Freundin Laura erinnerte. Dann plötzlich hatte schrilles Gelächter eingesetzt – und Phina war aufgewacht. Gott sei Dank, an einer Fortsetzung dieser Horrorphantasie war sie nicht interessiert.

Phina stand auf, ging ans Fenster und öffnete die Läden. Sie schaute hinaus in die ruhige Nacht. Die Sterne funkelten, der hell leuchtende Mond verschwand gerade hinter einem fernen

Berggipfel. Sie konnte ihre Rebstöcke sehen, die voll im Saft standen, hörte den Ruf einer Eule. Alles war so friedlich wie im Paradies. Es gab keinen wirklichen Grund für Albträume. Natürlich machte sie sich Sorgen um Laura, aber nicht mehr allzu sehr. Irgendwann würden sie beide darüber lachen. Natürlich beschäftigten die vergifteten Reben ihre Gedanken – und der Verdacht, der auf ihren Nachbarn Waldleitner fiel. Ihr gingen Emilios Schilderung seines Besuchs durch den Kopf und seine Zweifel an Waldleitners Schuld. Aber das war alles kein ausreichender Grund, weshalb sie von fürchterlichen Träumen geplagt wurde.

Vielleicht lag es daran, dass beinahe Vollmond war? Phina glaubte fest an die kosmischen Kräfte des Mondes. So schnitt sie ihre Reben nur bei abnehmendem Mond. Der Himmelskörper sorgte für die Gezeiten des Meeres. Der Mensch bestand zu großen Teilen aus Wasser, also war es nur logisch, dass der Mond auch auf den menschlichen Organismus einen Einfluss hatte. Schon die mittelalterlichen Astrologen wussten, dass die Mondphasen Auswirkungen auf die Gemütslage der Menschen hatten.

Emilio würde ihr heftig widersprechen, er hielt das alles für Humbug und wissenschaftlich nicht beweisbar. Trotzdem bekannte er sich mittlerweile zu ihrem biodynamischen Weinbau. Er würde es schon noch begreifen, bei manchen Menschen dauerte es halt etwas länger.

Sie atmete tief ein und aus. Dass sie die Albträume meist kurz vor, während oder kurz nach Vollmond hatte, war auch kein Zufall, davon war sie überzeugt. Da half es nichts, dass ihre Fensterläden geschlossen waren und kein Licht in ihr Schlafzimmer fiel. Aber Emilio hielt auch das für Einbildung. Na egal, sie wusste es besser. Apropos Emilio. Jetzt bedauerte sie, dass sie getrennte Schlafzimmer hatten. Seine Nähe würde ihr guttun, sie könnte sich an ihn kuscheln und auf andere Gedanken kommen. Vielleicht würde sie dann wieder zu ihrem Schlaf finden?

Phina lächelte versonnen. Sie schloss die Fensterläden und verließ barfuß ihr Zimmer, ohne Licht anzuschalten. Sie schlich hinaus auf den Flur, öffnete leise die Tür zu Emilios Zimmer, fand im Dunkeln das Bett, kroch unter seine Decke und schob einen Arm unter seinen Kopf.

«Hallo, meine Liebe», flüsterte er. «Alles gut?»

Sie drückte sich an ihn. «Ja, könnte nicht besser sein.»

«Knips den Mond aus», sagte er leise, als ob er wusste, was sie nicht schlafen ließ. «Denk an was Schönes, gute Nacht!»

*

Stunden später stellte sie fest, dass es bereits spät am Vormittag war. Offenbar hatte ihr Körper die zuvor entgangenen Schlafstunden nachgeholt. Emilio war in solchen Fällen keine Hilfe. Er konnte bei schönstem Wetter den halben Tag im Bett verbringen und wie eine altägyptische Mumie reglos daliegen, ohne sich einmal umzudrehen. Die eigentlich erfreuliche Tatsache, dass er nicht schnarchte, erwies sich an Tagen wie diesem als Nachteil. Phina gab ihm einen Stoß in die Rippen. Er gab einen kurzen Laut von sich, schlief aber unbeirrt weiter. Na, immerhin war er nicht tot.

Sie stand auf, schlug die Bettdecke zurück und öffnete die Fensterläden. Die bereits hochstehende Sonne schien hell ins Zimmer. Phina klatschte laut in die Hände. Emilio zeigte keine Reaktion. Sie wusste nicht, ob sie ihn um seinen tiefen Schlaf beneiden sollte. Nein, nicht um diese Tageszeit, da war das ganz und gar unpassend. Der Mann versäumte die schönsten Stunden seines Lebens.

Pfeifend ging sie zurück in ihr Zimmer. Sie schaltete ihr Handy ein. Gerade wollte sie sich umdrehen, da erschien auf dem Display eine Kurzmitteilung: ein paar Wörter nur, aber die waren in der Lage, sie in Hochstimmung zu versetzen.

«Hallo Phina-Schatz», las sie, «tut mir leid, dass ich abgetaucht bin. Mach dir keine Sorgen. Mir geht es super. Habe mich total in einen Typen verknallt. Kennst mich ja. Auf bald. Bussi. Laura.»

Dahinter stand das Piktogramm eines grinsenden Gesichts mit kleinen Herzen anstelle der Augen.

Phina schüttelte lächelnd ihren Kopf. Ihre Freundin Laura war doch wirklich ein Luder. Eigentlich hätte sie keine Minute daran zweifeln dürfen, dass es ihr gutging. Aber bei ihrem hoffentlich baldigen Wiedersehen würde sie ihr gehörig die Meinung sagen. Bei aller Verliebtheit durfte sie nicht die beste Freundin vergessen, das ging gar nicht.

Nach kurzem Nachdenken antwortete sie. «Laura-Mausi, du untreue Seele. War allerhöchste Zeit für ein Lebenszeichen. Wer ist es denn? George Clooney? Pass auf dich auf. Ruf mal an. Küsschen. Phina.»

Sie drückte auf «Senden». Es sprach alles dafür, dass das ein guter Tag wurde – trotz des verspäteten Anfangs.

*

«Wirklich?» Emilio sah sie skeptisch an. «Laura hat dir eine SMS geschickt? Hätte ich nicht gedacht.»

«Warum nicht?» Sie reichte ihm das Handy. «Hier, lies!», forderte sie ihn auf.

«Phina-Schatz», zitierte er lächelnd, «das ist ja herzaller-liebst. Ist das eure übliche Anrede?»

«Was dagegen? Und ich schreib ‹Laura-Mausi›, damit du es gleich weißt. Wir Mädels sind einfach nett zueinander, da könntet ihr Männer was von lernen.»

«Okay, verstanden. Lese ich richtig? George Clooney? Ist das euer Traumprinz?»

Phina zuckte mit den Schultern. «Ich persönlich steh mehr auf Steve McQueen.»

«McQueen? Der ist doch schon lange tot.»

«Eben, das ist ja das Problem. Deshalb muss ich mich mit dir begnügen.»

Emilio drohte ihr mit dem Zeigefinger. «Na egal. Jedenfalls geht es deiner verrückten Freundin gut, das ist doch schön. Und wie ich sehe, hast du deiner Laura-Mausi geantwortet.»

Er gab ihr das Handy zurück. Kurz entschlossen suchte Phina unter «Favoriten» Lauras Nummer und drückte auf die Anruftaste.

Es kam eine automatische Ansage: «Diese Rufnummer ist zur Zeit nicht erreichbar.»

Kurz danach erschien auf dem Display ein Hinweis, dass ihre Antwort-SMS nicht zugestellt werden konnte.

Phina sah ihr Handy an, als wäre es von einem anderen Stern.

«Ich glaub's nicht. Das Luder hat ihr Handy einfach wieder ausgeschaltet.»

«Laura-Mausi will offenbar nicht gestört werden», sagte Emilio. «Gib mir Bescheid, wenn sie sich wieder meldet. So, und jetzt geh ich duschen.»

*

Am frühen Nachmittag stand Emilio vor einem Krankenzimmer. Er hatte keine Blumen dabei, weil er die Frau nicht kannte, auch nicht wusste, ob sie sich über so etwas freuen würde. Er hatte zuvor mit einem Arzt gesprochen. Der hatte ihm nur vage Auskunft gegeben, sich dann hinter der ärztlichen Schweigepflicht versteckt, ihm aber die Erlaubnis erteilt, Ileana Nastasiu zu besuchen.

Er klopfte, dann drückte er die Klinke herunter und trat zögerlich ein. Das Bett war leer.

«Frau Nastasiu? Sind Sie hier?»

Er wollte schon wieder gehen, da entdeckte er in einer Ecke hinter dem Schrank eine Frau auf einem Stuhl, die einen Morgenmantel trug. Sie zeigte keinerlei Regung, aber ihre geöffneten Augen folgten seinen Bewegungen.

«Frau Nastasiu, ich hoffe, ich störe nicht.»

Keine Reaktion. Emilio betrachtete ihr Gesicht, was schwerfiel, denn dazu musste er sich ihrem eindringlichen Blick entziehen. Er vermutete, dass sie mal gut ausgesehen hatte, wahrscheinlich sogar eine Schönheit gewesen war. Aber irgendwas hatte ihre Gesichtszüge zerstört, war über sie hinweggezogen wie ein Hagelsturm über einen Rebhügel. Irgendwas? Er wusste, dass harte Drogen und Alkohol diese Verwüstung angerichtet hatten.

Emilio hatte schon in viele Gesichter gesehen, die von einem verpfuschten Leben gezeichnet waren; es ging ihm normalerweise nicht allzu nah, sein Mitgefühl hielt sich in Grenzen. Aber im Gesicht dieser Frau, vor allem in den Augen, erkannte er einen Jungen wieder, dem womöglich ein ähnliches Schicksal bevorstand, der erst am Anfang war auf einem falschen Weg, nicht ahnend, wo dieser hinführen könnte.

Emilio deutete auf einen zweiten Stuhl. «Frau Nastasiu, darf ich mich setzen? Ich möchte mit Ihnen ein wenig plaudern, wenn es recht ist.»

Ohne ihre Zustimmung abzuwarten, zog er den Stuhl heran und setzte sich. Er versuchte, eine Entfernung zu wählen, die einerseits nah genug war, um zu ihr durchzudringen, andererseits weit genug weg, um sie nicht zu bedrängen.

«Ich kenne Ihren Sohn», sagte er, «ich mag ihn.»

Sie riss die Augen auf. «Was für einen Sohn? Ein Sohn, mein Sohn ...», sagte sie mit starkem Akzent.

«Mitica, das ist doch Ihr Sohn, oder?»

Sie schlug voller Entsetzen die Hände vors Gesicht. «O mein Gott, natürlich. Mein Mitica, mein über alles geliebter Mitica. Sie kennen ihn?»

«Ja, wir haben uns angefreundet.»

«Sie und Mitica?», fragte sie ungläubig. «Das kann nicht sein.»

«Doch, haben wir. Er ist ein kleiner Gauner, aber ein netter.»

«Ein kleiner Gauner, ja, das ist er. Und jetzt habe ich ihn alleine gelassen.» Sie fing an, zu weinen. «Der Mitica, was soll aus ihm werden? Ich muss zu ihm ...»

Sie versuchte aufzustehen, stützte sich am Schrank ab, schaffte es aber nicht und ließ sich wieder erschöpft auf den Stuhl sinken.

Emilio nahm behutsam ihre Hand. Erst wollte sie nicht, dann ließ sie es zu.

«Sie müssen sich jetzt erst mal um sich kümmern. Ich denke, Sie sind hier in guten Händen. Frau Nastasiu, nehmen Sie sich die Zeit, die Sie brauchen. Und dann fangen Sie noch mal von vorne an.»

«Von vorne? Alles noch mal von vorne?» Sie fasste sich an den Kopf. «Nein, dann bringe ich mich lieber um.»

«Von vorne bedeutet nicht, dass Sie alles wieder genauso machen.»

«Sie meinen, ich bekomme eine zweite Chance?»

Emilio nickte. «Ganz sicher bekommen Sie eine zweite Chance. Aber erst müssen Sie das hier durchziehen. Das ist schwer, aber Sie schaffen das, glauben Sie mir. Wie ist das mit den Krankenhauskosten? Werden die übernommen?»

Sie nickte. «Ja, Gott sei Dank.» Sie sah ihn zweifelnd an. «Wer sind Sie?», fragte sie. «Woher wollen Sie wissen, dass ich das schaffe? Keine Drogen, kein Alkohol ... Sie haben ja keine Ahnung, man möchte nur noch sterben.»

«Ich habe Ahnung, nicht alles aus eigener Erfahrung, aber ich habe schon viel erlebt. Und ich weiß, dass Sie es schaffen können, wenn Sie es wirklich wollen. Vielleicht nicht für sich, aber für Ihren Sohn. Wer ich bin? Wie ich schon sagte: ein Freund von Mitica.» Er lächelte. «Zugegeben, ich bin etwas älter, aber das muss ja kein Fehler sein. Mein Name ist Emilio. Darf ich Ileana zu Ihnen sagen?»

«Emilio, Emilio. Das kann ich mir merken. Ob Sie Ileana zu mir sagen dürfen? Natürlich, das sagen doch alle.»

Sie legte ihre Stirn in Falten. «Was wird aus Mitica? Ich hatte ihn fast vergessen. Wie kann eine Mutter ihr einziges Kind vergessen?»

«Wenn es Ihnen recht ist, werde ich ein Auge auf ihn haben.»

«Ein Auge, ja, ein Auge. Am besten alle beide, oder drei oder vier Augen ...»

«Das nächste Mal bringe ich ihn mit.»

Entsetzt hob sie die Hände. «Nein, das möchte ich nicht; er soll mich so nicht sehen. Erst wenn ich gesund bin und wieder normal denken kann. Erst dann.»

Er stand auf. «Ich komme wieder, und wenn Sie Mitica sehen wollen, dann sagen Sie es mir.»

«Wie war noch mal Ihr Name?»

«Emilio.»

«Ach ja, richtig. Leicht zu merken, ganz leicht.»

23

Josephus stand nackt im Keller seines verborgenen Gebets-
raums, genau im Zentrum des im Boden eingelassenen Pentagramms. Er reckte die zu Fäusten geballten Hände gegen die
verrußte Decke und stieß ein animalisches Triumphgeheul aus.
Um ihn herum flackerten die Altarkerzen, die Luft war geschwängert vom Weihrauch.

«Luzifer!», rief er mit schriller Stimme. «Herr der Hölle, du
Satan der Lust und der Geilheit. Ich danke dir.»

Er sank auf die Knie und küsste die Blutampulle, die um seinen Hals hing. «Ehre sei dir in Ewigkeit. *Ave Satanas!*»

Seine Augen glänzten fiebrig, die Pupillen waren geweitet.
Seine Bewegungen waren fahrig, und sein Atem ging stoßweise.
Trotzdem fühlte er sich ungeheuer stark und unbesiegbar. Wie
ein Erzengel, der aus der Finsternis der Hölle aufgestiegen war.
Vor ihm lag ein leerer Silberbecher, den er vor Stunden mit einer
blauen Flüssigkeit gefüllt hatte. Das Rezept hatte er im Kloster
von Brüdern kennengelernt, die wie er dem geheimen Bund von
Satanisten angehörten. Durch den Trank wurde man nicht nur
euphorisch, sondern geradezu ekstatisch und hemmungslos.

Der nackte Mönch lachte irre und ließ an seinem hageren
Körper die Muskeln spielen. Er war noch nicht fertig, nein, das
war er nicht. Jetzt ging es erst richtig los …

*

Während seiner langen Zeit im Kloster hatte er viele Jahre in Askese und Keuschheit gelebt. Das war ihm nicht schwergefallen, damals verspürte er keine Lust. Er verrichtete in Demut seine Klosterarbeiten und gab sich dem Gebet hin. Die Mönche waren sittsam und kannten keine Unzucht. Die einzige Sünde, die sie sich erlaubten, war der manchmal etwas zu reichliche Genuss des klostereigenen Weines.

Geschlechtliche Lust hatte er erst am Ende seines Mönchslebens im Kreis der Satanisten erfahren. Bei den schwarzen Messen waren auch Frauen anwesend, mit denen es zu sexuellen Handlungen kam, allerdings nicht auf einfühlsame Weise; vielmehr wurden zuvor Drogen genommen und dann im Namen Satans auch Schmerzen zugefügt. Jede andere Form von körperlicher Liebe hielt Josephus für pervers und abartig.

24

Durch den Barriquekeller perlten die Klänge des Regentropfen-Préludes von Chopin. Emilio hörte jedoch nur mit einem halben Ohr zu, denn er stand vor einer Gruppe von Weinliebhabern aus Niedersachsen und hielt einen kleinen Vortrag.

In einem schwachen Moment hatte er sich von Phina breitschlagen lassen, eine Führung durchs Weingut zu übernehmen. Er verfluchte seine Gutmütigkeit und Willensschwäche. Jetzt befand er sich in der fatalen Situation, die Sinnhaftigkeit der musikalischen Untermalung erklären zu müssen. Dabei hielt er das für esoterischen Unfug. Wein und Musik, das passte schon zusammen – aber der Wein gehörte ins Glas und der Chopin vors Kaminfeuer. Phina sah das anders; sie war wirklich davon überzeugt, dass es dem reifenden Wein in den kleinen Holzfässern guttat, wenn er mit klassischer Musik beschallt wurde. Sie überlegte sogar, zwischen den Rebzeilen Lautsprecher aufzustellen, um die Qualität der Trauben zu steigern. Schließlich gäben auch Kühe mehr Milch, wenn sie Musik hörten. Ihre Pflanzen seien mindestens so intelligent wie Kühe und ganz zweifellos empfindsamer.

Auf dieser Argumentationsebene musste er sich geschlagen geben. Er nahm sich vor, mit Phina demnächst ein Experiment zu machen. Sie würde bei einer Blindverkostung den musikalischen Wein ganz sicher nicht von jenem unterscheiden können, der im anderen Barriquekeller statt Chopin bestenfalls Holzwürmer zu hören bekam. Darauf würde er wetten.

«Unserer Philosophie entsprechend», dozierte Emilio entgegen seiner Überzeugung, «umschmeicheln wir die Seele des Weines mit klassischer Musik. Es ist wissenschaftlich erwiesen, dass sich die Musik positiv auf den Geschmack auswirkt.» Emilio klopfte mit seinem Gehstock auf ein Fass. «Wir sind davon überzeugt, dass der Lagrein ganz besonders Chopin liebt. Wir haben es schon mal mit Wagner probiert», scherzte er, «da hatten wir dann Essig in den Barriques. Zu kaufen in unserer Vinothek.»

Das fröhliche Gelächter der Reisegruppe zeigte ihm, dass er seinen Job ganz ordentlich machte. Phina wäre zufrieden mit ihm. Ob er ihr vorschlagen sollte, es mal mit AC/DC zu versuchen? *Highway to Hell!* Da käme Rock 'n' Roll ins Glas. Den würde man bei einer Blindverkostung vielleicht tatsächlich rausschmecken.

*

Einige Stunden später saß Emilio bei Phina im Büro. Sie zeigte ihm Entwürfe von neuen Flaschenetiketten. Er sagte, dass sie ihm nicht gefielen. Das Graphikatelier könne vielleicht Seifenschachteln entwerfen oder Aufkleber für hausgemachte Marmelade, aber von Weinflaschen sollten sie besser die Finger lassen. Weil das hiermit für ihn geklärt war, wechselte er das Thema. Von Mitica hatte er Phina schon vor einigen Tagen erzählt, auch, was der Bengel während ihrer kurzen Bekanntschaft bereits angestellt hatte.

Sie sagte, dass Emilio eine harte Schale habe, an die man

sich erst gewöhnen müsse, aber ein weiches Herz, auch wenn er das nie zugeben würde.

Er schob die missglückten Flaschenetiketten zur Seite und berichtete von seinem Besuch bei Miticas Mutter, er schilderte ihren Zustand und gab weiter, was er vom Arzt gehört hatte. Es würde noch dauern, so viel war klar. Wie es schien, war Mitica derzeit Selbstversorger, mit etwas eigenwilligen, aber wohl der Not geschuldeten Beschaffungsmethoden. Er machte sich Sorgen um den kleinen Kerl. Noch waren Schulferien; das war für Mitica gut und schlecht zugleich. Emilio hatte eine Idee, die er mit Phina besprach. Die schaute ihn erstaunt an. Dann nickte sie.

Als Nächstes diskutierten sie über die vergifteten Rebstöcke. Er musste zugeben, dass er keine Idee hatte, wer dahinterstecken könnte. Vielleicht doch der griesgrämige Nachbar Waldleitner? Er versprach, ihm erneut auf den Zahn zu fühlen. Sie berichtete, dass ihre Anzeige gegen Unbekannt bei der Polizei keine größeren Aktivitäten bewirkt habe. Und seitens der Versicherung sei auch noch nicht geklärt, ob diese für den Schaden aufkommen würde. Es gebe irgendeine bescheuerte Vandalismusklausel. Sie haute so fest auf den Tisch, dass die Flaschen mit den Gläsern tanzten. Das sei ja wohl eine Unverschämtheit. Wozu habe man Versicherungen?

Um die Beiträge zu bezahlen, erwiderte er.

Phina erzählte ihm danach von Lauras Eltern, die ebenso wie sie eine SMS erhalten hatten und vollends beruhigt waren.

Emilios Handy klingelte. Es freute ihn, dass Mitica dran war, über den sie gerade gesprochen hatten. Allerdings versetzte ihn in Erstaunen, was er zu berichten hatte.

Emilio bat Phina um Entschuldigung, aber er müsse sich auf die Schnelle mit Mitica treffen. Sie wollte wissen, ob der kleine

Gauner wieder etwas angestellt habe. Emilio verneinte – sagte aber nicht, worum es ging.

*

Er nahm seinen Landrover und fuhr dorthin, wo ihn sein «Assistent» hinbestellt hatte. Der stand am Straßenrand und winkte aufgeregt mit den Händen. Emilio parkte der Einfachheit halber auf dem Bürgersteig, stieg aus und folgte Mitica in eine kleine Seitenstraße. Und dort stand er, der Wagen von Laura, ganz zweifelsfrei. Emilio hatte wirklich nicht damit gerechnet, dass der Junge das Auto finden würde. Er hatte nur gewollt, dass Mitica was Besseres zu tun hatte, als Opferstöcke aufzubrechen oder alte Damen zu bestehlen.

«Das ist doch das Auto, oder?», fragte Mitica.

Emilio klopfte ihm anerkennend auf die Schulter. «Ja, sieht ganz so aus. Das hast du gut gemacht.»

«Kinderspiel. Soll ich die Karre aufmachen?»

Emilio dachte, dass er das durchaus selber konnte, aber er ließ Mitica den Vortritt. Dass der Junge wusste, wie das ging, hatte er ja schon bei seinem Landy unter Beweis gestellt.

Mitica grinste. «Das kann ich von hier.» Er schnippte mit den Fingern. «Schon erledigt.»

Emilio lächelte. «Du hast die Wartezeit sinnvoll genutzt, richtig?»

«Ja, war nicht schwierig. Ich hab nichts angelangt, nur aufgemacht. Wegen Fingerabdrücke und so.»

Emilio nickte. «Sehr gut, geradezu professionell.»

An der Windschutzscheibe klemmte unter dem Scheibenwischer ein Strafzettel. Emilio sah ihn sich genauer an. Er stammte vom Tag nach Lauras Handyabsturz. Das passte also –

und gleichzeitig auch wieder nicht. Wie war sie dann zu ihrer Wohnung gelangt?

Emilio kontrollierte den Kofferraum und das Handschuhfach. Er sah unter den Sitzen nach und in den Seitentaschen. Er suchte nach nichts Speziellem. Vielleicht lag es daran, dass er auch nichts fand. Er setzte sich auf den Fahrersitz. Wie groß war Laura? Er hatte sie noch gut in Erinnerung. Er wunderte sich über die Sitzeinstellung. Da kam sie ja kaum an die Pedale. Er machte das Radio an und spielte mit der Sonnenblende. Dabei segelte ihm ein Zettel entgegen. Darauf stand eine Telefonnummer. Dahinter war ein kleines Herz gemalt. Er steckte den Zettel ein und dachte nach.

Mitica sah ihn interessiert von der Seite an.

Ob der Junge ahnte, dass Emilio sich keinen Reim auf Lauras Auto machen konnte? Nun gut, es stand hier am Straßenrand im Halteverbot, und das schon länger. Er selbst parkte gerade verbotswidrig auf dem Bürgersteig, das war also nichts Besonderes. Dass Laura gerade hier ihr Handy ausgeschaltet hatte oder der Akku leer wurde, musste nichts bedeuten. Oder doch? Jedenfalls war die Position des Fahrersitzes eigenartig. Oder war Laura größer, als er sie in Erinnerung hatte? Er fand sowieso, dass viele Frauen eine variable Größe hatten. Mit Highheels waren sie plötzlich einen Kopf größer, was mit der Höhe der Absätze allein nicht zu erklären war. Er vermutete dahinter einen Zaubertrick, den nur Frauen beherrschten, und da wiederum nur eine bestimmte Gattung. Laura gehörte zweifellos dazu. Phina dagegen nicht. Egal, ob sie Gummistiefel trug oder Turnschuhe oder Plastikschlappen oder gar nichts – sie war beruhigenderweise immer annähernd gleich groß.

«Was machen wir als Nächstes? Das Auto auf Blutspuren untersuchen?», fragte Mitica erwartungsvoll.

Er musste seinen Assistenten enttäuschen. «Dafür gibt es keinen Anlass», antwortete er, «außerdem sind ja keine zu sehen. Nein, ich denke, wir sperren das Auto wieder ab und lassen es einfach stehen.»

«Das ist aber voll blöd», sagte Mitica. «Warum habe ich mir dann die Hacken abgelaufen?»

«Doch, das war gut so, sehr gut sogar.»

«Worum geht es eigentlich?», wollte Mitica wissen, «Drogen, Nutten, Erpressung, Mord, Kidnapping?»

Emilio lachte. «Da hast du ja fast nichts ausgelassen. Nein, nichts von alldem. Wahrscheinlich steckt gar nichts dahinter.»

«Das ist mein erster Auftrag von dir, und jetzt steckt nichts dahinter? Ganz schön langweilig. Ich dachte, das Leben eines Privatdetektivs ist aufregender.»

Emilio zuckte mit den Schultern.

Mitica dachte nach. «Aber deinen Vorschuss muss ich nicht zurückzahlen, oder? Immerhin habe ich das Auto gefunden. Kann ich was dafür, dass keine Leiche drinliegt.»

«Und du hast dir ein Shampoo gekauft und dir die Haare gewaschen. Sehr gut. Den Vorschuss kannst du behalten, ist doch klar. Du bekommst sogar noch eine Erfolgsprämie, weil du deinen Auftrag erfolgreich ausgeführt hast, womit ich nicht gerechnet habe.»

Mitica kratzte sich verlegen am Hals. «Wir haben ein Problem», sagte er.

«Was für ein Problem?»

«Ich kann Autos knacken, aber nicht wieder zusperren.»

Erneut musste Emilio lachen. «Verstehe, das wird selten gefordert. Na, dann lassen wir es eben offen. Gibt eh nichts zu klauen.»

Emilio nahm seinen Gehstock vom Autodach. Er deutete zu

einem Fußweg, der am nahe gelegenen Eisack entlangführte. «Komm, lass uns spazieren gehen, wir haben was zu besprechen.»

25

Der Name Korbinian ist keltischen Ursprungs. Er bedeutet «kleiner Rabe». Vielleicht lag es daran, dass Korbinian Grandl so sehr in die Bilder des Zeichners Paul Flora vernarrt war. Denn zu den Lieblingsmotiven des begnadeten Karikaturisten, der wegen seiner feinen Strichtechnik international bekannt war, zählte das Motiv des Raben. Der Künstler besaß einen ausgestopften Raben, der auf seiner Fensterbank stand – den er immer wieder mit spitzer Feder zeichnete, der in seinen Bildern menschliche Züge bekam, sich hundertfach vermehrte und melancholisch auf die absonderliche Welt blickte. Flora zu Ehren hatte der Innsbrucker Zoo mal zwei Raben erworben und ihnen die Namen Paul und Flora gegeben.

Korbinian Grandl hatte eine kleine Galerie in Glurns, einem mittelalterlichen Ort im Vinschgau. Mit rund achthundert Einwohnern wird Glurns häufig als kleinste Stadt Italiens bezeichnet. Sie wird von einer vollständig erhaltenen Stadtmauer umschlossen, es gibt malerische Laubengänge und Bürgerhäuser aus dem 16. Jahrhundert. Für Korbinian war das Wichtigste an Glurns, dass es der Ort war, wo Paul Flora 1922 als Sohn des Gemeindearztes das Licht der Welt erblickt hatte. Und obwohl Flora die meiste Zeit seines Lebens in Innsbruck verbracht hatte, war er in seinem Herzen immer Südtiroler geblieben. Weshalb es auch sein letzter Wille gewesen war, in seiner Geburtsstadt begraben zu werden. 2009 hat er seine letzte Ruhestätte auf dem Stadtfriedhof von Glurns gefunden.

In seiner Galerie verkaufte Korbinian ausschließlich Graphiken und Radierungen von Flora, zu dessen Bewunderern so unterschiedliche Menschen wie der Kriminalschriftsteller Georges Simenon oder der Schweizer Schriftsteller und Maler Friedrich Dürrenmatt zählten. Auch hatte Korbinian Südtiroler Weine mit Etiketten von Paul Flora im Angebot. Und über der Kasse hing an der Wand ein ausgestopfter schwarzer Rabe.

Im Glurnser Kirchtorturm gab es eine Dauerausstellung zum Leben und Werk von Paul Flora. Weil dort auch Blätter des Künstlers verkauft wurden, hatte Korbinian sich zunächst daran gestört. Mittlerweile entwickelte sich Glurns aber zu einem kleinen Wallfahrtsort für Verehrer des Zeichners, und das konnte ihm nur recht sein. Im Turm war auf einem Schriftband ein Zitat von Flora zu lesen, das Korbinian wegen seines feinen Humors sehr mochte. Flora schrieb, dass er ein sehr schwieriges Kind gewesen sei mit «mehreren interessanten Komplexen», die seither seine «Geschäftsgrundlage» bildeten.

Weil gerade keine Kunden in der Galerie waren, blätterte Korbinian hinter seiner Theke in einer Zeitung und stieß dabei auf einen Artikel, in dem der grausame Mord am Meraner Delikatessenhändler Lukas Mitterhofer beschrieben wurde. An den Füßen aufgehängt, hatte man ihn in einer Burgruine gefunden. Korbinian fröstelte es. Er kannte den Toten. Sie hatten sich zwar nur selten gesehen, waren aber sehr vertraut miteinander.

Wann hatten sie sich das letzte Mal getroffen? Korbinian überlegte. Vor drei Wochen erst hatte er ihn in seinem Meraner Laden besucht. Er hatte Käse gekauft, einige Weine probiert, und sie hatten über vergangene Zeiten geplaudert. Und jetzt war er tot – einfach unfassbar. Lukas war ein friedfertiger Mensch gewesen, wer sollte da ein Motiv haben, ihn umzubringen? Oder war es ein Ritualmord gewesen, wie im Artikel angedeutet wurde? Aber auch in diesem Fall war es unerklärlich, warum gerade Lukas zum Opfer werden konnte, der ein ausgesprochen bürgerliches Leben führte und keine absonderlichen Neigungen hatte. Obwohl, ganz sicher konnte er sich nicht sein; so gut kannte er ihn nun doch nicht, jedenfalls nicht in jüngerer Zeit. Seine Frau hatte ihn verlassen, das wusste er. Und Lukas hatte eine junge Freundin, wie er ihm stolz berichtet hatte. Das klang doch ganz gut, fast beneidenswert. Er selbst hatte auch eine Freundin, aber die war kaum jünger als er, außerdem verheiratet – das machte ihre Affäre kompliziert. Da verfluchte er, in so einem Ort wie Glurns zu leben, wo jeder jeden kannte. Man hatte keine Privatsphäre wie in einer anonymen Großstadt, stattdessen musste man sich wie eine gestrichelte Gestalt aus einem Bild von Flora durch die Nacht schleichen, mit einem tiefen Schlapphut und einem schwarzen Raben auf der Schulter.

Er holte eine Grappaflasche aus dem Regal, natürlich mit einem Etikett von Flora, und goss sich ein Gläschen ein. Lukas, Lukas, Lukas ... Und dann hatte es kurz zuvor den Mord an Bartholomäus Unteregger gegeben. Auch davon hatte er in der Zeitung gelesen. Jetzt stand nichts mehr drin, wahrscheinlich kam die Polizei bei den Ermittlungen nicht voran.

Korbinian zitterte, als er die Flasche zurückstellte. Dafür gab es eigentlich keinen Grund ...

Fast war er erleichtert, als sich die Tür öffnete und ein Touristenpaar in den Laden trat. Sie fragten nach einem Buch mit Zeichnungen von Flora. Da waren sie bei ihm richtig, er hatte gleich mehrere. Und wenn er Glück hatte, kauften sie auch noch einen Kalender – obwohl das Jahr schon halb vorbei war.

26

Auf der Fahrt nach Bozen war Emilio mit seinen Gedanken bei Lauras Auto. Er wusste immer noch nicht, was er davon halten sollte. Irgendwie passte es nicht ins Bild, dass Laura einerseits mobil war und ihrer Wohnung einen Besuch abstattete, andererseits auf ihr Auto verzichtete, das vorschriftswidrig im Halteverbot geparkt war. Es sei denn, Laura hatte wirklich einen neuen und begeisterungsfähigen Liebhaber. Der hätte dann nichts Besseres zu tun, als sie überall hinzuchauffieren. Nun gut, solche Männer mochte es geben – auch wenn er sich bei größter Mühe nicht vorstellen konnte, dass er selbst so etwas tun würde. Die Frauen von heute waren emanzipiert, sie legten größten Wert auf ihre Unabhängigkeit. Keine Einwände, aber deshalb brauchten sie auch keinen Lakaien, der ihnen unterwürfig zu Diensten war.

Emilio merkte, dass er vom Thema abkam. Außerdem hatte er gerade eine Abfahrt verpasst. Aber da ihm das regelmäßig passierte, trug er es mit Fassung. Sich zu verfahren hielt er für ein Privileg. Für ihn war es geradezu eine Passion. Er liebte es, vom rechten Weg abzukommen – in dieser und in anderer Hinsicht. Nur so lernte man Neues kennen, konnte man seinen Horizont erweitern. Wer im Leben nie eine Abzweigung verpasste, der war in seinen Augen ein beklagenswerter Spießer, der die Monotonie des Alltags in einer fortwährenden Schleife wiederholte. Da könnte man gleich sterben.

Trotzdem hätte er jetzt gerne gewusst, wo er war und wohin es ging. Sekunden später stellte er fest, dass er nicht mehr weiterfahren konnte: Er war am Ende einer Sackgasse. Jetzt musste er seinen Landy mühevoll wenden, was ohne Servolenkung und mit Zwischengas eine rechte Tortur war. Seiner Philosophie der kontrollierten Orientierungslosigkeit folgend, musste er aber auch Sackgassen hinnehmen – auf der Straße und im Leben. Bei seinen Ermittlungen gehörten Sackgassen ohnehin zur Tagesordnung. In seinem konkreten Fall war es sogar umgekehrt: Es gab viel mehr Sackgassen als Wege, die einen ans Ziel brachten, wie in einem Irrgarten. Emilio hatte glücklicherweise ein Faible für Labyrinthe. Schon als Schüler hatte er komplizierte Irrgärten aufgezeichnet, in denen man fortwährend in Sackgassen landete. Und weil in seiner Phantasie die Hecken hoch waren und es an der Vogelperspektive mangelte, brauchte es lange, bis man den rettenden Ausgang fand.

Weil ihn niemand zu beobachten schien und er vom Rangieren in der Sackgasse die Nase voll hatte, nahm er einige herumliegende Kartons unter die Räder und rammte eine Mülltonne – gleich würde er wieder draußen sein.

*

Mitica hatte es abgelehnt, in seiner Wohnung abgeholt zu werden. Emilio respektierte diesen Wunsch, obwohl es ihn interessiert hätte, wie sein kleiner Freund hauste, ohne Mutter und ganz auf sich allein gestellt. Ihm schwante Schreckliches. Sie hatten einen Treffpunkt in der Nähe vereinbart, den Emilio tatsächlich zu finden vermochte – auch wenn er jetzt aus der entgegengesetzten Richtung kam, was seiner Irrfahrt geschuldet war. Obendrein hatte er sich etwas verspätet. Doch in seinen Augen war das fortwährende Bemühen vieler Menschen, immer und überall pünktlich zu sein, eine groteske Anstrengung, die erstens prinzipiell zum Scheitern verurteilt war und zweitens unnötigen Stress verursachte. Pünktlich kam im Leben nur der Tod, und da kannte man den Termin nicht.

Er entdeckte Mitica schon von weitem. Beim Näherkommen fiel ihm auf, dass der Bub einen ziemlich mitgenommenen Eindruck machte. Er saß am Bürgersteig auf seinem Rucksack und hob zaghaft winkend die Hand. Als er ins Auto stieg, bemerkte Emilio einen aufgeschürften Ellbogen und eine blutige Schramme an der Stirn. Außerdem glaubte er Spuren von Tränen auf Miticas Gesicht zu erkennen.

«Wie schaust denn du aus?», fragte Emilio. «Ist was passiert?»

Der Bub warf wütend den Rucksack über die Lehne nach hinten. «*Madonna*, nein, es ist nichts passiert. Nur dass mir diese Dreckskerle meinen Rucksack wegnehmen wollten; das ist passiert. Aber ich habe gekämpft wie ein Löwe.»

«Du hast den Rucksack noch», sagte Emilio anerkennend, «demnach hast du gut gekämpft. Wer sind diese Typen?»

«Das sind drei schwere Jungs aus der Nachbarschaft. Die sind mindestens zwanzig Jahre alt und drei Köpfe größer als ich. Der eine trainiert im Boxverein. Warum gehen die auf mich los? Nur weil ich aus Rumänien stamme? Dafür kann ich nichts. Die drei sind auch keine Südtiroler, ihre Familien kommen aus Süditalien, die können nicht mal richtig Deutsch. Das sind doch feige Arschlöcher, oder?»

Emilio nickte. «Da muss ich dir recht geben. ‹Feige Arschlöcher› trifft es ganz gut.» Er dachte, dass Miticas Wortschatz weit fortgeschritten war.

«Ich muss dir was beichten.»

«Was denn?»

«Meinen Rucksack habe ich zurück, aber das Handy haben sie behalten. Das hab ich nicht mehr.»

Emilio lächelte. «Mach dir keine Gedanken, der Verlust ist zu verschmerzen. Wir kaufen einfach ein neues.»

Mitica trommelte mit den Fäusten gegen das Armaturenbrett. «*Porca miseria ...*»

«Tu dir nicht weh, das Blech vom Landrover ist stabiler als deine Knöchel», sagte er.

Dann legte er den Gang ein und fuhr los. Er freute sich, dass Mitica keinen Rückzieher gemacht hatte. So war es für den Bub am besten. Er bog an der nächsten Kreuzung rechts ab.

Keine hundert Meter weiter begann Mitica plötzlich zu schreien. Wild deutete er mit dem Zeigefinger auf die linke Straßenseite. «Da sind sie ja, die Arschgeigen. Wenn ich groß bin, komme ich wieder und verprügele sie.»

Emilio bremste und sah hinüber zu den drei Burschen, die vor einem Hauseingang herumlungerten. Nun, das waren wirklich keine Halbwüchsigen mehr, sondern ausgewachsene junge Männer, die voll im Saft standen. Er wunderte sich, dass es Mitica gelungen war, seinen Rucksack zu verteidigen. Der Kleine war schnell, das wusste er vom Obstmarkt, wahrscheinlich hatte er sich losreißen und fliehen können. Von den dreien war es wahrlich keine Ruhmestat, sich an einem mageren Vierzehnjährigen zu vergreifen. Ihm fiel ein, dass sie sich ein Handy angeeignet hatten, das genau genommen ihm gehörte. Man konnte es also auch so sehen, dass die drei Arschgeigen – in Gedanken verwendete er Miticas Ausdruck – ihn höchstselbst bestohlen hatten. Das war nicht akzeptabel. Außerdem hatten sie seinem minderjährigen Schutzbefohlenen übel mitgespielt. Das war noch weniger akzeptabel. Emilio fuhr rechts ran und schaltete den Motor aus.

«Was machst du?», rief Mitica aufgeregt. «Die schauen schon her, ich glaub, die haben mich entdeckt. Wir müssen so schnell wie möglich weg, sonst bekommen wir Ärger. Ganz großen Ärger.»

Emilio öffnete die Fahrertür, die bei seinem Landy wie das Lenkrad auf der rechten Seite war.

«Ich möchte mich mit den dreien nur mal kurz unterhalten», sagte er. «Ich will unser Handy zurück, das ist alles. Man wird doch mit denen vernünftig reden können.»

«Nein, kann man nicht. Das sind ganz brutale Kerle. Ich hab doch gesagt, einer ist im Boxverein. Bitte, bitte, lass uns abhauen.»

Emilio stützte sich auf seinen Gehstock und lächelte.

Mitica fand sein Lächeln irgendwie irre.

«Nur ein kurzes Gespräch, dann fahren wir, versprochen. Bleib so lange im Auto sitzen und verriegele die Tür. Bin gleich wieder da.»

Längst hatten die drei auf der anderen Straßenseite ihre volle Aufmerksamkeit auf den verbeulten Geländewagen gerichtet, auf Mitica, der für sie gut sichtbar auf der linken Seite saß, und auf den seltsamen Mann im verknautschten Sakko, der leicht hinkend mit einem Gehstock auf sie zukam.

«Hallo Jungs!», rief Emilio ihnen entgegen. «Mein kleiner Freund behauptet, ihr habt ihm ein Handy abgenommen.»

«Sì, du Wichser, haben wir, aber was geht das dich an?», fiel die Antwort wenig freundlich aus. «*Figlio di puttana!*»

Der Größte von den dreien, wahrscheinlich der Kerl aus dem Boxverein, schlug grinsend mit der Faust in seine Handfläche. Ein anderer zeigte Emilio einen Stinkefinger.

Er mochte es nicht, wenn er als Hurensohn bezeichnet wurde. Weil er die kreative Vielfalt der italienischen Schimpfwörter zu schätzen wusste, gab er ihm ein «*Pallone gonfiato*» zur Antwort, was mit «eingebildeter Affe» einigermaßen korrekt übersetzt wäre. «Das Handy gehört in Wahrheit mir», fuhr er in fließendem Italienisch fort, «könnte ich es bitte zurückhaben.»

Der Große spuckte auf den Boden. «Pech für dich, Alter. Jetzt hat dein verschissenes Handy den Besitzer gewechselt. Solltest es nicht an so kleine Ratten wie den Mitica ausleihen. Oder hat er es dir geklaut?»

«Nein, hat er nicht. Ich habe es ihm vorübergehend zur Verfügung gestellt. Und jetzt hätte ich es gerne wieder.» Emilio machte eine auffordernde Handbewegung. «Her damit!»

«*Mi stai sul cazzo!*», erregte sich der Stinkefinger.

Der Dritte im Bunde, der die Haare nach hinten gegelt hatte und aussah wie ein James Dean für Arme, lachte auf. «Daraus wird nichts. Das Handy taugt zwar nicht viel, aber hier geht es ums Prinzip. Also mach die Fliege, solange du noch kannst.»

«Ich denke nicht daran.»

Unbeirrt ging er auf die drei zu. Ihn trennten nur noch wenige Schritte.

«Bist du lebensmüde?», fragte der Boxer.

«Hau ihm eine rein!», forderte ihn der Stinkefinger auf. «Dann kann der kleine Mitica seine Einzelteile aufsammeln.»

«Wer von euch hat mein Handy?», fragte Emilio.

Der Möchtegern-James-Dean grinste, holte aus der Hosentasche das Handy und wedelte mit ihm aufreizend in der Luft.

«Gib's mir, und alles ist gut.»

«Hau ihm eine rein!»

Der große Typ, dem man das Boxtraining ansah, stellte sich

lachend in Position, machte mit seinen Fäusten einen spielerischen Wirbel in der Luft, nahm Maß und holte aus …

Dann ging alles so schnell, dass Mitica, der Emilios Auftritt aus dem Auto mit verängstigten Augen verfolgte, später nicht mehr hätte schildern können, wie genau der Ablauf war. Er sah, wie Emilio dem Schlag auswich, seinen Gehstock plötzlich umgekehrt in der Hand hielt und ihn dem Angreifer mit dem massiven silbernen Knauf voran in die Magengrube rammte. Der krümmte sich mit schmerzverzerrtem Gesicht zusammen, im selben Moment traf ihn der Gehstock am Hals, und er sackte wie ein Kartoffelsack zu Boden.

Emilio richtete sich den Hemdkragen. Der Stinkefinger stürzte sich mit wildem Geschrei auf ihn.

Mitica sah nicht, wie es geschah, aber unvermittelt brach der Angreifer zusammen wie vom Blitz getroffen.

Mitica konnte nicht wissen, dass dieser schräge Baron Emilio von Ritzfeld-Hechenstein während seiner Internatszeit in England mit Begeisterung einen althergebrachten Stockkampf trainiert hatte. Zwar überschätzte er gelegentlich seine diesbezüglichen Fähigkeiten, aber am heutigen Tag wurden sie nicht einmal ansatzweise gefordert. Zudem hatte er das Überraschungsmoment auf seiner Seite.

Als James Dean ein beachtlich großes Messer aufschnappen ließ und damit wild herumfuchtelte, hörte Mitica, der die Scheibe heruntergedreht hatte, Emilio freudig lachen.

«Was ist denn das für ein niedliches Spielzeug?», fragte er.

Sekunden später stand James Dean mit dem Rücken an der Hauswand. Das Messer ließ er fallen. Gegen seine Kehle drückte die Spitze einer langen Klinge.

Erst später kapierte Mitica, dass Emilios antiquarischer Gehstock eine Besonderheit hatte: Im Inneren verbarg er einen Degen, den man mit einer raschen Drehung herausziehen konnte. In Emilios Fall handelte es sich um ein Erbstück. Solche inzwischen verbotenen Degenstöcke waren früher gar nicht so selten. Aber auch das konnte Mitica nicht wissen. Erst recht nicht, dass der Baron während seiner englischen Internatszeit in der ersten Mannschaft gefochten hatte; aber diese Fähigkeiten waren heute nicht verlangt. Auch machte es nichts, dass Emilio die Knie wehtaten und er sich bei der Abwehr des ersten Angriffs den Rücken gezerrt hatte.

«Mein Handy, wenn ich bitten darf», sagte er.

Der gegelte James Dean reichte es ihm mit zittriger Hand.

«Besten Dank. Bitte bleib noch einen Moment so stehen.»

Emilio ging langsam rückwärts. Mit einem Blick auf den Boxer und den Stinkefinger stellte er fest, dass beide bei Bewusstsein waren, aber einen verwirrten Eindruck machten und es ganz offensichtlich vorzogen, am Boden liegen zu bleiben.

Emilio ließ den Degen verschwinden. Er stützte sich auf seinen Stock, griff sich kurz ins Kreuz, lächelte versonnen und ging zurück zum Landrover.

Mitica sah ihn mit offenem Mund an. Emilio reichte ihm durchs Fenster das Handy.

«Ich hab doch gesagt, dass ich gleich wieder da bin. Jetzt können wir fahren.»

«Uuups», sagte Mitica.

Emilio startete den Motor. «Geht das Handy noch?», fragte er. «Falls nicht, muss ich noch mal zurück und von den *stronzi* Schadenersatz fordern.»

Ohne es zu kontrollieren, antwortete der Bub mit einem frechen Grinsen: «Du hast recht, es ist kaputt. Diese Schmalzlocke Alberto hat das Handy kaputtgemacht. Lass uns beide rübergehen. Du hältst ihn fest, und ich hau ihm zur Strafe eine rein. Dorthin, wo es richtig wehtut.»

Emilio sah ihn von der Seite an. Mit einem Lächeln fuhr er los. «Ich denke, das Handy ist unbeschädigt», sagte er.

27

Josephus kam aus der Apotheke, er hatte eine Wundsalbe gekauft und war mit seinen Gedanken in anderen Sphären. Deshalb bemerkte er nicht, dass er direkt dem Dorfpfarrer in die Arme lief. Normalerweise ging er ihm geflissentlich aus dem Weg.

«Gott grüße dich», sprach ihn der Pfarrer an. «Wie geht es dir?»

«Der Herr meint es gut mit mir.» Josephus bekreuzigte sich, diesmal so, wie es die Kirche vorschrieb. «Ich schulde ihm Dank und preise seinen Namen. Und dir, wie geht es dir, mein Bruder?»

Der Dorfpfarrer, der vom vielen Wein ein rotes Gesicht hatte und in der Gemeinde sehr beliebt war, verschränkte zufrieden die Hände über seinem dicken Bauch.

«Meine Erwartungen sind so bescheiden, dass mich jeder Tag erfreut, denn sie werden fast immer übertroffen. Die Sonne scheint, die Trauben im Rebberg Gottes reifen, und Katrin, die Tochter des Bürgermeisters, hat letzte Nacht ein gesundes Kind auf die Welt gebracht. Mir könnte es nicht bessergehen.»

«Das freut mich, so soll es sein.»

«Es gibt nur einen kleinen Wermutstropfen. Warum kommst du nie in unsere Kirche? Jeden Sonntag erwarte ich dein Erscheinen. Bist du vom Weg des Herrn abgekommen, mein lieber Josephus? Oder bist du des Betens nach deiner langen Klosterzeit überdrüssig?»

Josephus rang sich ein Lachen ab. «Weder das eine noch das andere. Verzeih mir meine Absenz. Es hat nichts mit dir zu tun oder mit meiner Liebe zu unserem Vater. Aber ich suche die Nähe Gottes heute in der Natur. Ich bewundere seine Schöpfung und bete unter freiem Himmel. Im Kloster war ich dem vorgeschriebenen Ablauf unterworfen. Du kennst das Prozedere: Um sechs Uhr am Morgen das Angelus-Gebet, danach die heilige Messe mit der Laudes in der Konventskapelle, das Mittagsgebet im Refektorium ...»

«Ich weiß, mein Lieber. Das Abendlob aus dem Stundenbuch und erneut das Angelus-Gebet. Du hast schon viel gebetet, aber du weißt, es ist nie genug.»

«Ich tat es mit Freuden und tue es noch immer. Aber zu meinen eigenen Zeiten und, wenn möglich, in Gottes Natur.» Josephus faltete die Hände. «Aber du hast recht, mein Bruder, ich sollte wieder häufiger in die Kirche kommen. Ich werde deinem Rat folgen, sei gewiss.»

«Das freut mich, mein lieber Josephus. Du machst zuweilen einen verkrampften Eindruck; auch dir wird es guttun, mit anderen Menschen zu beten und zu singen.»

Josephus bedankte sich und schenkte dem Pfarrer zum Abschied eine kurze Umarmung. Er war froh, dass dieser seine Gedanken nicht lesen konnte.

Im Weggehen murmelte der Pfarrer: «Und wieder ist es ein guter Tag. Die Katrin hat ein Kind, und Josephus kommt in die Kirche. Vater im Himmel, ich danke dir.»

Als Josephus sicher war, dass ihn der Pfarrer nicht mehr sehen konnte, schlug er erneut ein Kreuz, aber diesmal die satanische Version. Er bat den Herrn der Finsternis um Absolution.

Wenngleich die vorangegangene Verstellung keine Sünde war, sondern eine Tugend. Er war ein Meister darin, anderen Leuten etwas vorzumachen. Gelegentlich machte er sogar sich selbst etwas vor, aber das war ein anderes Thema.

*

Zurück im Haus legte er die Tüte mit der Wundsalbe auf den Küchentisch. Er goss sich ein Glas Wein ein und dachte nach. Er hatte eine Mission zu erfüllen und erst die Hälfte der Wegstrecke absolviert. Das war schön und unbefriedigend zugleich. Denn noch immer wusste er nicht, wie es weiterging. Sein nächstes Opfer war wie vom Erdboden verschluckt – oder er war zu ungeschickt, es aufzuspüren. Er hatte in verschiedenen Telefonbüchern der Region geblättert. Ohne Erfolg. Er sollte mal im Internet recherchieren. Vielleicht brachte ihn das voran, aber er hatte keinen Computer. Wo gab es einen öffentlichen Zugang? Womöglich in der Stadtbibliothek in Bozen. Hier im Ort wollte er niemanden fragen: Er musste diskret vorgehen und unsichtbar bleiben. Wie der sagenhafte Zwergenkönig Laurin vom Rosengarten, der eine Tarnkappe besaß und einen Gürtel, der ihm die Kraft von zwölf Männern verlieh. Josephus spürte, wie sein Herz pochte. Laurin hatte Similde geraubt, die schöne Tochter des Königs an der Etsch. Er hatte sie unsichtbar auf seinem Pferd in sein Felsenreich entführt.

Die alte Sage gefiel ihm – nicht ihr Ende, aber der Anfang. Er konnte keinen Dietrich von Bern gebrauchen, der ihm seinen Gürtel vom Leibe riss und ihn mit seinem Schwerte bezwang, keinen Wittich, der seine Rosen zertrampelte, und keinen Hartwig, keinen Ritter mit der Lilie, der ihm die schöne Similde wieder wegnahm. Der verzauberte Rosengarten erstrahlte bis heute in der Dämmerung und erinnerte an den unglücklichen Zwergenkönig, der in Ketten endete.

Dieses Schicksal wollte er nicht erleiden. Er würde darauf achten, dass ihn niemand unter seiner Tarnkappe entdeckte, er würde keine verräterischen Spuren auf dem Rasen hinterlassen, er würde listig und mit satanischer Niedertracht vorgehen. Er würde sein nächstes Opfer finden, daran hatte er keinen Zweifel. Wenn es etwas dauerte, machte es nichts, er hatte Zeit, viel Zeit. Aber gleichzeitig war er ungeduldig, das lag ihm im Blut.

Was war mit Similde, der schönen Königstochter von der Etsch? Ob Laurin auch im Bett die Kraft von zwölf Männern hatte? Wieder spürte er, wie ihn die Lust übermannte ...

28

Als sie ankamen, war Mitica so aufgeregt, als ob nach langem Flug ein unbekannter Kontinent auf ihn wartete. Dabei war es nicht weit von Bozen bis zu Phinas Weingut im Überetsch. Selbst ein Bub, der aus Rumänien stammte und selten aus seinem Viertel herauskam, dürfte eigentlich keine exotischen Abenteuer erwarten. Aber vielleicht, so überlegte Emilio, war es das erste Mal, dass er so etwas wie einen Urlaub antrat und für einige Zeit nicht mehr in seinem Bett schlafen würde. Sowieso war Mitica seit dem Intermezzo mit seinen drei Peinigern wie aufgedreht. Er hatte Emilios Gehstock im Auto zwischen den Knien gehalten und mit ihm gespielt. Am liebsten hätte er ihn entriegelt und den Degen herausgezogen: Aber Emilio hatte ihm das erstens strikt verboten und zweitens behauptet, dass es überhaupt keinen Degen gab, Mitica habe sich das nur eingebildet. Was natürlich ein Widerspruch war, wie der Bub sofort feststellte, denn in diesem Fall müsste man es ihm ja nicht verbieten.

Sie parkten neben Phinas rotem Traktor. Emilio stellte in Aussicht, dass Mitica mal mitfahren dürfe, wenn er zu Phina nett war. Diese stand gerade auf einer Leiter und sägte von einem Baum einen abgestorbenen Ast ab. Sie war barfuß, hatte eine kurze, abgeschabte Lederhose an und ein kariertes Männerhemd mit hochgekrempelten Ärmeln.

Sie winkte zur Begrüßung kurz mit der Säge.

«Scharfe Braut», sagte Mitica leise.

Emilio fuhr ihm lachend durch die Haare. «In deinem Alter wäre mir das noch nicht aufgefallen.»

«Wirklich? Ich bin vierzehn, also schon fast erwachsen.»

«Ach so, das habe ich vergessen.»

Emilio legte den Kopf zur Seite und schaute hinauf zu Phina. Die Perspektive gefiel ihm, vor allem ihre nackten Beine. «Wenn ich es mir recht überlege», sagte er, «wäre es mir in deinem Alter doch aufgefallen. Aber ‹scharfe Braut› ist vielleicht nicht die richtige Anrede für deine Gastgeberin.»

Mitica sah ihn erschreckt an. «Das hat sie doch nicht gehört, oder?»

«Nein, ich glaube nicht.»

«Vorsicht!», rief Phina.

Der abgesägte Ast fiel zu Boden. Phina kam von der Leiter herunter. «Also, du bist der Mitica. Hab schon viel von dir gehört.» Sie reichte ihm die Hand. «Grüß dich. Ich bin die Phina.»

«*Ciao* Phina.»

Emilio gab ihm einen Rempler.

«Ach so. Danke für die Einladung. Ich freu mich.»

Phina lachte. «Ist keine Einladung, du kannst mir auf dem Weingut helfen.»

Mitica blickte zu Emilio. «Ich weiß nicht, ob ich Zeit habe. Sie müssen wissen, ich bin sein Assistent.»

«Mitica, du kannst mich schon duzen. Also, das ist natürlich die Voraussetzung, dass dir der große Detektiv freigibt.»

«Schau'n wir mal», sagte Emilio grinsend. «Gerade haben wir nicht so viel zu tun, da geht's.»

Phina nahm Mitica am Arm. «Kannst gleich mitkommen. Ich fahr mit dem Traktor kurz rüber zum Lager. Ich brauch einen Wasserschlauch.»

«Super.»

Schon kletterte Mitica auf den Traktor. Beim Losfahren winkte er Emilio kurz zu. Dann hielt er sich fest, mit der einen Hand am Traktor, mit der anderen an der «scharfen Braut».

Emilio schmunzelte. So schnell ging das. Gerade war er für Mitica noch der Held, der seine Feinde verdrosch. Jetzt durfte er ihm den Rucksack ins Haus tragen. Aber das war gut so. Er hoffte sehr, dass der Bub die Zeit auf dem Weingut und in der Natur genießen und auf andere Gedanken kommen würde. Wenigstens war er weg von der Straße. Und es gab keinen Grund, einer alten Dame die Handtasche zu klauen.

*

Später saßen sie zu dritt unter einem Schirm auf der Holzterrasse und machten Brotzeit. Mitica stellte unter Beweis, dass Jungs in seinem Alter unglaubliche Mengen verdrücken konnten. Mager war er trotzdem.

Phina fragte ihn, wie er zu seinem aufgeschürften Ellbogen und der Schramme an der Stirn gekommen sei. Mitica winkte verächtlich ab. Er habe sich mit drei schweren Jungs geprügelt, erzählte er, die ihm seinen Rucksack wegnehmen wollten.

Emilio lächelte. «Geprügelt?»

Mitica kratzte sich verlegen hinter dem Ohr. «Na ja, nicht wirklich. Aber ich habe es geschafft, mich loszureißen, und bin mit meinem Rucksack getürmt. Ich bin schnell, und ich kann Haken schlagen wie ein Hase. Geprügelt hat sich dann Emilio mit den drei Arschgeigen.»

«Wie bitte?» Phina sah Emilio entgeistert an. «Du hast dich geprügelt?»

Er schüttelte lachend den Kopf. «Nein, natürlich nicht. Aber ich habe ihnen mit meinen bescheidenen Mitteln eine kleine Lektion erteilt.»

«Du hast sie fertiggemacht», sagte der Bub, «das war super.»

Jetzt war es an Emilio, abzuwinken. «Halb so wild. Im Rückblick war's auch nicht richtig.»

Er holte aus seiner Hosentasche einen Zettel. «Ich würde gerne das Thema wechseln», sagte er an Phina gerichtet. «Du weißt, dass wir Lauras Auto gefunden haben; das habe ich dir erzählt. Allerdings habe ich vergessen, dir diesen Zettel zu zeigen, er klemmte hinter der Sonnenblende.»

Phina nahm den Zettel entgegen und schaute ihn sich an. «Eine Telefonnummer mit Herz. Wie lieb.»

«Kennst du die Nummer?»

«Nein, aber es ist Lauras Schrift. Die macht so komische Kringel.»

Mitica holte stolz sein Handy hervor, das wieder in seinem Besitz war. «Soll ich mal anrufen? Dann hören wir ja, wer sich meldet.»

Emilio schaute Phina fragend an. «Damit verletzen wir doch nicht die Privatsphäre deiner Freundin, oder?»

«Nein, tun wir nicht. Ist selber schuld, wenn sie sich so seltsam verhält. Erst machen wir uns Sorgen, dann wieder nicht, und jetzt doch wieder ein kleines bisschen. Würde mich auch interessieren, wem unsere Laura-Mausi dieses niedliche Herz zugedacht hat. Okay, lass uns anrufen. Aber nicht Mitica …»

«Doch, ich finde, Mitica sollte das tun. Eine Kinderstimme ist unverfänglich. Außerdem sieht man bei seinem Handy nicht, wer anruft.»

Der Bub nickte zustimmend. «Was soll ich sagen? Ich frag einfach, wer dran ist, oder? Dann leg ich auf.»

«Gutes Konzept. Ich les dir die Nummer vor. Schalte bitte den Lautsprecher ein, damit wir mithören können.»

«Alles klar, jetzt bin ich wieder dein Assistent. Und danach wieder Weinbauer. Jetzt habe ich schon zwei Berufe. Nicht schlecht für jemanden, der aus Rumänien stammt und noch keinen Schulabschluss hat.»

Mitica gab die Nummer ein, die ihm Emilio diktierte. Dann warteten sie gespannt – und wurden enttäuscht. Denn statt eines Teilnehmers oder einer Teilnehmerin meldete sich eine automatische Ansage, die die Telefonnummer wiederholte, die Mitica gerade gewählt hatte. Auch so ein Service, den Emilio nie verstehen würde. Danach tat die Stimme kund, dass der Anschluss momentan nicht zu erreichen sei.

Mitica streckte dem Handy die Zunge raus und legte auf.

«Fehlanzeige», sagte Phina.

«Dann bleibt es halt Lauras Geheimnis.»

«Muss es nicht», warf Mitica ein. «Im Internet gibt es eine Rückwärtssuche. Kann ich mal dein Smartphone haben, mit meinem Handy kann ich nicht ins Web.»

Emilio reichte ihm sein Telefon. «Rückwärtssuche, das heißt …»

«Ganz genau, das heißt es. Man kann die Nummer eingeben und bekommt den Teilnehmer.»

«Du bist ja ein ganz Gescheiter», sagte Phina lachend.

«Na klar, was habt ihr denn gedacht? Moment, gleich hab ich es.»

«Jetzt bin ich aber neugierig.»

«So, da haben wir ihn ja schon», sagte Mitica triumphierend. «Ist ein Mann.»

«Sag schon, wie heißt er?»

«Bartholomäus Unteregger.»

«Ach du Scheiße.» Phina schlug die Hände über dem Kopf zusammen.

Emilio zog eine Augenbraue nach oben. «Hoppla.»

Mitica gab ihm sein Smartphone zurück. «Was ist? Kann mich mal jemand aufklären? Kennt ihr den Typen?»

«Der Typ ist tot», antwortete Emilio lakonisch und fragte dann Phina: «In der Zeitung stand, dass er verheiratet war, richtig?»

Sie nickte. «Ja, er war verheiratet, aber nicht glücklich in seiner Ehe.»

«Wusstest du, dass die beiden sich kennen?»

«Klar wusste ich das, ich selber hab sie miteinander bekannt gemacht. Das war erst vor einigen Wochen. Laura hat ihn total nett gefunden, aber ich hätte nie gedacht, dass die beiden …»

«Das wissen wir nicht. Eine Telefonnummer mit Herz besagt nicht viel.»

«Nein, aber ich kenne meine verrückte Freundin, und ich weiß, dass sie sich frisch verliebt hat.»

Mitica zog Emilio am Ärmel. «He, du großer Meister. Als dein Assistent sollte ich wissen, worum es geht. Du sagtest, der Typ ist tot?»

Emilio sah ihn ungewohnt streng an. «Mein lieber Mitica, ich mag es nicht, wenn man mich am Ärmel zieht. Außerdem musst du nicht alles wissen. Aber ich sag's dir trotzdem: Dieser Bartholomäus Unteregger war ein recht bekannter Winzer. Vor kurzem hat man seine Leiche im Weinberg gefunden. Er ist ermordet worden.»

Der Bub klatschte vor Freude in die Hände. «Ein Mordfall, super. Wer hat ihn umgebracht?»

«Die Polizei hat den Täter noch nicht gefunden. Vielleicht hat sie eine heiße Spur, keine Ahnung.»

«Genial, dann haben wir was zu tun.»

«Mitica, würdest du mir einen Gefallen tun und uns mal kurz alleine lassen.»

«Warum? Jetzt wird's doch gerade spannend.»

«Ich möchte mit Phina ein paar private Worte wechseln, okay?»

«Das ist gemein. Nun gut, dann geh ich rauf auf mein Zimmer und pack den Rucksack aus.»

«Gute Idee.»

Als sie alleine waren, fragte Emilio: «Ist dir was aufgefallen?»

«Was meinst du?»

«Der Kontakt zu Laura ist genau in jener Nacht abgebrochen, als der Bartholomäus ermordet wurde. Falls die beiden wirklich ein Techtelmechtel hatten – dann gefällt mir das gar nicht.»

Phina raufte sich die Haare. «Das ist ein blöder Zufall, oder?»

Emilio zuckte mit den Schultern. «Kann sein, aber wohl eher nicht.»

«Und jetzt?»

Er überlegte, zupfte sich am Ohrläppchen, klopfte mit den Fingern auf die Tischplatte, dann sah er auf die Uhr. «Ich werde nach Bozen fahren und mit meiner Freundin Mariella Maronenplätzchen essen.»

«Wie bitte? Wozu soll das gut sein?»

Emilio lächelte. «Doch, ich glaube, das ist eine gute Idee.»

29

Im Unterschied zu Wein oder Grappa braucht Whisky weder Trauben noch Trester. Vielmehr wird die Spirituose aus Getreide gewonnen.

Deshalb wurde in Schottland oder in Irland auch nicht der Wein erfunden, sondern der Whisky. Trotzdem gibt es Gemeinsamkeiten: In den vergangenen anderthalb Jahrtausenden wurde in Klöstern die Herstellung von Wein und Whisky besonders gepflegt.

Korbinian, der nicht nur die Bilder von Paul Flora schätzte, sondern auch anregende Getränke in mannigfaltiger Erscheinungsform, entbot deshalb den Mönchen seinen Dank. Ihm fiel der schottische Benediktinermönch John Cor aus dem Kloster Lindores ein, der sich im 15. Jahrhundert um den Whisky verdient gemacht hatte. Ihm kam aber auch der französische Mönch Dom Pérignon in den Sinn, ebenfalls ein Benediktiner, der eng mit der Entstehungsgeschichte des Champagners und der Flaschengärung verbunden war. Korbinian, der sich sehr für Geschichte interessierte, fand es bemerkenswert, dass sich gerade die Benediktiner mit ihrem Grundsatz «Ora et labora» auf dem Gebiet der alkoholischen Gärung hervorgetan hatten.

Korbinian dachte an die Fassreifung, die sowohl beim Wein als auch beim Whisky eine Rolle spielte. Aber dann war schon Schluss mit den Gemeinsamkeiten. Von Whisky wurde man schneller betrunken, egal, ob Scotch, Irish oder Bourbon, ob

Single Malt oder Blend. Außerdem wurde Wein heute häufig nicht mehr in Holz, sondern in Stahlfässern ausgebaut. Was Korbinian im Prinzip bedauerte, da war er Traditionalist.

Sein Interesse für Whisky war neu und eigentlich gänzlich untypisch für Südtirol. Aber Korbinian lebte in Glurns. Und dort wurde Whisky gebrannt, seit einigen Jahren erst, aber mit großer Leidenschaft: der erste italienische Whisky überhaupt, was die Glurnser mit Stolz erfüllte. Die Destillerie hieß Puni, benannt nach dem gleichnamigen Nebenfluss der Etsch. Und noch etwas gefiel Korbinian an der Whisky-Destillerie: die Architektur. Sie stammte vom Südtiroler Werner Tscholl, der auch den modernen Barriquekeller der Kellerei Nals Margreid entworfen hatte oder den Bau der Weinkellerei Tramin.

Korbinian plauderte mit seinen Besuchern gerne über den Glurnser Whisky oder ganz generell über die moderne Architektur in Südtirol. Das schaffte eine lockere und sinnesfrohe Atmosphäre – und nutzte somit seinem Geschäft. Das eine befruchtete das andere, so einfach war das. Es mussten ja nicht immer Graphiken von Flora sein, er hatte auch Architektur- und Fotobücher im Angebot. Wenn er gut drauf war, sperrte er schon mal die Galerie zu und zeigte treuen Kunden die Destillerie und danach die alten Militärbunker aus dem Zweiten Weltkrieg, in denen die Fässer zur Reifung gelagert wurden.

Aber heute war er nicht gut drauf. Korbinian trank einen Whisky, um sich zu beruhigen. Der Tod von Lukas Mitterhofer hatte ihn fertiggemacht, er träumte jede Nacht davon. An den Füßen aufgehängt … Vor kurzem hatte er bei ihm noch einen Käse gekauft und über alte Zeiten geplaudert. Und zuvor der Mord an Bartholomäus Unteregger. Erstochen mit einer Rebschere … Auch den Bartholomäus hatte er gekannt. Das durfte doch nicht wahr sein. Wie viele Morde gab es jedes Jahr in Südtirol? Er wusste es nicht, aber viele waren es bestimmt nicht. Und jetzt gab es gleich zwei Tote kurz nacheinander. Und beide Opfer waren ihm bekannt. Mehr noch, sie hatten sich auch untereinander gekannt. Da sollte man nicht verrückt werden.

Korbinian lebte in der Phantasiewelt von Paul Flora, in seinem Kopf gab es Raben, finstere Wälder, Schattenfiguren, Drahtseilkünstler und Harlekine. Nach seiner Philosophie war erstens vieles anders und zweitens als man denkt. Floras Bilder waren voller Geheimnisse und Rätsel, die sich erst auf den zweiten Blick erschlossen.

Wie hätte der melancholische Querdenker Flora auf zwei Morde reagiert, wenn ihm die Opfer persönlich bekannt gewesen wären? Was hätte er gezeichnet? Korbinian sah förmlich das Bild einer Burgruine vor sich, von Flora fein gestrichelt, und an einem Kreuz ein Leichnam hängend, mit dem Kopf nach unten. Oben auf dem Kreuz ein Rabe mit spitzem Schnabel. Oder statt der Ruine zwei Wurzelwesen aus alten Rebstöcken, die über einen Harlekin stiegen, dem eine Rebschere aus der Brust ragte. Fast kam es Korbinian vor, als ob er diese Blätter in seiner Schublade hätte. Dann sah er sich selbst, auf unvergleichliche Weise fein gestrichelt: Er steckte in einem Whiskyfass, das einen steilen Berg herabrollte, gefolgt von schwarzen Raben. Ihm wurde schwindlig, er musste sich festhalten.

In seinem Kopf ging alles durcheinander: kupferne Brennkessel, die schottischen Highlands, die Ötztaler Alpen, Bilder von Flora mit einem aufgehängten Lukas und einem erdolchten Harlekin, schwarze Raben …

Er hatte sich immer davor gefürchtet, verrückt zu werden wie sein Vater, der sich schließlich das Leben genommen hatte. Selbstmorde gab es in Südtirol erstaunlich viele, jedenfalls sehr viel mehr als Morde. Seine Mutter hatte nach dem Tod seines Vaters wieder ihren Mädchennamen angenommen, weshalb er heute Grandl hieß und nicht mehr Wallner.

Nein, er wollte nicht narrisch werden wie sein Vater. Er durfte nicht Wein, Grappa oder Whisky trinken bis zum Umfallen. Und wenn er Albträume hatte, dann musste er was dagegen tun. Er würde seinen Verstand gebrauchen und nachdenken, er würde nüchternen Geistes seinen Phantasien auf den Grund gehen und die richtigen Schlüsse ziehen. Er würde es zu verhindern wissen, dass er in einem Fass einen steilen Abhang herunterrollte oder dass ihm sonst irgendein Unheil geschah. Er hob sein Whiskyglas, drehte sich um – und prostete seinem ausgestopften Raben zu.

Wohl bekomm's, du grausliges Federvieh!

30

Es musste kein Nachteil sein, wenn man es im Leben nicht immer leicht hatte, wenn man mal um seine Existenz kämpfen musste und nicht nur die Licht-, sondern auch die Schattenseiten kennenlernte. Emilio fand, dass eine solche Vita oftmals die interessanteren Charaktere hervorbrachte. Gewiss, sie hatten Ecken und Kanten, aber eines waren sie fast nie: nämlich langweilig. Das galt nach seiner Überzeugung ebenso für Menschen wie auch für Weine. Denn Trauben, die ohne Stress vor sich hin reiften, deren Reben in einem komfortablen Boden wurzelten und die nie Durst oder Kälte erdulden mussten, führten im Ergebnis zu einem Wein, der dieses bequeme Leben widerspiegelte. Man konnte ihn trinken – aber nach Emilios Erfahrung war er meist uninteressant und charakterlos.

Konsequenterweise fühlte er sich intuitiv von Weinen angesprochen, die es spannend machten, bei denen man sich unwillkürlich fragte, wie sie es überhaupt geschafft hatten, auf die Welt zu kommen. Dies galt für manche Weine aus dem Eisacktal, die in großen Höhen und schwierigen Lagen reiften, die einen kargen Boden hatten, die zwar eine großartige Aussicht und gelegentlich Sonne im Übermaß genossen, denen es zwischendurch aber auch schlottrig kalt wurde. Es war nur ein Katzensprung hinüber in die Dolomiten, wo man Ski fahren oder im Fels den Kältetod sterben konnte. Solche Weine interessierten ihn. Deshalb nutzte Emilio die Stunden, die ihm bis zu seinem Termin in der Bozner Quästur blieben, um zwischen Neustift, Brixen und Klausen einige Winzer zu besuchen und ausgewählte Sylvaner, Kerner oder Rieslinge zu verkosten. Er war diszipliniert genug, sie nicht zu trinken. Er schwenkte den Wein im Glas, begutachtete die Farbe, roch daran, schlürfte, ließ ihn über die Zunge rollen, schmatzte und kaute – und spuckte ihn schließlich wieder aus.

Er bedauerte, dass er schon zu Mittag gegessen hatte, denn sonst wäre er, einer lieben Gewohnheit folgend, im Pretzhof eingekehrt. Er erinnerte sich an seinen letzten Besuch und glaubte, das bäuerliche Käsesoufflé aus Graukäse und Schüttelbrot zu riechen. Aber man konnte im Leben nicht alles haben – erst recht nicht gleichzeitig.

Nach dem Strasserhof, dem Kuenhof und dem Köfererhof folgte er auf der letzten Station seiner kleinen Rundreise der Einladung von Franz Pichleitner, den er durch Phina auf der Weinmesse in Bozen kennengelernt hatte. Pichleitner war einst ihr Kellermeister gewesen und leitete heute ein renommiertes Weingut im Eisacktal. Er hatte gesagt, er würde sich über den Besuch des geschätzten Barons freuen. Jetzt war sich Emilio zwar nicht so sicher, wie groß die Freude wirklich war – Pichleitner war zwar ausgesprochen zuvorkommend, aber irgendwie verklemmt, und er sah ihn zwischendurch seltsam an, aber das war ihm egal. Außerdem wurde der Mann lockerer, als sie auf den Müller Thurgau zu sprechen kamen, der sich in Südtirol und im Trentino zunehmender Anerkennung erfreute. Pichleitner sagte, dass man keine Berührungsängste haben dürfe. Emilio stimmte ihm zu und verwies auf die guten Bewertungen in italienischen Weinführern: Es sei nun mal entscheidend, den Ertrag zu reduzieren, gerade beim Müller

Thurgau, der als Massenträger seinen schlechten Ruf bekommen habe.

Pichleitner war ein gutaussehender Mann mit einer angenehmen Stimme. Er hatte Weinbau in Geisenheim im Rheingau studiert und kannte sich aus. Warum er bei Phina als Kellermeister aufgehört habe, wollte Emilio wissen, als das Eis zwischen ihnen gebrochen schien. Franz Pichleitner zögerte kurz, wieder sah er ihn so seltsam an, dann lächelte er und antwortete, dass er eine neue berufliche Herausforderung gesucht habe. Natürlich sei er Phina und ihrem Vater sehr verbunden gewesen, aber er habe diesen Schritt noch keine Sekunde bereut. Er hob sein Glas mit dem Müller Thurgau – und trank es in einem Zug aus. Keine Sekunde bereut? Emilio wusste nicht, ob er ihm glauben sollte. Aber der Wein, den man nach dem Schweizer Rebforscher Müller aus dem Kanton Thurgau benannt hatte, gefiel ihm, weshalb er es dem Winzer gleichtat, nur nicht so schnell und mit mehr Genuss.

*

Eine gute Stunde später klopfte er in der Bozner Quästur an die Bürotür seiner «Freundin» Mariella, die im Kirchenchor sang und in der Schublade größere Mengen Maronenplätzchen hortete. Sie bot ihm ausnahmsweise keinen Cappuccino an, diesmal hatte sie Tee gemacht und goss ihm eine Tasse ein. Leider war es Kamillentee, den Emilio seit seiner Kindheit hasste. Aber er rang sich ein Lächeln ab und nahm einen Schluck.

«Sie haben versprochen, mir zu verraten, worum es geht», sagte sie.

Emilio nickte. «Ja, das habe ich. Unter der Voraussetzung, dass es etwas gibt, das ich verraten kann.»

«Hat die Freundin Ihrer Bekannten ihr Handy wiedergefunden?», fragte sie verschmitzt. «Das war doch die Version, die Sie mir aufgetischt haben, richtig?»

«Nein, hat sie nicht», sagte er. Er deutete auf das Blatt Papier, das sie vor sich auf dem Tisch liegen hatte. «Darf ich mal sehen?»

Sie legte eine Hand darauf. «Erst will ich wissen, worum es geht. Sie haben mir am Telefon gesagt, Sie wollten wissen, wo sich dieses Handy in den letzten vierundzwanzig Stunden vor seinem Abschalten befunden hat. Ich verstehe nicht, wie das helfen könnte, es wiederzufinden. Und was Sie mit einer Einzelverbindungsübersicht anfangen wollen, ist mir in diesem Zusammenhang noch weniger klar. Übrigens habe ich sie nicht bekommen. Mein Bruder sagt, das ginge nur auf Anordnung des Staatsanwalts.»

«Aber das Bewegungsprofil haben Sie, oder?»

Mariella lächelte. «Ja, das habe ich. Mein Bruder ist ein Schatz. Darf ich Ihnen etwas Kamillentee nachschenken?»

«Jetzt machen Sie es nicht so spannend.»

Sie schmunzelte. «Ich hab Ihnen noch gar keine Maronenplätzchen angeboten.»

«Maronenplätzchen? Gerne, aber jetzt zeigen Sie schon!»

Mariella schob ihm das Blatt zu. «Aber nur, weil ich Sie mag. Und dann sagen Sie mir, worum es geht.»

«Einverstanden», murmelte er.

Emilio drehte das Blatt um und studierte die Standortangaben des Mobilfunkbetreibers, die mit einer Zeitleiste versehen waren. Er brauchte nicht lange, dann fand er bestätigt, was er nicht wirklich geglaubt hatte. Das war nicht gut, gar nicht gut.

«Ist Ihr Chef wieder auf einer Fortbildungsveranstaltung», wollte er wissen. Er kannte den *Commissario* von seinem letzten

Fall, der gleichzeitig sein erster in Südtirol gewesen war. Im furiosen Finale hatte ihm der Kriminaler zur Seite gestanden. Seitdem war er ihm nicht mehr begegnet, der Mann befand sich fortwährend auf irgendwelchen Seminaren.

«Nein», antwortete Mariella, «*Commissario* Silvio Sandrini ist in seinem Büro und arbeitet am Mordfall Bartholomäus Unteregger. Noch gibt es so gut wie keine Erkenntnisse. Von oben bekommt er zunehmend Druck, seine Vorgesetzten wollen endlich Resultate sehen. Aber Sie sollten nicht vom Thema ablenken; es ist nun wirklich an der Zeit, mich ins Bild zu setzen. Ich habe mich über Vorschriften hinweggesetzt und Ihnen die gewünschten Informationen besorgt. Jetzt möchte ich endlich wissen, warum Sie sich für dieses Handy interessieren. Es gehört einer gewissen Laura Perger, das weiß ich, aber die Dame ist nicht aktenkundig. Und Sie machen nicht den Eindruck, als ob Sie sie auf diesem Weg kennenlernen wollen.»

Emilio nahm ein Maronenplätzchen. Dann erzählte er, weshalb er sich für das Handy interessierte, aber nur in groben Zügen.

Mariella hing an seinen Lippen. Als er am Ende das Papier mit dem Bewegungsprofil ansprach, bekam sie vor Aufregung ein rotes Gesicht. «O mein Gott», sagte sie mit aufgerissenen Augen.

Emilio nahm ein weiteres Maronenplätzchen und lehnte sich zurück. Er dachte kurz über die weitere Vorgehensweise nach und sagte dann: «Ich denke, wir sollten mit Ihrem Chef reden, was meinen Sie?»

Mariella nickte. «Doch, das sollten wir, ganz dringend sogar.» Sie griff zum Telefon.

«*Commissario* Sandrini, ich weiß, dass ich Sie nicht stören soll. Aber es ist wichtig, sehr wichtig sogar. Der Baron ist bei mir. Er möchte Ihnen etwas erzählen, was Sie brennend interessieren dürfte.»

Wenige Augenblicke später stand Mariella auf. «Wir sollen zu ihm ins Büro kommen. Hoffentlich bekomme ich keinen Anschiss, weil ich Ihnen die Informationen mit dem Handy beschafft habe.»

«Glaube ich kaum, eher eine Belobigung, denn das Ergebnis heiligt die Mittel. Und wenn doch, dann lege ich ein gutes Wort für Sie ein.»

*

Kurz darauf begrüßte der *Commissario* seinen Besucher mit einer herzlichen Umarmung. Er freue sich, ihn wiederzusehen.

Emilio sagte, dass die Freude ganz auf seiner Seite sei.

Mariella und er nahmen an Sandrinis Tisch Platz. Schnell kamen sie auf den Grund des Besuchs zu sprechen. Emilio erinnerte den *Commissario* daran, dass er ihm das letzte Mal seine uneingeschränkte Unterstützung bei etwaigen neuen Fällen zugesichert habe. Er habe dieses Angebot in den vergangenen Tagen in Anspruch genommen, ihn damit aber nicht belästigen wollen und sich deshalb von seiner kompetenten Mitarbeiterin helfen lassen. Dafür wolle er sich gleich zu Beginn ihres Gesprächs sehr herzlich und in aller Form bedanken.

Sandrini spielte mit einem Bleistift. Da er nicht wusste, wie die geleistete Hilfe konkret aussah, zeigte er ein unsicheres Lächeln. Damit hielt er sich alle Optionen offen, auch jene, gleich einen Tobsuchtsanfall zu bekommen.

Emilio hatte keinen Zweifel, dass es dazu nicht kommen würde. Deshalb begann er die Geschichte, die er zu erzählen hatte, nicht am chronologischen Anfang. Es schien ihm rich-

174

tiger, dem *Commissario* gleich das Ergebnis der Recherche aufzutischen; damit würde er ihm den Wind aus den Segeln nehmen. Nun gut, natürlich hätte er am liebsten alles für sich behalten, vor allem deshalb, weil er ahnte, welche Rückschlüsse Sandrini ziehen würde. Aber es ging nicht anders. Ansonsten würde er große Schwierigkeiten bekommen, und damit war niemandem gedient.

Emilio sprach Sandrinis Ermittlungen im Mordfall Bartholomäus Unteregger an und gewann damit die uneingeschränkte Aufmerksamkeit des *Commissario*.

«Dazu kann ich Ihnen leider keine Informationen geben», erklärte Sandrini, «aber ich wäre höchst erfreut, wenn Sie einen sachdienlichen Hinweis hätten. Mariella sagte am Telefon, dass mich brennend interessieren würde, was Sie zu berichten haben. Jetzt bin ich aber neugierig.»

«Ich befinde mich in einer etwas delikaten Situation», erwiderte Emilio. «Es geht gewissermaßen um eine Mandantin, deren Interessen ich zu vertreten habe. Aber vermutlich provoziere ich gleich eine Reaktion, die dem zuwiderläuft.»

«Herr Baron, meine Reaktion wird angemessen sein, das verspreche ich Ihnen. Jetzt schießen Sie schon los!»

«Okay, machen wir es kurz. Ich weiß, wer mit hoher Wahrscheinlichkeit zum Zeitpunkt des Mordes an Bartholomäus Unteregger am Ort des Verbrechens war. Die Person ist seitdem verschwunden.»

«Wirklich?» Vor Aufregung brach der *Commissario* die Spitze seines Bleistifts ab. «Am Ort des Verbrechens und jetzt verschwunden? Und Sie kennen den Namen des Mannes?»

«Es ist kein Mann, es handelt sich um meine Mandantin. Nach dem Protokoll des Mobilfunkbetreibers, das mir Ihre Mitarbeiterin freundlicherweise zugänglich gemacht hat, war die Frau kurz vor Mitternacht in jenem Weinberg, in dem der Winzer ums Leben gekommen ist. Soweit ich aus der Zeitung weiß, war das der ungefähre Todeszeitpunkt, oder?»

«Stimmt genau», bestätigte Sandrini. «Wie ist der Name der Person, und in welcher Beziehung stand sie zum Mordopfer?»

«Es spricht einiges dafür, dass sie mit ihm befreundet war, womöglich sogar ein intimes Verhältnis hatte», erläuterte Emilio. «Aber diese Annahme ist spekulativ und könnte sich auch als Irrtum erweisen.»

«Wie ist der Name?»

Mariella hüstelte, dann nahm sie dem Baron die Antwort ab. «Laura Perger», sagte sie. Dazu nannte sie das Geburtsdatum und die Wohnadresse.

Sandrini wollte sich die Angaben notieren, was jedoch an seinem abgebrochenen Bleistift scheiterte. Mariella reichte ihm einen Kugelschreiber.

«Perger, Laura Perger», wiederholte der *Commissario*. «Kann ich mal die Dokumentation des Mobilfunkbetreibers sehen?»

Er setzte eine halbrunde Lesebrille auf und studierte den Computerausdruck.

«Das passt», sagte er. «Das passt sogar ganz genau. Diese Laura Perger war tatsächlich zur falschen Zeit am falschen Ort.» Er räusperte sich. «Eigentlich umgekehrt: Sie war zur exakt richtigen Zeit am richtigen Ort. Und Sie sagten, die Person ist verschwunden?»

«Das ist relativ», schränkte Emilio ein. «Jedenfalls ist sie seit jener Nacht für ihre beste Freundin und für ihre Eltern nicht erreichbar. Sie ist auch nicht in ihrer Wohnung, der sie allerdings, wie es scheint, in der Zwischenzeit einen Besuch abgestattet hat, um einige persönliche Dinge mitzunehmen. Ihr Handy wurde in der Mordnacht einige Stunden später abgeschaltet. Ihr Auto habe ich in Bozen am Eisackufer gefunden. Es steht dort offenbar genau seit jener Nacht, jedenfalls deutet der Strafzettel darauf hin. Als einziges Lebenszeichen gibt es seitdem eine SMS. Zunächst hatten wir die Sorge, dass sie einem Verbrechen zum Opfer gefallen sein könnte ...»

«Und jetzt haben wir eine dringend Tatverdächtige», unterbrach ihn Sandrini. «Nach Überprüfung Ihrer Angaben werde ich diese Laura Perger sofort zur Fahndung ausschreiben. Wahrscheinlich hat sie nach einer Beziehungstat im Affekt, aus Eifersucht oder aus welchem Motiv auch immer, in Panik den Ort des Geschehens verlassen und ist verzweifelt in der Gegend herumgefahren. Dann hat sie ihr Auto dort geparkt, wo Sie es gefunden haben, und schließlich die Flucht zu Fuß fortgesetzt.»

«So könnte es gewesen sein», räumte Emilio ein. «Aber es sind auch andere Szenarien denkbar, zum Beispiel ...»

Der *Commissario* winkte ab. «Natürlich gibt es immer andere Szenarien, doch in diesem Fall interessieren sie mich nicht. Ich brauche dringend einen Täter, und die Fakten und mein Instinkt sagen mir, dass wir mit dieser Laura Perger eine ganz, ganz heiße Spur haben. Ich verfüge ja noch über Ergebnisse der kriminaltechnischen Untersuchung, die Sie nicht kennen, mein lieber Baron. Ich kann Ihnen nur sagen, dass alles perfekt zusammenpasst. Die Perger war es, die hat den Unteregger mit der Rebschere niedergestochen, und jetzt ist sie auf und davon. Hoffentlich nimmt sie sich nicht das Leben! Das wäre ganz schlecht, ich möchte ein Geständnis von ihr.»

Emilio stand auf. «Ich darf Sie bitten, mit Zurückhaltung und Augenmaß vorzugehen. Schließlich fehlt jeder Beweis. Es sollte zu keiner Vorverurteilung kommen, weder in den polizeilichen Verlautbarungen noch in den Medien. Sie könnte genauso gut unschuldig sein.»

Sandrini schüttelte den Kopf. «Sie könnte unschuldig sein, aber sie ist es nicht. Da bin ich mir ganz sicher. Ein Weinberg ist zu Mitternacht kein allgemeiner Verkehrsknotenpunkt. Dennoch werden wir selbstverständlich verantwortungsvoll agieren. Herr Baron, geben Sie mir die Hand, damit ich Ihnen danken kann. Wieder einmal haben Sie mir sehr geholfen. Aber Sie dürfen noch nicht gehen, erst brauche ich fürs Protokoll alle Angaben im Detail. Das kann ich Ihnen leider nicht ersparen.»

Emilio dachte, dass der *Commissario* genauso bescheuert reagiert hatte wie vorhergesehen. Phina würde ihm den Kopf abreißen, sobald sie erfuhr, dass aufgrund seiner Ermittlungen, die er noch dazu in ihrem Auftrag durchgeführt hatte, jetzt nach ihrer Freundin Laura als Mörderin gefahndet wurde. Dümmer hätte es nicht laufen können. Aber die Fakten waren nun mal so, wie sie waren – nämlich ausgesprochen beschissen. Außerdem war ihm plötzlich unwohl, und sein Knie tat ihm weh. Er brauchte dringend einen Schnaps. Ob Mariella einen in ihrer Schublade hatte?

Josephus hielt sich die Ohren zu, weil er von ferne die Glocke der Pfarrkirche hörte. Er hasste das Geläut, das ihn schon im Kloster fast zum Wahnsinn getrieben hatte. Zum Angelus-Läuten hatte er morgens, mittags und abends das Gebet des Engels des Herrn herunterleiern müssen.

Angelus Domini nuntiavit Mariae ... Josephus schüttelte sich. Blablabla ...

Er nahm die Hände von den Ohren. Das nervige Geläut war vorbei, dem Satan sei Dank. Nach seiner Überzeugung hatte sich die Kirche die Glocken widerrechtlich zu eigen gemacht und dreist mit dem Gebet und dem Gottesdienst vermählt. So eine Anmaßung; im Mittelalter hatten die Glocken einzig den Sinn, den Menschen die Stunde anzuzeigen.

Josephus faltete die Hände und kniete sich hin.

«Lasset uns beten, allmächtiger Satan, gieße Deinen Zorn in unsere Herzen. Durch die Botschaft Luzifers haben wir die Menschwerdung erkannt. Bitte für uns, dass wir würdig werden der Verheißung des Satans. Amen.»

Er schlug das satanische Kreuz und küsste die Blutampulle, die an seinem Hals hing. Er empfand eine ungeheure Energie, die von ihr ausging. Obwohl sie erst zur Hälfte gefüllt war, spürte er Wellen der Satisfaktion und Genugtuung durch seinen Körper und seine Seele fluten. Gewiss, die erste Vollstreckung des satanischen Urteils war nicht nach Plan gelaufen ...

Aber am Ergebnis hatte sich nichts geändert: Der Delinquent war gerichtet, und er hatte dem noch warmen Leib das Blut entnehmen und in seine gläserne Ampulle füllen können. Die Wege des Satans waren unerforschlich!

Bei Lukas Mitterhofer, dem zweiten Malefikanten, hatte er seine Inszenierung gemäß seinen Vorstellungen umsetzen können. Das steigerte die Befriedigung und erfüllte ihn mit Stolz.

Den nächsten Missetäter wollte er auf einem Scheiterhaufen verbrennen. Diese Phantasie geisterte schon lange durch seinen Kopf. Er wollte ihn lodern sehen wie einst die Häretiker. Er wollte ihn wimmern hören und um Gnade flehen. Aber er würde genauso unbarmherzig sein wie dazumal die Verfolger der ketzerischen Verderbtheit.

Ihm fiel das Schloss Prösels bei Völs am Schlern ein. Hier hatte es nachweislich Hexenprozesse gegeben, deren Urteile durch Verbrennen vollstreckt wurden. Den Verurteilten hatte man vorgeworfen, dass sie sich dem Teufel ausgeliefert hatten. Josephus musste lachen. Demzufolge wäre er selbst ein Kandidat für den Völser Scheiterhaufen gewesen. Aber die Zeiten hatten sich geändert. Heute wurden keine Hexen mehr verbrannt, stattdessen schlugen jene zurück, die dem Teufel untertan waren. Er tat einen freudigen Juchzer.

Aber nur Sekunden später fiel er in ein grüblerisches Stimmungstief. Das entscheidende Problem hatte er nämlich nicht gelöst. Noch immer hatte er den Sünder nicht gefunden. Theoretisch könnte der Mann irgendwo in der Ferne leben. Aber Josephus hatte ein satanisches Orakel befragt, und dieses hatte ihm unzweideutig klargemacht, dass der Delinquent ganz in seiner Nähe war. Dem Scheiterhaufen würde er also nicht entgehen. Josephus würde seinen Wunschtraum in die Tat umsetzen, dessen war er sich ganz gewiss.

Und was war mit dem Blut eines weiteren Individuums, das zum finalen Ende noch in seiner Ampulle fehlte? Auch dieses würde er erlangen, wohl auf andere Weise, aber ohne größere Probleme. Denn er wusste exakt, wo sich diese Person aufhielt. Er hatte sie erst gestern gesehen. Sie würde sich seinem Zugriff nicht entziehen können. Dann wäre seine gläserne Ampulle voll – und seine Mission beendet.

Ave Satanas!

E milio hatte sich entschieden, bis zum Abend zu warten. So lange würde er für sich behalten, was er über Laura herausgefunden und wie der *Commissario* darauf reagiert hatte. Zugegeben, das war nicht sehr mutig von ihm, aber er brauchte Zeit, um Kräfte zu sammeln.

In den späten Nachmittagsstunden machte er einen Spaziergang und sortierte seine Gedanken. Dann lud er Phina zum Abendessen in den Pillhof ein, worüber sie sich freute. Sie bekamen ihren Lieblingstisch und nahmen sich die Freiheit, einen Wein zu bestellen, der nicht aus Südtirol stammte. Schon deshalb mochte Phina diese Vinothek in dem historischen Ansitz, weil sich hier die Gelegenheit bot, auch mal ihr unbekannte Weine aus anderen Regionen kennenzulernen – und dazu ein köstliches Risotto zu essen. Phina liebte Risotto über alles, mit Radicchio, Kürbis oder Scampi, mit Steinpilzen oder roter Bete. Außen wunderbar cremig und innen bissfest.

Emilio wusste um die stimmungsaufhellende Wirkung des Risotto und ließ sich Zeit, bevor er die Bombe platzen ließ. Er genoss die Ruhe vor dem Sturm. Schließlich nahm er seinen Mut zusammen.

«Phina, meine Liebe, ich muss dir was erzählen.»

Sie tupfte sich mit der Serviette die Lippen ab und nickte.

«Eine schöne Geschichte? Ja, das wäre nett.»

«Die Geschichte wird dir nicht gefallen.»

«Dann musst du sie mir nicht erzählen.»

«Doch, ich fürchte schon. Es geht um Laura.»

«Warum? Hast du sie gefunden? Ist ihr was passiert?»

«Nein, leider habe ich Laura nicht gefunden, und ob ihr was passiert ist, weiß ich auch nicht.»

«Was dann?»

«Nun, es sieht so aus, als ob sie zum Zeitpunkt des Mordes an Bartholomäus Unteregger am Tatort war. Und unmittelbar danach ist sie verschwunden. Da drängt sich der Verdacht auf, dass sie ...»

«Blödsinn», unterbrach ihn Phina, «nichts drängt sich auf. Du willst doch nicht andeuten, dass Laura den Bartholomäus umgebracht hat und dann geflohen ist? Sie war vermutlich seine Geliebte, warum sollte sie ihn umbringen? Das ist völlig absurd. Laura ist meine Freundin, die würde keiner Fliege was zuleide tun.»

«Mag sein, aber es ist schon merkwürdig, dass ...»

«Nein, nein und nochmals nein», protestierte Phina. «So etwas darfst du nicht mal denken, geschweige denn aussprechen. Du darfst niemandem davon erzählen, dass sie am Tatort war, das musst du mir versprechen. Woher weißt du das eigentlich?»

«Ich kann's dir nicht versprechen», erwiderte er.

«Warum nicht? Natürlich kannst du das.»

«Nein, ich kann es nicht, weil ich die Information bereits weitergegeben habe.»

«Bist du verrückt?», ereiferte sich Phina. «Wer weiß davon?»

Emilio hob resignierend die Schultern. «Die Polizei», antwortete er, «genauer gesagt *Commissario* Sandrini. Ihn habe ich informiert. Es ging nicht anders, ich musste es tun.»

Sie fuhr sich aufgeregt durch die Haare. «Die Polizei? Das ist nicht dein Ernst!»

«Ich vermute», fuhr er fort, «dass Laura bereits zur Fahndung ausgeschrieben ist. Sandrini hält sie für dringend tatverdächtig.»

Phina sah ihn entgeistert an. «Das kann doch wohl nicht wahr sein. Ich bitte dich, meiner Freundin Laura zu helfen, falls ihr was passiert ist. Und jetzt hetzt du ihr die Polizei auf den Hals.»

«So würde ich das nicht formulieren. Außerdem kann ich mir durchaus vorstellen, dass Laura unschuldig ist. In diesem Fall müssten wir uns allerdings sehr große Sorgen um sie machen.»

«Verstehe ich nicht.»

«Weil sie dann höchstwahrscheinlich den Mörder gesehen hat. Schlimmer noch: Der Mörder könnte auch sie gesehen haben.»

«Und jetzt ist sie verschwunden, o mein Gott.»

«Ich will nicht drum herumreden. Vielleicht hat er die Tatzeugin, sprich Laura, umgebracht und ihre Leiche verschwinden lassen. Das würde erklären, warum sie sich nicht mehr meldet.»

«Du bist brutal.»

«Nein, bin ich nicht. Gelegentlich ist das Leben brutal, leider. Ich neige dazu, Dinge auszusprechen, auch unbequeme.»

«Sie war doch in ihrer Wohnung», sagte Phina, «und sie hat von ihrem Handy eine SMS geschickt.»

«Es sieht danach aus, muss aber nicht stimmen. Die SMS könnte auch jemand anders geschickt haben. Man bräuchte dazu nur ihr Handy.»

«Sie hat ‹Phina-Schatz› geschrieben. Diese persönliche Anrede verwendet ausschließlich Laura.»

«Man muss nur die abgespeicherten Textnachrichten lesen.»

«Scheiße, du hast recht.»

Phina dachte nach. «Und was wäre, wenn Laura den Mörder gesehen hat und in Panik geflohen ist, aus Angst vor ihm?»

Emilio nickte. «Das könnte sein. Ist nicht sehr wahrscheinlich, aber könnte sein. In diesem Fall wäre es gut, wenn sie sich schnell bei uns meldet, damit wir ihr helfen können.»

«Ja, das wäre gut. Und jetzt?»

«Jetzt sollten wir die Nachspeise bestellen.»

Sie schüttelte verständnislos den Kopf. «Ich kann doch jetzt kein Dessert essen.»

«Warum nicht? Die Topfenknödel sollen gut sein.»

«Hinter meiner Freundin Laura ist die Polizei her, sie ist womöglich tot oder auf der Flucht. Und du denkst an Topfenknödel. Du bist kaltherzig.»

Emilio lächelte verlegen. «Erst verrückt, dann brutal und jetzt kaltherzig. Ganz schön viel auf einmal.»

«Wenn ich nachdenke, fällt mir noch mehr ein.»

«Schau, auch ich mache mir Sorgen wegen Laura. Aber ich helfe niemandem – auch ihr nicht –, wenn ich deswegen in Panik gerate, Depressionen bekomme oder mir das gute Essen verbiete.»

*

Am nächsten Morgen stellte Emilio fest, dass der Sturm vorüber war. Es wehte nur noch eine leichte Brise. Natürlich hatten sie in getrennten Schlafzimmern genächtigt – war besser so. Aber zum Frühstück bekam er einen Kuss. Das war entschieden mehr, als er erwartet hatte. Er hatte Phina noch erklärt, warum er nicht umhingekommen war, den *Commissario* zu informieren; schließlich hatte er sich seiner Mitarbeiterin bedient, um an die gewünschten Informationen zu gelangen. Offenbar hatte Phina das verstanden.

Mit ihnen saß Mitica am Tisch, dem es ausgesprochen gut zu gehen schien. Er erzählte aufgeregt von seiner gestrigen Arbeit im Weinberg. Einer von Phinas Mitarbeitern stammte ebenfalls aus Rumänien, mit ihm verstand er sich besonders gut. Heute sollte er helfen, die Entrappungsmaschine – mit ihr wurden die Trauben von den Stielen getrennt – zu überholen. Zwar war es noch weit hin bis zur Weinernte, aber Phina ließ in den Sommermonaten alle technischen Einrichtungen sorgfältig warten. Mitica freute sich darauf; die Maschine faszinierte ihn.

Phina sagte, er solle aufpassen und nur tun, was man ihm auftrug. Die Entrappungsmaschine sei nicht ungefährlich.

Prompt erzählte Emilio von einem französischen Winzer, der in einer solchen Apparatur den Tod gefunden hatte. Phina schüttelte sich und sagte, dass das unappetitlich und kein Thema fürs Frühstück sei. Mitica fand's toll – vor allem, als Emilio erklärte, dass das kein Unfall gewesen sei.

Später, als sie alleine waren, sprachen Phina und Emilio erneut über die Verdächtigungen gegen Laura. Er stimmte Phina zu, als sie erklärte, dass Laura eine Mordtat nie und nimmer zuzutrauen sei. Aber dann verwies er darauf, dass nach seiner Lebenserfahrung alles möglich sei, auch das Undenkbare. Er zitierte den Philosophen Immanuel Kant, nach dem der Hang zum Bösen tief in der menschlichen Natur verwurzelt sei.

Phina protestierte. Sie glaube nun mal an das Gute im Menschen, sagte sie. Und Laura sei definitiv nicht fähig, jemanden umzubringen.

«*Homo homini lupus est*», murmelte Emilio.

«Wie bitte?»

«Jeder Mensch ist dem anderen ein Wolf!»

Sie schüttelte den Kopf. «Nicht alles, was siebengescheit auf Lateinisch daherkommt, ist schon deshalb richtig. Der Mensch als Wolf – so ein Blödsinn. Außerdem ist mir unser Gespräch für diese Tageszeit entschieden zu tiefgründig. Laura ist unschuldig! Punkt, Ausrufezeichen! Wir sollten überlegen, wie wir ihr helfen können.»

«Einfacher wäre es, wenn sich Laura bei uns meldet, *damit* wir ihr helfen können», sagte er.

Sie nahm einen Schluck aus der Kaffeetasse und stand auf. «Kommst du mit? Ich fahre jetzt zu ihren Eltern.»

«Warum?»

«Weil ich es schlimm fände, wenn sie aus der Zeitung erfahren, dass nach ihrer Tochter gefahndet wird.»

«Dafür ist es sicher zu spät», stellte Emilio fest. «Die Polizei wird sich längst bei den Eltern gemeldet haben.»

Ihn graute vor einem Gespräch mit den Eltern. Wenn er ehrlich war, hatte er keine Hoffnung, was Laura anbelangte: Es sah so aus, dass entweder sie jemanden getötet hatte, oder dass sie das Opfer eines Killers geworden war – und in beiden Fällen würde er ihr nicht mehr helfen können.

«Ich fahr trotzdem hin», erklärte Phina. «Ich muss mit ihnen reden. Sie brauchen jetzt jemanden, der an ihre Tochter glaubt. Vielleicht haben sie irgendeine Idee, wo sie sich versteckt halten könnte.»

«Wenn du meinst. Okay, ich komme mit.»

*

Emilio fühlte sich nicht wohl in seiner Haut. Er saß im Wohnzimmer auf einem Sofa, das so tief und durchgesessen war, dass er nicht wusste, wie er hier je wieder aufstehen sollte. Lauras

Eltern machten einen verzweifelten Eindruck. Natürlich dachten sie keine Sekunde daran, dass ihre Tochter schuldig sein könnte. Sie waren sich sicher, dass alles ein Irrtum war. Gleichzeitig fürchteten sie, dass Laura etwas Schlimmes widerfahren sein könnte.

Sie holten ein Album und zeigten Fotos ihrer Tochter, darunter ganz alte aus ihrer Kindheit. Emilio interessierte sich eher für die aktuelleren Bilder und für Postkarten aus dem Urlaub. Wo hatte sie bevorzugt Ferien gemacht, wo hatte sie Freunde, bei denen sie untergetaucht sein könnte? Bei dem Mann mit Pfeife und Tiroler Hut, der aussah wie ein junger Luis Trenker in einem Bergfilm? Auf dem Segelboot vor Capri? Oder beim Tauchen auf den Malediven? Schnell wurde ihm klar, dass er so nicht weiterkommen würde.

Da Lauras Eltern wussten, dass er gelegentlich als Privatdetektiv arbeitete, schienen sie von ihm irgendeinen Geistesblitz zu erwarten. Emilio musste sie enttäuschen. Aber er tat so, als ob er nachdachte.

Dabei verlor er sich in fremde Welten.

Schließlich drang zu ihm eine Frage durch. «Was ist? Nehmen Sie den Auftrag an?»

Irritiert blickte er auf. «Welchen Auftrag?»

«Unsere Tochter zu suchen und ihre Unschuld zu beweisen.»

Er räusperte sich. Phina sah ihn aufmunternd an.

«Äh», gab er zur Antwort.

«Ist das eine Zustimmung? Wollen Sie einen Vorschuss, oder wie läuft das? Wir haben auf dem Gebiet keine Erfahrung. Aber, Herr Baron, bitte tun Sie uns den Gefallen und helfen Sie uns.»

Er stützte das Kinn auf den silbernen Knauf seines Gehstocks.

«Natürlich», sagte er nach kurzem, aber vergeblichem Nachdenken, «ich werde versuchen, Ihnen und Laura zu helfen. Aber ich will Ihnen keine Hoffnung machen. Ich bin momentan ziemlich ratlos.»

«Wie hoch ist Ihr Honorar?», wollte der Vater wissen.

Emilio winkte ab. «Bitte lassen Sie uns nicht über mein Honorar reden. Es könnte ja auch sein, dass Sie mit dem Ergebnis meiner Ermittlungen nicht glücklich sein werden, falls ich überhaupt etwas herausbekomme. Lassen Sie es uns so machen: Sollte ich Ihre Tochter tatsächlich finden und ihre Unschuld beweisen können, dann dürfen Sie mich bezahlen, aber nur dann. Mein Honorar würde überschaubar sein, machen Sie sich da mal keine Gedanken.»

«Das heißt, Sie übernehmen den Auftrag?», fragte die Mutter hoffnungsvoll.

Emilio nickte. «Ja, mache ich.»

Gott sei Dank konnten die Eltern keine Gedanken lesen, denn er war sich sicher, dass es nie zu einer Honorarzahlung kommen würde: einfach deshalb, weil Laura entweder die Täterin war – oder tot und irgendwo verscharrt.

Beide Varianten wären in höchstem Maße unerfreulich.

33

Korbinian konnte nicht verstehen, warum die Kunden seinen Laden verlassen hatten, ohne das Bild zu kaufen. Fast wehmütig sah er auf das schöne Blatt mit den drei Harlekinen auf dem gestrichelten Markusplatz. Es handelte sich um eine handkolorierte Original-Lithographie von Paul Flora aus dem Jahr 1981. Er liebte das Bild, es war tieftraurig und fröhlich zugleich. Es gab keine bessere Kulisse für diese komplizierte Gemütslage als die morbide Lagunenstadt Venedig. Das hatte auch Paul Flora erkannt – natürlich hatte er das.

Korbinian dachte, dass Floras venezianische Bilder wie ein Spiegel seiner eigenen Seele waren. Er konnte unversehens in tiefe Melancholie verfallen, dann plötzlich wieder lachen und Spaß am Leben haben. Oft war er sich dabei selbst ein Rätsel. Aber das störte ihn nicht, er war schon immer sensibel gewesen. Vielleicht reagierte er deshalb so verstört auf die Morde an Lukas und Bartholomäus? Eigentlich gab es keinen Grund, dass er immer wieder daran denken musste und in der Nacht davon träumte. Er hatte kaum mehr Kontakt zu den beiden gehabt, und es passierte nun mal, dass Menschen aus dem Leben schieden, wenn auch nur selten auf so brutale Art – jedenfalls im beschaulichen Südtirol.

Korbinian legte das Blatt mit den drei Harlekinen zurück in die Schublade. Er dachte an die Figur des *Arlecchino* in der Commedia dell'Arte, der zugleich die Komik und die Tragik verkörperte. Auf der Bühne durfte sich der Harlekin fast alles erlauben, und in seiner unbekümmerten Fröhlichkeit wirkte er oft naiv. Dabei spürte jeder, dass es in seinem Herzen ganz anders aussah und dass er mehr Weisheit hatte als viele, die sich für klüger hielten.

Wie Korbinian heute Morgen der Zeitung entnommen hatte, war die Polizei im Fall des Mordes an Bartholomäus Unteregger einen Schritt weitergekommen. Jedenfalls gab es jetzt eine dringend Tatverdächtige, nach der mit Foto gefahndet wurde. Die junge Frau sah nett aus und sympathisch. Warum sollte sie jemanden umbringen? Im Artikel wurde angedeutet, dass sie womöglich mit Bartholomäus eine Liebesbeziehung gehabt hatte. Der Glückliche. Seine eigene Freundin war weit weniger attraktiv. Irgendwas machte er falsch. Allerdings würde sie ihn nicht umbringen, da war er sich ziemlich sicher. Das war ein kleiner, aber schwacher Trost.

Korbinian nahm die Zeitung aus dem Regal und sah sich erneut das Fahndungsfoto an. Eine Laura Perger kannte er nicht. Die Frau machte einen femininen und eher zierlichen Eindruck. Das fand er irritierend, denn Bartholomäus war ein großer und kräftiger Mann gewesen. In jungen Jahren war er keiner Schlägerei aus dem Weg gegangen. Er konnte sich nicht vorstellen, wie es dieses hübsche Wesen fertigbringen sollte, dem Bartholomäus eine Rebschere so fest in die Brust zu rammen, dass er tot war – noch dazu von vorne.

In der letzten Nacht hatte er erneut von schwarzen Raben geträumt und von fein gestrichelten und dunkel gewandeten Männern, die direkt einer Illustration von Paul Flora entstiegen schienen. Ihre Gesichter waren von großen Schlapphüten verdeckt. Einer hatte ein großes Messer in der Hand, von dem rotes Blut tropfte. Dann war Korbinian schweißgebadet aufgewacht.

Er hatte keine Erklärung dafür, aber seit er von den beiden Morden wusste, lagen seine Nerven blank. Er glaubte zu spüren, dass sie auf geheimnisvolle Weise etwas mit ihm zu tun hatten. Sein Verstand sagte, dass das unmöglich und eine seiner üblichen Phantasien war. Aber als sensibler Mensch hörte er mehr auf seine Intuition, und die flüsterte ihm etwas anderes zu. Aber so leise, dass er es nicht verstand. In seinen Träumen blitzten längst vergessen geglaubte Erinnerungen auf. Ab und zu fiel ein kurzer Lichtstrahl ins Gesicht des gestrichelten Mannes mit dem grauen Schlapphut und dem blutigen Messer. Zu kurz, um ihn zu erkennen, aber lang genug, dass ihm fröstelte.

34

Phina fuhr mit dem Traktor in den Hof ihres Weingutes und kam vor der kleinen Vinothek zum Stehen, wo Emilio die Stellung hielt. Mitica turnte vom Beifahrersitz herunter. Dabei gab er sich den Anschein, als ob er ein Leben lang nichts anderes getan hätte. Am Boden angelangt, wischte er sich demonstrativ die Hände an der Hose ab. Innerhalb weniger Tage war er von einem herumlungernden Straßenjungen in die Rolle eines bodenständigen Weinbauern geschlüpft. Eines Weinbauern, der erst vierzehn Jahre alt und ziemlich schmächtig war. Mitica blickte sich um und stellte enttäuscht fest, dass keine Besucher da waren, die ihn bewundern konnten.

Phina fuhr ihm durch die wie immer strubbligen Haare.

«Das mit den Düsen für die Tröpfchenanlage hast du gut gemacht», lobte sie ihn.

«Na klar», sagte er frech.

Dann besann er sich und schob ein leises «Dankeschön» hinterher. Er sagte, dass er sich Mühe gebe und froh sei, hier sein zu dürfen.

Phina lachte. «Musst dich nicht bedanken. Hab dich gern hier.»

Sie zogen sich die schmutzigen Gummistiefel aus und betraten barfuß die Vinothek, wo Emilio gerade einige Gläser in die Spülmaschine räumte.

«Ich habe fünf Kartons Weißburgunder verkauft», sagte er

mit griesgrämigem Gesichtsausdruck, «an einen Rheinländer, der erklärtermaßen nur deutschen Riesling mag. Ich fürchte, ich bin ein Verkaufstalent.»

«Bravo», sagte Phina. «Ist doch schön, wenn man neue Seiten an sich entdeckt.»

«Was soll daran schön sein? Ich finde es entsetzlich. Ich mag keine Menschen mit Verkaufstalent.»

«Ist ja gut, du alter Miesepeter. Gieß uns einen Lagrein ein und für Mitica eine Cola.»

«Sehr wohl, mit dem größten Vergnügen.»

Erst füllte er die Rotweingläser zu einem Drittel, dann holte er aus dem Kühlschrank eine Colaflasche, die es hier ohne Mitica nicht geben würde.

«Das Zeug ist ungesund», sagte er missbilligend, während er ihm eingoss, «außerdem pappsüß und klebrig.»

«Ich liebe Cola», entgegnete Mitica.

Emilio sah versonnen auf die Flasche, die er noch in der Hand hielt. «Ich habe mal einen Chinesen kennengelernt, der hat einen sündhaft teuren Rotwein mit Cola gemischt», sagte er. «Pétrus und Cola, das war für ihn das ultimative Getränk.»

Phina hob entsetzt die Hände. «Untersteh dich …»

Zu spät. Schon füllte Emilio sein Rotweinglas mit Cola auf, dabei grinste er diabolisch. «Wollte schon immer mal wissen, wie das schmeckt.»

Phina murmelte: «Du Verbrecher! Das ist mein bester und teuerster Lagrein.»

«Ich weiß. Mein Chinese sagt, mit billigem Wein geht es nicht.»

«Buh, jetzt hast du die gute Cola versaut», stellte Mitica fest.

Emilio schwenkte das Glas und hob es prüfend gegen das Licht. «Farblich kann ich keine Verbesserung feststellen.»

Er roch daran und schnalzte mit der Zunge. «Ich bin beeindruckt, das Aroma ist überwältigend.»

Er hielt Phina sein Glas hin. «Komm, schnupper mal», forderte er sie auf. «Gewöhnungsbedürftig, aber sehr bemerkenswert.»

«Ich denke nicht daran, lieber ersticke ich.»

«Dir entgeht was. Jetzt die Gaumenprobe.»

Er nahm einen Schluck, schmatzte genüsslich und rollte mit den Augen.

«Etwas exotisch, das muss ich zugeben. Aber zweifellos hinterlässt diese Cuvée einen bleibenden Eindruck ...»

Phina hielt sich die Ohren zu. «Ich will's nicht hören. Gib mir ein Zeichen, wenn du fertig bist. Dann können wir uns vernünftig unterhalten.»

Emilio sah betrübt auf sein Glas, dann schüttete er den Inhalt in das Spülbecken.

Phina nahm die Hände von den Ohren und zeigte Emilio einen Vogel.

«Mein Chinese hat gesagt, Konfuzius ...»

«Jetzt hör bitte mit deinem Chinesen auf. Sag mir lieber, wie es mit Laura weitergeht und wer meinen Weinberg vergiftet hat.»

Mitica hob interessiert den Kopf. «Was, dir hat jemand den Weinberg vergiftet? Ist ja irre.»

«Da hast du recht; das kann nur ein Irrer gewesen sein.»

Emilio nahm sich ein frisches Glas, griff unter die Theke und holte die kleine Flasche mit dem Goldmuskateller hervor.

«Dein lieber Nachbar ist zwar ein seltsamer Zeitgenosse, aber kein Irrer», sagte er.

«Bist du sicher? Schon mein Vater war davon überzeugt, dass der Waldleitner spinnt. Ich glaub immer noch, dass er es war.»

Emilio zuckte mit den Schultern. «Wir werden es ihm nicht beweisen können.»

«Warum nicht?», fragte Mitica.

«Weil es keine Zeugen gibt, keine Tatwerkzeuge, keine Fingerabdrücke, einfach nichts», antwortete Emilio. «Für die Zukunft könnten wir Überwachungskameras installieren. Das hätte wenigstens eine abschreckende Wirkung. Aber ich denke darüber nach. Vielleicht fällt mir noch ein, wie wir deinen lieben Nachbarn rankriegen können, wenn er es denn überhaupt war. Da bin ich mir nämlich gar nicht sicher.»

Phina sah ihn mit ernstem Gesicht an. «Ist ja auch völlig egal. Was ist schon ein kleiner Weinberg im Vergleich zu Lauras Schicksal? Ich mache mir solche Sorgen. Bitte konzentriere dich total auf Laura. Vergiss den Waldleitner, sperr die Vinothek zu, ist alles nicht wichtig. Aber finde Laura und beweise ihre Unschuld!»

«Würde ich gerne», sagte er.

«Na also, du bist doch unser Genie. Jetzt streng dich mal an und leg los!»

«Ich bin kein Genie», protestierte er. «Gerade komme ich mir eher vor wie ein Trottel.»

*

Einige Stunden später fand sich Emilio in der Bozner Quästur ein. Dazu hätte es nicht Phinas Ansporn bedurft, den Termin hatte er schon vorher vereinbart. Erst plauderte er mit Mariella und probierte pflichtschuldigst von ihren frischgebackenen Maronenplätzchen. Er erfuhr, dass sie von ihrem Chef keine Rüge bekommen hatte, ganz im Gegenteil. Sandrini hatte ihr einen Strauß Blumen geschenkt, der nun auf ihrem Schreibtisch stand. So etwas hatte er noch nie getan. Das freute Emilio in doppelter Hinsicht, denn zum einen ersparte es ihm ein schlechtes Gewissen, zum anderen durfte er davon ausgehen, dass ihm Mariella im Falle des Falles wieder helfen würde.

Sandrini klopfte an die Tür und führte ihn in sein Arbeitszimmer, wo er entspannt das Jackett ablegte. Emilio spielte mit seinem Gehstock.

«Sie haben das gute Stück noch immer», sagte der *Commissario* lächelnd. «Ich gehe davon aus, dass Sie den Degen entfernt haben, schließlich wollen wir uns an die Gesetze halten.»

Emilio lächelte zurück. «Aber selbstverständlich ist mein Stock im Einklang mit den italienischen Waffengesetzen. Wozu brauche ich einen Degen?»

«Ja, wozu auch? Lieber Baron, ich darf mich nochmals bedanken. Sie haben mir gewissermaßen auf dem silbernen Tablett eine mutmaßliche Mörderin präsentiert. Das war ausgesprochen hilfreich, denn ich stand gerade etwas unter Druck, sowohl seitens meiner Vorgesetzten als auch von den Medien, wenn Sie verstehen.»

Emilio nickte. «Ich verstehe gut, deshalb arbeite ich gerne als freischaffender Künstler, da ist man niemandem Rechenschaft schuldig.»

«Freischaffender Künstler? Das gefällt mir. Ich würde gerne mit Ihnen tauschen.»

Emilio winkte ab. «Würde ich nicht empfehlen. Die Schattenseiten meines Daseins schildere ich Ihnen gerne mal bei einem Glas Wein. Erlauben Sie mir, dass ich auf die von Ihnen als mutmaßliche Mörderin bezeichnete Laura Perger zu sprechen komme. Was macht Sie eigentlich so sicher, dass sie es war, die Herrn Unteregger umgebracht hat? Mir fehlt sowohl ein Motiv als auch eine plausible Erklärung des Tathergangs.»

«Was mich so sicher macht? Nun, es gibt einige Indizien, die sie schwer belasten. Beispielsweise haben wir ihre Reifenspuren in unmittelbarer Nähe des Tatorts gefunden. Bei ihrer Flucht hat sie einige Rebstöcke gestreift, die Spuren im Lack sind eindeutig. Im Auto fanden sich Erdkrümel vom Weinberg.»

«Auf der Fahrer- oder auf der Beifahrerseite?»

Der *Commissario* blätterte im Untersuchungsprotokoll. «Auf der Fahrerseite und im Kofferraum.»

«Im Kofferraum? Ist das nicht merkwürdig?»

Sandrini überlegte kurz. «Nein, ist es nicht. Vielleicht hat sie dort ihre Schuhe gewechselt. Da sind viele Erklärungen denkbar.»

«Hat die Spurensicherung im Auto Blut gefunden?»

Sandrini lächelte. «Mein lieber Baron, Sie sind ganz schön wissbegierig. Aber ich schätze Ihre Fachexpertise, und ich tausche mich gerne mit Ihnen aus. Dass Sie bitte alle Informationen vertraulich behandeln, steht ja außer Frage, oder?»

«Natürlich. Ich glaube, so gut kennen Sie mich schon.»

Der *Commissario* nickte. «Ob wir Blutspuren gefunden haben? Nein, haben wir nicht. Dafür aber ihren genetischen Fingerabdruck am Tatort.»

«In einem Weinberg? Wie geht denn das?»

«Unsere Spurensicherung arbeitet sehr sorgfältig. So haben wir neben der Leiche einige Haare sichergestellt, die wir eindeutig Frau Perger zuordnen konnten. Vergleichsproben haben wir uns in ihrer Wohnung besorgt. Darüber hinaus gibt es noch weitere Anhaltspunkte, allerdings will ich Ihnen auch nicht alles erzählen. Aber ich denke, Sie verstehen jetzt, warum wir diese Laura Perger für dringend tatverdächtig halten.»

«Ja, das ist nachvollziehbar», pflichtete Emilio ihm bei. «Aber wie Sie wissen, kenne ich die Dame. Ich kann mir einfach nicht vorstellen, dass sie zu so einer brutalen Tat fähig ist.»

Er wusste, dass das ein blödes und abgelutschtes Argument war, das jeder Kriminaler schon tausendmal gehört hatte. Er selbst war der Letzte, der daran glaubte, dass man jemandem ansehen konnte, ob er zu etwas Bestimmtem fähig war.

Der *Commissario* lächelte überlegen. «Sie kennen die Dame offenbar nicht so gut, wie Sie glauben. Wissen Sie, dass Frau Perger vorbestraft ist?»

«Vorbestraft?»

«Ja, und jetzt raten Sie mal, weshalb?»

«Wegen falschen Parkens?», scherzte Emilio.

«Fast richtig», antwortete Sandrini. «Ihre werte Freundin hat mal entschieden falsch geparkt, nämlich auf einem ehemaligen Liebhaber, den sie zuvor aus Eifersucht überfahren hat. Sie ist also nicht ganz so sanftmütig, wie Sie glauben.»

«*Touché!*» Emilio verwendete in seiner Verblüffung einen Begriff aus der Fechtsprache.

«Wie durch ein Wunder war ihr Opfer nur leicht verletzt, er hätte auch tot sein können.»

Emilio ärgerte sich, dass er das nicht wusste. Natürlich warf das ein ganz anderes Licht auf Laura und auf den aktuellen Fall. Warum hatte ihm Phina nichts davon erzählt? Wenn er etwas überhaupt nicht mochte, dann, von einem süffisant lächelnden *Commissario* vorgeführt zu werden.

«Sie haben recht», musste er zugeben, «das war mir nicht bekannt. Gleichwohl habe ich noch immer Zweifel an ihrer Schuld.»

Emilio bekam vor Ärger Magengrimmen. Außerdem hatte er gerade gelogen: Er hegte im Augenblick kaum mehr Zweifel an Lauras Schuld. Diese Einschätzung mochte sich ändern, aber nach Lage der Dinge war das eher unwahrscheinlich.

Sandrini lockerte seinen Krawattenknoten. «Es ist Ihr gutes Recht, an Laura Pergers Schuld zu zweifeln, aber in diesem konkreten Fall täuschen Sie sich. Wollen wir wetten?»

«Nein, ich wette zwar gerne, aber nicht, wenn ein Menschenleben auf dem Spiel steht.»

Das war eine faule Ausrede. Er hatte nur keine Lust, zu verlieren. Emilio stand auf, gab Sandrini zum Abschied die Hand und bedankte sich für das aufschlussreiche Gespräch.

In der Tür blieb Emilio noch mal kurz stehen und drehte sich um. «Kurze Frage: Was machen die Ermittlungen beim anderen Mord, jenem an dem Meraner Delikatessenhändler?»

Sandrini winkte ab. «So gut wie aufgeklärt. Im Passeiertal gibt's eine satanische Sekte, lauter durchgeknallte Typen in schwarzen Ledermänteln. Die werden es wohl gewesen sein. Wir müssen es ihnen nur noch nachweisen.»

Unter Papst Innozenz II. wurde 1139 durch das Zweite Lateranische Konzil die Verwendung von Armbrüsten verboten. Josephus, der in einer abseits gelegenen Waldlichtung stand und gerade seine Armbrust spannte, musste grinsen, als er daran dachte. Denn die *Arcuballiste* wurden damals nur im Kampf unter Christen untersagt, auf Heiden durfte weiter geschossen werden. Das war mal eine vernünftige Unterscheidung.

Josephus dachte unwillkürlich an Richard Löwenherz, der ein großer Freund der Armbrust gewesen war. Ein kluger Mann. Wahrscheinlich ließ er nur auf Heiden anlegen; von denen gab es auf seinem Kreuzzug ja genug. Sein Pech, dass sich im Jahre 1199 ein Franzose nicht an das Verbot des Zweiten Lateranischen Konzils hielt und mit der Armbrust auf ihn schoss: Der König von England wurde verwundet und starb an den Folgen seiner Verletzung. Dabei war der Kreuzfahrer Löwenherz ganz sicher ein Christ gewesen, also zum Abschuss gar nicht freigegeben.

Josephus hatte seine Vorbereitungen abgeschlossen. Er legte die Armbrust an und fixierte durch das aufmontierte Zielfernrohr ein Marienbild, das er in beträchtlicher Entfernung an einen Baum gehängt hatte. Mit seiner Armbrust aus dem Kloster hätte er keine Chance. Aber er war im Besitz einer hochmodernen Compound-Armbrust, die auf große Distanzen ausgelegt war und über eine enorme Durchschlagskraft verfügte. Er atmete langsam aus und hielt die Luft an. Dann betätigte er den Abzugshebel.

Erstaunt stellte er fest, dass das Marienbild unversehrt geblieben war. Dafür war vom Baum ein Ast abgesplittert. Entweder hielt sich seine Armbrust an das Verbot des Zweiten Lateranischen Konzils und verschonte christliche Reliquien, oder er musste das Fernrohr nachjustieren.

Vielleicht half es, wenn er ein Bild seines wahren Zielobjekts an den Baum heftete? Aber er hatte kein aktuelles zur Verfügung. Ohnehin war sein Entschluss, das Urteil mit der Armbrust zu vollstrecken, erst in den letzten Tagen gereift. Aber zunächst war der Delinquent an der Reihe, dem er den Scheiterhaufen zugedacht hatte. Es blieb also Zeit zum Üben. Erst zum finalen Abschluss würde er die Armbrust einsetzen.

Er erinnerte sich, dass er bei seinem ersten Opfer diese Tötungsvariante verworfen hatte. Das wäre zu einfach gewesen – für ihn selbst, aber insbesondere für den Übeltäter. Er hatte ihn leiden sehen wollen und um Gnade betteln. Nun, das hatte dann bei Bartholomäus nicht geklappt, leider. Aber bei Lukas war er voll auf seine Kosten gekommen. Und sein nächstes Opfer würde er auf dem Scheiterhaufen winseln sehen, daran hatte er keinen Zweifel. Zwar blieb das Problem, dass er den Mann immer noch nicht gefunden hatte, aber das war nur eine Frage der Zeit.

Er kniff ein Auge zu, kalkulierte die Abweichung, drehte an der Justierung des Zielfernrohrs, spannte die Armbrust und legte erneut an. Langsam ausatmen und Luft anhalten. Schuss!

Das kleine Marienbild wurde zerfetzt, die Dreikantjagdspitze bohrte sich tief in den Baumstamm.

«*Salve!* Dem Herrn der Hölle sei Dank! *Ave Satanas!*»

Gewiss, von dem Dreikant in den Kopf getroffen zu werden, bescherte einen schnellen Tod. Der Anblick würde unappetitlich sein, aber das konnte ihm egal sein, er war weit genug weg. Genau darauf kam es an, denn er hatte Zweifel, ob es ihm bei seinem vierten und letzten Opfer gelingen würde, das Urteil aus der Nähe und von Angesicht zu Angesicht zu vollstrecken. Er hatte Angst davor, plötzlich schwach zu werden.

Aber das durfte nicht sein, seine Mission musste vollendet werden, unter allen Umständen.

36

Phina brachte gerade einen Informationsgang mit Journalisten durch die Rebstöcke ihrer besten Weinlage hinter sich. Das war entschieden mühsamer als mit Touristen: Jeder von den Presseleuten hielt sich für besonders gescheit, und damit man das merkte, stellten sie recht häufig verzwickte Fragen, die sie sich vorher mühsam ausgedacht hatten, was Phina ziemlich nervig fand. Aber sie hatte alle Klippen gemeistert und das Gefühl, dass die Journalisten einen guten Eindruck gewonnen hatten. Blieb zu hoffen, dass sie entsprechend positiv über ihr Weingut berichteten. Denn eine gute Presse war wichtig, das hatte sie erst mühsam lernen müssen. Anfangs hatte sie geglaubt, dass es reichte, einen exzellenten Wein zu machen, der Erfolg würde sich dann schon von selbst einstellen. Eigentlich hatte sie diese Vorstellung noch immer, aber man tat sich leichter, wenn man das Spiel mitspielte.

Sie waren fast fertig, da sprach sie ein Journalist auf die Mikroorganismen im Boden an, fragte nach deren Stickstoffumsatz und Kohlenstoffspeicherung. Sie war davon überzeugt, dass er seine eigene Frage nicht verstanden hatte. Dennoch freute sie sich. Für Phina war das eine Steilvorlage, die sie sich nicht entgehen ließ. Sie bückte sich und nahm etwas Erde in die Hand. In einem gesunden Boden, erklärte sie, enthalte ein Gramm Erde bis zu hunderttausend Arten von Mikroorganismen. Das entspreche ungefähr der Einwohnerzahl von Bozen.

Eine Handvoll Erde enthalte rund drei Milliarden Mikroorganismen, das entspreche fast der Hälfte der Weltbevölkerung. Bakterien, Pilze, Fadenwürmer und so weiter. Die Mikroorganismen seien ausschlaggebend für die Qualität des Bodens und dafür, wie die Rebstöcke gedeihen. Deshalb sei es unverantwortlich, den Boden mit Chemie zu belasten und diesen natürlichen Lebensraum und die unendliche Vielfalt der Mikroorganismen zu zerstören. Aus diesem Grund sei sie eine glühende Verfechterin des biodynamischen Anbaus, der auf den Einsatz von Pestiziden und chemischen Pflanzenschutzmitteln verzichte. Stattdessen würde sie zum Beispiel auf Hornmist setzen oder auf ein dynamisiertes Hornkieselpräparat oder auf Kräuter wie Schafgabe oder ...

Phina bremste sich. Bei diesem Thema konnte sie sich in Rage reden, doch sie wollte die Führung endlich zum Abschluss bringen. Quasi als Schlusswort erklärte sie, dass die Qualität und die Unverwechselbarkeit eines Weines eben im Weinberg entstehen würden. Dann gab sie den Journalisten einzeln die Hand und überließ sie für das weitere Programm ihrem Kellermeister.

*

Phina atmete tief durch und ging zu Fuß zurück. Sie dachte an ihren vergifteten Weinberg und daran, dass unter den Mikroorganismen im Boden eine Art «Völkermord» stattgefunden hatte. Wie viele wohl die chemische Keule überlebt hatten? Schon dafür könnte sie dem Verursacher an die Gurgel gehen. Vielleicht war es besser, dass sie nicht wusste, wer dahintersteckte. Wobei sie immer noch ihren reizenden Nachbarn Waldleitner im Verdacht hatte – trotz Emilios Zweifel.

Einige Schritte weiter dachte sie an ihren Winzerkollegen Bartholomäus, der in seinem besten Weinberg den Tod gefunden hatte. Das würde sie sich auch mal wünschen, aber erst als uralte Frau und ohne fremde Einwirkung. Ein Herzversagen in bester Lage, ein sanftes Hinsinken – und vorbei. Für den Bartholomäus war es jedoch kein Vergnügen gewesen, außerdem entschieden zu früh.

Was hatte er kurz vor Mitternacht im Weinberg gesucht? Dumme Frage. Natürlich hatte er auf ein Schäferstündchen mit Laura gehofft, so viel dürfte klar sein. In Gottes freier Natur, bei sternenklarer Nacht, angenehm warmen Temperaturen und auf weichem Gras? Gott, wie romantisch. Dafür würde sich mancher Mann in finsterer Stunde aus dem Haus schleichen.

Aber dann war irgendwas dazwischengekommen. Warum sollte Laura ihn umbringen? Das war doch völlig absurd. Oder etwa nicht? Angenommen, Bartholomäus hätte sich dort nicht mit Laura, sondern mit einer anderen Frau getroffen, und Laura hätte ihn dabei ertappt. Ihre Freundin konnte ziemlich eifersüchtig sein, das wusste sie, auch temperamentvoll. Aber sie wusste noch etwas anderes: Laura konnte Männer glücklich machen – so glücklich, dass sie an nichts anderes mehr denken konnten, erst recht nicht an eine andere Frau. Die beiden hatten erst seit relativ kurzer Zeit ein Verhältnis, da war es völlig ausgeschlossen, dass er ein nächtliches Rendezvous mit einer anderen Frau hatte.

Nach einem kurzen Moment des Zweifelns war sie sich wieder völlig sicher: Laura war nie und nimmer die Täterin!

Okay, aber was war dann los mit ihr? Warum meldete sie sich nicht? Wo hielt sie sich auf? Und war sie überhaupt noch am Leben?

Weil keiner da war, der sie hören konnte, stieß Phina einen lauten Schrei aus. Und dann noch einen. Oft half es, wenn sie ihren Ärger und ihre Sorgen einfach rausließ. Schreien war für sie eine Art Therapie. Aber heute brachte das keine Linderung. Verdammt noch mal, sie musste wissen, dass es Laura gutging. Und wenn nicht, dann brauchte sie zumindest Klarheit!

*

In der Vinothek suchte sie vergeblich nach Emilio. Stattdessen hing ein «Geschlossen»-Schild an der Tür. Schließlich fand sie ihn auf der Terrasse im Schatten der Markise, wo er tief und selig schlummerte. Am helllichten Tag! Erst wollte sie ihn mit einem Kuss wecken, dann entschied sie, dass er das nicht verdient hatte. Sie zog ihm den Hocker unter den Füßen weg.

Das Ergebnis überraschte sie: Seine Beine fielen nicht etwa auf den Boden, sondern schwebten, der Schwerkraft trotzend, horizontal in der Luft. Das sah fast so aus wie der Trick mit der schwebenden Jungfrau. Sie schaute mit offenem Mund erst auf Emilios Beine, dann auf seine geschlossenen Augen.

«Lange halte ich das nicht durch», sagte er nach wenigen Sekunden. «Könntest du bitte wieder den Hocker unter meine Füße schieben.»

«Du hast mich kommen hören?»

«Natürlich, schon von weitem. Wenn du dich anschleichen willst, solltest du dabei nicht schreien.»

«Steh auf, du Faulenzer. Ich lad dich zum Mittagessen ein. Wir gehen zu Margot und Herbert.»

«Zu den Hintners in die Rose? Hast du Geburtstag?»

Sie lachte. «Nein, ich bin Skorpion, das solltest du doch wissen.»

«Richtig, rachsüchtig und nachtragend.»

«Nein, mein Lieber, vielmehr hingebungsvoll und tiefgründig. So steht's im Horoskop.»

«Ein Grund mehr, nicht an Horoskope zu glauben. Also kein Geburtstag. Aber in die Rose gehst du nicht einfach so. Was dann?»

«Mein Cabernet hat in einem internationalen Wettbewerb die Goldmedaille gewonnen. Das würde ich gerne mit dir feiern. Außerdem muss ich ganz dringend auf positivere Gedanken kommen, wenn du verstehst.»

«Ich gratuliere. Aber tu mir einen Gefallen: Druck die Medaille nicht aufs Etikett, davon bekomme ich Augenkrebs.»

«Mache ich nicht, keine Sorge. Jetzt steh endlich auf! Ich hab uns einen Tisch reserviert.»

«Wo ist mein Handy?», fragte er. «Ich dachte, ich hätte es hier hingelegt.»

«Egal, du brauchst jetzt kein Handy. Ich ruf dich nicht an, ich bin bei dir.»

*

Nach «Zucchiniblüten mit mediterraner Buttersauce» und «Millefoglie mit frischen Pfifferlingen» lehnten sie sich zufrieden lächelnd zurück.

«Der trostlose Tag hat eine glückliche Wendung genommen», stellte Emilio fest. «Warum musst du auf positivere Gedanken kommen?»

«Wegen Laura, ist doch klar.»

Er wischte sich die Lippen ab und nahm einen Schluck von Phinas ausgezeichnetem Cabernet.

«Natürlich, die Frage hätte ich mir sparen können. Und zudem geht dir dein Weinberg durch den Kopf, richtig?»

Phina nickte. «Ja, aber weil der große Detektiv lieber ein Nickerchen hält, als scharfsinnig zu ermitteln, kommen wir nicht voran.»

Ihre Kritik perlte an ihm ab. «Ich bin schon vorangekommen, aber in die falsche Richtung.»

Sie sah ihn verständnislos an.

«Warum hast du mir nichts davon erzählt?», fragte er.

«Wovon? Ich kann dir gerade nicht folgen.»

«Dass Laura mal einen früheren Liebhaber vorsätzlich mit dem Auto überfahren hat. Das hättest du mir sagen müssen; es wirft schließlich kein gutes Licht auf sie. Der *Commissario* in der Quästur hat mich mit dieser Info auf dem falschen Fuß erwischt. Das mag ich nicht. Du hast es doch sicherlich gewusst, oder?»

«Natürlich habe ich das», gab Phina zu, «aber ich dachte nicht, dass es eine Rolle spielt.»

Emilio zog eine Augenbraue nach oben. «Das soll ich dir glauben? Gibt's vielleicht sonst noch was, das ich von deiner lieben Freundin wissen sollte?»

«Nein, gibt es nicht. Die Sache mit dem Auto war ein Unfall. Emilio, glaub mir, sie hat den Bartholomäus nicht umgebracht.»

«Es fällt schwer, das zu glauben. Am Tatort waren ihre Fingerabdrücke und Spuren ihrer DNA. Sie war dort, zweifelsfrei.»

Phina knüllte entgeistert ihre Serviette zusammen. «Das gibt's doch gar nicht.»

Margot Hintner kam an den Tisch. «Wie wär's zum Dessert mit einer Variation aus Mokka und Schokolade?»

Emilio lächelte. «Das klingt hervorragend. Hätten wir gerne, zweimal.»

Phina schien die Frage nach dem Dessert überhaupt nicht gehört zu haben. «Ist das wahr? Man hat Spuren von ihr am Tatort gefunden?»

Emilio nickte. «Ja, außerdem Reifenabdrücke von ihrem Auto und wohl noch einiges mehr. Die Indizien sprechen alle gegen Laura. Um ehrlich zu sein, es schaut nicht gut aus.»

«Dann mach was!», rief sie trotzig.

Er hob hilflos die Hände. «Was soll ich machen?»

«Lass dir was einfallen!»

Er zwang sich, Lauras wahrscheinliches Schicksal aus einem anderen Blickwinkel zu sehen. «Rein hypothetisch: Wenn Laura am Tatort war, aber nicht die Täterin ist, dann ist sie dem Mörder in die Quere gekommen. Das könnte ihr Todesurteil gewesen sein.»

Phina schüttelte heftig den Kopf. «Ich will's nicht hören.»

«Bleibt die Frage», fuhr Emilio ungerührt fort, «warum der Täter ihre Leiche nicht einfach liegen gelassen hat. Warum hat er Laura weggeschafft und ihr Auto nach Bozen gebracht? Der Sitz war falsch eingestellt; so groß ist sie nicht. Also ist sie nicht selbst gefahren. Aber im Kofferraum hat die Polizei keine verdächtigen Spuren gefunden, auch nicht auf dem Rücksitz. Sie wurde also nicht im Auto transportiert. Oder vielleicht doch?» Er spielte mit dem Dessertlöffel. «Es könnte sein, dass sie nicht geblutet hat, weshalb es keine weiteren Spuren gibt. Ihre Fingerabdrücke und ihre DNA sind sowieso überall im Auto. Ist schließlich ihres. Oder der Täter hat sie in eine Plastikfolie gewickelt.»

«O mein Gott!»

«Also, wir haben Lauras Auto ganz in der Nähe des Flusses Eisack gefunden. Momentan führt er viel Wasser, wegen der heftigen Unwetter in den Bergen. Und dann? Dann hat der

Täter ihre Leiche in den Fluss geworfen. Irgendwann wird man sie finden.»

«Das glaubst du nicht wirklich?»

Er sah sie nachdenklich an. «Je länger ich darüber nachdenke, desto plausibler erscheint mir dieses Szenario.»

«Hast du Lauras SMS vergessen? Sie hat mich ‹Phina-Schatz› genannt. Wer sollte davon wissen?»

«Das hatten wir doch schon: Wer Lauras Handy hat, muss nur die alten Textnachrichten lesen, dann weiß er Bescheid.»

«Und die Wohnung, der fehlende Reisepass, die Kosmetiktasche?»

«Kein Beweis. Vielleicht nur eine Finte, um den Eindruck zu erwecken, sie wäre noch am Leben. Wer Lauras Handtasche hat, der hat auch ihren Wohnungsschlüssel.»

Phina schob den Teller mit dem Dessert zur Seite. «Ich hab keinen Appetit mehr. Was ist denn das für eine Alternative? Entweder ist Laura eine flüchtige Mörderin, oder sie wurde als Zeugin umgebracht. Beides wäre schrecklich.»

«Komm, gib mir deinen Teller. Ich schaffe von diesem köstlichen Dessert auch zwei Portionen.»

«Du bist herzlos.»

«Den Vorwurf kenn ich schon. Was viel schlimmer ist: Seit ich in Südtirol lebe, habe ich fünf Kilo zugenommen.»

37

Emilio hatte im Prinzip nichts dagegen, zu arbeiten. Auch wenn er die heute so viel zitierte «Work-Life-Balance» gerne dahingehend interpretierte, dem entspannten Privatleben im Zweifelsfall den Vorzug zu geben, und das über Monate hinweg. In schöner Regelmäßigkeit ging ihm irgendwann das Geld aus, dann musste er sowieso wieder arbeiten. Mit dem Problem, dass zum richtigen Zeitpunkt nicht immer ein gut honorierter Auftrag auf ihn wartete. Aber mit dieser Ungewissheit hatte er zu leben gelernt. Es brachte nichts, ständig über die Zukunft nachzudenken; es kam sowieso anders als geplant.

Abgesehen davon gab es natürlich Kriminalfälle, in die man förmlich wie von selbst hineingezogen wurde, etwa weil Menschen in Not waren, denen man helfen wollte. Zugegeben, das kam eher selten vor, weil er nur wenige Menschen kannte, an deren Schicksal er wirklich Anteil nahm. Der Rest der Weltbevölkerung war für sich selbst verantwortlich, so einfach war das. Zumindest in der Theorie. In der Praxis hatte er schon häufiger Kopf und Kragen riskiert, ohne dass er eigentlich wusste, warum. Einmal wäre er fast ertrunken – ohne eine Honorarvereinbarung, die wenigstens seine Beerdigungskosten gedeckt hätte –, und die beteiligten Menschen waren ihm auch wenig sympathisch gewesen. In solchen Situationen war er sich selbst ein Rätsel.

Er konnte sich sein Verhalten nur so erklären, dass er gelegentlich Spaß daran fand, einen komplizierten Fall zu knacken. Zudem ließ er sich nicht gerne von Menschen vorführen, die sich für klüger hielten. Da war es ihm ein Bedürfnis, sie vom Gegenteil zu überzeugen.

Es gab also Gründe, die Emilio davon abhalten konnten, sich fortwährend dem Müßiggang zu widmen. Nicht viele, aber einige, wie etwa die Notwendigkeit des Gelderwerbs oder die schlichte Lust an der Aufklärung eines Verbrechens. Tatsächlich war momentan aber weder das eine noch das andere gegeben. Bislang hatte er keinen finanziellen Engpass, auch gab es aktuell kein Verbrechen, das ihn reizte. Würde ihn Phina nicht ständig drängen, sähe er keine Veranlassung, in irgendeiner Weise tätig zu werden. Laura war nicht zu helfen, so oder so. Allenfalls interessierte ihn Phinas vergifteter Weinberg, aber da hatte er zurzeit keine Idee, wie man dem Übeltäter auf die Spur kommen oder ihm gar die Tat beweisen könnte. Es spräche also nichts dagegen, in aller Ruhe ein Nachmittagsschläfchen zu halten. Oder eine Flasche Wein zu öffnen und sich der Meditation hinzugeben. Er hatte einen Merlot, der ihm dafür sehr geeignet schien, einen Castel Campan vom Weingut Manincor. Mit Anteilen von Cabernet Franc. Im Glas dunkles Purpurrot. In der Nase orientalische Gewürze. Im Barrique gereift – und für die Entspannung wie geschaffen.

Stattdessen steuerte er seinen Landy auf den Parkplatz vor dem Wohnhaus der Familie Unteregger. Er fragte sich, warum er das tat. Weil ihm Phina so zugesetzt hatte? Oder weil in seinem tiefsten Inneren so etwas wie ein sportlicher Ehrgeiz aufkeimte? Egal, jetzt war er hier, um mit der Witwe von Bartholomäus Unteregger zu sprechen. Er hatte sein Kommen telefonisch angemeldet, und sie war einverstanden gewesen.

Seine Erwartungen waren gleich null. Aber nach seiner Erfahrung konnte es nie schaden, mit den beteiligten Menschen zu reden. Einfach so, ganz entspannt. Oft fiel einem erst sehr viel später etwas auf. Emilio konnte zwar ausgesprochen mundfaul sein, aber wenn er wollte, konnte er auch charmant plaudern – vor allem konnte er gut zuhören.

*

Sabrina Unteregger empfing ihn unter der Pergola. Auf dem Tisch stand eine Karaffe mit Eiswasser. Die Kinder waren bei den Großeltern, sie war allein. Emilio war aufs Angenehmste überrascht. Sabrina war eine ausgesprochen gut aussehende Frau. Natürlich hatte sie kein fröhliches Gesicht, sondern blickte melancholisch. Aber er tat sich eh schwer mit Menschen, die fröhlich vor sich hin gackerten und für die die Welt ein einziger oberflächlicher Spaß war. Er mochte die dunkleren und schwermütigeren Seiten, die nachdenklichen und tiefgründigen.

Während Sabrina ihm Wasser ins Glas goss, dachte er, dass ihr Mann ein ziemlicher Trottel gewesen sein musste. Wie konnte man eine solche Frau betrügen und die Ehe aufs Spiel setzen? Natürlich konnte man – wenn das einer wusste, dann er.

Sabrina setzte sich und sah ihn fragend an. Was sie für ihn tun könne, wollte sie wissen.

Sie hatte eine warme und tiefe Stimme, auch das noch.

Emilio hatte ihr schon am Telefon von seiner Tätigkeit als privater Ermittler erzählt. Er hatte nicht viel erklären müssen. Sie kannte seinen Namen.

Er sprach ihr sein Mitgefühl aus, kam dann aber gleich auf

den Grund seines Besuchs zu sprechen. Er sei von Laura Pergers Eltern beauftragt worden, ihre Tochter zu finden und deren Unschuld zu beweisen.

«Warum denken Sie, dass ich Ihnen dabei helfen könnte?», fragte sie. «Die Polizei geht davon aus, dass diese Laura meinen Mann umgebracht hat. Das glaube ich auch. Die Dame hat also nicht meine Sympathien, freundlich ausgedrückt.»

«Natürlich nicht, das habe ich auch nicht erwartet. Aber Eltern glauben immer an die Unschuld ihrer Kinder, das ist ihr gutes Recht.»

Sabrina strich sich eine Locke aus der Stirn. «Und? Was glauben Sie? Haben Sie Zweifel daran, dass Laura die Täterin ist?»

«Ich weiß es nicht, aber es wäre tatsächlich möglich, dass sie unschuldig ist. Beispielsweise könnte sie die Tat beobachtet haben; als Zeugin wurde sie dann selbst umgebracht und ihre Leiche in den Fluss geworfen. Oder sie hat sich aus Angst aus dem Staub gemacht.»

«Klingt abenteuerlich, finden Sie nicht?»

«Nicht wirklich. Hat es alles schon gegeben.»

«Falls sie unschuldig sein sollte, was mir schwerfällt zu glauben – wer hat dann meinen Mann getötet?»

Emilio zuckte mit den Schultern. «Keine Ahnung.»

«Aber diese Laura Perger war die Geliebte meines Mannes, das stellen Sie nicht in Frage, oder?»

«Nein, das scheint wohl sicher zu sein. Tut mir leid, wenn ich Ihnen das sagen muss.»

Sabrina deutete ein leises Lächeln an. «Muss Ihnen nicht leid tun. Mein Mann hatte seit Jahren seine kleinen oder großen Affären. Ich wusste es, und er wusste, dass ich es wusste.»

Emilio sah sie erstaunt an. «Das kann ich nicht verstehen ...»

«Warum nicht? Ist doch normal.»

«Bitte verzeihen Sie mir meine direkte Art. Aber Sie sind eine attraktive Frau. Warum soll es normal sein, Sie zu betrügen?»

Wieder umspielte ein Lächeln ihre Lippen. «Weil ich meinen Mann schon vor vielen Jahren aus unserem Schlafzimmer geschmissen habe, deshalb. Wir hatten vor, uns scheiden zu lassen, sobald die Kinder aus dem Haus sind. Ich habe nicht erwartet, dass er wie ein Mönch lebt.»

«Warum haben Sie ihn aus Ihrem …?»

«Lieber Herr Baron, jetzt werden Sie doch etwas zu direkt.»

«Entschuldigen Sie bitte meine Indiskretion.»

«Entschuldigung angenommen. Und? Sind Sie jetzt klüger?»

Emilio dachte nach, stützte seinen Kopf in die Hand und sah sie an.

«Ja, vielleicht. Weiß eigentlich *Commissario* Sandrini von Ihrer privaten …» Emilio hüstelte. «Nun, will sagen …»

«Nein, weiß er nicht. Nur, dass wir getrennte Schlafzimmer haben. Das musste ich ihm sagen, weil ich deshalb nicht mitbekommen habe, dass sich mein Mann in der Nacht aus dem Haus geschlichen hat.»

«Verstehe. Aber warum haben Sie es dann mir erzählt?»

«Ich weiß nicht.»

Sie sahen sich eine Weile an und sagten nichts.

«Warum meinen Sie, dass Sie jetzt klüger sind?», fragte sie schließlich.

«Weil sich plötzlich ein größerer Täterkreis auftut, deshalb.»

«Sie meinen, eine andere Geliebte könnte meinen Mann ermordet haben?»

Emilio schüttelte den Kopf. «Nein, das glaube ich nicht.

Aber vielleicht hatte eine Geliebte einen eifersüchtigen Ehemann?»

«Und der hätte dann erst meinen Mann umgebracht und dann Laura beseitigt? Sie haben viel Phantasie.»

«Ich nenne es eher Lebenserfahrung.»

Sabrina beugte sich nach vorne. «Haben Sie in Ihrem Leben viel erlebt?»

Für eine trauernde Witwe hatte sie eine unziemlich offenherzige Bluse an.

«Ein bisschen», bestätigte Emilio, «und nicht nur schöne Dinge.»

«Klingt interessant.»

«Ganz im Gegenteil, das interessiert niemanden. Zurück zu Ihrem Mann: Kennen Sie die Namen seiner Geliebten aus der jüngeren Vergangenheit?»

Sie schmunzelte. «Vielleicht nicht alle, aber die meisten schon. So viele waren es nun auch wieder nicht. Bartl war kein Casanova, wenn Sie verstehen.»

«Bartl?»

«Ja, so nennen ihn seine alten Freunde.»

«Nett. Könnten Sie mir die Namen seiner Verflossenen mal aufschreiben?»

«Mache ich gerne, kein Problem. Also ist diese Laura Perger vielleicht doch unschuldig?»

«Das halte ich für möglich.»

Sie fuhr sich mit dem Zeigefinger über die Lippen. «Ich habe meinen Mann nicht geliebt; ich denke, das ist bei Ihnen angekommen. Aber wir hatten früher nicht nur schlechte Zeiten miteinander. Außerdem war er der Vater meiner Kinder, schon deshalb trauere ich um ihn. Ich will, dass sein Mörder gefasst und bestraft wird. Egal, wer es war.»

«Natürlich.»

«Deshalb bekommen Sie von mir jede Information, die Sie brauchen. Vielleicht ist die Polizei wirklich auf dem Holzweg.»

«Oder ich bin es, das kann genauso gut sein.»

Wieder zeigte sie dieses Lächeln, das Emilio in Verbindung mit ihren melancholischen Augen so gut gefiel. Viel zu gut ...

«Ich weiß nicht», sagte sie. «Ich vertraue da Ihrer Erfahrung. Wollen Sie mir nicht doch etwas von Ihrem Leben erzählen?»

Emilio grinste. «Nein. Warum sollte ich?»

«Vielleicht erzähle ich Ihnen im Gegenzug, warum ich meinen Mann aus dem Schlafzimmer geworfen habe.»

«Ich glaube, das will ich gar nicht wissen.»

Sie nickte. «Ja, die Vergangenheit sollte man ruhen lassen.»

Dann stand sie abrupt auf und gab Emilio die Hand.

«Herr Baron, ich danke Ihnen für Ihren Besuch. Hat mich sehr gefreut, Ihre Bekanntschaft gemacht zu haben.»

«Ganz meinerseits.» Er deutete einen Handkuss an. «Wie machen wir es mit den Namen, die Sie mir aufschreiben wollten? Sie können mir die Namen auch telefonisch durchgeben oder mir eine SMS schicken.» Er dachte kurz nach. «Allerdings habe ich gerade mein Handy verlegt.»

«Ein Wink des Schicksals. Dann müssen Sie mich leider noch mal besuchen. Wie wäre es morgen Abend zum Essen? Sagen wir um acht Uhr?»

Emilio konnte sich an ihrer Stimme nicht satt hören; er glaubte, ihre Nähe zu spüren.

Er räusperte sich. «Morgen Abend um acht Uhr, ja gerne.»

38

Emilio hatte ein schlechtes Gewissen. Nicht deshalb, weil er zwei Stunden später aufgestanden war als Phina, die am frühen Morgen ihr erstes Arbeitspensum bereits erledigt hatte, während er noch nicht einmal rasiert war. Auch nicht, weil er sich an einen gedeckten Frühstückstisch gesetzt hatte, mit frischen Vinschgerln und dampfendem Kaffee. Er hatte ein schlechtes Gewissen, weil er an seinen gestrigen Besuch bei Sabrina gedacht hatte, der bemerkenswerten Witwe des ermordeten Bartholomäus Unteregger, und daran, dass er ihre Einladung zum Abendessen angenommen und heute Nacht von ihr geträumt hatte. Das war nicht in Ordnung – angesichts von Phina, die ihm gegenübersaß und ihn ahnungslos anlächelte.

Er mochte Phina, sehr sogar. Und er fand sie ausgesprochen begehrenswert, selbst jetzt in ihrem karierten Männerhemd und mit den Arbeitshandschuhen im Gürtel. Gerade jetzt. Phina war ein Naturereignis. Wie ein Vulkan in der Ödnis der Dekadenz. Sie konnte urplötzlich ausbrechen, dann war Gefahr im Verzug. Aber sie konnte auch lustvoll brodeln, den Zustand hatte er am liebsten. Im Moment wirkte sie friedlich und entspannt. Aber nur, weil sie nicht wusste, von wem er heute Nacht geträumt hatte.

Er bestrich sein Brötchen mit hausgemachter Marillenmarmelade. Dabei erinnerte er sich an ihre erste Begegnung. Wie er mit seinem verbeulten Landy auf ihrem Weingut angekommen war und an ihrer Stelle eine alte Dame erwartet hatte. Dann war sie auf ihrem Traktor unter Getöse näher gekommen, mit wild zusammengeknoteten Haaren, kurzer Lederhose und nackten Beinen in verdreckten Gummistiefeln. Ihr Händedruck zur Begrüßung war so fest gewesen, dass er fast aufgeschrien hätte. Später hatte er sie eines Mordes verdächtigt. Das war natürlich Unsinn gewesen.

Und jetzt träumte er von einer erotischen Witwe, die nur wenig trauerte und für Trost empfänglich schien. War er von allen guten Geistern verlassen? Wie alt musste man werden, um seine Hormone in den Griff zu bekommen? Oder war es ein gutes Zeichen, wenn man zu solchen Gefühlen noch fähig war? Das konnte sein. Die Herausforderung bestand darin, sich nicht zu unüberlegten Handlungen hinreißen zu lassen. Das sollte wohl zu schaffen sein. Obwohl, so ganz sicher war er sich nicht. Jedenfalls würde er die Einladung zum Abendessen annehmen. Gegenüber Phina brauchte er noch eine vernünftige Ausrede.

«Hast du eigentlich dein Handy wiedergefunden?», fragte Phina unvermittelt und riss ihn damit aus seinen Gedanken.

«Mein Handy? Ach so, nein, das ist verschwunden. Ist mir unerklärlich.»

«Ich hab es schon angerufen, aber es läutet nirgends.»

«Verstehe ich nicht. Ich habe gestern auf der Liege gedöst, und danach war es weg. Gibt es in Südtirol Vögel, die Handys klauen? Man spricht doch von diebischen Elstern, oder?»

Phina schüttelte lachend den Kopf. «Ich denke, du wirst es irgendwo verloren haben. Oder es liegt in der Vinothek?»

«Nein, da habe ich schon nachgeschaut.»

«*Buon giorno!*», rief Mitica und polterte in den Raum. «Frühstück ist fertig, *magnifico*.»

«Hallo, du Schlafmütze», begrüßte ihn Phina, «wir haben dich heute früh bei der Arbeit vermisst.»

Der Bub fuhr sich durch die Haare. «Ich hab verschlafen, tut mir leid.»

Er goss sich ein Glas Orangensaft ein und leerte es in einem Zug.

«Was ist mit dem Landy, vielleicht hast du es dort verschlampt?», wandte sich Phina wieder an Emilio. «In deinem Auto schaut's sowieso aus wie auf einer Müllhalde.»

«Na, na», protestierte Emilio, «ich würde eher von einem kreativen Chaos sprechen. Aber im Auto ist mein Handy auch nicht. Dafür habe ich unter dem Sitz eine Kreditkarte gefunden, die ich schon lange suchte. Ist mittlerweile leider abgelaufen.»

«Du suchst dein Handy?», fragte Mitica mit einem spitzbübischen Grinsen.

«Ja, suche ich. Weißt du etwa, wo es ist?»

Mitica nickte. «Klar, in meiner Hosentasche.»

Er fummelte das Handy hervor und reichte es Emilio. Der sah ihn verblüfft an. «Jetzt bin ich aber neugierig», sagte er.

«Ich hab's mir ausgeliehen», erklärte Mitica.

«Spinnst du? Du hast doch selbst ein Handy. Außerdem kann ich mich nicht erinnern, dass du mich gefragt hättest.»

«Weil du geschlafen hast, gestern Mittag auf deiner Liege. Da wollte ich nicht stören.»

«Hättest du aber müssen. Mitica, das geht gar nicht, ist völlig indiskutabel. Und noch mal, du hast doch selbst ein Handy.»

«Ja, aber das hat keinen eingebauten Fotoapparat mit Blitz. Ist ein Billigmodell, du erinnerst dich?»

«Warum brauchst du einen Fotoapparat?»

Mitica verschränkte die Arme über der Brust und lächelte triumphierend. «Um Beweismittel zu sichern.»

Phina sah ihn skeptisch an. «Was für Beweismittel? Das denkst du dir jetzt aus.»

«Nein, tu ich nicht.» Er deutete auf Emilio. «Er ist Privatdetektiv, und ich bin sein Assistent.»

«Der nur zu tun hat, was man ihm sagt», präzisierte Emilio. «Jetzt pack schon aus. Was hast du gemacht, und wen oder was hast du fotografiert?»

«Ist alles auf deinem Handy, musst nur die Datei mit den Fotos aufrufen.»

«Woher hast du meinen Zugangscode?»

«Hab dir oft genug dabei zugeschaut. Außerdem ist die Zahlenfolge eins, zwei, drei und vier nicht besonders raffiniert.»

«Ich werde den Code ändern», brummelte Emilio.

Dann sah er sich die aktuellen Fotos an. Er blätterte vor und zurück, vergrößerte einige Bilder und drehte das Handy. «Wo hast du die Fotos gemacht?», fragte er. «Doch nicht etwa ...?»

Mitica schnippte mit den Fingern. «*Ma certo*, ganz genau. Ihr habt davon gesprochen, dass ihr den Waldleitner im Verdacht habt, die Rebstöcke vergiftet zu haben. Aber ihr könnt ihm nichts beweisen. Deshalb hab ich mich heute Nacht auf sein Grundstück geschlichen und bin über ein offenes Dachfenster in seinen Lagerraum geklettert. Dort gibt es ein Regal mit so Sprühapparaten und mit ganz vielen Dosen und Kanistern mit Totenköpfen und Warnhinweisen drauf. Die hab ich dann alle fotografiert.»

Emilio schüttelte missbilligend den Kopf. «Du bist verrückt. Das hätte ich dir nie und nimmer erlaubt.»

Mitica grinste. «Ich weiß, deshalb habe ich dich nicht gefragt.»

«Außerdem ist das kein Beweis», sagte Emilio. «Als Winzer, der keinen biologischen Landbau betreibt, hat er natürlich ein

Sortiment von Pflanzenschutzmitteln im Regal. Herbizide, Fungizide, was weiß ich. Phina, was meinst du?»

Er reichte ihr das Handy. Während sie sich die Fotos ansah, gab Emilio seinem Assistenten eine Kopfnuss. Dann goss er sich Kaffee nach.

Phina legte das Handy auf den Tisch. «Mitica, damit das klar ist. Du hast es sicher gut gemeint, aber das geht gar nicht. Du kannst dich nicht auf Waldleitners Grundstück schleichen und in seinen Lagerraum klettern. Das ist illegal. Wenn er dich erwischt und für einen Einbrecher gehalten hätte, hätte er dich vielleicht erschossen. Außerdem hat er einen Wachhund ...»

«Der zottelige Rasputin ... Das ist doch kein Wachhund. Ich hab ihm ein paar Würste mitgebracht, jetzt sind wir gute Freunde.»

Phina konnte nicht anders, sie musste lächeln. «Na gut, also kein Wachhund. Er sieht nur so aus. Trotzdem, du musst mir versprechen, dass du nie mehr solche Alleingänge unternimmst. Sonst kündige ich unseren Arbeitsvertrag und schicke dich nach Hause.»

«Haben wir einen Arbeitsvertrag?»

Emilio grinste. «Mitica, du bist ein vorlauter Bengel. Wir beide haben auch nur eine mündliche Vereinbarung. Aber du kannst mir glauben: noch mal so eine Aktion, und du kannst gehen.»

Er hob die Hand, und Mitica klatschte dagegen.

«Tut mir leid, versprochen. Ich dachte, ich werde gelobt.»

«Lob gibt's keines», sagte Phina. «Aber die Fotos sind trotzdem aufschlussreich, zumindest eines.»

«Weshalb?»

«Nun, der Peter Waldleitner ist zwar ein Winzer vom alten Schlag, der in seinen Weinbergen gerne rumspritzt, aber ich gehe davon aus, dass er sich an die Vorschriften hält und nur das macht, was zulässig ist. Sonst wäre er ja blöd. Aber blöd ist der Waldleitner eigentlich nicht, nur eine ökologische Wildsau.»

Phina nahm erneut das Handy und öffnete ein Bild, auf dem ein großer, transparenter Plastikkanister zu sehen war, mit Totenkopf und zwei gekreuzten Knochen. Er war fast leer, nur unten sah man den Rest einer gelblichen Flüssigkeit, die im Blitzlicht zu fluoreszieren schien. Phina las den Namen des Biozids vor.

«Das ist kein selektives Unkrautbekämpfungsmittel», erklärte sie, «sondern ein hochaggressives Breitbandherbizid, dessen Einsatz in der Landwirtschaft definitiv verboten ist. Der Wirkstoff ist verwandt mit dem Entlaubungsmittel Agent Orange, das im Vietnam-Krieg verwendet wurde. Schlimmer noch: Die chemische Analyse meiner Rebstöcke hat ergeben, dass sie genau mit einem solchen Herbizid vergiftet wurden.»

Emilios Reaktion fiel kurz aus. «Ach, du Scheiße!»

Mitica hob die Faust und tat einen Freudenschrei. «Jippie!»

«Aber das ist kein Beweis», sagte Phina. «Der Besitz von diesem Zeug ist nicht strafbar. Wer weiß, was der Waldleitner damit macht? Er hat ja nicht nur Weinberge. Vor allem haben wir offiziell keine Kenntnis davon.»

«Offiziell nicht, aber dank Mitica eben doch», stellte Emilio fest. «Mein lieber Duzfreund Peter wird's wohl doch gewesen sein, ziemlich wahrscheinlich jedenfalls.»

«Tja, so schaut's aus. Da habe ich also von Anfang an den Richtigen verdächtigt. Aber was fangen wir mit dieser Erkenntnis an?»

Emilio zuckte mit den Schultern. «Die Polizei zu informieren macht wenig Sinn. Wir wissen was, das wir nicht wissen dürfen, und was wir wissen, ist kein Beweis.»

«Zeigt dem *cretino* doch einfach das Foto», schlug Mitica vor, «dann muss er die Hosen runterlassen.»

«Das wird er nicht machen; stattdessen wird er uns anzeigen, weil du bei ihm eingebrochen hast.»

«Soll er doch! Ich bin minderjährig, mir kann nichts passieren.»

«Kein guter Vorschlag», entgegnete Phina. «Außerdem hätten wir dann Krieg.»

«Das wäre nicht gut», sagte Emilio.

«Nein, das wäre es nicht. Wir sollten eine andere Lösung finden.»

«Hmm.»

«Fällt dir nichts Besseres ein?»

«Gib mir Zeit, ich muss nachdenken.» Emilio fuhr sich über das stoppelige Kinn. Er stand auf. «Außerdem sollte ich mich rasieren.»

«Warum? Tust du doch sonst auch nicht!»

39

Korbinian bekam sentimentale Gefühle, als er, auf der Schnellstraße von Meran kommend, die Ausfahrt nach Eppan nahm. Bilder aus seiner Kindheit tauchten auf. Ihm kam es vor, als ob das Licht plötzlich anders wurde, nicht so hell und klar wie im hochgelegenen Glurns, sondern irgendwie weicher und den Sinnen schmeichelnder. Die Luft schmeckte anders. Von der Nase stiegen Dufterinnerungen hinauf in sein Hirn und von dort ganz weit zurück in sein früheres Leben.

Missian, Sankt Pauls, Frangart, Girlan, Sankt Michael ... Mittelalterliche Dörfer auf einer hügeligen Terrasse voller Rebstöcke. Der Mendelkamm mit dem Gantkofel, auf den ihn sein Vater mal mitgenommen hatte. Die Aussicht vom Gipfel würde er nie vergessen; damals glaubte er, auf dem Dach der Welt zu stehen. Er hatte gedacht, dass sein Leben großartig werden müsse und von einer gefühlten Unendlichkeit wäre. Und heute? Aus der Sicht eines alten Menschen war er noch jung, aus der Perspektive eines Kindes wahrscheinlich schon ziemlich alt. Und seine eigene Wahrnehmung? Da war er jung und alt zugleich – wie manche Figuren auf den Zeichnungen Paul Floras.

Ihm fielen die satirisch-phantastischen Romane des gebürtigen Bozners Herbert Rosendorfer ein, der lange in München gelebt, aber seine letzten Lebensjahre hier ganz in der Nähe verbracht hatte. Paul Flora war es gewesen, der die Veröffentlichung seines ersten Romans vermittelt hatte. Wie hieß das Buch doch gleich? Richtig, der *Ruinenbaumeister.* Er dachte an Rosendorfers *Briefe in die chinesische Vergangenheit,* die er erst vor kurzem wieder gelesen hatte.

An einer Straßengabelung holte ihn die Realität wieder ein. Es folgten Umfahrungen, die er nicht kannte, Unterführungen und Kreisel, die ihn verwirrten. Er musste sich konzentrieren. Vielleicht war das gut so. Seine verschlungenen Gedanken neigten dazu, in Unordnung zu geraten. Das durfte nicht sein. Es war wichtig, sich darauf zu besinnen, warum er hier war.

Eine tiefe Sorge und große Verunsicherung hatte ihn nach Eppan geführt. Ängste, die ihn nicht schlafen ließen, Albträume, die ihm den Schweiß auf die Stirn trieben. Er musste mit jemandem reden, dann würde es ihm bessergehen … hoffentlich. Blieb als Schwierigkeit, dass er nicht wirklich wusste, was er sagen sollte, welche Fragen er stellen wollte. Doch, eine konkrete Frage hatte er; sie war allerdings lächerlich, geradezu absurd. Eigentlich war das keine richtige Frage, nur eine verrückte Idee, die durch seinen Kopf geisterte. Und er wusste niemanden sonst, mit dem er darüber sprechen könnte. Hoffentlich erntete er kein spöttisches Gelächter.

Verdammt, jetzt war er schon wieder falsch abgebogen wegen dieser blöden Einbahnstraßenregelung.

*

Als er schließlich auf dem Hof eines Weingutes zum Stehen kam, schlug ihm das Herz bis zum Hals. Er musste sich erst beruhigen, bis er es wagte, auszusteigen. Er sprach einen Bub an, der zerzauste schwarze Haare hatte und mit wichtigem Gesicht einen Rechen vorbeitrug. Ob er wisse, wo er Frau Pernhofer finden könne, fragte er. Der Junge antwortete in einem italienisch-deutschen Kauderwelsch mit rumänischem Einschlag. Korbinian entschlüsselte die Auskunft dahingehend, dass er auch keine Ahnung habe, wo die Chefin sei. Er solle doch beim Baron nachfragen. Mit dem Rechen deutete er hinüber zur Vinothek.

Korbinian überquerte den Hof und ärgerte sich, dass er nicht vorher angerufen und einen Termin vereinbart hatte. Aber er hatte sich nicht getraut. Er wollte sich nach so langer Zeit nicht einfach am Telefon melden und das Warum und Wieso erklären müssen. Von Angesicht zu Angesicht ging das leichter, so hoffte er wenigstens.

Im Laden liefen einige Besucher herum, die sich die Weinflaschen in den Regalen anschauten und die Preislisten studierten. Hinter der Theke stand ein Mann, der irgendwie fehl am Platze schien und dem Treiben gelangweilt zusah, mit einem fast spöttischen Gesichtsausdruck, nicht wirklich unfreundlich, aber auf seltsame Weise distanziert. Dem Wunsch eines Gastes folgend, goss er etwas Wein in ein Probierglas. Er tat das mit einer lässigen Eleganz, die Korbinian beeindruckend fand – vor allem deshalb, weil es ihn nicht zu stören schien, dass er einen Teil des Weines über die Hand des Besuchers verschüttete. Korbinian, der als Galerist von satirischen Zeichnungen ein guter Beobachter war, konnte sich des Eindrucks nicht erwehren, dass der Mann das trotz einer gemurmelten Entschuldigung mit Absicht getan hatte. Jedenfalls zweifelte er keinen Moment daran, dass es sich bei ihm um den besagten Baron handeln musste.

Er trat auf ihn zu. «Guten Tag. Ich bin ein alter Bekannter von Frau Pernhofer und muss sie in einer dringenden Angelegenheit sprechen.»

«Ich bedaure sehr», sagte der Baron, «aber die gnädige Frau weilt derzeit auf einer Weinpräsentation in München und kommt erst morgen wieder.»

Korbinian stutzte. *Gnädige Frau?* Dabei hatte der Mann leise gelächelt. Offenbar machte es ihm Spaß, aus der Rolle zu fallen. Doch Korbinian fand die Auskunft alles andere als amüsant. Was war er doch für ein Trottel. Er hätte eben doch vorher anrufen sollen. Jetzt war er den weiten Weg von Glurns umsonst hierher gefahren.

«Kann ich etwas ausrichten?», fragte der Baron, während er mit einem Lappen den verschütteten Wein von der Theke wischte.

Korbinian zuckte nervös. «Nein, also, vielleicht doch», antwortete er. «Ja, warum nicht ... Äh, nein, lieber doch nicht.»

Der Baron nickte ob dieser verwirrenden Antwort verständnisvoll, griff unter die Theke und holte eine kleine Flasche Goldmuskateller hervor. Anschließend stellte er zwei Degustationsgläser auf die Theke und goss ein. Ebenso elegant wie vorher, aber ohne einen Tropfen zu verschütten.

«Der ist gut für die Nerven», sagte er und stieß mit ihm an.

Korbinian dachte, dass dieser Baron doch ganz nett war. Der Goldmuskateller schmeckte köstlich, konnte aber über seine Enttäuschung nicht hinweghelfen.

«Sie haben einen schönen Ring», sagte der Baron und deutete auf Korbinians linke Hand. Am kleinen Finger trug er eine Art Siegelring, aber mit einem flach geschliffenen roten Rubin anstelle des Siegels. «Ein Erbstück? Ich habe einen ganz ähnlichen Ring, trage ihn allerdings selten.»

Korbinian hüstelte verlegen. «Ja, ein Erbstück von meinem Großvater. Sie meinen, ich sollte eine Nachricht hinterlassen?»

«Nein, ich meine gar nichts. Das müssen Sie selbst entscheiden. Falls es vertraulich ist, können Sie es auf einen Zettel schreiben. Ich verfüge über Briefumschläge, die sich mit etwas Goldmuskateller auf der Zunge zuverlässig verkleben lassen.»

«Eine Nachricht, nein … Also vielleicht doch, ja, äh …»

Der Baron hob spöttisch eine Augenbraue. «Noch ein Gläschen von diesem wunderbaren Goldmuskateller?»

Korbinian lehnte dankend ab. Dann fragte er, ob er einen Besuchstermin bei Frau Pernhofer vereinbaren könne.

Der Baron schlug den morgigen Nachmittag vor, um fünfzehn Uhr.

Korbinian war froh, dass das so schnell ging. So weit war die Fahrt von Glurns nun doch nicht. Und jede weitere Nacht, die er wach lag, zehrte an seinen Nerven.

«Darf ich wenigstens einen Namen ausrichten?», fragte der Baron. «Frau Pernhofer wird sicher gerne wissen, wer sie besuchen kommt.»

«Mein Name? Natürlich, äh … Also, mein Name ist Korbinian Grandl.»

«Herr Grandl, sehr schön. Ich denke, Phina wird sich freuen, von Ihnen zu hören.»

«Phina?», fragte Korbinian irritiert.

Der Baron schüttelte misstrauisch den Kopf. «Sie sind alte Bekannte und kennen ihren Vornamen nicht?»

Korbinian fühlte sich zunehmend unwohl in seiner Haut.

«Doch, doch, natürlich kenne ich den: Gertrude-Josephina. Aber den hat sie nie gerne gehört.»

Der Baron lächelte. «Da haben Sie allerdings recht. Also morgen um fünfzehn Uhr. Herr Grandl, ich wünsche noch einen schönen Tag. Auf Wiedersehen.»

*

Wenig später spazierte Korbinian durch das Ortszentrum von St. Michael, dem Hauptort der Großgemeinde Eppan an der Weinstraße. Er hatte sein Auto auf dem zentral gelegenen Parkplatz abgestellt. Plötzlich fiel ihm etwas ein. Was war er doch für ein Idiot! Er hatte bei diesem Baron den Namen Korbinian Grandl hinterlassen. Aber den kannte die Gertrude überhaupt nicht. Grandl hieß er erst seit dem Selbstmord seines Vaters, als er den Mädchennamen seiner Mutter angenommen hatte. Sie würde nicht wissen, wer da morgen zu Besuch kam. Na egal, sie würde ihn gleich wiedererkennen, da war er sich sicher.

Er schaute nach oben und musste lächeln, als er sah, dass der ausladende Erker im ersten Stock eines Hauses beschädigt war. Sein Vater war mal mit einem hohen Anhänger dagegen gerumpelt. Diesmal war es vielleicht ein Reisebus gewesen.

Im Schaufenster eines kleinen Juwelierladens betrachtete er gerade die Auslagen, da sah er in der spiegelnden Scheibe, dass jemand unmittelbar hinter ihm stand. So dicht, dass er den Atem im Nacken zu spüren glaubte.

Er erschrak und drehte sich abrupt um. Aber in der gleichen Sekunde machte auch der Mann hinter ihm eine rasche Drehung. Dabei streifte er ihn mit dem Ellbogen. Korbinian konnte ihn nur noch von hinten sehen, so schnell ging alles. Und weil der Mann mit großen Schritten davoneilte – er rannte blindlings über die Straße, sodass ein Auto zu einer Vollbremsung gezwungen war –, blieb es bei diesem kurzen, aber für ihn unangenehmen Erlebnis.

Mit einem Griff zur Gesäßtasche vergewisserte er sich, dass seine Geldbörse noch da war. Warum zitterte er plötzlich? Weil sich jemand von hinten fast an ihn gepresst hatte? Weil derjenige heftig geschnauft und dann überstürzt die Flucht angetreten hatte?

Korbinian war sich darüber im Klaren, dass seine Nerven blank lagen und dass er seit Tagen unter Verfolgungswahn litt. Es war doch nichts dabei, wenn jemand über seine Schulter in das Schaufenster eines Juweliers schaute? Die ausgestellten Ringe waren schön und die Halsketten extravagant. Man musste schon nah herantreten, wollte man sie genauer betrachten.

Er sah hinüber zu dem Torbogen, durch den der groß gewachsene, hagere Mann verschwunden war. Er hatte einen merkwürdigen schwarzen Kittel getragen, und sein Schädel war glattrasiert gewesen; das hatte Korbinian von hinten sehen können. Und er hatte eine Plastiktüte bei sich gehabt. So, das war's. Jetzt war er weg.

Korbinians Puls beruhigte sich. Er musste dringend etwas gegen diese Angstattacken unternehmen. Entweder ging er zum Psychiater, oder er sollte sich damit abfinden, dass seine abgefahrenen Gedanken nichts anderes als Spinnereien waren, die keinerlei Bezug zur Realität hatten. Dann wäre wieder alles gut. Er würde schlafen können und sich nicht mehr ständig auf der Straße umdrehen müssen. Morgen um fünfzehn Uhr konnte er darüber reden. Morgen um fünfzehn Uhr, um fünfzehn Uhr ...

40

J osephus hatte sich im Torbogen hinter einem kleinen Vorsprung an die Wand gepresst. Sein Atem ging schnell, und sein Herz schlug bis zum Hals. Er hätte jubilieren und einen Freudentanz aufführen können. Stattdessen versuchte er, sich unsichtbar zu machen – und Korbinian gleichzeitig nicht aus den Augen zu verlieren.

Luzifer, mein Gebieter, ich danke dir. Wenn der Prophet nicht zum Berge kommt, kommt der Berg zum Propheten. Genau das war soeben geschehen, auf Geheiß des Herrschers der Finsternis. Weil er sein nächstes Opfer nicht finden konnte, wurde es ihm auf teuflische Weise zugeführt. Der Berg war zum Propheten gekommen. Jetzt lag es an ihm, seine Botschaft zu überbringen.

Korbinian stand noch immer vor dem Schaufenster des Juweliergeschäfts und blickte in seine Richtung. Er machte einen reichlich verwirrten Eindruck. Josephus kicherte. Er dachte, dass Korbinian alt geworden war, trotzdem hatte er ihn sofort erkannt, vorhin, als er zu dem alten Erker hinaufgeschaut hatte. Er hatte schon gefürchtet, der Kerl wäre ausgewandert, und nun spazierte der in Sankt Michael direkt vor seiner Nase herum. *Hosianna!*

Jetzt setzte sich Korbinian in Bewegung und verschwand damit aus seinem Blickfeld. Josephus zählte langsam bis fünf, dann schlich er zur Straße und sah um die Ecke. Da vorne lief er, der arme Sünder, dem er einen qualvollen Tod auf dem Scheiterhaufen zugedacht hatte. Josephus griff an die gläserne Ampulle an seinem Hals. Bald würde sie auch Korbinians Blut enthalten. *Ave Satanas!* Dann gab es nur noch ein Urteil, das er vollstrecken musste. Anschließend würde er frei und erlöst von allem Übel sein.

Josephus blieb kurz stehen, um seinen kuttenähnlichen Umhang auszuziehen und über den Arm zu hängen. Die Plastiktüte mit den Medikamenten aus der Apotheke verbarg er darunter. Er schlug den Hemdkragen hoch und hoffte, dass er jetzt anders aussah, falls Korbinian auf die Idee kommen sollte, sich umzudrehen. Erkennen würde er ihn nicht, da war er sich sicher. Der lange Aufenthalt im Kloster, die Zeit des Gebets und der Askese hatten ihn verändert, so sehr, dass ihn seine eigene Mutter nicht erkennen würde. Aber er hatte keine Mutter ... hatte noch nie eine gehabt.

Als er sah, dass Korbinian den Parkplatz ansteuerte, bekam er plötzlich Magengrimmen. Verdammt noch mal, wenn der Kerl jetzt in ein Auto stieg, würde er ihn nicht verfolgen können! Dann wäre er genauso schnell wieder weg, wie er aufgetaucht war. Das durfte nicht sein, nein. *Luzifer, lass es nicht geschehen; ich flehe dich an, habe Erbarmen!*

Korbinian tat, was er befürchtet hatte: Der Kerl stieg in ein Auto und rangierte aus seiner Parklücke. Josephus sah sich verzweifelt um. Wenn Korbinian jetzt losfuhr, würde er vielleicht nie erfahren, wo er lebte. *Luzifer, mein Gebieter, hilf mir!*

Josephus suchte Deckung hinter einem steinernen Denkmal, als das Auto an ihm vorbeifuhr. Er riss die Augen auf. *Luzifer, du hast mich erhört! Gepriesen sei dein Name, deine Kraft und Herrlichkeit.*

Auf der Tür von Korbinians Auto befand sich ein großer

Werbeaufkleber mit einem schwarzen Raben und dem Schriftzug des Zeichners Paul Flora. Darüber stand «Korbinians Galerie». Und darunter der Ortsname Glurns mit Straße und Telefonnummer. Besser ging es nicht. Der Delinquent hatte ihm soeben seine Visitenkarte auf dem sprichwörtlichen silbernen Tablett serviert. Die Telefonnummer hatte er sich so schnell nicht merken können; aber das war egal, die anderen Angaben reichten ihm völlig.

Josephus sah dem entschwindenden Auto mit unbeschreiblicher Freude hinterher.

41

Emilio dachte, dass Phinas Abwesenheit ein schicksalhafter Zufall war. Anderenfalls hätte er vielleicht doch davon Abstand genommen, die Einladung zum Abendessen anzunehmen. Aber so hatte er tatsächlich nichts Besseres zu tun. Phina weilte in München, um den geladenen Kunden eines renommierten Feinkostgeschäfts ihre Weine zu präsentieren. Sie würde ihn nicht vermissen. Außerdem, was war dabei? Sabrinas Einladung war alles andere als zweideutig gewesen, wahrscheinlich waren auch andere Gäste zugegen; sie würde ihm den Zettel mit den Namen der verflossenen Freundinnen ihres untreuen Göttergatten zustecken und ihm dann keine weitere Aufmerksamkeit schenken. Stattdessen würde er mit wildfremden Menschen Konversation machen müssen: ein schrecklicher Gedanke. Wenn er sich das weiter ausmalte, würde er doch absagen müssen. Emilio schmunzelte. Nein, das würde er nicht tun. Eine innere Stimme flüsterte: Trau dich was, trau dich …

*

Zunächst fuhr er nach Bozen, um auf dem Waltherplatz einen Espresso zu trinken. Dabei fiel ihm der merkwürdige Besucher von heute Vormittag ein, der Phina hatte sprechen wollen. Genauer gesagt nicht Phina, sondern Gertrude-Josephina – kein Mensch nannte sie so. Er war neugierig, wer das war. Was er wohl so Dringendes mit ihr zu besprechen hatte? Er war nervös gewesen und verlegen, hatte aber nicht unsympathisch gewirkt. Emilio dachte, dass er bei dem morgigen Gespräch gerne zugegen wäre. Ihn interessierte, was den Mann so verunsicherte. Er glaubte nicht, dass er immer so drauf war. Es musste etwas damit zu tun haben, worüber er mit Phina sprechen wollte.

Er erkannte einen vorbeigehenden Passanten, und weil sich ihre Blicke kreuzten, blieb nicht aus, dass sie sich begrüßten. Es war Franz Pichleitner, den Emilio höflicherweise zu sich an den Tisch einlud. Phinas ehemaliger Kellermeister wirkte diesmal kaum weniger angespannt als bei ihrer letzten Begegnung. Emilio hatte das unbestimmte Gefühl, dass es irgendwie mit ihm zu tun hatte. Er konnte sich aber nicht erklären, was die Ursache sein könnte. Sie plauderten kurz miteinander, über das Wetter und andere Belanglosigkeiten. Dann sah Franz Pichleitner auf die Uhr. Er entschuldigte sich, er habe einen Termin, und verabschiedete sich mit einem flüchtigen Handschlag.

Emilio sah ihm kopfschüttelnd hinterher. Irgendwie war das heute ein Tag, an dem die Menschen entweder verwirrt waren oder verdruckst – oder beides zugleich.

Er hoffte, dass sich diese Serie heute Abend nicht fortsetzte. Er überlegte, ob es sich geziemte, zur Einladung etwas mitzubringen. Wahrscheinlich war das angebracht, aber Blumen waren ihm zu verfänglich, und eine Flasche Wein kam bei einer Weingutsbesitzerin auch nicht in Frage. Er zahlte und ging hinüber zur Moccaria Loacker, wo es im angrenzenden Geschäft Schokowaffeln und andere Köstlichkeiten gab. Er entschied sich für eine Geschenkpackung mit Cappuccinowaffeln. Originell war das nicht, aber von gefahrloser Neutralität.

*

Schon vor der angelehnten Eingangstür schwante ihm, dass nicht mit anderen Gästen zu rechnen war. Weit und breit kein Auto. Dafür brannten im Freien rote Kerzen in zwei hohen Gläsern. Und aus dem Haus hörte er romantisches Klavierspiel. Letzte Chance, auf dem Absatz kehrtzumachen. Stattdessen klopfte er an die Tür, schob sie langsam auf und überquerte tapfer die Schwelle. Vielleicht hatte er seine Gastgeberin in falscher Erinnerung? Bestimmt war sie in Wahrheit hässlich und in jeglicher Hinsicht abstoßend …

Er konnte seine Gedanken nicht weiterführen. Sabrina kam auf ihn zu. Er hatte sie nicht in falscher Erinnerung gehabt, ganz im Gegenteil. Sie war barfuß, trug enge Jeans und eine schwarze Bluse, die einer Witwe womöglich angemessen war, aber ganz gewiss nicht mit dieser offenherzigen Knöpftechnik.

«Schön, dass du kommen konntest», sagte sie mit ernstem Gesichtsausdruck.

Er entdeckte, dass dennoch ein leises Lächeln ihre Lippen umspielte. Hatten sie sich das letzte Mal geduzt? Nein, hatten sie nicht. Fast verlegen überreichte er Sabrina sein Mitbringsel.

«Ich liebe Cappuccinowaffeln», sagte sie.

Emilio glaubte ihr kein Wort.

Auf dem Klavier stand nicht nur ein großer Leuchter mit brennenden Kerzen, sondern auch ein Weinkühler mit einer Flasche Spumante und zwei Gläser. Auf dem Flügel? Er hörte keine Musik mehr. Sabrina hatte wohl selbst gespielt. Alle Achtung.

Sie griff in ihre Gesäßtasche und reichte Emilio ein kleines Stück Papier.

«Bevor wir es vergessen. Hier habe ich dir die Namen und Adressen einiger Damen aufgeschrieben, die das zweifelhafte Vergnügen hatten, meinen Mann von seiner intimen Seite zu kennen. Jene, die verheiratet sind, habe ich unterstrichen. Es sind tatsächlich nicht so viele. Wie gesagt, er war kein Casanova, wäre es aber gerne gewesen. Na ja, sprechen wir nicht darüber.»

«Du spielst Klavier?»

«Ein wenig, leider nicht so gut, wie ich es mir wünschen würde. Aber ich finde es unglaublich entspannend, am Klavier zu sitzen. Die Musik bringt mich auf andere Gedanken, sie trägt mich davon in eine andere Welt.»

Emilio nickte versonnen. Phina konnte Traktor fahren, Sabrina spielte Klavier. Machte es einen Unterschied? Warum dachte er an Phina? Das ließ er mal besser sein.

Sabrina goss die Gläser ein und stieß mit ihm an.

«Auf einen schönen Abend.»

«Wir sind alleine?», fragte er, obwohl das offensichtlich war. «Wo sind deine Kinder? Schon im Bett?»

«Die Kinder sind bei den Großeltern. Es ist besser für sie, immerhin müssen sie den Tod ihres Vaters verarbeiten. Das geht bei den Großeltern besser als hier. Außerdem sind gerade Ferien.» Sie lächelte vieldeutig. «Ja, wir sind alleine, ganz alleine.»

*

Eine Stunde später hatte er köstliche Zanderfiletstreifen in Zitronenschaum mit Tagliolini gegessen. Sie hatten die Flasche Spumante geleert. Und er hatte erfahren, was er sich schon gedacht hatte: Sabrina war halbe Italienerin. Das hatten sie gemeinsam, denn auch seine Mutter stammte aus Italien. Weshalb sie geschmeidig die Sprache wechselten und fortan italienisch miteinander plauderten. Das brachte sie auf kommunikativer Ebene noch einen Schritt näher zusammen. Als ob es das gebraucht hätte. Auch fand er heraus, dass Sabrina nur mit halber Seele auf dem Weingut lebte: Ein anderer Teil ihres Ichs reiste fortwährend durch die Welt der Musik und der Literatur. Ihre Gedanken führten sie nach Lissabon, wo sie traurigen Fadoliedern lauschte, sie träumte von Angkor Wat, wo es mystische Sonnenuntergänge geben sollte, und von Bali, wo sie die Kunst des indonesischen Schattenspiels erlernen wollte. Sie erzählte von mythologischen Helden, Göttern und Dämonen – und von den Geistern der Ahnen. Sie verriet, dass sie mit dem Gedanken spielte, die Eingangstür ihres Hauses zuzumauern, damit ihr verstorbener Mann nicht zurückfand.

Emilio war kein Freund von esoterischen Spinnereien. Außerdem käme er nie auf die Idee, nach Kambodscha zu reisen, um sich dort in einer halb verfallenen Tempelanlage einen Sonnenuntergang anzuschauen; und beim balinesischen Schattentheater Wayang würde er gewiss schon beim ersten Akt einschlafen. Aber Sabrina konnte wunderbar erzählen, und er hörte gerne ihre Stimme. Sie entsprach so überhaupt nicht seinem Bild von einer Frau, die mit einem Südtiroler Winzer verheiratet war. Nun, wahrscheinlich war sie in dieser Rolle auch eine Fehlbesetzung. Und wenn er es recht bedachte, war es kein Wunder, dass sie und ihr Mann sich voneinander entfernt hatten.

*

Zwei Stunden später saß Sabrina am Klavier und spielte Lieder aus dem Film *Die fabelhafte Welt der Amélie.* Emilio lümmelte auf einem Sessel, hielt ein Rotweinglas in der Hand, war längst auch barfuß und dachte, dass er sich gerade unheimlich wohlfühlte. Er hatte sich immer für den Gegenentwurf eines Romantikers gehalten, doch jetzt lernte er sich von einer anderen Seite kennen.

*

Drei Stunden später betätigte sich Emilio als Pianist. Er spielte *Summertime* von Gershwin. Er konnte das sehr gut. Im Schloss seiner Eltern hatte es ein Klavierzimmer gegeben, und während seines Studiums in England hatte er als Barpianist Jazz, Pop und Evergreens gespielt. Damals war seine Welt noch eine andere gewesen. Jetzt lag vor ihm eine laszive Frau und schmachtete ihn an. Gott, wie kitschig war das denn? So etwas kannte er nur aus zweitklassigen Filmen.

Wenig später saßen sie eng umschlungen auf dem Sofa, aßen die mitgebrachten Cappuccinowaffeln und redeten mit gedämpfter Stimme wirres Zeug. Was womöglich am Süßwein lag, vielleicht aber auch ganz andere Gründe hatte.

*

Irgendwann nach Mitternacht wusste Emilio nicht, ob er ein riesengroßer Trottel war oder ob er seine Tugendhaftigkeit bewundern sollte. Jedenfalls saß er am Steuer seines Landys, auf dem Weg nach Hause, und hoffte darauf, dass er in keine Alkoholkontrolle geriet. Er hatte sich von der schwarzen Witwe mit einem langen Kuss verabschiedet – aber er hatte sich verabschiedet! Schwarze Witwe? Er dachte an die gleichnamige Spinnenart und an das bemerkenswerte Paarungsverhalten der Weibchen, die ihre Männer nach dem Akt auffraßen. Nun, dieses bemitleidenswerte Schicksal war ihm erspart geblieben.

Emilio streifte fast einen Begrenzungspfosten. Upps, war er betrunken! Er sollte wirklich nicht mehr Auto fahren.

Schwarze Witwe? Nun, es war nicht ausgeschlossen, dass er bei nächster Gelegenheit doch noch ihren Verführungskünsten erliegen würde. Er entschuldigte sich bei Phina für diesen sündigen Gedanken, gleichzeitig versuchte er, mit heftigen Lenkbewegungen die nächste Kurve zu meistern. Das war das Problem bei seinem alten Landy. Die Lenkung war so ausgeschlagen, dass er schon im nüchternen Zustand zum Schlangenfahren neigte. Wo hatte er eigentlich den Zettel mit den Namen der verflossenen Liebschaften ihres Mannes? Ach so, ja, in der Gesäßtasche. Ein entgegenkommendes Auto blendete ihn. Hoppla, das war knapp. Was hatte dieser Idiot zu so später Stunde auf der Straße zu suchen? Man sollte ein Gesetz erlassen, dass ab Mitternacht nur noch betrunkene Autofahrer unterwegs sein durften. Die gefährdeten erstens nur sich selbst und hatten zweitens einen Schutzengel.

Schwarze Witwe? Die Spinnen fraßen nach dem Geschlechtsakt ihre Männer auf. Igitt! Sabrina war eine Witwe, sie hatte eine schwarze Bluse angehabt, und sie hatte einen männermordenden Sexappeal … Emilio machte eine Vollbremsung, weil er eine Abzweigung übersehen hatte. Er fuhr über den Randstein, einige Meter durch eine Wiese, dann holperte er wieder auf die Straße. Er liebte diesen Wagen, dem war das egal, der steckte alles weg.

Woran hatte er gerade gedacht? Natürlich, an Sabrina und an ihre sexuelle Ausstrahlung. Er überlegte kurz, ob er erneut bremsen sollte – diesmal, um zu wenden und zurückzufahren. Aber er verwarf diesen Gedanken. Wohl eher deshalb, weil die Straße zu eng zum Wenden war.

Schwarze Witwe? Hatte er eigentlich schon mal daran

gedacht, dass ... Nein, hatte er nicht. Aber warum eigentlich nicht? Sabrina und ihr Mann Bartholomäus passten nicht zusammen, er ging fremd, und sie träumte von einem Leben in einer anderen Welt. Solange Bartholomäus lebte, würde das ein Traum bleiben. Außerdem war sie vielleicht doch eifersüchtig. Immerhin war sie eine halbe Italienerin. Aber selbst wenn nicht: Diese überaus sinnliche Person hatte ein Motiv. Sie hatte die Gelegenheit zur Tat. Und ein Alibi hatte sie auch nicht. Sabrina, Sabrina ... Sobald er morgen einen klaren Kopf hatte, sollte er diesen Gedanken wieder aufgreifen.

42

Korbinian hatte den Kurator des Schweizer Museums vergessen. Den Termin hatte er schon vor Wochen vereinbart, er war total wichtig für ihn. Für eine große Paul-Flora-Ausstellung fehlte es dem Museum an wichtigen Exponaten. Sie wollten von ihm einige Blätter erwerben und hatten dafür sicherlich einen guten Etat. Diesen Termin konnte er nicht sausen lassen, so gut gingen seine Geschäfte nun auch wieder nicht. Außerdem war es gut für seine Reputation, wenn er an dieser Ausstellung beteiligt war. Er spielte mit dem Gedanken, dem Museum eine ganz besondere Zeichnung zu schenken, unter der Voraussetzung, dass das im Katalog entsprechend vermerkt wurde: «Gestiftet von Korbinian Grandl aus Glurns in Südtirol». So, oder so ähnlich. Das würde ihm gefallen.

Aber musste das ausgerechnet heute sein? So ein Missgeschick! Er hatte gestern bei seinem Besuch auf dem Weingut nicht daran gedacht. Schlimmer noch: Morgen konnte er auch nicht, da hatte sich der Bürgermeister angesagt, wegen irgendeiner Flora-Gedenkveranstaltung. Dem konnte er auch nicht absagen.

Korbinian stand in seiner Galerie und ärgerte sich. Er hatte nur selten geschäftliche Verabredungen und konnte seine Arbeitszeit relativ frei gestalten. Aber ausgerechnet heute und morgen war er verplant. Es blieb ihm nichts anderes übrig, als in Eppan anzurufen und seinen Besuch um zwei Tage zu verschieben. So lange musste er seine qualvollen Gedanken noch für sich behalten. Wenigstens hatte er in der Zwischenzeit Abwechslung, das würde helfen.

Er holte die Grappaflasche mit dem Flora-Etikett aus dem Regal. Er dachte, dass ein kleines Glas auch zu dieser frühen Stunde nicht schaden könnte. Dann griff er zum Telefon und rief auf dem Weingut an.

Fast war er erleichtert, dass sie nicht selbst am Telefon war, und erst recht, als er erfuhr, dass sie erst gegen Mittag zurückerwartet wurde. Aus verschiedenen Gründen wollte er nicht am Telefon mit ihr reden, sondern von Angesicht zu Angesicht – und unter vier Augen.

Er sagte den heutigen Termin ab und verabredete einen neuen für übermorgen. Um die Angelegenheit nicht unnötig zu verkomplizieren, beließ er es bei seinem jetzigen Nachnamen, den sie nicht kennen konnte. Auch das würde er ihr besser im persönlichen Gespräch erklären. Wie alles andere auch. Bis hin zu dem schlimmen Verdacht, der ihn quälte. Warum dachte er gerade jetzt an den großgewachsenen Mann, der ihn gestern in Sankt Michael erschreckt hatte? An seine Silhouette in der Schaufensterscheibe, an seinen gefühlten Atem im Nacken und an den Torbogen, in dem er mit langen Schritten verschwunden war? Seine Hände zitterten. Es brauchte momentan nicht viel, um ihm Angst einzujagen.

43

Am nächsten Morgen hatte Emilio leichte Gleichgewichts-störungen und vagabundierende Kopfschmerzen. Ganz zweifellos lag dieses Unwohlsein im gestrigen Abend begründet, und zwar konkret in der konsumierten Menge Alkohol in Form von Spumante und diversen Weiß- und Rotweinen. Emilio hasste sich dafür. Wenn man Wein mit Genuss und Verstand trank, so seine Maxime, konnte und durfte man nicht betrunken werden. Aber gestern Abend hatte es ihm offenbar am besagten Verstand gemangelt, so einfach war das. Sabrina hatte ihn in gewisser Weise kopflos gemacht. Nun, man konnte das auch positiv sehen: Erstens verfügte er über eine funktionierende Libido, das war erfreulich, und zweitens hatte er den Verführungskünsten des Weibes im letzten Moment widerstanden. Letzteres war bewundernswert, wenn auch wenig nachvollziehbar. Oder vielleicht doch? Er lebte mit Phina unter einem Dach, er mochte sie und fand sie ausgesprochen begehrenswert. Sie war ganz anders als Sabrina: Sie konnte sehr spröde sein und zurückhaltend und dann ganz plötzlich von einer leidenschaftlichen Zärtlichkeit. Es wäre nicht recht gewesen und auch nicht klug, sie mit einer schwarzen Witwe zu betrügen.

Schwarze Witwe? Er erinnerte sich an seine Gedanken auf der Heimfahrt. Sabrina hatte ihm einen Zettel mit verflossenen Liebschaften ihres Mannes gegeben. Sie hatte sich sehr schnell für seine Spekulation erwärmen können, dass es auch in diesem Umfeld einen Tatverdächtigen geben könnte, männlichen oder weiblichen Geschlechts. Aber vielleicht war sie ja so kooperativ, um von sich abzulenken? Seine Hormone hatten ihn so vernebelt, dass er etwas Wesentliches fast übersehen hätte: Auch Sabrina war eine mögliche Täterin. Definitiv. Er traute ihr einen Mord zu, aus kalter Berechnung oder in einer emotionalen Aufwallung. Und er hielt es des Weiteren für möglich, dass sie bei dieser Gelegenheit auch Laura abserviert hatte. Wenn sich jemand in der Gegend auskannte, dann Sabrina. Sie wusste gewiss, wo und wie man eine Leiche spurlos verschwinden lassen könnte.

Emilio massierte sich die Schläfen. Ihm fiel es schwer, sich zu konzentrieren. Wer hatte dann Lauras Auto weggefahren? Der Fahrersitz war nach hinten geschoben, doch Sabrina war kaum größer als Laura. Aber vielleicht war sie so clever gewesen, den Sitz vor dem Aussteigen zu verstellen?

Er fand, dass sich seine Ermittlungen, wenn man sie überhaupt so nennen durfte, höchst unbefriedigend entwickelten. Im Idealfall hatte man zu Beginn einen größeren Kreis von Verdächtigen, und schrittweise gelang es dann, diesen zu verkleinern, bis schließlich einer übrig blieb. Diesmal lief es genau umgekehrt: Mit jedem Tag wurde der Fall komplizierter, und die Zahl der Verdächtigen vergrößerte sich in einem beängstigenden Tempo. So würde er nie ans Ziel kommen. Eigentlich konnte es ihm ja egal sein, wer den Bartholomäus Unteregger umgebracht hatte, aber weil es hier um Lauras Schicksal ging, war es ihm alles andere als gleichgültig.

*

Emilio saß mit Phina vor ihrem Wohnhaus auf der Bank. Da sie ihn nicht fragte, sah er keine Veranlassung, von seinem gestrigen Abend zu erzählen. Sie berichtete von der Weinpräsentation in München, und er informierte sie über den nervösen Besucher, der nach ihr gefragt hatte und sie in einer dringenden Angelegenheit sprechen wollte. Er habe heute Nachmittag wiederkommen wollen, dann aber angerufen und abgesagt. Neuer Termin sei übermorgen um fünfzehn Uhr.

«Was Dringendes zu besprechen? Hat er seinen Namen hinterlassen?», fragte Phina.

«Ja, hat er. Korbinian Grandl. Er kennt dich von früher, hat er gesagt.»

Phina runzelte die Stirn. «Ich kenn keinen Korbinian Grandl, noch nie gehört.»

«Übrigens wusste er nicht, dass alle dich Phina nennen, aber er kannte deinen vollständigen Taufnamen, Gertrude-Josephina. Und ihm war bekannt, dass du so nicht gerne genannt wirst.»

Sie lachte. «Das stimmt. Ich hasse meinen richtigen Vornamen. Klingt wie eine alte vertrocknete Jungfer mit Stützstrümpfen und Hörgerät.»

«Tja, ungefähr so war meine Erwartungshaltung, als ich dich kennengelernt habe. Ganz so schlimm war es nun doch nicht.»

Ihr Schlag mit dem Ellbogen traf ihn schmerzhaft in den Rippen. Er war selbst schuld daran. Frechheiten sollte er sich bei Phina nur aus sicherem Abstand leisten.

«Na egal, wenn er kommt, wird er mir schon erzählen, woher wir uns kennen. Ich kann mir allerdings nicht vorstellen, was er mit mir Dringendes besprechen möchte.»

Emilio rutsche etwas zur Seite, um aus der Gefahrenzone zu sein.

«Vielleicht hattet ihr mal was miteinander?», spekulierte Emilio. «Er war zwar ein Nervöserl, aber nicht unsympathisch.»

«Spinnst du? Dann wüsste ich doch seinen Namen.»

«Vielleicht hast du Schnuckelbär zu ihm gesagt.»

Phina drohte ihm mit der Faust. «Du spielst gerade mit deinem Leben.»

Emilio lachte. «War nur mal ein Schuss ins Blaue. Von deinem Vorleben weiß ich ja nicht viel.»

«Ist nicht so spannend», sagte Phina. «Musst du nicht wissen.»

«Übrigens bin ich gestern deinem früheren Kellermeister begegnet, diesem Franz Pichleitner.»

Phina zuckte zusammen, nur ganz leicht, aber immerhin so, dass er es merkte. Und es schien ihm, als ob sich ihre Wangen röteten.

«Wie kommst du gerade jetzt auf den Franz?», fragte sie mit belegter Stimme.

Er sah sie schmunzelnd an. «Aber hallo, jetzt habe ich doch einen Treffer gelandet, ganz unabsichtlich. Stimmt doch, oder?»

Phina biss sich auf die Unterlippe. «Ist Jahre her.»

«Alles klar. Bist eben doch keine alte Jungfer mit Stützstrümpfen. Und der Franz ist ein fescher Mann. Jetzt versteh ich, warum er mir gegenüber so verklemmt ist.»

«Ist er das?»

Emilio zuckte mit den Schultern. «Ich finde schon. Ist aber egal.»

Phina knetete ihre Hände. So verlegen hatte er sie noch nie gesehen.

«Ich will nicht darüber reden», sagte sie. «Wir hatten mal was miteinander, aber das ist schon ewig her, und ich weine ihm keine Träne nach. Basta.»

Emilio rutschte wieder näher und legte einen Arm um ihre Schultern. Er tat, was er oft für das Beste hielt: Er schwieg.

Nach einer geraumen Weile, in der jeder seinen Gedanken nachhing, fragte sie nach Laura und ob er irgendwelche neuen Erkenntnisse gewonnen habe.

Er sagte ihr wahrheitsgemäß, dass er weiterhin im Nebel herumstochere. Es täte ihm leid, aber er käme nicht voran.

Phina wechselte das Thema und kam auf ihren Nachbarn zu sprechen. Miticas Fotos wären schon recht aufschlussreich gewesen, wenn auch nicht beweiskräftig.

Emilio kratzte sich am Kopf. «Ich habe mir da was überlegt», sagte er.

Phina sah ihn fragend an.

«Aber was ich zu tun beabsichtige», erklärte Emilio, «ist ziemlich idiotisch, deshalb will ich nicht darüber reden.»

44

Das Passeiertal ist landschaftlich sehr reizvoll. Es gibt sehenswerte Wasserfälle und viele malerische Wanderwege. Zwischen St. Martin und St. Leonhard liegt der Gasthof Sandwirt, wo 1767 der Tiroler Freiheitskämpfer Andreas Hofer geboren wurde. Die nahe gelegene Kapelle erinnerte an das Gelöbnis der Tiroler zum Heiligen Herzen Jesu: *Auf zum Schwur Tiroler Land, heb zum Himmel Herz und Hand ...*

Josephus fehlte jegliches Interesse an den Schönheiten des Tals an der Passer. Auch waren ihm die Tiroler Freiheitskämpfe egal. Allenfalls die Herz-Jesu-Feuer übten auf ihn eine Faszination aus. Am dritten Sonntag nach Pfingsten loderten auf den Berggipfeln die Feuer. Er fand diese Tradition ausgesprochen inspirierend, wobei er unwillkürlich an Scheiterhaufen denken musste, auf denen Hexen und Ketzer ihren qualvollen Tod fanden. Nun, da er dank Luzifers Hilfe den unseligen Korbinian aufgespürt hatte, stand der Vollstreckung des Urteils nichts mehr entgegen.

Blieb die Frage nach einem geeigneten Gerichtsplatz. Das in Hexenverbrennungen erprobte Schloss Prösels bei Völs am Schlern hielt er inzwischen für ungeeignet. Aber ihm war ein geweihter Boden bekannt, den er heute näher auskundschaften wollte. Er war schon mal hier gewesen, aus Anlass einer satanischen Messe, der er vor einigen Monaten beigewohnt hatte. Er hatte sich nicht zu erkennen gegeben, und es hatte ihm nicht gefallen, was diese amateurhaften Satanisten veranstalteten. Das war übelster Humbug, eine Versündigung an den Idealen des Satankultes. Aber der Platz war gut gewählt, das musste er zugeben. Von ihm ging eine spirituelle Magie aus.

Josephus hielt den Einfall geradezu für genial, die Verbrennung ausgerechnet hier zu inszenieren. Denn er wusste, dass die satanische Sekte, die an diesem Ort ihre schwarzen Messen veranstaltete, längst im Fokus polizeilicher Ermittlungen stand. Auch hatten die Medien wiederholt über die seltsamen Ereignisse im Passeiertal berichtet. Die jungen Leute taten nichts Schlimmes, sie brachten niemanden um, opferten nicht einmal Katzen oder Hunde. Sie wollten nur ihren Spaß haben. Sie sprayten satanische Zeichen an verfallene Mauern, deren Geschichte sie nicht kannten. Sie tanzten halbnackt um ein Feuer, tranken aus Schädelschalen und sangen okkulte Lieder. Wahrscheinlich waren sie dabei bekifft. Alberne Kindereien also.

Josephus hatte sich entschieden, auf dem rituellen Platz dieser vorgeblichen Satanisten sein Urteil zu vollstrecken. Was würde man denken, wenn man ausgerechnet dort die verkohlte Leiche eines Mannes fand? Auf einem niedergebrannten Scheiterhaufen, umgeben von satanischen Kreuzen und inmitten eines auf den Boden gemalten großen Pentagramms. Natürlich würde man sofort die satanische Sekte verdächtigen. Mehr noch, Polizei und Medien würden auch den vorangegangenen Tod des Lukas Mitterhofer den jungen Spinnern in die Schuhe schieben.

Seine eigenen schwarzen Messen, die er gelegentlich auf dem Eppaner Kalvarienberg hinter der Gleifkirche veranstaltete, würde man mit diesen Ereignissen kaum in Verbindung bringen. Das war zu weit weg.

Er nahm den Ort der Vollstreckung mit großer Aufmerksamkeit in Augenschein. In Gedanken spielte er alles durch. Auf der Wiese stand ein abgestorbener alter Baum, der keine Blätter mehr hatte, nur noch die bizarren Überreste einiger Zweige. Er war wie dafür geschaffen, um rundherum das Holz aufzuschichten und den Delinquenten an den Stamm zu fesseln. Er überlegte, wie der Scheiterhaufen anzulegen war und wo er sein Auto parken konnte. Er versuchte, alles zu bedenken – bis hin zur Frage, welche Fluchtmöglichkeiten es im Falle einer Entdeckung gab.

*

Josephus war bester Laune, als er sich auf den Heimweg machte. In Glurns war er heute schon gewesen, da hatte er alles ausgekundschaftet, was wichtig war. Er hatte sich als Bergurlauber verkleidet, mit Kniebundhose, Bergstiefeln, Schirmmütze, Sonnenbrille und Rucksack. Er hatte Korbinian in seinem Laden entdeckt und war ihm sogar zu seiner Wohnung gefolgt. Er hatte sich so geschickt angestellt, dass er zu keiner Sekunde seine Aufmerksamkeit erregt hatte.

Er fing an, ein Lied zu pfeifen, so fröhlich gestimmt war er. Sein Plan war fertig, er hatte den genauen Ablauf im Kopf. Eigentlich konnte nichts mehr schiefgehen. Bald war alles vorüber, nur noch ein weiteres Urteil war zu vollstrecken. Und eine Entscheidung zu treffen.

*

Als er zu Hause ankam, war er so geil, dass er sich sofort auszog. Er holte seine Peitsche, die mit kleinen Nägeln versehen war, und schlug sich auf den nackten Rücken, der voller Narben war und an einigen Stellen blutverkrustet. Dazu stöhnte er wollüstig. Aber er wusste, das war erst der Anfang.

45

Beim Losfahren gab es einen lauten Knall, und Emilio schlug es das Lenkrad aus der Hand.

«*Porca madonna*, was war das denn?», rief Mitica.

Emilio hielt sofort an, eigentlich hatten sie sich noch gar nicht richtig in Bewegung gesetzt. Sie stiegen aus, um herauszufinden, was passiert war. Die Ursache war schnell gefunden: In den linken Vorderreifen hatte sich eine abgebrochene Weinflasche gebohrt und diesen nicht nur zum Platzen gebracht, sondern regelrecht zerfetzt.

«Wie konnte denn das passieren?», fragte Emilio ebenso verblüfft wie ratlos.

Mitica, der sich hingekniet hatte und den Flaschenboden sicherstellte, lachte. «Das war ein lieber Gruß von einem Freund.»

«Wie bitte?»

«Hast du so was noch nie gesehen? Die abgebrochene Flasche hat dir jemand unter den Reifen geklemmt, und zwar so, dass es den beim Losfahren zerreißt. Auf Italienisch nennt man das *un messaggio in bottiglia*.»

«Flaschenpost? Das ist ein hübscher Name für so eine Gemeinheit.»

Er ließ sich von Mitica den Überrest der Flasche geben und schaute ihn sich genau an. «Mich würde interessieren, was das für ein Wein war. Hoffentlich ein guter, kann man aber nicht erkennen.»

Mitica sammelte einige Glasscherben ein, zog auch ein größeres Teil aus dem platten Reifen. «Nichts, kein Etikett. Dein Freund hat nur den unteren Teil der Flasche verwendet. Ist ja auch egal. Was machen wir jetzt?»

«Ich habe einen Ersatzreifen. Mit etwas Glück auch einen Wagenheber und einen Schraubenschlüssel. Aber du musst mir helfen. Ist lange her, dass ich einen Reifen gewechselt habe.»

Mitica klatschte in die Hände. «Kein Problem, das schaffen wir.»

*

Eine Stunde später hielten sie vor dem Sanatorium, wo Miticas Mutter in Behandlung war. Emilio hatte gestern mit ihr telefoniert und sich nach ihrem Wohlbefinden erkundigt. Vor allem hatte er berichtet, dass es ihrem Sohn gutgehe und dass sie sich um ihn keine Sorgen machen müsse. Sie war wesentlich besser drauf, als er sie in Erinnerung hatte. Und weil sie gesagt hatte, dass sie sich nach Mitica sehnen würde, hatte er versprochen, ihn heute vorbeizubringen.

Zuerst gingen sie auf die Toilette und wuschen sich die Hände. Der Reifenwechsel hatte seine Spuren hinterlassen, leider auch auf Miticas Kleidung. Deshalb hatten sie zuvor noch schnell ein neues Hemd gekauft, damit die Mutter nicht den Eindruck hatte, er würde unter Emilios Aufsicht verwahrlosen. Und sie hatten einen Blumenstrauß gekauft.

Emilio klopfte und öffnete langsam die Tür zu ihrem Zimmer. Er steckte den Kopf herein, um sich zu überzeugen, dass sie empfangsbereit war.

«Grüß Gott, liebe Frau Nastasiu», sagte er, «ich bringe Ihnen Ihren Sohn.»

Er schob Mitica, der plötzlich zögerte, mit dem Blumenstrauß ins Zimmer. Sie breitete zur Begrüßung die Arme aus.

«Ich warte so lange draußen», sagte Emilio und zog sich zurück. Es war besser, er ließ die beiden alleine. Außerdem hasste er Sentimentalitäten.

Im Schwesternzimmer ließ sich Emilio ein Blatt Papier geben, einen Stift und einen neutralen Umschlag. Dann stibitzte er noch zwei Latexhandschuhe und setzte sich in den Besucherraum, wo er alleine war, zusammen mit einer Zimmerpflanze der Gattung *Ficus benjamina*. Er überlegte nur kurz, dann nahm er den Stift in die linke Hand. Da er Rechtshänder war, musste er seine Schrift nicht groß verstellen; es kam nichts anderes heraus als ein ziemlich übles Gekrakel.

In Großbuchstaben schrieb er «SCHWEIGEGELD» und darunter, ebenfalls in Versalien, aber kleiner: «Ich weiß, dass Sie Rebstöcke vergiftet haben. Ich habe Beweise. Ich fordere Schweigegeld, sonst melde ich Sie der Polizei.»

Emilio überlegte, wie viel er verlangen sollte. Dann schrieb er eine Summe hin, die nicht zu hoch war, aber doch groß genug, dass Peter Waldleitner den Erpresserbrief ernst nehmen würde. Und er dachte sich einen Ort aus, wo Phinas Nachbar das Geld hinterlegen sollte.

So, erledigt. Er betrachtete das Blatt und kam zum Schluss, dass es ziemlich authentisch aussah – jedenfalls so, dass man dem Schreiben Glauben schenken konnte. Er zog sich die Handschuhe an und rubbelte damit über die einzige Stelle, an der er das Papier angefasst hatte. Er hielt das zwar für überflüssig, dachte aber, dass man auch bei so einer Schwachsinnsidee vorsichtig sein sollte. Er faltete das Blatt zusammen und steckte es in den Briefumschlag. Als Empfängeradresse schrieb er drauf: «Peter Waldleitner persönlich!!!»

Er ließ den Umschlag in seine Jacketttasche gleiten. Es gab zwei Möglichkeiten: Entweder zahlte der liebe Nachbar, dann kam das einem Schuldeingeständnis gleich, oder er ignorierte diesen läppischen Erpresserbrief, dann war Emilio kein bisschen klüger als zuvor. Er dachte, dass er Phina nicht zu viel versprochen hatte. Was er gerade tat, war wirklich idiotisch. Es war fraglos besser, nicht darüber zu reden.

46

Alles war vorbereitet. Eine einzige Sache hatte Josephus nicht bis ins Detail planen können, nämlich die Art und Weise des Zugriffs, da war sein Improvisationstalent gefragt. Korbinian hatte seine Galerie am frühen Abend abgeschlossen und war nach Hause gefahren. Josephus hatte sich in Sichtweite auf die Lauer gelegt und wartete ab. Als es dunkel wurde, dachte er, dass er eine Idee brauchte, um sein Opfer herauszulocken.

Plötzlich gingen in Korbinians Wohnung die Lichter aus, kurz darauf kam er aus dem Haus und ging zu seinem Auto. Vielleicht hatte er eine Freundin, die er abends noch besuchen wollte? Oder einen Freund? Egal.

Das Schicksal spielte Josephus mal wieder in die Hände. Er rannte geduckt zu seinem Auto und schaffte es gerade noch, zu wenden und die Verfolgung aufzunehmen. Die ersten Minuten fuhr er ohne Licht. Als es dann auf einer einsamen Straße über Land ging, schaltete er die Scheinwerfer ein, machte die Warnblinkanlage an und gab Vollgas. Er überholte Korbinians Wagen, winkte aufgeregt mit dem Arm aus dem Fenster und bremste. Wie erwartet hielt auch Korbinian an. Sie waren hier nicht in der Bronx, sondern in Südtirol. Da erwartete keiner einen Überfall, stattdessen glaubte man, dass etwas passiert sei oder jemand Hilfe brauchte.

Im Rückspiegel sah er, dass es ihm Korbinian besonders

leicht machte. Der Blödel stieg doch tatsächlich aus seinem Auto und kam zu ihm. Josephus öffnete die Fahrertür und stieg ebenfalls aus. Er hatte eine Wollmütze auf, in der rechten Hand hielt er einen Totschläger. Er vergewisserte sich, dass weit und breit kein anderes Auto zu sehen war – dann schlug er zu.

*

Es war bereits weit nach Mitternacht, als Josephus dort ankam, wo Korbinians letzte Stunde schlagen sollte. Er hatte zuvor viel zu erledigen gehabt. Erst musste er Korbinian fesseln und knebeln. Josephus hatte nicht allzu fest zugeschlagen, schließlich sollte sein Opfer das bevorstehende Fegefeuer mit wachen Sinnen erleben. Dann hatte Josephus den Körper in seinen Kofferraum verfrachtet. Korbinians Auto hatte er in ein Waldstück gefahren und dort abgestellt, bevor er anschließend ins Passeiertal gefahren war – an den Ort ihrer Bestimmung.

Josephus machte den Kofferraum auf. Korbinian war wieder bei Bewusstsein und sah ihn aus großen Augen an. Fast hätte man Mitleid mit ihm haben können. Aber Josephus war dieses Gefühl fremd. Mit ihm hatte auch niemand Mitleid gehabt, man hatte ihn gequält und geschunden. Jetzt war es an der Zeit, die Bilanz auszugleichen.

Er zerrte Korbinian aus dem Auto und schleppte ihn zum vorbereiteten Feuerplatz. Er war zwar gut gefesselt, wand sich aber verzweifelt. Josephus gab ihm erneut einen leichten Schlag auf den Kopf. Dann war Ruhe, und er konnte ungestört weiterarbeiten.

Eine Stunde später war alles arrangiert. Korbinian war ordentlich an den Baum gefesselt, das nötige Blut bereits mit einer Kanüle entnommen. Um ihn herum waren die in Benzin getränkten Holzscheite aufgeschichtet. Josephus hatte einige Fackeln entzündet. Die umgedrehten Holzkreuze, die er in die Erde gesteckt hatte, warfen diabolische Schatten.

Josephus hatte seine rote Kutte angezogen, betrachtete sein Werk und war zufrieden. Besonders erfreute ihn, dass Korbinian wieder bei Sinnen war, ihn mit panischen Augen ansah und an seinen Fesseln zerrte. Weil sein Mund mit einem Klebeband verschlossen war, musste Josephus auf den Wohlklang der Verzweiflungsschreie verzichten. Der Platz war zwar abseits gelegen, aber er wollte kein unnötiges Risiko eingehen. Das Feuer, das er gleich entzünden wollte, würde man sowieso weithin sehen können. Aber dann würde alles ganz schnell gehen. Bis jemand auftauchte, wäre er schon längst über alle Berge.

Josephus kniete sich hin und betete. Dann stand er auf und fragte, ob er wisse, wer er sei.

Der Gefesselte nickte heftig und versuchte, trotz des Klebebands zu sprechen.

Josephus war sich sicher, dass ihn nichts davon interessierte, was Korbinian ihm sagen wollte. In der Stunde des Todes konnte man nicht erwarten, dass jemand etwas Vernünftiges von sich gab. Ihm war viel wichtiger, dass Korbinian hörte, was *er* zu sagen hatte. Er legte den Zeigefinger vor die Lippen und bat den Delinquenten zu schweigen. Dann hielt er eine kleine, feierliche Ansprache. Wie es schien, hörte Korbinian wirklich zu. Als er fertig war, begann der Delinquent wieder zu zappeln, an den Fesseln zu reißen; vor allem versuchte er zu sprechen. Aber es half nichts, das Urteil würde nun vollstreckt.

Luzifer, gepriesen sei dein Name, und heilig sei dein Wille.

Josephus nahm eine der brennenden Fackeln und schritt gemessenen Schrittes zum Scheiterhaufen, der nach Benzin stank und nur darauf wartete, entzündet zu werden.

Korbinian riss die Augen auf und riss so fest an seinen Fesseln, dass Blut hervortrat.

Josephus bekreuzigte sich und hielt die brennende Fackel in das aufgeschichtete Holz. Sekunden später fing es Feuer.

47

Der kommende Tag hielt für Emilio einige Überraschungen bereit. Es ging los mit einer Textnachricht auf seinem Handy, die von Sabrina stammte und ihn verlegen machte. Und es gehörte einiges dazu, ihn aus der Fassung zu bringen. Sicherheitshalber löschte er die Zeilen umgehend, was natürlich keine Lösung des Problems darstellte, das war ihm klar.

Als Nächstes bekam er einen Anruf von Phinas Nachbarn Peter Waldleitner, der ihn so schnell wie möglich sehen wollte. Auf nüchternen Magen war das schwer zu verkraften. Hatte er ihn etwa im Verdacht, den Erpresserbrief geschrieben zu haben? Nein, das konnte nicht sein. Trotzdem war das harter Tobak, zu so früher Stunde. Außerdem hatte ihn der missgelaunte Peter noch nie angerufen. Dann kam Mitica daher, mit einem strahlenden Gesicht und einer Tüte mit Glasscherben.

«Du hast wirklich Glück, dass du mich als Assistenten hast», sagte er. «Ich hab mich auf dem Parkplatz umgesehen, wo dir jemand die Flaschenpost unter den Reifen geklemmt hat. Hinter einer Hecke habe ich den Rest der Flasche gefunden.»

«Sehr schön», sagte Emilio. «Kannst die Scherben in den Mülleimer werfen, sie interessieren mich nicht.»

Mitica schleuderte die Tüte auf den Tisch und stemmte empört die Fäuste in die Hüfte. «Du bist ein Idiot von einem Chef», stellte er fest. «Erst willst du wissen, was für ein Wein in der Flasche war, und jetzt ist es dir wurscht.»

«Das hat mich doch nicht wirklich interessiert, das war Spaß. Als ob es wichtig wäre, ob mein Reifen von einem Weißburgunder oder einem Gewürztraminer gekillt wurde.»

«*D'accordo*, aber dann sag bitte das nächste Mal, was Spaß oder Ernst ist. Ich reiß mir den Hintern auf, um die andere Hälfte der Flasche zu finden, und jetzt soll ich die Scherben wegwerfen. Das ist doch Scheiße, findest du nicht?»

Emilio amüsierte sich über Miticas Gefühlsausbruch. Eigentlich hatte der Bub recht. Woher sollte er wissen, dass das eine Art Galgenhumor gewesen war.

«Stimmt. Also, dann schauen wir uns die Scherben mal an. Bist du sicher, dass sie zur Flasche unter meinem Reifen gehören?»

«Na klar. Ich hab's überprüft. Passt genau zusammen.»

Mitica leerte den Inhalt der Tüte auf den Tisch.

Emilio tat so, als ob er sich die Scherben genauer anschauen würde. Mitica sollte das Gefühl haben, dass er sich wirklich dafür interessierte und dass sein Bemühen nicht ganz umsonst war.

Als sich Emilio jedoch Teile des Flaschenetiketts besah, war seine Aufmerksamkeit nicht mehr gespielt.

«Aber hallo», murmelte er.

«Kennst du das Weingut?», fragte Mitica.

Emilio nickte. «Ja, kenne ich, kann aber Zufall sein.»

«Du hast mal gesagt, du glaubst nicht an Zufälle.»

«Habe ich das gesagt? Nun, ich bin gleichzeitig auch der gegenteiligen Ansicht. Ich glaube, dass im Leben alles vom Zufall bestimmt wird.»

Mitica sah ihn ratlos an. «Muss man das verstehen?»

«Nein, muss man nicht. Hermann Hesse hat mal gesagt, dass von jeder Wahrheit das Gegenteil ebenso wahr ist.»

«Verstehe ich noch weniger. Wer ist Hermann Hesse?»

Emilio fuhr Mitica lachend durch die Haare.

«Vergiss es! Komm, lass uns die Scherben wieder einsammeln. Und ich spende dir ein ausdrückliches Lob. Das hast du gut gemacht.»

Mitica hielt ihm die offene Hand hin. «Wie wär's mit einer Prämie? Von Phina habe ich noch überhaupt kein Geld bekommen.»

«Du frecher Lauser. Immerhin wohnst du hier umsonst, du bekommst Essen und Trinken und lernst fürs Leben.»

Emilio entnahm seiner Geldbörse einige Euros und gab sie ihm.

Mitica strahlte. Dann sammelte er die Scherben ein.

*

Später hörte Emilio Radionachrichten. An erster Stelle kam die sehr ausführliche Meldung, dass im Passeiertal Satanisten versucht hätten, einen Mann auf dem Scheiterhaufen zu verbrennen. Zwei Jäger seien zufällig in der Nähe gewesen, hätten das Feuer gesehen und das Opfer in letzter Sekunde retten können. Der Mann sei mit schweren Brandverletzungen ins Bozner Krankenhaus eingeliefert worden und nicht vernehmungsfähig. Auch konnte seine Identität noch nicht festgestellt werden. Da sein Gesicht stark entstellt sei, könne das länger dauern. Die Täter hätten unerkannt fliehen können. Es werde ein Zusammenhang mit dem grausamen Mord an dem Meraner Delikatessenhändler Mitterhofer vermutet, der ebenfalls von Satanisten begangen wurde. Die Polizei werde zur Aufklärung der beiden Ritualmorde eine Sonderkommission einsetzen.

Emilio dachte, dass das alles Unfug war. Satanisten waren

zwar eine wenig vertrauensvolle Spezies, aber warum sollten sie derartig grausame Ritualmorde inszenieren? Dafür musste es eine andere Erklärung geben. Aber Gott sei Dank hatte er damit nichts zu tun.

*

Emilio trank in der Vinothek zur Stärkung seiner Nerven ein Gläschen Goldmuskateller, dann machte er sich auf den Weg, um den Nachbarn zu besuchen, der ihn sprechen wollte. Er tat das mit gemischten Gefühlen. Er ging zu Fuß, was eine Besonderheit war. Er brachte seinen Gehstock mal auf der rechten, mal auf der linken Seite zum Einsatz. Manchmal wusste er selbst nicht, welches seiner Beine das verletzte war. Der Spaziergang tat jedenfalls gut und lüftete sein Hirn.

Peter Waldleitner empfing ihn in seinem Büro. Der Winzer hatte vor Aufregung einen roten Kopf und kam gleich zur Sache. Schnaufend hielt er ihm ein Blatt Papier unter die Nase.

Emilio schluckte. Er musste den gekrakelten Text nicht lesen, schließlich hatte er ihn selbst geschrieben.

Da hatte er wirklich eine bodenlose Dummheit begangen. Trotzdem verstand er nicht, wie Waldleitner auf ihn gekommen war. Emilio tat, was sich in solchen Momenten bewährt hatte, nämlich nichts. Was sollte er zu seiner Rechtfertigung auch vorbringen? Da war es besser zu schweigen und abzuwarten, was als Nächstes kam.

Peter Waldleitner sah so aus, als ob ihm gleich der Kopf platzen würde.

«Das ist eine solche Unverschämtheit!», brach es aus ihm heraus. «Ich werde mich zu wehren wissen, das kannst du mir glauben.»

Emilio ging einen Schritt zurück. Er glaubte ihm.

Waldleitner fuchtelte mit dem ausgestreckten Zeigefinger in der Luft herum. «Das ist eine Blutsauerei, das muss ich mir nicht bieten lassen.»

«Nein, musst du nicht. Aber –»

«Kein Aber.» Er ballte die Hand zur Faust. «Ich bring ihn um!»

Emilio dachte über die Formulierung nach. Waldleitner hatte in der dritten Person gesprochen. Oder hatte er sich versprochen?

«Ich muss herausfinden, welches Schwein mir diesen Brief geschickt hat. Emilio, du bist doch Detektiv, du musst mir helfen!»

Emilio atmete tief durch. Noch mal gutgegangen.

Er nahm das Blatt und tat so, als ob er es sich genauer ansah.

«Der Erpresser ist Rechtshänder», stellte er fest, «der, um seine Schrift zu verstellen, mit der linken Hand geschrieben hat.»

«Das kann man erkennen? Du bist wirklich ein Profi.»

«Der Erpresser – ich vermute, es ist ein Mann – ist nicht dumm.»

«Woher willst du wissen, dass er nicht dumm ist? Er ist sogar strohdumm, sonst hätte er diesen Brief nicht geschrieben.»

Emilio fand es nicht nett, dass ihn Peter Waldleitner für strohdumm hielt. Für einen Moment beschlich ihn der Gedanke, dass er mit dieser Einschätzung sogar recht haben könnte. Aber er schuldete es seinem Selbstwertgefühl, Widerspruch einzulegen.

«Die geforderte Summe ist klug gewählt, sie ist nicht zu hoch und nicht zu niedrig.»

Waldleitner klatschte sich mit der flachen Hand gegen die Stirn. «Spinnst du? Sie ist viel zu hoch.»

«Nein, ist sie nicht. Beim Übergabeort hat der anonyme Absender improvisiert. Das ist nicht durchdacht. Ich glaube, er hat spontan gehandelt, sonst wäre ihm was Besseres eingefallen. Er scheint nur über beschränkte Ortskenntnisse zu verfügen, also ist er nicht von hier, jedenfalls nicht aus der direkten Nachbarschaft.»

Emilio untersuchte das Papier. «Billigste Qualität», stellte er fest. Dann schnupperte er daran. «Hat einen seltsamen Geruch. Erinnert mich an ein Krankenhaus.»

Vor seinem inneren Auge sah er sich im Besucherraum des Sanatoriums sitzen und die Zeilen kritzeln. Er hatte den Geruch noch in der Nase. «Nein, kein Krankenhaus», sagte er, «ich komm nicht drauf.»

Peter Waldleitner nickte aufmunternd. «Sehr gut, sehr gut. Warum eigentlich ein Mann und keine Frau?»

Emilio dachte, dass er mit dieser Mutmaßung über das Ziel hinausgeschossen war. Dafür gab es nun wirklich keinen Anhaltspunkt, wenn man mal davon absah, dass er genau wusste, dass ein Mann den Brief geschrieben hatte. Mit dem Hinweis auf mangelnde Ortskenntnisse hatte er bereits Phina und sich selbst aus dem Spiel genommen. Das hatte er gut gemacht. Er räusperte sich.

«Nun, das ist mehr ein Bauchgefühl. Außerdem spricht die Schrift für einen Mann. Ich war mal mit graphologischen Gutachten befasst», bluffte er, «selbst mit der linken Hand bleiben bestimmte Eigenheiten erhalten. Zum Beispiel wie und wo die Buchstaben angesetzt werden, oben oder unten, fest aufgedrückt oder eher sanft. Da gibt es geschlechtsspezifische Unterschiede. Ich bleib dabei, der Urheber ist ein Mann.»

«Was machen wir jetzt?», fragte Peter Waldleitner.

«Zahlen willst du nicht, richtig?»

«Natürlich nicht», empörte sich der Winzer. «Es kann keine Beweise geben. Einfach deshalb, weil ich es nicht war, der die Rebstöcke vergiftet hat. Warum sollte ich also bezahlen?»

Emilio dachte, dass die Idee mit dem Brief doch nicht so blöd gewesen war. Jetzt konnte er ziemlich sicher sein, dass Peter Waldleitner unschuldig war. Seine Reaktion war überzeugend.

«Dann könntest du das Schreiben einfach zerreißen und vergessen», sagte Emilio.

«Könnte ich, aber ich will diesen Verleumder am Kragen packen und durchschütteln, verstehst du?»

«Ja, verstehe ich, sehr gut sogar. Ich mach dir einen Vorschlag: Gib mir den Brief, und ich kümmere mich darum. Vielleicht sind Fingerabdrücke drauf. Und was die Übergabe betrifft, überlege ich mir was. Wir stellen dem Erpresser eine Falle; ich muss nur noch überlegen, wie wir das am besten anstellen. Wir haben ja noch etwas Zeit. Der Erpresser hat dir eine großzügige Frist eingeräumt, zu großzügig. Er ist ein Amateur, so viel steht fest.»

Peter Waldleitner reichte ihm den Umschlag. «An mich persönlich gerichtet. So ein Quatsch, als ob hier jemand anders befugt wäre, meine Post zu öffnen.»

Emilio zuckte mit den Schultern. «Kann man es wissen?»

«Egal, Hauptsache, wir erwischen ihn. Ich möchte wissen, wer sich einen solchen Blödsinn ausdenkt. Als ob ich Rebstöcke vergiften würde!» Waldleitner lachte. «Du hattest mich ja auch schon im Verdacht. Und Phina glaubt es wahrscheinlich noch immer. Aber in diesem Punkt bin ich unschuldig wie ein Lamm.»

48

Josephus stand mit dem Gesicht zur Wand und schlug immer wieder seine Stirn dagegen. Nicht sehr fest, aber doch so, dass es weh tat.

«Scheiße, scheiße», murmelte er dabei, «so eine verdammte Scheiße.»

Er konnte sich nicht erklären, warum ihn Luzifer in diese fatale Situation gebracht hatte. Das aufgeschichtete Holz hatte gerade so schön Feuer gefangen, Korbinian verzweifelt an seinen Fesseln gezerrt und ihn mit schreckensweiten Augen angesehen. Alles war perfekt gewesen, und er hatte ein unbeschreibliches Hochgefühl verspürt. Nur noch wenige Minuten, und es wäre vollbracht gewesen. Er hätte erneut bewiesen, dass er fähig war, die ihm auferlegten Urteile zu vollstrecken. Urteile, die ebenso gerecht waren wie unbarmherzig.

Dann hatte er plötzlich die zwei Männer gesehen, die aus dem Wald hervorgetreten waren, große Männer mit Hüten und Jagdwaffen über der Schulter. Sie hätten in einer halben Stunde kommen dürfen, aber doch nicht jetzt. Sie hatten alles durcheinandergebracht.

Wieder schlug Josephus mit dem Kopf gegen die Wand. Diesmal fester.

«Warum nur, warum?»

Er trat zurück und wischte sich etwas Blut von der Stirn. Ihm wurde klar, dass die Frage nach dem «Warum» keine Priorität hatte. Viel wichtiger war es jetzt, einen kühlen Kopf zu bewahren und die richtigen Maßnahmen zu ergreifen. Es brachte ihn nicht weiter, wenn er in seiner Verzweiflung so lange mit der Stirn gegen die Wand schlug, bis er keinen klaren Gedanken mehr fassen konnte.

Er ging ins Bad, drehte den Wasserhahn auf und hielt seinen kahlgeschorenen Kopf darunter. Das tat gut, das half, seinen wirren Geist in geordnete Bahnen zu lenken.

Eigentlich musste er dankbar sein. Immerhin hatte ihm Luzifer die Gelegenheit zur Flucht verschafft. Die Jäger waren wohl zunächst erschrocken gewesen, als sie den gefesselten Mann im lodernden Schein des Scheiterhaufens sahen und einen Mönch davor in einer roten Kutte. Dazu Fackeln und umgedrehte Holzkreuze. Diese diabolische Szene mussten sie erst verarbeiten, hatte sie in einem langen Augenblick des Schreckens verharren lassen. Er selbst hatte dagegen sofort reagiert und war mit rasenden Schritten davongeeilt, über den Pfad im Wald zu seinem Auto, das er so geparkt hatte, dass er sofort losfahren konnte. Die beiden Männer hatten ihn nicht verfolgt. Natürlich nicht, denn sie mussten ja Korbinian erretten. Leider war ihnen das gelungen, das wusste er aus dem Radio.

Josephus trocknete sich den Kopf. Die Stirn blutete nicht mehr, und sein Geist war nun scharf wie ein Messer. Was war zu tun? Glaubte er den Radionachrichten, dann war Korbinian so schwer verletzt, dass er keine Aussage machen konnte. Hoffentlich stimmte das, denn die Missgestalt kannte seine Identität. Aber Korbinian hatte keine weiteren Informationen über ihn, kannte weder seinen mönchischen Namen noch seinen Wohnort. Das verschaffte ihm einen zeitlichen Vorsprung, den es zu nutzen galt. Dennoch, er musste ihn so schnell wie möglich mundtot machen, was bedeutete, er musste ihn ganz tot machen. Er bekreuzigte sich. *Ave Satanas!*

Am helllichten Tag dürfte das im Bozner Krankenhaus schwierig zu bewerkstelligen sein, das war geradezu unmöglich. Ergo würde er sich heute Abend hineinschleichen, ihn finden und zu Ende bringen, was zu Ende gebracht werden musste. Er hoffte, dass Korbinian aufgrund seiner Verletzungen bis dahin keine Aussage machen konnte. Josephus erinnerte sich an das auflodernde Feuer und an die soliden Fesseln. Er war nicht so leicht zu befreien gewesen, und vor allem nicht so schnell. Korbinian musste schwere Verbrennungen erlitten haben. Das hatten sie auch im Radio gesagt; außerdem sei sein Gesicht so entstellt, dass man ihn nicht identifizieren könne. Mit einem so stark verbrannten Gesicht konnte man nicht sprechen, nein, das war sehr unwahrscheinlich. Aber hatte er Gewissheit? Josephus schluckte. Solange Korbinian nichts sagen konnte, würde die Polizei im Milieu der Satanisten aus der Meraner Gegend ermitteln. Nur wenn Korbinian eine Aussage machte und ihn verriet, war Gefahr im Verzug. Dann könnte jederzeit die Polizei vor seiner Tür stehen.

Josephus hatte Mühe, seine Gedanken zu sortieren. Er war es gewohnt, einen Schritt nach dem anderen zu tun. Er hasste es, wenn es mehrere Dinge gleichzeitig zu bedenken gab. Das brachte sein Hirn in Unruhe und machte ihn nervös.

Er setzte sich hin, faltete die Hände und schloss die Augen. Gesetzt den Fall, er wurde verhaftet, dann bliebe seine Mission unvollendet. Korbinian würde möglicherweise überleben. Aber viel schlimmer noch, die vierte Hinrichtung wäre vereitelt. Gleiches galt, wenn er die Flucht ergreifen sollte. Das bedeutete, bedeutete …? Er klopfte sich mit den Fingern gegen die Schläfen. Was war die Schlussfolgerung?

Er riss die Augen auf. Natürlich, ganz klar! Er musste das letzte Urteil vorziehen und sofort vollstrecken. Mit der Armbrust, wie er das sowieso vorgehabt hatte. Aber ohne jegliche Vorbereitung und ohne jedwede Inszenierung. Er musste das noch heute Nachmittag erledigen und dabei auf einen günstigen Augenblick hoffen. Dann heute Abend in das Krankenhaus, Korbinian finden und töten. Dann in der kommenden Nacht noch ein Problem lösen, das womöglich auch ein hartes Vorgehen erforderte. Aber vielleicht geilte es ihn auf?

Josephus schlug sich mit beiden Fäusten in die Magengrube. Er krümmte sich zusammen und rang nach Luft.

Als er sich erholt hatte, nahm er sich vor, solch sündigen Gedanken nicht mehr zuzulassen. Jedenfalls nicht in einer derart angespannten Lebenssituation. Später wieder ... Denn sündig waren diese Gedanken nicht wirklich. Vielmehr war die Geilheit im Kanon des Satanismus eine Tugend, die danach verlangte, befriedigt zu werden.

Er rekapitulierte seinen Fahrplan. Erstens würde er noch heute Nachmittag die vierte Person – noch immer vermied er es, den Namen nur zu denken – mit der Armbrust liquidieren. Zweitens würde er am Abend Korbinian im Krankenhaus zu Tode befördern. Drittens würde er in der darauf folgenden Nacht das Problem seiner Geilheit lösen. Und viertens würde er gleich im Anschluss seine Flucht vorbereiten. Falls sie überhaupt nötig sein sollte.

Josephus hatte sich wieder beruhigt. Er atmete gleichmäßig und musste sogar leise lächeln. Wie immer im Leben brauchte er einen Plan, jetzt hatte er einen. In der Ausführung gab es einige Unwägbarkeiten, dessen war er sich bewusst, aber da hoffte er auf satanischen Beistand. Er hatte sein Vertrauen in Luzifer wiedergewonnen.

Er küsste die gläserne Blutampulle an seinem Hals, schlug ein Kreuz und stand auf. Wohlan, das Werk möge gelingen!

49

Um fünfzehn Uhr wartete Emilio in der Vinothek auf Korbinian Grandl. Phina beschäftigte sich derweil im Büro, würde aber gleich kommen, sobald der Besucher da wäre.

Aber sie warteten vergebens. Eine Stunde später kam Phina in die Weinbar und fragte Emilio, ob er sie auf einem Spaziergang in die Weinberge begleiten wolle, sie fühle sich müde und brauche frische Luft. Emilio dachte, dass er heute schon einmal zu Fuß gegangen war, nämlich zum Nachbarn Waldleitner, und dass man es mit dem Spazierengehen nicht übertreiben sollte, aber er ließ sich überreden.

Sie begannen bei den Pergeln für den Vernatsch, dann kamen sie zum Blauburgunder, dessen Reben senkrecht in Spanndrähten «erzogen» waren. Emilio erzählte von seinem Besuch beim ungeliebten Nachbarn Waldleitner, wobei es ihm nicht erspart blieb, seinen Brief mit der Lösegeldforderung zu beichten.

Phina musste herzhaft lachen, als Emilio schilderte, wie ihm sein selbst verfasster Drohbrief unter die Nase gehalten wurde und er für einen Moment geglaubt hatte, dass er ertappt sei.

«Das hätte ich dir gegönnt», sagte sie. «Das war wirklich eine Schnapsidee.»

«Wahrscheinlich war es das, aber sie hat zu einem ziemlich eindeutigen Ergebnis geführt.»

«Du meinst, dass er nichts mit der Vergiftung zu tun hat?»

«Ja, das meine ich. Trotz der Giftstoffe, die Mitica in seinem Lagerraum fotografiert hat. Seine Reaktion war so emotional, das kann man nicht spielen. Der Mann ist unschuldig, das müssen wir zur Kenntnis nehmen.»

Phina hob einen Stein auf und warf ihn verärgert in die Gegend. «Das nehme ich nicht gerne zur Kenntnis», sagte sie. «Ich mag den Waldleitner nicht.»

«Ich kann's nicht ändern. Stellt sich die Frage, wer es dann gewesen sein könnte.»

«Keine Ahnung.»

Sie liefen weiter und wechselten das Thema. Sie sprachen über diesen merkwürdigen Korbinian Grandl, der seinen ersten Besuchstermin abgesagt hatte und zum zweiten nicht erschienen war. Phina erwähnte eine bevorstehende Veranstaltung im Eppaner Lanserhaus, die sie gerne besuchen würde. Dann unterhielten sie sich über die Meldung im Radio, dass Satanisten im Passeiertal einen unbekannten Mann auf dem Scheiterhaufen angezündet hatten.

«Wie im Mittelalter», empörte sie sich. «Erst hängen diese Wahnsinnigen den Lukas zu Tode, jetzt wollen sie einen anderen verbrennen. Das ist gruselig. Mir wird's unheimlich, wenn ich nur daran denke.»

Emilio sparte sich einen Kommentar.

Wenig später gelangten sie zum kahlen Weinberg, dessen Sauvignon vom Gift dahingerafft war. Sie blieben ganz oben vor einem Baum stehen, der die Grundstücksgrenze zum Nachbarn markierte.

«Ich kann's immer noch nicht glauben, dass dieses Ekel von Waldleitner unschuldig sein soll», sagte sie.

*

Wenige Minuten zuvor hatte Phinas Kellermeister einen wichtigen Anruf entgegengenommen. Er brauchte ganz dringend eine Entscheidung, konnte aber seine Chefin nirgendwo finden. Mitica berichtete ihm, dass er sie mit Emilio hatte aufbrechen sehen, ganz offenbar zu einem Spaziergang in den Weinbergen. Ihr Handy lag auf dem Schreibtisch. Der Kellermeister versuchte es mit Emilios Mobilfunknummer. Das Klingeln kam aus der Vinothek. Auch der Baron hatte sein Handy nicht mitgenommen.

Nach kurzem Nachdenken nahm er Phinas Handy und drückte es Mitica in die Hand. Er solle den beiden nachlaufen, sagte er, wahrscheinlich seien sie auf dem üblichen Weg hinauf auf den Hügel. Wenn er Phina anträfe, solle sie ihn sofort mit ihrem Handy anrufen. Es sei eilig.

Mitica freute sich über diesen Auftrag und rannte los.

*

Zur gleichen Zeit schlich Josephus mit seiner Compound-Armbrust durch die Weinberge. Er hätte jubeln können, so glücklich war er, dass sein Zielobjekt einen Spaziergang unternahm. Luzifer höchstpersönlich führte ihm sein viertes Opfer direkt vor die tödliche Waffe. Das war die gute Nachricht. Die schlechte war, dass sie in Begleitung war. Damit wurde die Aufgabe anspruchsvoller. Aber er war voller Zuversicht. Er war geübt darin, die Armbrust schnell wieder zu spannen. Er würde, der Not gehorchend, keine seiner Dreikantjagdspitzen einlegen, sondern klassische Bolzen; die waren in der Handhabung einfacher, mit denen konnte er schneller zu einem zweiten Schuss kommen. Er würde also zunächst sein Ziel liquidieren – und dann die zweite Person ins Visier nehmen.

Falls sie floh, rettete sie damit ihr Leben. Falls sie blieb, würde er sie ebenfalls töten. Er musste das tun, denn er benötigte das Blut für die gläserne Ampulle an seinem Hals. Da konnte er keine Zeugen brauchen, auch niemanden, der ihn davon abhalten wollte.

Gebückt lief Josephus durch die Rebzeilen, die ihm guten Schutz boten. Er versuchte, sein Ziel nicht aus den Augen zu verlieren. Schließlich gelangten die beiden auf eine Kuppe, deren Erde frisch gepflügt war. Sie blieben vor einem Baum stehen und unterhielten sich. Josephus legte die Armbrust an und sah durch sein Zielfernrohr. Die Vergrößerung war enorm; er konnte die Stirn sehen, die Nase und den Mund. Obwohl der Körper leichter zu treffen war, zielte er auf den Kopf. Da war die tödliche Wirkung des Bolzens garantiert. Außerdem wollte er sehen, wie das Geschoss einschlug und das Blut spritzte. Er zweifelte keine Sekunde daran, dass er treffen würde – mitten ins Gesicht.

Die beiden standen relativ still und bewegten sich kaum. Vor allem wurde seine Zielperson nicht verdeckt. Alles war perfekt.

Josephus glaubte, hinter sich ein Geräusch zu hören. Aber darauf durfte er nicht achten. Er musste sich ganz auf sein Ziel fokussieren. Jetzt nur nicht zögern ...

*

Mitica rannte durch die Weinberge. Er war schnell, und er wählte eine Abkürzung, um Phina und Emilio einzuholen. Da er Turnschuhe trug und leicht war, machte er beim Laufen wenig Geräusche. Er nahm eine Kurve und hatte jetzt freien Blick auf den Hügel, wo er Emilio und Phina stehen sah. Weil er aber noch jemanden erblickte, blieb er erschrocken stehen. Er hielt den Atem an und versuchte zu verstehen, was sich vor seinen Augen gerade abspielte.

Nicht weit vor ihm stand ein großgewachsener, hagerer Mann hinter einigen Rebstöcken. Er konnte ihn nur schräg von hinten sehen, aber was der Mann zu tun beabsichtigte, sah er genau. Er zielte mit einer Armbrust auf Emilio und Phina. So eine Armbrust hatte er schon mal in einem Actionfilm gesehen. Das war eine tödliche Waffe.

Mitica dachte nicht lange nach und folgte seinem Instinkt. Weil er auf der Straße aufgewachsen war, hatte er gelernt, schnell zu reagieren. Meistens suchte er sein Heil in der Flucht. Aber nicht in dieser Situation. Im Sprint stürmte er los, es waren nur wenige Meter – dann sprang er dem großen Mann mit beiden Füßen ins Kreuz.

*

Von einer Sekunde auf die andere riss es Emilio von den Beinen. Irgendetwas bohrte sich splitternd in den Baum. Phina konnte sich vor Schreck nicht bewegen. Ganz in der Nähe war ein kurzer Schrei zu hören. Am Boden liegend, griff sich Emilio an die Schulter. Seine Hand war voller Blut. Erst jetzt setzte ein stechender Schmerz ein. Er hatte keinen Schuss gehört, nur den Einschlag in den Baum. Er wusste nicht, was gerade passiert war, aber es gefiel ihm gar nicht, dass Phina da stand wie zur Salzsäule erstarrt. Ein besseres Ziel konnte man nicht abgeben.

«Schmeiß dich auf den Boden!», schrie er sie an. «Sofort runter, und dann such irgendwo Deckung!»

Er selbst robbte los, so gut es ging, seinen Stock umklammernd, der ihm jetzt nichts half. Er schaffte es zum Baum und rollte sich hinter den Stamm.

*

Kurz zuvor hatte Josephus gerade den Finger am Abzug betätigt – das Geschoss wurde von der Sehne mit hoher Geschwindigkeit nach vorne katapultiert –, als er einen Schlag in den Rücken erhalten hatte: Und im letzten Bruchteil der Sekunde vor Verlassen der Abschussrinne wurde der Bolzen noch abgelenkt, nicht viel, aber entscheidend. Da er vornüber stürzte, konnte er nicht sehen, ob er getroffen hatte. Er fing sich in den Rebstöcken ab und wirbelte herum. Ein Junge versuchte gerade, wieder auf die Beine zu kommen. Josephus hieb ihm mit der Armbrust auf den Kopf. Außer einem kurzen Schrei konnte der Bub nichts mehr von sich geben. Er lag bewegungslos da, in seiner geöffneten Hand ein Handy.

Josephus orientierte sich wieder nach vorne. Entsetzt stellte er fest, dass die zwei nicht mehr zu sehen waren. Da er wohl kaum mit einem Schuss alle beide getroffen hatte, war zumindest einer in Deckung. Falls es sich dabei um den Mann handelte, musste er mit einem Gegenangriff rechnen. Er hatte gelernt, seine Gegner nicht zu unterschätzen. Und falls die Frau noch lebte, durfte er sich auch nicht in Sicherheit wiegen. Sie machte einen sportlichen und durchtrainierten Eindruck. Im schlimmsten Fall waren alle beide unversehrt, dann hätte er nicht nur erneut versagt, sondern musste schnellstmöglich handeln.

Flucht oder Angriff? Da er nur die Armbrust dabeihatte, die eine Fernwaffe und nicht für den Nahkampf bestimmt war, und womöglich gegen zwei kräftige Erwachsene kämpfen müsste, hielt er einen Angriff für zu riskant. Josephus verfluchte sich dafür, aber er entschied sich für den Rückzug. Es durfte ihm nichts geschehen, er musste unversehrt bleiben, um seine Mission zu beenden. Er musste Korbinian töten, so schnell wie möglich, das war wichtig. Bald würde er wissen, ob sein aktuelles Zielobjekt noch am Leben war. Wenn ja, dann musste er es halt noch mal probieren. Luzifer würde ihm den rechten Weg weisen. Aber jetzt musste er weg.

Er warf einen Blick auf den leblos daliegenden Jungen. Ob der ihn wiedererkennen würde? Nein, wohl nicht. Der Junge hatte ihn nur von hinten gesehen. Und für höchstens eine Sekunde von vorne. Der Bub musste nicht sterben.

*

Emilio konnte den linken Arm nicht bewegen, er spürte auch nicht die Hand. Und die Schmerzen wurden immer heftiger. Dennoch hatte er den Degen aus seinem Stock gezogen und die Deckung des Baumes verlassen. Er schlich in die Richtung, von wo er den Schuss vermutete. Da war auch der Schrei hergekommen, der wohl eher von einem Kind stammte als von einem Erwachsenen. Er musste unwillkürlich an Mitica denken.

«Spinnst du!», rief Phina, die hinter einem Busch lag, mit Panik in der Stimme. «Du bist verletzt, bleib in Sicherheit!»

«Ich denke nicht daran», zischte Emilio.

Er sah, in weiterer Entfernung, wie eine Gestalt davonrannte. Sie hatte etwas in der Hand, das Emilio erst auf den zweiten Blick wie eine Armbrust vorkam, allerdings so ein modernes Hightech-Modell. Das würde erklären, warum er nichts gehört hatte, nur das Splittern im Baum.

Er hatte keine Ahnung, wer da gerade versucht hatte, ihn zu erschießen. Aber eines stand fest: Der Kerl hatte es verbockt!

Weil Emilio von Natur aus leichtsinnig war und seinem Leben keine allzu große Bedeutung beimaß, richtete er sich schließlich stöhnend auf. Mit dem blanken Degen in der Hand taumelte er vorwärts. Die Schulter schmerzte und pochte. Aber so etwas konnte er ignorieren. Es gab Zeiten, da tat ihm alles Mögliche weh, sein angeschossenes Bein sowieso.

«Emilio, bist du verrückt? Okay, ich lass dich nicht allein, ich komme.»

Sollte sie doch tun, was sie nicht lassen konnte. Er war fast sicher, dass keine Gefahr mehr drohte.

Er entdeckte Mitica, der rücklings auf dem Boden lag und eine blutende Platzwunde am Kopf hatte. Gott sei Dank öffnete der Bub gerade die Augen.

«Alles gut?», fragte Emilio.

Mitica hob eine Hand. «*Tutto a posto*», lallte er. «Alles in Ordnung, könnte nicht besser sein.»

Emilio lächelte gequält. Weil er das Handy auf dem Boden sah, hob er es auf. Er hielt sich nur schwankend auf den Beinen, als er im Weingut anrief und Hilfe anforderte. Mittlerweile war auch Phina bei ihnen angelangt und beugte sich besorgt über Mitica.

Emilio dachte, dass er auch etwas Zuwendung verdient hätte. Dann wurde ihm schwarz vor Augen, und er fiel um.

50

Das Bozner Regionalkrankenhaus in der Lorenz-Böhler-Straße war Emilio schon von seinem ersten Südtiroler Kriminalfall bekannt. Er hatte nicht vorgehabt, es so bald wieder aufzusuchen. Erst recht nicht als Patient.

Er lag in einem Einzelzimmer, hing am Tropf und hatte eine verbundene Schulter. Es ging ihm erstaunlich gut, er konnte sich nicht beklagen. Wie er von den Ärzten wusste, hatte der Armbrustbolzen ihn an der Schulter verletzt, ohne einen Knochen zu treffen. Er habe maßloses Glück gehabt. Die Wunde habe stark geblutet, deshalb sei er in Ohnmacht gefallen. Jetzt war er frisch operiert, seine Schulter zusammengenäht, und die Schmerzmittel waren stark genug, sodass ihm nichts wehtat, nicht mal sein kaputtes Bein. Und er fühlte sich etwas high. Das gefiel ihm.

Er hatte schon Besuch gehabt. Natürlich Phina, der man den Schrecken immer noch ansah, die aber Gott sei Dank unversehrt geblieben war. Und Mitica, der ihm nach Lage der Dinge das Leben gerettet hatte. Dafür trug der Junge jetzt einen Kopfverband und würde als Erinnerung an sein beherztes Eingreifen eine kleine Narbe an der Stirn behalten. Mitica fand das toll, er war schon jetzt stolz darauf.

Später war *Commissario* Sandrini höchstpersönlich bei ihm vorstellig geworden. Er hatte ihn beglückwünscht, dass er noch am Leben war. Dann hatte er nach einer Beschreibung des

Mannes gefragt, den Emilio hatte davonrennen sehen. Aber er hatte dem Kriminaler nicht weiterhelfen können. Er wusste nur, dass der Mann wohl groß und hager war und beim Laufen eine eigenartige, pendelnde Körperhaltung hatte. Mitica war sich ziemlich sicher, dass der Mann einen kahlgeschorenen Kopf hatte. Und er habe einen völlig irren Blick gehabt – mit weißen Augen, die ihn kurz angestarrt hätten, bevor er mit der Armbrust niedergeschlagen wurde. Das habe Mitica zu Protokoll gegeben. Aber er würde ihn nicht wiedererkennen, alles sei so schnell gegangen.

Sandrini musste zu seinem Bedauern zur Kenntnis nehmen, dass diese dürftigen Angaben nicht weiterhalfen. Routinemäßig fragte er, ob Emilio irgendwelche Feinde habe, die so weit gingen, ihn mit einer Armbrust erschießen zu wollen. Emilio hatte dem *Commissario* auf die Schnelle keinen anbieten können.

Weil sie nicht weiterkamen, wechselte Emilio das Thema. Er ließ sich von Sandrini den aktuellen Stand der Ermittlungen zu den beiden Morden und zum Mordversuch auf dem Scheiterhaufen berichten. Der *Commissario* gab bereitwillig Auskunft. Er war ganz entspannt, denn er hielt alle drei Fälle quasi für aufgeklärt. Beim Winzer Unteregger war weiterhin die flüchtige Laura Perger ganz dringend der Tat verdächtig. Beim Lukas Mitterhofer aus Meran, den man an den Füßen aufgehängt hatte, kam nur eine satanistische Sekte in Betracht, gewiss dieselbe, die auch auf die perverse Idee mit dem Feuer gekommen war. Man habe da sehr konkrete Hinweise und würde wohl bald die Schuldigen verhaften können. Allerdings habe man das Opfer immer noch nicht identifizieren können. Übrigens liege der schwer brandverletzte Mann auch in diesem Krankenhaus, nur in einer anderen Abteilung.

Der *Commissario* stand auf und reichte Emilio zum Abschied die Hand. Falls ihm doch noch jemand einfiele, der ihm nach dem Leben trachtete, dann solle er sich doch bitte umgehend bei ihm melden. Er sei für ihn immer zu sprechen, Tag und Nacht.

*

Wieder alleine, ließ Emilio die letzten Tage Revue passieren. Gab es irgendwelche Vorfälle, die ihm entgangen waren? Ihm fiel die abgebrochene Weinflasche unter seinem Autoreifen ein, aber das war ja wohl nicht mit einem Mordanschlag zu vergleichen. Außerdem hatte er einen sehr konkreten Verdacht, wer für diesen blöden Scherz verantwortlich sein könnte. Dann dachte er an seine aktuellen Ermittlungen rund um Lauras Verschwinden. Weil er dabei aber nicht vorankam und keinen einzigen wirklich Verdächtigen hatte, gab es im Umkehrschluss auch für niemanden einen Anlass, ihn aus dem Verkehr zu ziehen. Er wusste nicht, ob er sich darüber freuen sollte, schließlich zeigte das sein völliges Versagen als Ermittler, jedenfalls in diesem konkreten Fall. Oder war er vielleicht doch einem Übeltäter zu nahe gekommen, ohne es zu merken?

Emilio fühlte sich schläfrig, ihm fielen die Augen zu. Der Schütze war ein Mann gewesen, da war er sich sicher. Bei einer Frau wäre er ins Grübeln gekommen – aber selbst wenn, dazu war er jetzt viel zu müde.

*

Er hatte gute Träume, was vielleicht an den Medikamenten lag, deshalb wusste er nicht, was er von dem vollen Kuss auf seine Lippen halten sollte. War das Traum oder Realität?

Er machte vorsichtig die Augen auf – und blickte in das schöne Antlitz von Sabrina, jener Frau, die ihn erst kürzlich so verzaubert hatte, dass er fast eine Dummheit begangen hätte. Aber wie sie ihn so ansah, das Gesicht ganz nah und mit einem schmeichelnden Duft nach Jasmin, Vanille und Moschus, wurde er schon wieder schwach.

«*Ciao bello, come stai?*», fragte sie mit jener rauchigen Stimme, die man verbieten sollte.

Sie setzte sich zu ihm, nahm seine Hand und streichelte sie.

Sabrina tat so vertraut, als ob sie ein inniges Liebesverhältnis hätten. Ihm ging durch den Kopf, dass in diesem Augenblick ein erneuter Besuch von Phina sehr ungelegen käme. Vorsichtshalber zog er die Hand zurück.

Sabrina erzählte von ihrem Schockzustand, als sie vom Anschlag auf Emilio erfahren hatte. Mit einer Armbrust, wie altertümlich. Sie habe an Rossinis Oper *Guillaume Tell* denken müssen. Sie schmunzelte. Aber Emilio habe wohl keinen Apfel auf dem Kopf gehabt.

Einmal mehr wurde ihm bewusst, dass Sabrina ganz anders war als alle anderen Frauen, denen er bisher in Südtirol begegnet war – und nicht nur in Südtirol. Sie war wie aus einer anderen Welt. Wer dachte schon bei einem Anschlag mit einer Armbrust an einen Bariton? An Schiller, ja vielleicht, aber an eine Oper von Rossini, die kaum einer kannte? Sabrina war speziell, sehr speziell – und vielleicht nicht ganz richtig im Oberstübchen.

Sie meinte, dass die Duplizität der Fälle doch eigenartig sei. Ihr Mann sei in der besten Lage seines Weinberges ermordet worden, fast hätte es jetzt auch Emilio in einem Weinberg erwischt – auf nicht minder brutale Weise.

Er musste zugeben, da gab es eine gewisse Übereinstimmung, aber nur bei oberflächlicher Betrachtung. Ansonsten überwogen die Unterschiede. Er hielt es für ausgesprochen unwahrscheinlich, dass sein Armbrustschütze etwas mit dem Mord an Sabrinas Mann zu tun haben könnte. Obwohl, konnte man es wissen? Er hatte sowieso keine Ahnung und längst den Überblick verloren.

Obgleich Sabrina von Phina wusste, sie obendrein persönlich kannte, tat sie so, als ob es sie nicht gäbe. Das fand Emilio beeindruckend. Frauen konnten das. Allerdings musste er zugeben, dass auch er es vermied, sie zu erwähnen. Das war keine Ruhmesleistung.

Nach einer halben Stunde, in der sie nicht nur redeten, sondern auch schwiegen, verabschiedete sich Sabrina. Weil seine Reaktionsfähigkeit eingeschränkt war, landete auch der Abschiedskuss voll auf seinen Lippen. Er konnte nichts dafür. Aber es gab für ihn keinen Grund, sie dabei mit seinem gesunden Arm an sich zu drücken und den Kuss in die Länge zu ziehen.

Als er wieder alleine war, versuchte er, seine durcheinandergeratenen Gedanken zu sortieren. Er fragte sich, was Sabrina an ihm fand. Er entsprach nicht dem gängigen Klischee eines attraktiven Mannes, das wusste er sehr gut. Er ging im wahrsten Sinne des Wortes am Stock, hatte seine Schrullen und war meist wenig charmant. Aber irgendetwas musste er an sich haben, das Frauen faszinierte. Im Laufe seines wechselvollen Lebens hatten sich ihm schon die unterschiedlichsten Frauen an den Hals geworfen, mit Leidenschaft und Hingabe. Er schmunzelte. Es konnte einem Schlimmeres widerfahren. Und man brauchte nicht für alles im Leben eine Erklärung.

Oder stand im Falle der schwarzen Witwe Kalkül dahinter? Welches Ziel konnte sie verfolgen? Nun, sie wollte aus diesem

Leben ausbrechen, und sie hatte jetzt die Gelegenheit dazu. Vielleicht suchte sie jemanden, der ihr dabei helfen konnte, der hier selbst nicht zu Hause war, der die Welt kannte und wie sie die schönen Künste liebte?

Er runzelte die Stirn. Es gab ja noch das theoretische Szenario, dass sie ihren Mann selbst umgebracht hatte. Dann käme ein weiteres Motiv hinzu: Indem sie ihn umgarnte, verhinderte sie, dass er mit seinen Nachforschungen zur Bedrohung wurde. Das wäre raffiniert – aber rein zwischenmenschlich eine gehörige Enttäuschung.

Jedenfalls war Sabrina ebenso anziehend wie gefährlich, insbesondere für ihn. Immerhin war er mit Phina zusammen, die er nicht verlieren wollte. Seine Freundin verstand keinen Spaß. Sie hatte ihn schon mal aus ihrem Haus geworfen. Das war zwar eine Weile her und im Rückblick zu verstehen. Schließlich hatte er sie damals eines Mordes bezichtigt, natürlich fälschlicherweise. Wenn er aber die weibliche Psyche richtig einschätzte, dann war Eifersucht entschieden schlimmer als ein Mordverdacht.

Während Sabrinas betörender Duft noch im Raum hing, dachte er über ihre Bemerkung nach, dass ihn fast ein ähnliches Schicksal ereilt hätte wie ihren Mann. Gab es etwa doch einen Zusammenhang? Und wenn ja, wie könnte dieser aussehen?

Er spielte mit dem Dreiecksgriff, der vor seiner Nase baumelte und von dem Pflegepersonal einfühlsamerweise «Bettgalgen» genannt wurde.

Trotz größter Anstrengung fand er keine plausible Erklärung. Was hatte er mit Bartholomäus Unteregger gemein, das ihn zu einem potenziellen Mordopfer machte? Nichts, überhaupt nichts.

Oder hatte es damit zu tun, dass sich Sabrina und er nähergekommen waren? Gab es einen Verrückten, der das nicht mochte und alle abservierte, die etwas mit ihr hatten? Erst den Ehemann und jetzt einen vermeintlichen Liebhaber, der einen langen Abend bei ihr verbracht hatte, bei Klaviermusik und Kerzenschein. In diesem Fall hätte er sich noch nach seinem Ableben ärgern müssen, dass er mit ihr nicht intim geworden war. Er hasste es, für eine Tat bestraft zu werden, die er nicht begangen hatte.

Aber erstens war er nicht tot – und zweitens offenbar total verblödet. Eine solche Mordtheorie konnte man sich nur ausdenken, wenn einem wirklich nichts Besseres einfiel. Oder es waren die Medikamente, die zu Wahnvorstellungen führten. Doch, ganz sicher waren es die schmerzlindernden Arzneimittel: da war irgendwas drin, was ihn halluzinieren ließ. Er zog sich die Bettdecke über den Kopf. Wahrscheinlich war es besser, wenn er jetzt schlief.

Der Mönch stand kurz vor dem Zusammenbruch. Wütend schlug er mit der Peitsche auf seinen nackten Rücken. Er hatte versagt, versagt, versagt … Schon zum wiederholten Male. Als ob es einen Erzengel gab, der mit allen Mitteln verhinderte, dass er seinen von Luzifer übertragenen Auftrag zu Ende führen konnte.

Gabriel, Michael, Raphael oder Uriel – offenbare dich!

Diesmal hatte sich der Engel in einen nichtsnutzigen Jungen verwandelt, der seinen Schuss im letzten Moment vom Ziel abzulenken wusste. Beim Fegefeuer des Korbinian hatte sich sein Widersacher die Gestalt von zwei Jägern gegeben – dies auch im allerletzten Augenblick.

Oder ist es einer von euch: Jehudiel, Sealtiel oder Barachiel?

Oder hatten sich etwa alle Engel zusammengetan, um Luzifer, der ja mal einer der ihren war, ins Handwerk zu pfuschen? Ein letztes Mal ließ er die Peitsche auf seinen Rücken sausen. Er taumelte und biss sich vor Schmerzen auf die Unterlippe.

Wenn es keine überirdischen Mächte waren, die ihn scheitern ließen, dann blieb als Schuldiger nur er selbst. Das war eine bittere Erkenntnis, die er erst verkraften musste. Doch er durfte sich nicht der Resignation hingeben. Er musste vollenden, was vollendet werden sollte. Gnadenlos, erbarmungslos. Ohne zu zaudern und zu zögern.

Was war als Nächstes zu tun? Er musste Korbinian töten,

der von seiner Identität wusste. Das hatte Priorität. Und dann würde er einen erneuten Versuch starten, das vierte Urteil zu vollstrecken.

Versuch? Er bekreuzigte sich. «Herr, vergib mir meinen Zweifel und meinen Kleinmut. Nicht ein Versuch ist mein Begehr, sondern die vollbrachte Tat.»

Er reckte die Hände gen Himmel. «Und wenn es euch gibt, ihr Erzengel, die ihr mein Tun zu vereiteln trachtet, dann lasst euch sagen: Ihr werdet keinen Erfolg haben. Denn Luzifer ist vom Himmel gefallen und zum Teufel geworden, um euch das Feuer der Finsternis entgegenzuschleudern. *Ave Satanas!*»

Beim Verlassen des Krankenhauses war Phina einer Frau begegnet, die sie dort nicht erwartet hatte: Sabrina Unteregger. Sie kannten sich schon lange, aber sie mochten sich nicht besonders.

Es gab keinen Grund dafür, die mangelnde Sympathie war einfach da. Vielleicht, weil Phina dem Bartholomäus eine andere Frau gewünscht hätte, eine, die weniger exaltiert war. Oder in ihrer Sprache: nicht so g'spinnert. Phina konnte bei ihrem Traktor das Getriebe ausbauen, Sabrina würde wahrscheinlich nicht mal wissen, dass es so etwas wie ein Getriebe gab. Sie spielte lieber Klavier und fuhr nach Mailand in die Oper. Außerdem spürte Phina, dass Sabrina eine große Anziehungskraft auf Männer ausübte. Wobei man ihr zugutehalten musste, dass sie keinen an sich ranließ – jedenfalls soweit ihr bekannt war. Der untreue Gesell in ihrer Ehe war der Bartholomäus gewesen. Aber wie er Phina mal erzählt hatte, lag das daran, dass ihn Sabrina vor Jahren aus dem Schlafzimmer geschmissen hatte. Das hatte ihn tief in seinem männlichen Stolz verletzt. Er hatte sich weiterhin nach ihr verzehrt, aber keine zweite Chance bekommen. Irgendwas musste er verkehrt gemacht haben. Oder Sabrina hatte einfach ihren Spaß daran, ihn leiden zu sehen. Wie auch immer, jetzt würde er ihr nicht mehr lästig werden.

Phina war sich sicher, dass Sabrina das Weingut verkaufen

würde, spätestens dann, wenn die Kinder groß waren. Aber wahrscheinlich schon sehr viel früher. Dann würde sie weggehen und sich nie mehr in der Gegend sehen lassen. Das hier war nicht ihre Welt.

Warum hatte Sabrina bei ihrer Begegnung vor dem Krankenhaus so merkwürdig gelächelt? Sie hatte nicht gesagt, wo sie hinwollte. War sie eine Patientin, oder wollte sie jemanden besuchen? Doch nicht etwa …? Nein, warum sollte sie, die beiden kannten sich doch gar nicht.

Oder vielleicht doch?

Im Auto gingen ihr die verrücktesten Gedanken durch den Kopf. Gleichzeitig rebellierte ihr Magen. Das alles war momentan zu viel für sie. Nach außen konnte sie spröde wirken und den Eindruck erwecken, dass sie hart im Nehmen war und alles im Griff hatte. Aber das war alles nur Fassade. In Wahrheit war sie oft unsicher und voller Ängste. Seit ihrer Kindheit litt sie unter Albträumen. Ihr ging es am besten, wenn alles in geordneten Bahnen lief. Aber das Gegenteil war momentan der Fall. Erst vergiftete jemand ihren Weinberg. Dann verschwand ihre Freundin Laura. Bartholomäus Unteregger wurde bestialisch ermordet, und danach Lukas Mitterhofer, beides alte Bekannte. Dann wurde Laura gar des Mordes an Bartholomäus verdächtigt, was natürlich völliger Unfug war. Stattdessen war Laura irgendetwas Schlimmes widerfahren, da kannte sie keinen Zweifel. Und jetzt schoss ein Verrückter mit der Armbrust auf Emilio. Er hätte auch sie treffen können, so nahe hatten sie beieinandergestanden.

Das alles war zu viel für sie. Sie spürte, dass ihre Fassade, hinter der sie Schutz suchte, erste Risse bekam. Normalerweise fand sie Halt an Emilio. Von ihm ging eine große Ruhe aus und die Gewissheit, mit allen Situationen im Leben fertig zu werden. Sie konnte nachts in sein Bett kriechen und sich an ihn kuscheln. Das war das beste Rezept gegen schlechte Träume. Und tagsüber musste sie gar nicht zugeben, dass es ihr schlechtging und sie seine Nähe brauchte. Entweder fand sie ihn dösender- oder lesenderweise im Liegestuhl unter der Pergola oder in der Vinothek. Es kostete keine Mühe, ihn zum Mittagessen zu überreden, zu einem Bummel durch Bozen oder einer kleinen Weinprobe. Das brachte sie auf andere Gedanken. Sie mochte es, wenn er vor sich hin grummelte und so tat, als ob ihn alle Menschen nervten.

Und jetzt? Jetzt lag Emilio im Krankenhaus und konnte froh sein, dass er noch lebte. Sie musste sich eingestehen, dass er ihr fehlte. Schon jetzt, und wohl erst recht in der kommenden Nacht. Sie fürchtete sich bereits vor den wirren Träumen und der Schlaflosigkeit. Sie nahm sich vor, eine Schlaftablette zu nehmen. Das tat sie nur ungern, aber sie musste die Risse in der Fassade möglichst schnell kitten.

53

Nach Emilios Einschätzung sollte ein Krankenzimmer ein Ort der Genesung sein, der Ruhe und Selbstfindung. Stattdessen ging es bei ihm zu wie im Taubenschlag. Nun gut, gegen das Pflegepersonal hatte er keine wirklichen Einwände, auch wenn er eigentlich keine Pflege benötigte. Die Konsultationen der Ärzte machten auch Sinn, jedenfalls in der Theorie, praktisch gab es bei ihm nichts mehr zu tun. Warum sich aber Menschen bemüßigt fühlten, Krankenbesuche zu tätigen, entzog sich seinem Verständnis. Wenn es schon sein musste, sollte man sich besuchen, wenn man gesund war und ordentlich angezogen. Aber doch nicht, wenn man mit ungewaschenen Haaren im Bett lag, in einem lächerlichen weißen Hemdchen, das aus unerfindlichen Gründen hinten offen war. Eigentlich war er in der glücklichen Situation, dass er in Südtirol nicht viele Menschen kannte, aber die wenigen waren schon zu viel.

Gerade hatte ihn seine vollschlanke Freundin aus der Quästur verlassen. Mariella hatte ihm Maronenplätzchen mitgebracht. Das immerhin war keine schlechte Idee gewesen, denn er fürchtete sich vor dem Krankenhausessen. Er würde sich freiwillig auf Diät setzen und seinen Unterzucker mit Maronenplätzchen bekämpfen.

Schon wieder klopfte es. Emilio rief, so laut er konnte: «Kein Zutritt, der Patient ist gerade verstorben!»

Die Tür ging natürlich trotzdem auf. Eine alte Dame betrat

sein Krankenzimmer, grell geschminkt und mit einem großen Strohhut.

«O mein Gott, Tante Theresa.»

Er hatte seine Tante, die keine wirkliche Tante war, aber von ihm schon von Kindesbeinen an so genannt wurde, seit Monaten nicht mehr gesehen. Sie lebte in Meran, wenn sie nicht gerade in irgendeinem Kurort der habsburgischen Monarchie weilte, die für sie noch immer Bestand hatte. Theresa war verantwortlich dafür, dass es ihn nach Südtirol verschlagen und er Phina kennengelernt hatte; dafür musste er ihr eigentlich dankbar sein.

Das Überraschungsmoment hatte seiner Tante genügt, die Distanz zu seinem Krankenbett zu überwinden. Ehe er sich versah, hatte er einen fetten Schmatz auf der Stirn. Wie Theresa das mit dem riesigen Hut bewerkstelligt hatte, war ihm ein Rätsel.

Sie brachte ihr übergroßes Glück zum Ausdruck, dass er noch am Leben war. Es fiel ihm nicht schwer, sich ihrer Meinung anzuschließen.

Theresa zog einen Stuhl heran und zauberte aus den Tiefen ihrer Handtasche eine Flasche Wein hervor und zwei Gläser.

«Hier gibt's doch nichts Gescheites zu trinken, habe ich recht?», sagte sie mit einem verschwörerischen Lächeln.

Der Wein war von Lageder und hatte einen Schraubverschluss. Seine Tante war eine gescheite Frau. Schon waren die Gläser eingeschenkt, und sie stießen miteinander an.

«Darauf, dass du nicht vor mir gestorben bist», sagte sie. «Das wäre dumm gewesen. Wer kommt dann auf meine Beerdigung?»

Emilio grinste. Der Wein tat gut und weckte seine Lebensgeister. Obwohl er sich gerade noch über ihren Besuch geärgert hatte, fing er nun an, ihn zu genießen. Sie quatschten über die Zeiten, als er noch in kurzen Hosen auf dem Schloss seiner Eltern gewohnt hatte. Das war eine Ewigkeit her. Eine Ewigkeit und ein kleines bisschen länger. Aber Theresa erinnerte sich noch daran – und sie brachte ihn zum Lachen.

Nach einer knappen Stunde beklagte sie, dass in den Weinflaschen immer weniger drin sei, auch das sei in früheren Zeiten besser gewesen. Emilio erzählte ihr von seiner Theorie, dass die abgefüllte Menge in den Flaschen grundsätzlich in umgekehrtem Verhältnis zur Qualität des Weines stand. Das sei ein Naturgesetz.

Theresa sah ihn verständnislos an.

Das sei doch klar, erläuterte er, je besser der Wein, desto schneller sei die Flasche leer, ergo sei weniger drin. Während scheinbar gleich große Flaschen mit schlechtem Wein lange vorhielten, infolgedessen sei in ihnen mehr drin. In manchen sogar so viel, dass man es überhaupt nicht schaffe, sie auszutrinken.

Theresa sagte, dass er wohl sein Leben lang ein Kindskopf bleiben würde. Sie verabschiedete sich erneut mit einem Kuss auf die Stirn. Die Auswirkungen ihres grellroten Lippenstiftes verdrängte er. Er winkte ihr hinterher. Kurz darauf schlief er ein.

*

Draußen war es schon dunkel, als Emilio wach wurde. Er sah auf die Uhr und wunderte sich. Er angelte nach dem Bettgalgen und zog sich hoch. Weil er ein netter Mensch war, griff er zum Telefon auf dem Beistelltisch. Er rief Phina an, sagte, dass es ihm gutgehe, und wünschte ihr eine gute Nacht.

Dann dachte er, dass es ihm wirklich ziemlich gutging. Von der Schulter ging nur ein dumpfer Schmerz aus, den man leicht ignorieren konnte. Er musste sich nur auf sein Bein konzentrieren und sich einreden, dass es viel mehr wehtat, dann spürte er die Schulter fast gar nicht mehr. Wozu ein kaputtes Bein doch gut war.

Emilio schlug die Decke zurück und stand auf. Wenn man wirklich krank werden wollte, musste man sich nur lange genug ins Bett legen, dann kam der körperliche Verfall von selbst. Es galt, den Anfängen zu wehren. Er schlurfte ins Bad, wusch sich Theresas Küsse von der Stirn und zog einen Bademantel an, den ihm Phina mitgebracht hatte. Auf der verletzten Seite hängte er ihn über seine Schulter. Dann verließ er sein Zimmer und spazierte mit seinem Gehstock los.

Ihm fiel Sandrinis Bemerkung ein, dass auch das Brandopfer aus dem Passeiertal hier liege. Emilio erkundigte sich in einem Schwesternzimmer nach der Abteilung und machte sich auf den Weg. Er hatte keinen Grund dafür, aber erstens hatte er beim Laufen gerne ein Ziel, und zweitens war er von Natur aus neugierig – aber nur, wenn es sich um ein Verbrechen handelte.

Zu dieser späten Stunde waren die Gänge im Krankenhaus fast menschenleer, was Emilio als sehr angenehm empfand. Natürlich verlief er sich, aber irgendwann fand er doch ins richtige Stockwerk und zum langen Gang, der zur Abteilung für Brandverletzte führte. Weiter vorne trat aus einem Lift ein Mann, der groß und hager war und eine merkwürdige Mütze trug, die entfernt an ein Birett katholischer Priester erinnerte. Der Mann blickte sich kurz um, konnte ihn aber nicht sehen, weil er sich instinktiv hinter einem Getränkeautomaten versteckte.

Emilio ging einige Schritte weiter – und stutzte. Der Mann hatte eine leicht gebückte Haltung und pendelte beim Gehen mit den Armen. Ganz so, wie er es beim flüchtenden Armbrustschützen gesehen hatte. Entweder litt er jetzt unter Paranoia oder …

Abrupt blieb der Mann stehen und drehte sich um. Er starrte den Gang hinunter zu Emilio. Dieser dachte an Miticas Beschreibung, der sich an nichts mehr erinnern konnte, nur an den irren Blick aus weißen Augen. Er hatte sich nichts darunter vorstellen können. Aber jetzt wusste er, was Mitica meinte. Obwohl der Mann ein ganzes Stück entfernt war, konnte er das Weiße in seinen weit aufgerissenen Augen sehen.

Erschreckt hob der große Hagere einen Arm vor sein Gesicht und blieb so einige Sekunden stehen. Offenbar dachte er nach. Dann wirbelte er herum und rannte weg. Emilio machte keinen Versuch, ihn zu verfolgen. Er hatte Badelatschen an und hätte wohl auch sonst keine Chance gehabt. Seine Gedanken überschlugen sich. Der Armbrustschütze hier im Krankenhaus? Ganz offenbar hatte er ihn sofort erkannt, was schon angesichts des Gehstocks nicht so schwierig war. Aber was tat er hier? War er etwa auf der Suche nach ihm, um ihn endgültig umzubringen? Aber dann war er in der falschen Abteilung. Hier lag der Unbekannte aus dem Passeiertal. Und was hatte er mit dem Brandopfer zu tun?

Emilio beschleunigte seine Schritte. Er fand ein Schwesternzimmer und erfuhr dort, wo das Brandopfer lag. Der Mann mit dem starren Blick war direkt dorthin unterwegs gewesen.

Er ging hinüber, ignorierte das Schild mit dem Hinweis «Betreten für Nichtbefugte verboten» und trat ein.

Es befand sich nur ein Patient in diesem Raum der Intensivstation. Um ihn herum viele Schläuche, Infusionsflaschen und Monitore. Emilio trat näher. Der Kopf des bemitleidenswerten Mannes war einbandagiert, von seinem Gesicht war so gut wie nichts zu sehen. Sein Körper wurde von einer metallisch-golden schimmernden Folie bedeckt. Nur der linke Arm lag frei. Offenbar war man gerade im Begriff, einen neuen Verband anzulegen. Auf dem Rand des Spezialbetts lagen eine geöffnete Tube mit einer Salbe, Umschläge mit keimfreien Wundauflagen und Verbandsmaterial. Die Haut sah entsetzlich aus, die Finger waren geschwollen. Wahrscheinlich hatte man deshalb den Ring nicht abziehen können. Den Ring? Emilio beugte sich nach vorne, um ihn besser sehen zu können ...

«Was machen Sie da?», wurde er von einer Frau angeschrien.

Emilio drehte sich um. In der Tür stand eine resolut wirkende Schwester mit blauem Kittel und Mundschutz.

«Verlassen Sie sofort die Intensivstation!»

«Entschuldigung. Ich habe mich in der Tür geirrt.»

«Das glauben Sie doch selbst nicht. Raus hier!»

Emilio machte, dass er davonkam. Er war froh, dass die Schwester keine Verstärkung holte.

*

Zurück in seinem Zimmer setzte er sich schwer atmend auf den Besuchersessel. Jetzt schmerzte die Schulter doch gehörig, und in seinem Kopf pochte es. Er versuchte, die Erlebnisse seines nächtlichen Ausflugs in einen logischen Zusammenhang zu bringen. Vergeblich. Und mit jeder Minute, die verging, hielt er es für immer wahrscheinlicher, dass er sich das alles nur einbildete. Hatte es den Mann im Flur wirklich gegeben? War er tatsächlich identisch mit dem Armbrustschützen? Und was war mit dem Brandopfer? Das konnte doch gar nicht sein, oder?

Emilio suchte in seinem Adressverzeichnis nach Sandrinis Handy-Nummer. Bei seinem Besuch hatte der *Commissario* gesagt, dass Emilio ihn immer stören dürfe, Tag und Nacht.

Emilio räusperte sich und entschuldigte sich für die späte Störung. Dann berichtete er von dem Mann, den er im Gang der Abteilung für Brandverletzungen gesehen hatte, der bei seinem Anblick die Flucht ergriffen und ausgesehen habe wie der Schütze mit der Armbrust.

Sandrini meldete Zweifel an. «Sie haben den Attentäter im Weinberg doch gar nicht richtig gesehen und deswegen keine Beschreibung abgegeben. Wie können Sie jetzt behaupten, ihn wiedererkannt zu haben?»

«Ich gebe ja zu, dass sich das merkwürdig anhört. Ich bin mir auch nicht sicher und kann mir keinen Reim darauf machen. Dennoch möchte ich dringend empfehlen, vor das Zimmer des Brandopfers einen Polizisten zu setzen.»

«Diese Vorsichtsmaßnahme halte ich für übertrieben. Man könnte viel eher erwägen, vor Ihrem Zimmer einen Aufpasser zu postieren. Wenn der Mann aus dem Gang wirklich der Armbrustschütze gewesen sein sollte, dann hat er sich wohl verlaufen und ist in Wahrheit auf der Suche nach Ihnen gewesen. Aber auch das ist reichlich unwahrscheinlich. Dennoch werde ich über Ihren Vorschlag nachdenken.» Anschließend bedankte Sandrini sich für den Anruf, wünschte Emilio noch eine gute Nacht und legte auf.

Emilio dachte, dass er für den *Commissario* noch eine weitere Information gehabt hätte. Und zwar eine, die ihn mit Sicherheit aus den Pantoffeln gehauen hätte. Aber wer auflegte, war selber schuld.

Er beschloss, nicht im Bett zu schlafen. Er rückte den Sessel in eine dunkle Ecke neben der Tür. Er machte es sich dort so bequem wie möglich. Vorsichtshalber entriegelte er seinen Gehstock und legte ihn quer über den Schoß.

54

Am nächsten Morgen erwachte Emilio mit steifem Rücken, Magengrimmen und schmerzendem Bein. Aber seine verletzte Schulter tat kaum noch weh. Das war ebenso erstaunlich wie erfreulich. Also ging es ihm nicht viel anders als an jedem anderen Morgen. Nur wurde er normalerweise nicht zu ungebührlicher Zeit von einer Person gestört, die ihm ein Frühstück ans Bett stellte. Außerdem hatte er Zweifel, dass ihm der Kaffee schmecken würde. Der Geruch erinnerte ihn an eine abgestandene Limonade. Als kurz darauf eine Schwester hereinkam, die ihm ein Fieberthermometer ins Ohr steckte, war seine Geduld erschöpft. Er hasste Krankenhäuser, schon aus Prinzip. Ihm fiel ein Spruch des von ihm hochverehrten österreichischen Satirikers Karl Kraus ein: «Gesund ist man erst, wenn man wieder alles tun kann, was einem schadet.» Also machte es wenig Sinn, hier länger zu verweilen.

Emilio ging ins Bad, machte sich frisch und zog sich an. Das Sakko hängte er sich über die Schulter. Die Schuhe ließ er offen, weil sein linker Arm in einem Dreieckstuch fixiert war und er diese Hand nicht gebrauchen konnte. Nach kurzem Nachdenken zog er die Schnürsenkel raus – es fehlte noch, dass er über seine eigenen Füße stolperte und sich dabei das Genick brach.

Auf dem Flur begegnete er dem Stationsarzt, der gerade seine Morgenvisite begann. Der Doktor sah ihn erstaunt an und fragte, was er denn gerade mache.

Emilio erklärte kurz und bündig, dass er gerade im Begriff sei, sich selbst zu entlassen.

Der Arzt protestierte, er brachte eine Reihe von medizinischen Argumenten vor, die Emilio geflissentlich ignorierte. Nach kurzer Diskussion sah der Doktor ein, dass er den Patienten von seinem Entschluss nicht abbringen würde. Emilio musste ein Papier unterschreiben, danach bekam er einige Medikamente mit genauer Anweisung, wann er sie nehmen sollte. Und er musste versprechen, am nächsten Tag in die Ambulanz zu kommen, um seine Schulter untersuchen und den Verband wechseln zu lassen. Er bedankte sich und gab dem Stationsarzt zum Abschied die Hand. Dieser wünschte dem «Herrn Baron» gute Genesung – und dass ihm Komplikationen wie eine bakterielle Wundinfektion mit Eiterbildung ebenso erspart bleiben möge wie eine beginnende Sepsis mit Schüttelfrost, Herzrasen und Übelkeit. Gar nicht zu reden von einer möglichen späteren Amputation.

Emilio lächelte nachsichtig. Mediziner hatten einen eigenartigen Humor, der durchaus auf seiner Wellenlänge lag.

Er wählte den Weg, den er gestern am späten Abend genommen hatte. Er fand den Gang, der zur Abteilung für Schwerbrandverletzte führte. Er sah den Lift, aus dem der große, hagere Mann mit der merkwürdigen Mütze getreten war. Weil vor seinem geistigen Auge alles ganz deutlich war, die gebückte Haltung, die pendelnden Arme und beim Umdrehen der starre Blick, zweifelte er keine Sekunde mehr an seiner Erinnerung, auch nicht daran, dass der nächtliche Besucher kein anderer als der Mann mit der Armbrust gewesen war.

Schon von weitem sah er, dass *Commissario* Sandrini doch

auf ihn gehört hatte. Vor dem Zimmer mit dem Brandopfer aus dem Passeiertal saß ein uniformierter Polizeibeamter. Somit war sein Anruf nicht vergebens gewesen.

Emilio freute sich, als er ins Freie hinaustrat. Die Sonne schien, und die Luft schmeckte nach Sommer. Er atmete einige Male tief durch. Dann winkte er mit dem Gehstock einem bereitstehenden Taxi.

*

«Du bist verrückt», sagte Phina kopfschüttelnd beim gemeinsamen Frühstück in der Stube.

Er roch beglückt an der Kaffeetasse, um dann mit geschlossenen Augen einen ersten Schluck zu nehmen.

«Dass ich verrückt bin, weißt du doch», entgegnete er, «aber nur ein kleines bisschen. Wenn ich länger im Krankenhaus ausgeharrt hätte, wäre ich wirklich verrückt geworden. So was geht ganz schnell. Da kann man nicht vorsichtig genug sein.»

«Und deine Schulter?»

«Ist doch zugenäht. Was soll schon sein? Komischerweise tut sie kaum weh. Na ja, vielleicht liegt's an den Schmerztabletten. Egal, offenbar habe ich Glück gehabt. Ich will mich nicht beklagen.»

«Ist trotzdem nicht gescheit, dass du dich selbst entlassen hast. Magst eine Brioche?»

«Aber gerne. Wie hast du geschlafen?»

«Beschissen wäre geprahlt», antwortete sie. «Hab fast die ganze Nacht wach gelegen. Und wenn ich mal kurz eingeschlafen bin, habe ich nur Mist geträumt. Da war es besser, wieder aufzuwachen. Und du?»

Emilio tunkte die Brioche in den Cappuccino. «Ich hatte

auch Albträume», sagte er, «aber schon bevor ich eingeschlafen bin.»

«Als du noch wach warst? Wie geht das denn?»

«Darf ich dir das später erzählen? Ich möchte jetzt raufgehen und mich etwas hinlegen ...»

«Bist also doch nicht ganz fit», unterbrach sie ihn.

«Doch, doch, kein Problem. Aber ich habe die Nacht in einem Sessel verbracht.»

«In einem Sessel? Du machst Sachen.»

«Erzähl ich dir auch später. Jedenfalls könnte ich eine Extramütze Schlaf vertragen. Und dann lade ich dich zum Mittagessen in die Taberna Romani ein. Wir sollten feiern, dass wir noch am Leben sind.»

«Gute Idee. Eigentlich müssten wir Mitica mitnehmen, der hat sich todesmutig auf den Irren gestürzt und dir wahrscheinlich das Leben gerettet.»

«Tja, müssten wir. Aber ich würde gerne mit dir allein sein. Den tapferen Bengel nehmen wir ein anderes Mal mit.»

*

Weil das Wetter schön war, saßen sie nicht im Kellergewölbe, sondern draußen auf einer der beiden Gartenterrassen des Restaurants, das sich in einem historischen Ansitz im Weinort Tramin befand. Aufgrund der Lage ergab sich für Emilio die Notwendigkeit, ein Gläschen Gewürztraminer zu trinken; überdies wurde der uralten Rebsorte schon im Mittelalter eine gesundheitsfördernde Wirkung zugesprochen. In seinem jetzigen Zustand konnte er jede Hilfe gebrauchen – auch aus der Apotheke der Natur.

«Warum hattest du Albträume, bevor du eingeschlafen

bist?», wollte Phina nach der Vorspeise wissen. «Und wieso zum Teufel hast du in einem Sessel genächtigt?»

«Gutes Stichwort: weil ich besagtem Teufel höchstpersönlich begegnet bin.»

Phina sah ihn verständnislos an.

«Ich bin zu später Stunde im Krankenhaus spazieren gegangen und dabei in die Abteilung gelangt, in der das Brandopfer aus dem Passeiertal liegt.»

«Der arme Kerl, den sie auf dem Scheiterhaufen angezündet haben?»

«Ganz genau, jener. Und wer taucht plötzlich vor mir im Gang auf?»

«Mach's nicht so spannend.»

«Also, wenn ich mich nicht sehr täusche, dann war das der Mann, der auf mich mit der Armbrust geschossen hat. Als er mich gesehen hat, ist er davongelaufen.»

Phina sah ihn schockiert an. «Wirklich? Bist du dir sicher?»

«Nein, bin ich nicht. Oder vielleicht doch, ich weiß nicht.»

«Was könnte er im Krankenhaus gesucht haben?»

«Was oder wen? Das ist hier die Frage.»

«Vielleicht dich? Um dir den Rest zu geben?»

«Dann war er aber in der falschen Abteilung. Jedenfalls habe ich den *Commissario* Sandrini angerufen und vorgeschlagen, dem Brandopfer einen Bewacher vor die Tür zu setzen. Ich selbst habe vorsichtshalber nicht im Bett, sondern in einem Sessel genächtigt. Deshalb tut mir heute das Kreuz weh.»

Phina schüttelte den Kopf. «Ich versteh gar nichts mehr: das Attentat im Weinberg, das Brandopfer aus dem Passeiertal, der Mann im Krankenhaus, der bei deinem Anblick die Flucht ergreift. Wie soll das alles zusammenhängen?»

«Das weiß ich auch nicht. Aber ich glaube, ich kenne die Identität des Brandopfers.»

Dann erzählte er von dem außergewöhnlichen Ring, den er am Finger des Patienten gesehen hatte, mit einem flach geschliffenen roten Rubin. Genau so einen Ring habe vor einigen Tagen der Besucher in der Vinothek getragen, der so dringend hatte Phina sprechen wollen.

«Dieser Korbinian ...» Sie schnippte mit den Fingern. «Wie hieß er doch gleich mit Nachnamen?»

«Korbinian Grandl. Aber du kennst niemanden, der so heißt, richtig?»

Sie schüttelte den Kopf. «Nein, noch nie gehört.»

«Tja, das ist tatsächlich alles sehr verwirrend. Was möchtest du zur Hauptspeise trinken? Vielleicht einen Weißburgunder? Oder lieber einen Sauvignon?»

«Du hast Nerven. Darfst du überhaupt Alkohol trinken?»

«In Maßen gewiss. Schon die alten Römer haben verletzten Legionären ...»

«Weiß der *Commissario* davon?», unterbrach ihn Phina.

«Von der möglichen Identität des Brandopfers? Nein, weiß er nicht, ich hab's ihm nicht gesagt. Wir sollten einen Sauvignon nehmen. Oder vielleicht einen Riesling?»

«Du kannst das doch nicht für dich behalten.»

«Will ich auch nicht. Sobald die Bedienung kommt, sage ich ihr, dass wir einen Chardonnay nehmen, und zwar ...»

«Du musst ihn anrufen, am besten sofort.»

«Meinst du wirklich? Na, vielleicht hast du recht.»

Er nahm sein Handy, und weil er die Durchwahl gespeichert hatte, war Sandrini auch gleich dran. Emilio deutete an, dass er den Namen des bedauernswerten Brandopfers aus dem Passeiertal zu kennen glaubte.

«Wie bitte? Wie kann das sein? Den Namen?», verhaspelte sich der *Commisssario*. «Wo sind Sie gerade?»

«In Tramin beim Mittagessen.»

«Wo genau?»

«In der Taberna Romani.»

«Warten Sie auf mich. Ich bin schon unterwegs.»

«Wir sind kurz vor der Hauptspeise.»

«Bis zum Dessert bin ich da.»

*

Commissario Sandrini hielt Wort. Mit Blaulicht brachte er seinen Dienstwagen neben der Terrasse zum Stehen. Atemlos stürzte er an den Tisch zu Emilio und Phina, die gerade ein Sorbet serviert bekamen.

Emilio bat um Verständnis, dass das Dessert aufgrund des halb gefrorenen Zustandes keinen Aufschub vertrug – und genoss es, den *Commissario* noch etwas zappeln zu lassen.

Schließlich ließ er die Katze aus dem Sack und erzählte von dem Besucher in der Vinothek. Emilio verschwieg allerdings, dass der Mann hatte Phina sprechen wollen. Er fand, dass die Polizei nicht alles wissen musste. Er beichtete seine «Visite» auf der Intensivstation; er berichtete vom Verbandswechsel und vom Wiedererkennen des Rings am kleinen Finger des Patienten. Dann machte er eine Kunstpause, um letztendlich den Namen preiszugeben, den der Besucher auf dem Weingut genannt hatte: Korbinian Grandl.

Es dauerte nur Sekunden, da hatte der *Commissario* bereits sein Handy gezückt und den Namen und die Information mit dem Ring an einen Mitarbeiter weitergegeben. Als Nächstes bestellte er eine Grappa. Er hatte das Glas gerade geleert, da bekam er bereits einen Rückruf. Der *Commissario* nickte erfreut und entgegnete seinem Gesprächspartner mehrfach: «Sì, sì, *perfetto!*» Dann bat er um die Rechnung. Der Baron und die charmante *Signora* Pernhofer seien selbstverständlich seine Gäste.

55

Nach einer finsteren Nacht und einem Tag, an dem Josephus Höllenqualen durchlitten und sich gleich mehrfach ausgepeitscht hatte, war er wieder Herr seiner Sinne und Emotionen. Vor allem waren die Verzweiflung, die Schmach und die Hoffnungslosigkeit einer neuen Zuversicht gewichen. Natürlich war wieder einiges schiefgelaufen, ihm war Unbegreifliches im Krankenhaus widerfahren – denn wie konnte es sein, dass dort dieser verrückte Baron plötzlich aufgetaucht war und ihn allein durch seine Anwesenheit zur Flucht gezwungen hatte? Aber wohlan, das waren Prüfungen, die ihm auferlegt wurden. Er hatte begriffen, dass er nichts dafür konnte. Die Klippen im Fahrwasser des Lebens mussten mit teuflischem Verstand umschifft werden, an ihnen zu zerschellen war keine Option.

Wenn er es recht bedachte, hatte er in keiner Weise versagt, vielmehr war es ihm gelungen, durch geschickte Manöver den Unbilden des Schicksals zu trotzen. Vor allem eines war dabei wichtig: Er war immer noch im Spiel! Keiner wusste von ihm, keiner kannte seinen Auftrag, den zu erfüllen ihm auferlegt war. Er musste nur unbeirrt weitermachen und durfte seine Ziele nicht aus den Augen verlieren. Ähnlich wie die Schläge mit der Peitsche seine Widerstandskraft herausforderten und ihn in die Lage versetzten, eine höhere Bewusstseinsebene zu erreichen, würde er die Rückschläge in der Ausführung seiner

Taten mit eisigem Lächeln ertragen, daraus neue Kraft schöpfen und alles zu einem guten Ende führen.

Entsprechend positiv mit Energie aufgeladen, fuhr er erneut zum Bozner Krankenhaus und begab sich dort zur Abteilung für Brandverletzungen. Diesmal hatte er eine schwarze Mönchskutte angelegt, die Kapuze über den Kopf gezogen und die Hände im Gehen zum Gebet gefaltet. In einer tiefen Tasche seiner Kutte trug er eine Giftspritze bei sich, die Korbinian zugedacht war, um ihn von seinen Leiden zu erlösen. Eigentlich gab es dafür keinen Anlass, denn je länger der Sünder büßen musste, umso besser. Aber er stellte eine Gefahr dar, weshalb ihm diese Gnade widerfahren würde.

Josephus bewegte sich gemessenen Schrittes, zudem mit großer Vorsicht. Ihn sollte nicht das gleiche Schicksal ereilen wie in der letzten Nacht.

Er erschrak, als er den uniformierten Polizeibeamten vor der Intensivstation sitzen sah. Aber das Erschrecken war nur kurz. Er durfte weder zurückweichen noch verzagen. Der Polizist sah ihm neugierig entgegen. Kein Wunder, dem guten Mann war langweilig. Josephus schritt entschlossen auf ihn zu.

«Gott zum Gruße, mein Sohn», sagte er mit sanfter Stimme.

«Grüß Gott, Pater», erwiderte der Polizist freundlich lächelnd.

«Ich bin hier, um dem gepeinigten Brandopfer das Sakrament der Kirche zu spenden und ihn zu salben.»

«Die Letzte Ölung?»

«So war früher der Sprachgebrauch», bestätigte Josephus. «Ist jemand bei ihm?», fragte er. «In diesem Fall würde ich warten, denn die Krankensalbung bedarf der heiligen Ruhe.»

«Ja, der Doktor ist gerade bei dem Grandl. Dauert bestimmt nicht lange.»

«Der Grandl? Ich freue mich zu hören, dass man nun weiß, wer er ist.»

«Ja, seit heute Mittag. Morgen steht's in der Zeitung. Der Mann ist aus Glurns und heißt Korbinian Grandl.»

«Der Korbinian Grandl also. Gott sei seiner Seele gnädig.»

«Ihm geht's saudreckig», sagte der Polizist.

«Das betrübt mich, gleichwohl erfüllt es mich mit Freude, dass er noch unter den Lebenden weilt. Ich hoffe inständig, dass die Gebete den armen Sünder vor dem Tode erretten werden.»

«Das wird schwierig», sagte der Polizist. «Ich glaub nicht, dass er's noch lange macht.»

Josephus bekreuzigte sich. «Umso wichtiger ist es, dem Leidgeprüften die heilige Salbung zuteil werden zu lassen, ihm die Stirn zu benetzen und ihm durch die mildtätige Barmherzigkeit des Herrn seine Sünden zu vergeben.»

«Sobald der Doktor draußen ist, können Sie rein», sagte der Polizist.

Josephus dachte an die todbringende Spritze in seiner Tasche und daran, dass sich die Dinge zum Guten wendeten.

Die Tür ging auf, und ein Arzt trat heraus. Er blickte mit Erstaunen auf den Mönch.

Der Polizist deutete erklärend auf Josephus. «Die Letzte Ölung, Sie wissen schon.»

«Ach so, verstehe. Ich bin nur überrascht, weil ich üblicherweise von unserer Seelsorge informiert werde», sagte der Arzt.

Josephus nickte wissend. «Mir wurde zugetragen, dass bei Korbinian Grandl Eile geboten sei», sagte er, ohne eine wirkliche Erklärung zu liefern.

Der Arzt zuckte mit den Schultern. «Da kann keiner eine Prognose abgeben.» Er deutete nach oben. «Nicht einmal Ihr oberster Chef.»

Josephus dachte, dass der Arzt keine Ahnung hatte, wen Josephus als seinen obersten Chef ansah, dass er hätte nach unten deuten müssen und nicht nach oben – und dass die Stunde des Todes sehr wohl vorbestimmt war.

«Aber es geht ihm nicht gut, oder?»

«Nein, bei solchen Verbrennungen gibt es viele Probleme, bis hin zum Inhalationstrauma.»

Josephus langte sich an den Hals. «Sie meinen …?»

«Eine Schädigung der oberen und unteren Atemwege bis hin zur Lunge», erklärte der Arzt.

«Das heißt, er kann nicht sprechen?»

Der Arzt schüttelte den Kopf. «Das scheitert schon an seinen Verbrennungen im Rachenraum. Aber warum erzähle ich Ihnen das? Fällt ja alles unter die ärztliche Schweigepflicht.»

Josephus lächelte. «Das Priesteramt gebietet eine noch viel höhere Schweigepflicht. Sie können unbesorgt sein.»

Der Arzt sah auf die Uhr. «Ich möchte Sie bitten, Ihr Sakrament um mindestens zwei Stunden zu verschieben. Es gibt einige medizinische Indikationen, die zum jetzigen Zeitpunkt dagegen sprechen.»

Josephus dachte, dass ein Korbinian Grandl, der nicht sprechen konnte, wohl auch nicht bei Bewusstsein war und zudem eine denkbar schlechte Prognose hatte, keine aktuelle Gefahr darstellte.

«Am besten kommen Sie morgen wieder», sagte der Arzt. «Ich verspreche Ihnen, dass er die Nacht überlebt.»

Josephus entschied, dass das Martyrium des Korbinian Grandl bedenkenlos weitergehen konnte und keiner vorgezogenen Erlösung bedurfte.

«So sei es», sprach er zum Arzt und zum Polizisten. «Gelobt sei Jesus Christus, in Ewigkeit, Amen.»

56

Phina hatte Emilio ins Krankenhaus gefahren, wo seine Wunde untersucht und der Verband gewechselt wurde. Er gestand, dass die vorangegangene Nacht wenig erfreulich gewesen war, weil ihn die verletzte Schulter doch recht geschmerzt hatte. Der behandelnde Arzt grinste. Er hielt das offenbar für eine gerechte Strafe für einen Patienten, der sich auf eigene Verantwortung und entgegen ärztlicher Empfehlung nach Hause verabschiedet hatte. Ansonsten zeigte er sich mit Emilios Zustand zufrieden. Er ließ sich sogar überreden, ihm ein stärkeres Schmerzmittel mitzugeben. Aber Emilio musste versprechen, am nächsten Tag erneut in die Ambulanz zu kommen. Die Einwilligung fiel ihm nicht schwer. Er war zwar eigensinnig, aber durchaus einsichtig, wenn ihm etwas einleuchtete.

Dennoch war er froh, als er wieder draußen war. Wie schon erwähnt, machten ihn Krankenhäuser krank und depressiv. Da genügte bereits ein ganz kurzer Aufenthalt. Auch musste ihm überhaupt nichts fehlen, schließlich war er ein bekennender Hypochonder. Allerdings war seine Schulter keine Einbildung. Da musste er sich wohl oder übel damit abfinden, die Ambulanz ein weiteres Mal aufzusuchen.

Emilio stieg zu Phina ins Auto. Nach kurzer Beratung fuhren sie ins Zentrum von Bozen, parkten in der Garage unter dem Waltherplatz und liefen zur Weinbar Banco11 am Obstmarkt. Unterwegs kaufte Phina eine aktuelle Ausgabe der Tageszeitung *Dolomiten*.

Sie überraschte ihn mit der wie beiläufig gestellten Frage, ob er im Krankenhaus Besuch von Sabrina bekommen habe, der schönen Witwe von Bartholomäus Unteregger.

Emilio hatte genug Lebenserfahrung, um in einer solchen Situation keinen Anfängerfehler zu machen. Wenn eine Frau so tat, als ob sie eine Antwort nicht wirklich interessierte, war das absolute Gegenteil der Fall und Gefahr im Verzug. Jetzt kam es darauf an, absolut gelassen zu reagieren und bei der Wahrheit zu bleiben – jedenfalls im Ansatz.

«Sabrina Unteregger? Du hast recht, sie hat kurz im Krankenzimmer vorbeigeschaut», antwortete er. «Das wäre nicht nötig gewesen, aber gut, dass du mich daran erinnerst.»

Emilio beglückwünschte sich zu dieser taktischen Meisterleistung.

Phina legte die Stirn in Falten. «Versteh ich nicht.»

Er kramte in seinem umgehängten Sakko und brachte einen Zettel zum Vorschein.

«Sie hat mir eine Liste ins Krankenhaus gebracht, um die ich sie gebeten hatte. Na ja, ich kann mir nicht vorstellen, dass uns die Namen weiterhelfen. War halt wieder mal so eine Idee von mir.»

Jetzt hatte er ihre Neugier sozusagen umprogrammiert und auf eine neue Spur gebracht. Er warf einen kurzen Blick auf den Zettel und steckte ihn wieder ein. Dass er ihn schon viel länger mit sich herumtrug, konnte sie ja nicht wissen.

«Was für Namen? Zeig her!»

«Die Namen der verflossenen Liebschaften ihres untreuen Göttergatten – jedenfalls jene, die ihr bekannt sind. Unsere Laura steht auch drauf.»

«Sabrina wusste von den Seitensprüngen?»

Er gab ihr den Zettel. «Ja, und es war ihr offenbar egal.»

«Warum wolltest du die Namen wissen?»

«Ist doch klar, oder? Wenn Laura ein Mordmotiv haben sollte, dann wäre das bei jeder dieser Damen ebenso möglich. Und erst recht bei deren eifersüchtigen Ehemännern.»

«Die Bettina, die kenn ich», sagte sie und deutete auf den Zettel. «Die ist aber unverheiratet und hupft mit jedem ins Bett.»

Emilio schmunzelte. «Dann scheidet sie wohl aus. Ich glaub eh nicht, dass wir so weiterkommen. Aber ich will nun mal jeder Spur nachgehen, die uns helfen könnte, zu verstehen, was mit Laura passiert ist.»

«Die anderen Weiberleut sind mir unbekannt», stellte Phina fest. «Ich hätte nicht gedacht, dass der Bartholomäus so ein Schlawiner war.»

«So kann man sich täuschen.»

Phina gab ihm die Namensliste mit einem Lächeln zurück. «Ja, so kann man sich täuschen. Aber fesch ist sie schon, oder?»

Emilio dachte an das Postulat der relativen Wahrheitsliebe. «Hässlich ist sie nicht», gab er zu, «aber ihrem Mann hat sie wohl nicht mehr gefallen.»

Letzteres war natürlich eine dreiste Lüge, die jedoch Phinas Gedanken in eine unverfängliche Richtung lenken sollte.

«Aber vielleicht dir?»

Jetzt hatte er sich selbst ausmanövriert.

«Ich kann's dir nicht sagen. Im Krankenhaus war ich mit Medikamenten zugedröhnt und hab sie nur unscharf gesehen. Aber ich kann ja deine Anregung aufgreifen und sie mir bei nächster Gelegenheit mal genauer anschauen.»

Phina drohte ihm mit dem Zeigefinger. «Untersteh dich!»

«Na, dann halt nicht.»

Minuten später nahm sie die Tageszeitung zur Hand, der sie bislang keine Aufmerksamkeit geschenkt hatte. Auf der Titelseite wurde berichtet, dass die Polizei die Identität des Brandopfers aus dem Passeiertal gelüftet hätte. Ein gewisser Korbinian Grandl aus Glurns, seines Zeichens Galeriebesitzer und ausgewiesener Experte für das künstlerische Werk Paul Floras.

Sie schlug die zweite Seite auf und starrte auf das abgedruckte Porträtfoto.

Phina schlug entsetzt die Hände vors Gesicht. «O mein Gott, der Bini.»

«Der Bini? Du kennst ihn also doch, den Besucher in unserer Vinothek, der dich so dringend sprechen wollte?»

«Na klar, das ist doch der Bini.»

«Sagtest du bereits.»

«Den kenn ich von ganz früher. Aber da hat er nicht Grandl mit Nachnamen geheißen, sondern Wallner. Der arme Bini.»

«Wann hast du ihn das letzte Mal gesehen?»

«Ich hab ihn vor ein paar Jahren per Zufall auf einer Vernissage getroffen, in Meran. Jetzt erinnere ich mich. Da hat er erwähnt, dass er den Mädchennamen seiner Mutter angenommen hat, aber den kenn ich nicht.»

Emilio überflog den Artikel. «Die Polizei geht davon aus, dass Korbinian Grandl ebenso wie der Meraner Feinkosthändler Lukas Mitterhofer mit dem Milieu der Satanisten in Berührung gekommen wäre ...»

«So ein Blödsinn!», empörte sich Phina. «Die hatten doch mit diesen Teufelsanbetern nichts am Hut.»

«Schade, dass wir nicht wissen, was dieser Grandl so dringend mit dir besprechen wollte. Hast du irgendeine Ahnung?»

«Nicht den blassesten Schimmer. Wie gesagt, wir hatten keinen Kontakt.»

«Korbinian Grandl, Lukas Mitterhofer und Bartholomäus Unteregger.»

Phina fuhr sich durch die Haare. «Mir läuft's kalt den Buckel runter. Ich kannte alle drei. Jetzt sind zwei von ihnen tot, und der dritte schafft's vielleicht nicht.»

«Das gefällt mir nicht», sagte Emilio, «das gefällt mir überhaupt nicht. Denk nach! Was hatten die drei gemeinsam? Die kannten sich doch auch untereinander, richtig?»

«Ja klar, aus der Kindheit. Wir sind hier gemeinsam aufgewachsen, haben miteinander gespielt, sind in dieselbe Schule gegangen. Später haben wir uns dann aus den Augen verloren. Jeder ist seinen eigenen Weg gegangen, wie das halt so ist im Leben.»

Phinas Handy klingelte. Sie führte ein kurzes Gespräch. Dann schlug sie verärgert auf den Tisch.

«Emilio, tut mir leid, aber ich habe einen wichtigen Termin in der Handelskammer vergessen; die warten schon auf mich. Ich muss gleich rüberrennen, ist ja nicht weit. Kannst du mit dem Bus nach Hause fahren? Oder mit dem Taxi?»

«Kein Problem, mach dir um mich keine Sorgen. Aber wir müssen ganz dringend unser Gespräch fortsetzen.»

«Das machen wir, geht aber erst heute Abend.»

«Pass auf dich auf!»

57

Obwohl die Schulter schmerzte und in seinem Kopf die Gedanken Kapriolen schlugen, beschloss Emilio, sich abzulenken und einige Dinge in Ordnung zu bringen. Er befreite Mitica von seiner Arbeit im Barriquekeller, wo er gerade half, die Füllstände der Fässer zu überprüfen.

«Kannst du ein Auto fahren?», fragte er ihn.

Mitica sah ihn mit großen Augen an. «Ein Auto fahren? Natürlich kann ich das.» Er zog eine Grimasse. «*Allora*, ich weiß, wie es geht, aber ich komm nicht an die Pedale.»

«Aber du kannst schalten?»

«Ich glaub schon. Warum fragst du?»

Emilio deutete grinsend auf seine verbundene Schulter und den am Körper fixierten linken Arm.

«Weil ich einen Assistenten brauche, der mir beim Fahren hilft.»

«Ist das dein Ernst? Du kannst doch so nicht Auto fahren?»

«Ich nicht, aber wir beide können es zusammen. Mein Landy ist rechtsgesteuert, der Schalthebel ist links. Ich lenke und betätige die Pedale, und du schaltest auf mein Kommando.»

«Das ist ja irre. Du willst wirklich fahren, und ich soll schalten?»

«Aber klar. Darfst nur keinem was sagen, vor allem nicht Phina, aber die ist eh nicht da. Komm, steig ein!»

Emilio zeigte Mitica die verschiedenen Gänge und ließ ihn

am Schalthebel hantieren. Ihm kamen Zweifel, ob das wirklich eine gute Idee war. Denn die vorsintflutliche Schaltung im Landy war so abenteuerlich, dass er selbst damit oft nicht zurechtkam und Gänge verwechselte. Man konnte es natürlich auch anders sehen: Das Getriebe hatte schon so viel ausgehalten, es würde ihnen nicht gleich um die Ohren fliegen.

«Auf geht's», sagte Emilio entschlossen und startete den Motor. «Erster Gang!»

Obwohl das wohl eher der zweite oder dritte Gang war, setzte sich der alte Landrover dank mächtig schleifender Kupplung in Bewegung. Emilio stellte schnell fest, dass womöglich er es war, der im Fahrerteam die Schwachstelle darstellte, denn mit einer Hand und der ausgeschlagenen Lenkung fiel es ihm schwer, den Geländewagen auf Kurs zu halten.

«Zweiter Gang!»

Mitica rührte mit beiden Händen im Schaltgestänge. Na bitte, ging doch schon ganz gut.

*

Sie fuhren über Bozen auf die Bundesstraße, die dem Eisacktal gen Norden folgte. Sobald es im gemächlichen Tempo relativ geradeaus ging, hatten es beide leichter. Erst auf den letzten Kilometern wurde es wieder anspruchsvoll. Einmal mussten sie sogar zurücksetzen, weil ihnen jemand auf enger Straße entgegenkam. Nachdem sie das geschafft hatten, war Emilio überzeugt, dass sie allen Aufgaben gewachsen waren – zumindest in fahrerischer Hinsicht.

Schließlich hielten sie vor dem Weingut, das von Franz Pichleitner geleitet wurde, Phinas ehemaligem Kellermeister. Emilio hatte sein Kommen telefonisch angekündigt.

«Was ist mit Ihrer Schulter passiert?», fragte Pichleitner, als sie sich schließlich im Verkostungsraum gegenübersaßen. Mitica wartete draußen, sie waren alleine. Alleine mit einer Flasche Riesling und zwei Gläsern.

«Kleines Missgeschick, ich bin gestolpert», log Emilio und lächelte.

«Tut mir leid, ich wünsche Ihnen gute Besserung. Erstaunlich, dass Sie in diesem Zustand fahren können. Ihr Landrover hat doch keine Automatik, oder?»

Emilio amüsierte sich über diesen abwegigen Gedanken. Ein Uralt-Landrover mit Automatikgetriebe war so unwahrscheinlich wie eine Dampflokomotive mit Satellitennavigation.

Dann dachte er an Mitica und nickte bestätigend. «Ja, der Wagen schaltet ohne mein Zutun.»

«Erstaunlich. Warum wollen Sie mich sprechen? Was kann ich für Sie tun?»

«Zu Ihrer ersten Frage: Ich möchte mich sehr herzlich für die Flaschenpost bedanken.»

«Flaschenpost?»

«*Messaggio in bottiglia*: So nennt das mein kleiner Freund, der draußen auf mich wartet. Ich meine die abgebrochene Weinflasche, die Sie mir freundlicherweise unter meinen Reifen geklemmt haben. Der ist übrigens kaputt, ich musste ihn wechseln. Ich wollte Ihnen nur sagen, dass die Nachricht angekommen ist. Auch wenn ich eine andere Form der Kommunikation bevorzugt hätte.»

Pichleitners Kopf lief rot an. Emilio freute sich. Der Schuss ins Blaue hatte voll ins Schwarze getroffen. Rot, blau, schwarz ... was für ein schönes Farbenspiel.

«Woher, woher ... äh, woher wissen Sie, ich meine ...», stammelte Pichleitner.

«Weil Sie gesehen wurden, von meinem kleinen Freund; Sie wissen schon, der draußen wartet», bluffte Emilio. «Er hat Sie gleich wiedererkannt. Außerdem haben wir den Rest der Flasche sichergestellt, den Sie über die Hecke geworfen haben. Ein Riesling aus Ihrem Weingut, ganz genau wie jener hier auf unserem Tisch. Das war natürlich ziemlich unüberlegt, außerdem schade. Ich finde, man sollte ihn lieber trinken.»

Er hob sein Glas und prostete Pichleitner zu.

«Ich kann es Ihnen erklären …»

«Nein, nicht nötig.» Emilio zögerte. «Oder doch. Ja, bitte erklären Sie mir die Botschaft der Flaschenpost.»

Pichleitner kratzte sich am Kinn. «Nein, besser nicht. Tut mir leid, ich ersetze Ihnen den Schaden.»

«Einverstanden, das wäre also geklärt. Kommen wir zu Ihrer zweiten Frage, die Sie mir eingangs gestellt haben. Sie wollten wissen, was Sie für mich tun können.»

Pichleitner schluckte. «Das war eine Floskel.»

«Ich weiß. Wenn mich am Servicetelefon einer fragt, was er für mich tun kann, könnte ich ihn erwürgen.»

Pichleitner lächelte gequält. «Mit einer Hand wird das schwierig werden.»

«Da haben Sie recht. Zurück zum Kern der Frage. Für mich können Sie nichts tun, aber für Ihre verflossene Freundin.»

«Für wen?»

«Tun Sie nicht so, Sie wissen doch genau, von wem ich spreche.»

«Phina?»

«Na bitte, geht doch. Ich spreche von Phina, mit der Sie befreundet waren und die Sie dann rausgeschmissen hat.»

Pichleitner fiel es offenbar schwer, sich zu beherrschen. «Das geht Sie überhaupt nichts an.»

«Da haben Sie schon wieder recht. Stimmt, das geht mich nichts an. Interessiert mich auch nicht, war ja vor meiner Zeit. Wir sind alle erwachsen und haben eine Vorgeschichte, das ist normal. Aber mich geht etwas anderes was an, und da verstehe ich keinen Spaß, das dürfen Sie mir glauben.»

«Ich weiß nicht, was Sie meinen. Außerdem möchte ich richtigstellen, dass mich Phina nicht rausgeschmissen hat; vielmehr war ich es, der gekündigt hat.»

Emilio schüttelte den Kopf. «Stimmt nicht. Sie haben Phina mit einer anderen Frau betrogen, da versteht *sie* keinen Spaß. Und Sie haben sich mit ihr wegen des biodynamischen Weinbaus überworfen.»

«Da hat sie ja auch eine Schraube locker. Vom biologischen Weinbau bin ich ja selber überzeugt, aber Phina träumt ja schon von Hornmist, Schafgarbe und den kosmischen Kräften des Mondes, das ist total bescheuert.»

«Sie sieht das anders.»

«Genau, und deshalb haben sich unsere Wege getrennt. War besser so.»

«Ganz sicher war das besser so», bestätigte Emilio. «Konsequenterweise hätten Sie sich auch von ihr fernhalten sollen.»

An Pichleitners Hals traten die Adern hervor. «Was wollen Sie jetzt schon wieder andeuten?»

«Dass Sie gekränkt sind und nachtragend. Und dass Sie sich gelegentlich zu unüberlegten Handlungen hinreißen lassen, ganz so wie mit der abgebrochenen Weinflasche.»

Er kniff die Augen zusammen. «Nun sagen Sie es schon!»

Emilio lächelte. «Nein, ich sag es nicht. Und Sie müssen auch nichts sagen, wenn es Ihnen lieber ist. Wir können das einfach unausgesprochen im Raum stehen lassen. Es reicht mir völlig, wenn Sie Phina den Schaden ersetzen.»

Pichleitner versuchte, sich unter Kontrolle zu halten, auch seine Hand mit dem Glas. Aber der Wein im Glas schlug kreisförmige Wellen, die immer stärker wurden.

«Den Schaden? Welchen Schaden?»

Emilio war ein erfahrener Menschenbeobachter: Er wusste, wie Leute unter Druck reagierten, er registrierte, wie sich verborgene Emotionen in der Mimik ausdrückten, wie Bewegungen fahrig wurden, die Stimme brüchig und wie Augen vergeblich Halt suchten. Alles waren nur Nuancen, aber in der Summe verfänglich. Er war sich nicht sicher gewesen, hatte nur einen Verdacht gehabt. Aber spätestens jetzt hatte er Gewissheit – Irrtum ausgeschlossen.

«Sie wissen ja selber am besten, wie hoch der Schaden im Weinberg zu bemessen ist», sagte Emilio. Er deutete lächelnd auf die Flasche mit dem Eisacktaler Riesling. «Wir könnten unseren Deal mit einem Sauvignon besiegeln. Der würde besser zum Weinberg passen, der jetzt kahl ist und ein Bild des Jammers.»

Pichleitners Atem ging kurz und flach. «Und wenn ich mich weigere?», fragte er.

Emilio lehnte sich entspannt zurück. «Würde ich nicht empfehlen», erwiderte er. «Aber es liegt an Ihnen. Es gibt eine elegante Lösung, die Sie zu einer angemessenen Zahlung verpflichtet. Dafür bleibt alles unter der Decke, es gibt keine Strafanzeige, keinen Prozess. Und Sie können weiterhin als unbescholtener Bürger Ihren Beruf ausüben. Alternativ gibt es die harte Tour mit einem für Sie bitteren Ende. Sie haben die Wahl.»

«Woher weiß ich, dass Sie nicht bluffen?»

Emilio dachte, dass dies eine zutreffende Vermutung war, denn Beweise hatte er keine. Eigentlich stand er mit leeren Händen da. Aber das war wie beim Pokern: Gelegentlich war der Einsatz für den Gegenspieler zu hoch, um herauszufinden, ob geblufft wurde.

Emilio lachte. «Es steht Ihnen frei, sich für die harte Tour zu entscheiden. Im Anschluss werden Sie wissen, ob ich bluffe. Aber gehen Sie besser davon aus, dass ich Ihnen die Tat nachweisen kann, sonst wäre ich nicht hier. Ich habe übrigens noch eine schlechte Nachricht.»

«Eine schlechte Nachricht?»

«Ja, Sie haben nämlich keine Bedenkzeit.»

«Das heißt …?»

«Lassen Sie es mich vulgär formulieren: Wenn Sie Ihren Arsch retten wollen, unterschreiben Sie mir hier und jetzt eine Zahlungsverpflichtung gegenüber Phina Pernhofer in zu vereinbarender Höhe. Wir bitten noch jemanden hinzu, der Ihre Unterschrift als Zeuge testiert. Aber nicht meinen kleinen Freund von draußen, der ist noch nicht geschäftsfähig. Dann bin ich weg, und alles ist gut.»

«An welche Summe dachten Sie?»

Emilio hatte schon im Auto eine Überschlagsrechnung gemacht. Der Einfachheit halber verdoppelte er die Zahl.

Pichleitner schluckte. «Das ist heftig», sagte er.

Emilio sah ihm an, wie im Kopf alles durcheinanderging. Die eigene Blödheit, Phina mit den vergifteten Rebstöcken eins auswischen zu wollen. Die Wahrscheinlichkeit, dass man ihm das nachweisen könnte. Die Chance, dass er durch Leugnen davonkommen könnte. Die Höhe des Schadenersatzes in Relation zum Risiko.

Pichleitner nahm das Weinglas und kippte den Inhalt in einem Zug hinunter. Er stellte es so heftig auf den Tisch, dass der Stiel abbrach.

«Einverstanden!»

58

Josephus war bester Stimmung und voller Zuversicht. Besonders stolz war er auf seinen spontanen Einfall mit der Letzten Ölung. Jetzt wusste er aus erster Hand, wie schlecht es um Korbinian bestellt war. Und im Nachhinein erschloss sich ihm auch der tiefere Sinn der nur scheinbar gescheiterten Verbrennung. Luzifer hatte in seiner diabolischen Weisheit alles trefflich arrangiert. So war es besser, viel besser. Korbinian lebte – aber das war kein Leben, sondern schlimmer als der Tod. Möge er möglichst lange leiden! Ihm sollte es recht sein. Josephus griff an die Ampulle an seinem Hals. Korbinian hatte sein Blut abgeliefert und damit seine heilige Pflicht erfüllt.

Dass Josephus dennoch gerade dabei war, einen Rucksack zu packen, stand in keinem Widerspruch. Er war sich seiner oft wirren Gedanken bewusst, aber er hatte auch gelernt, die klaren Momente zu erkennen und unmittelbar Taten folgen zu lassen. Es gab ja die theoretische Möglichkeit, dass man ihm auf die Spur kam. In diesem Fall könnte er sich genötigt sehen, rasch die Flucht zu ergreifen. Denn eines war gewiss: Er würde sich nicht wieder in einen kleinen Raum sperren lassen. Schon im Kloster hatte er unter klaustrophobischen Panikattacken gelitten. Und selbst hier in seinem Haus war es ihm anfangs schwergefallen, die Enge des Kellers zu erdulden. Es hatte schon satanischer Weihen bedurft, um ihn zu einem Ort der inneren Einkehr zu machen.

Josephus blickte sich suchend um, fand aber nichts mehr, was er unbedingt mitnehmen wollte. Er hatte nicht viele Besitztümer, die für ihn einen Wert darstellten. Die wenigen Habseligkeiten passten leicht in einen Rucksack. Wohlan, alle Vorbereitungen waren getroffen. Im Notfall wäre er schneller weg als der Glockenschlag zum Angelus-Gebet verklungen.

Und jetzt? Er zog eine Schublade auf, in der eine Handgranate lag. Er sah das Mordwerkzeug fast liebevoll an. Die Funktionsweise war von simpler Schönheit. Man musste nur den Sicherungsstift ziehen und den Griff loslassen: Wummm! Der Gedanke ließ ihn wohlig erschaudern. Schade nur, dass von dem oder den Opfern hinterher nicht viel übrig blieb. An eine Blutentnahme für seine Ampulle war dann kaum mehr zu denken. Das war das Problem. Es sei denn ...

Er verwarf den Gedanken und schloss die Schublade. Dem Satan sei gedankt, dass ihm vielerlei treffliche Alternativen in den Sinn kamen. Die Handgranate war sozusagen die *ultima ratio*, der letzte Lösungsweg. Es war immer gut, einen solchen in der Schublade zu haben.

Josephus streckte sich. Dann zog er einzeln an jedem Finger, bis die Gelenke knackten. Er langte sich an den Kopf und drehte ihn hin und her, so weit es nur ging. Nun fühlte er sich locker genug, hinunter in den Keller zu gehen. Er überlegte, ob er sich gleich ausziehen sollte, um nackt in den Hades zu steigen.

Er dachte an die griechische Mythologie und an den Raub der schönen Persephone; ihm fiel das Bartholomäusevangelium ein, in dem Jesus Christus die Hölle betritt. Dann erschien vor seinem inneren Auge der Unterweltgott Pluton – und im nächsten Augenblick die wollüstige Persephone. Vor Aufregung begann er zu zittern ...

59

Auf der Bank an der Hauswand hatten schon Phinas Eltern und Großeltern gesessen, wahrscheinlich schon ihre Urgroßeltern. Die Bank hatte Generationen überdauert, sie war alt und verwittert, aber dank gelegentlicher Reparaturarbeiten immer noch stabil. Nach Phinas Empfinden war die Bank voller Weisheit, denn sie hatte in ihrem langen Leben schon unendlich viele Geschichten gehört: von den Menschen, die auf ihr saßen und miteinander sprachen, über schöne Themen oder über traurige, über die Probleme des Alltags oder der Weltgeschichte. Sie hatte ebenso Liebesgeschichten belauscht wie Streitereien erduldet. Für Phina war die alte Bank ein magischer Platz voller Spiritualität. Hier konnte sie stundenlang sitzen und ihren Gedanken nachhängen. Ganz so wie die alten Bauern, die in Südtirol häufig vor ihren Häusern saßen, unter einer Pergola aus wilden Reben, Efeu oder Glyzinien. Auf hektische Stadtmenschen mochte das stumpfsinnig wirken, für Phina war das ein Bild innerer Ruhe und vollendeter Entschleunigung.

So gesehen war die alte Bank vor dem Haus für Phina und Emilio genau der richtige Platz, um über die zurückliegenden Ereignisse zu sprechen und über die Hintergründe nachzudenken. Vielleicht, so hoffte Phina, übertrug sich etwas von der spirituellen Kraft auf ihre Gedanken.

Zunächst aber sorgte Emilio bei Phina für ungläubiges Staunen, als er von seinem Besuch bei Franz Pichleitner berichtete. Ungläubig schon deshalb, weil sich Phina nicht vorstellen konnte, wie Emilio mit seinem verbundenen Arm den Landrover gefahren hatte. Gleichzeitig aber auch, weil sie nicht verstand, warum er in seiner jetzigen Situation gerade zu ihrem ehemaligen Kellermeister gefahren war. Es gab ganz sicher Wichtigeres.

«Nun, ich dachte, es ist an der Zeit, einige Dinge zu klären», begründete Emilio seinen Ausflug ins Eisacktal.

«Welche Dinge? Und was hat der Franz damit zu tun?»

«Ich hatte so einen blöden Verdacht, und ich wollte herausfinden, ob ich recht habe.»

«Du machst es wieder mal spannend.»

Emilio zog eine Grimasse und zupfte sich verlegen am Ohrläppchen. «Das liegt nicht in meiner Absicht», sagte er. «Ich weiß bloß nicht, wie ich es dir schonend beibringen soll.»

«Komm einfach auf den Punkt, drum herumreden bringt uns nicht weiter.»

«Okay, machen wir es kurz: Dein Franz ...»

«Das ist nicht *mein* Franz!», protestierte sie.

«Zweiter Anlauf: Besagter Franz Pichleitner hat noch immer nicht verwunden, dass du ihm vor Jahren als Freund den Laufpass gegeben und als Kellermeister rausgeschmissen hast. Das hat ihn zutiefst gekränkt und Rachegelüste geweckt. Und weil er ein hitziges Gemüt hat und gelegentlich zu unüberlegten Handlungen neigt, hat er sich dazu hinreißen lassen, deinem neu gepflanzten Sauvignon mit einem Pflanzengift den Garaus zu machen.»

«Der Franz soll das gewesen sein?» Phina sah ihn voller Zweifel an. «Das glaub ich nie und nimmer.»

«Ist aber so, er hat es zugegeben.»

«Das kann nicht sein. Warum sollte er so was machen?»

«Ich könnte jetzt ausholen, auf klug machen und dir was von Sigmund Freud und seiner Theorie der narzisstischen Kränkung erzählen. Oder einige berühmte Fälle aus der Kriminalgeschichte zitieren, bei denen sogar Morde auf Kränkungen zurückzuführen waren, auf enttäuschte Erwartungen und Hoffnungen und auf eine Verletzung des Selbstwertgefühls. So ähnlich wird es beim Franz gewesen sein. Andere bekommen vielleicht eine Depression, er hat seine Aggression rausgelassen und sich dort abreagiert, wo er wusste, dass es dich auch emotional trifft.»

«Du sagst, er hat es zugegeben?»

Emilio nickte. «Ja, hat er, zwar nicht direkt, aber doch unzweideutig. Ich habe ihm eine Brücke gebaut, damit er leichter drübergehen kann.»

«Vielleicht hast du ihn missverstanden?»

«Das ist ausgeschlossen, denn er hat eine Erklärung unterschrieben, mit der er sich verpflichtet, den entstandenen Schaden zu ersetzen.»

Emilio zog ein zusammengefaltetes Papier hervor.

«Hier, ist für dich. Ich hoffe, dass ich mit der Höhe der Summe ungefähr richtigliege.»

Phina studierte kopfschüttelnd die kurzgefasste Zahlungsverpflichtung.

«Das ist seine Handschrift», bestätigte sie, «auch seine Unterschrift. Aber die Summe ist viel zu hoch.»

«Betrachte die Differenz als Schmerzensgeld», schlug er vor. «Dir ist ja auch ein seelischer Schaden entstanden.»

«Ist trotzdem zu viel.»

«Übrigens habe ich ihm zugesichert, dass du gegen ihn keine Anzeige erstatten wirst, dass niemand etwas davon erfährt. Ich dachte, das ist in deinem Sinne.»

«Ja, natürlich», sagte sie, ohne zu zögern.

Emilio lächelte. «Habe ich es doch gewusst, im Unterschied zu deinem Franz ...»

Sie schlug mit der Hand auf die Bank. «Das will ich nicht noch mal hören. Glaub mir, das ist nicht *mein* Franz! Das war er nie, und jetzt erst recht nicht mehr.»

«Ich habe mich versprochen, tut mir leid. Was ich sagen wollte: Im Unterschied zu diesem Herrn Pichleitner bist du weder rachsüchtig noch nachtragend. Das ehrt dich.»

«Na ja, ganz so ist es auch nicht. Ich könnt ihm eine reinhauen.»

Emilio lachte. «Das glaube ich dir. Übrigens, erinnerst du dich an die abgebrochene Flasche unter meinem Autoreifen? Das war er auch. Da fällt mir ein, er wollte für die Kosten aufkommen. Das hat er vergessen.»

«Ich kenn den Franz nicht wieder. Er war schon immer ein Zornbeutel, das schon, aber er war auch feige und hat sich nie was getraut.»

«Das passt doch. Er war ja auch diesmal feige. Er hat sich nicht offen hingestellt und etwas gewagt, sondern hinterhältig im Verborgenen gehandelt. Wollte unerkannt bleiben.» Emilio grinste. «Und Rebstöcke sind relativ ungefährliche Gegner. Sie beißen nicht, können nicht mal davonrennen.»

«Der Franz, ein Giftsprüher und Reifenaufschlitzer, der ...»

«Ich würde gerne das Thema wechseln», fiel ihr Emilio ins Wort, «und dort weitermachen, wo wir heute Mittag aufgehört haben. Korbinian Grandl, Lukas Mitterhofer und Bartholomäus Unteregger kannten sich aus der Kindheit, sind zusammen aufgewachsen. Und jetzt sind sie alle drei Opfer eines Gewaltverbrechens geworden. Das kann kein Zufall sein. Möglicherweise hatten sie doch noch engen Kontakt und haben gemeinsam irgendwas gedreht, was ihnen jemand so übel genommen hat, dass er beschlossen hat, sie umzubringen.»

«Glaub ich nicht. Als ich Korbinian auf der Vernissage getroffen habe, hat er nach den beiden gefragt. Er hatte sie seit einer Ewigkeit nicht mehr gesehen, er wusste nichts von ihnen.»

«Oder wir müssen das Rad der Zeit zurückdrehen und in der Vergangenheit suchen.»

«Was ist mit den Satanisten, die zumindest für zwei der Fälle verantwortlich sein sollen?»

«Gute Frage. Vielleicht hat da jemand eine falsche Fährte gelegt. Lass uns diese schwarzen Messen mal ausblenden, konzentrieren wir uns auf eure Kindheit. Ich hab da noch eine Frage: Warum konnte Korbinian mit deinem Namen Phina nichts anfangen? Aber er wusste, dass du auf Gertrude-Josephina getauft bist.»

Phina lächelte. «Weil ich als Kind anders genannt wurde, deshalb.»

«Und wie?»

«Das musst du gleich wieder vergessen, versprochen?»

«So schlimm?»

«Ich war als kleines Mädchen die Gerti, mit blonden Zöpfen und recht frech.»

«Und den Korbinian habt ihr Bini genannt, richtig?»

«Ja, und der Bartholomäus war der Bartl, und der Lukas, na ja, der hieß schon damals Lukas.»

Emilio rieb sich nachdenklich das Kinn. «Der Bini, der Bartl, der Lukas und die Gerti mit den blonden Zöpfen. Das klingt total nett. Hattet ihr eine schöne Kindheit?»

«Ich hab nur gute Erinnerungen. Es gibt nichts Schöneres, als auf dem Land inmitten von Weinbergen aufzuwachsen. Emilio, du täuschst dich. Die Morde haben nichts mit früher zu tun. Na klar, die drei Jungs waren ziemliche Rabauken, vor allem der Bartl, aber sie waren völlig harmlos. Ich hab gerne mit ihnen gespielt. Mit Mädchen hatte ich es nicht so.»

«Wart ihr so eine Art Clique?»

«Ich weiß nicht. Ist eh ein blödes Wort. Was ist eine Clique? Wir hatten alle auch noch andere Freunde und Freundinnen. Mal haben wir was zusammen unternommen, dann wieder nicht. Wie es halt so ist auf dem Land.»

«Ist in der Stadt nicht anders», sagte Emilio.

«Du kennst weder das eine noch das andere. Du bist auf einem Schloss groß geworden.»

Emilio lachte. «Aber wir waren auch Kinder. Und das Schloss war von Weinbergen umgeben, also auch inmitten der Natur. Leider kam ich früh in ein Internat. Da war es dann vorbei mit meiner glücklichen und unbeschwerten Kindheit.»

«Internat klingt gruselig.»

«War es auch. Aber wir wollen nicht über mich reden. Gerti, bitte denk nach.»

«Ich bin die Phina.»

«Nein, versuch für einen Moment, wieder die Gerti zu sein, versetz dich zurück in deine Kindheit. Hat's da irgendwas Besonderes gegeben, kannst du dich an spezielle Vorkommnisse erinnern?»

«Dass der Bartl mit dem Moped seines älteren Bruders eine Gans totgefahren hat, das weiß ich noch. Der Korbinian hat gerne gezeichnet, vor allem nackte Mädels. Er hat gewollt, dass ich mich für ihn ausziehe und Modell stehe. Damals waren wir zwölf, ich hab's abgelehnt. Und der Lukas wäre mal fast im Kalterer See ertrunken, daran erinnere ich mich auch noch. Er hatte sich eine Art Wasserfahrrad gebastelt. Eine tolle Idee, ist dann allerdings umgekippt und gesunken. Liegt wahrscheinlich noch heute auf dem Grund. So Sachen fallen mir ein. Nette, liebenswerte Geschichten, aber nichts Schlimmes. Wirklich nicht.»

Emilio schmunzelte. «Und was ist mit dir? Was hast du angestellt?»

«Ich? Da fällt mir nichts ein.» Sie dachte nach, schließlich klopfte sie auf die alte Bank. «Hier habe ich meinen ersten Kuss bekommen, von einem rothaarigen Jungen aus Girlan. Mein Opa hat's gesehen und mir eine Watschen gegeben. Daran erinnere ich mich. Der Junge hatte eine Zahnspange, der Kuss war die Ohrfeige nicht wert.»

«Tu mir einen Gefallen», sagte Emilio, «erzähl mir öfter aus deiner Kindheit und deiner frühen Jugend, das hört sich schön an. Und vielleicht kommen wir doch noch auf irgendwas.»

«Nein, ganz bestimmt nicht. Ist doch alles so lange her.»

Sie saßen eine Weile schweigend nebeneinander. Phina rieb die Handflächen an dem alten Holz der Bank und dachte an die Kraft, die sie verspürte. Ihre Gedanken wanderten zu Franz Pichleitner, der ihre Weinstöcke mit Gift besprüht hatte. Wie konnte man so etwas tun? Hatte sie ihn so sehr verletzt? Eine narzisstische Kränkung? Von so was hatte sie noch nie gehört.

Währenddessen dachte Emilio noch immer über die drei Jungs nach und über das Mädchen mit den blonden Zöpfen. Weil seine Schulter schmerzte, kam ihm das Attentat des mysteriösen Armbrustschützen in den Sinn. Dabei spukte ihm nicht zum ersten Mal eine Idee durch den Kopf, die er nicht länger für sich behalten wollte. Vor allem deshalb, weil sie ihm zunehmend einleuchtend erschien.

«Phina, ich glaube, dass der Armbrustschütze sein Ziel verfehlt hat», sagte er.

«Logisch, sein Schuss hat dich nur gestreift, weil ihm Mitica ins Kreuz gesprungen ist. Da hast du unglaubliches Glück gehabt.»

«Nicht ich, *du* hast unglaubliches Glück gehabt.»

«Wie meinst du das?»

«Wir haben ganz nah beieinandergestanden. Ich denke, der Mann hat auf dich gezielt. Nicht mich wollte er töten, sondern die Gerti, das Mädel mit den blonden Zöpfen. Damit wären es dann vier: der Bini, der Bartl, der Lukas und die Gerti.»

60

Vor dem Zubettgehen hatte Phina geprüft, ob am Haus alle Fensterläden geschlossen waren. Das hatte sie noch nie gemacht. Normalerweise mochte sie das Haus so offen wie möglich. Aber Emilio hatte sie mit seinen Andeutungen verstört und verängstigt. Sie hatte mitbekommen, wie er Mitica, der unter dem Dach schlief, eingeschärft hatte, in der Nacht im Haus zu bleiben und die Eingangstür unter allen Umständen verriegelt zu halten. Das trug nicht zu ihrer Beruhigung bei.

Jetzt lag sie im Bett und konnte nicht schlafen. Sie wälzte sich hin und her, zog mal die Bettdecke über den Kopf, strampelte sich dann wieder frei, versuchte es in der Bauchlage, dann wieder auf dem Rücken. Sie stellte sich Schäfchen vor, die über einen niedrigen Zaun hüpften, und begann sie zu zählen. Aber sie kam nie weiter als bis zwanzig, dann begannen ihre Gedanken, wieder auf Wanderschaft zu gehen. Und in ihren Ohren glaubte sie Emilios Stimme zu hören: *Der Bini, der Bartl, der Lukas und die Gerti.*

Die Gerti, das war sie selbst. Die drei anderen waren tot – oder, wie der Bini, so gut wie.

Ihr fiel der alte Zählreim mit den zehn kleinen Negerlein ein. Mit jeder Strophe starb einer weg. War es das, was gerade geschah?

Zehn kleine Negerlein schlachteten ein Schwein; Bartl stach sich selber tot, da blieben nur noch neun. Neun kleine Negerlein, die gingen

auf die Jagd; Lukas schoss den andern tot, da waren's nur noch acht.
Acht kleine Negerlein, die gingen und stahlen Rüben; Bini schlug der
Bauer tot, da blieben nur noch sieben. Sieben kleine Negerlein begegnen
einer Hex'; die Gerti zaubert sie gleich weg, da blieben nur noch sechs …

War der Reim mit der Gerti zu Ende, oder ging er vielleicht
weiter? Politisch korrekt war es ja nicht, von kleinen «Negerlein» zu sprechen. Egal, wie viele «Negerlein» gab es? Phina
überlegte. In ihrer Kindheit waren sie bei ihren Abenteuern
tatsächlich meist zu viert gewesen. Sozusagen ein Quartett.
Ursprünglich sogar ein Quintett, aber später nicht mehr. Jedenfalls keine zehn kleine Negerlein. Der Abzählreim würde
nicht weitergehen. Mit ihr wäre Schluss.

Phina vergrub ihr Gesicht im Kopfkissen. Das war doch alles völliger Blödsinn, dachte sie. Emilio hatte sie völlig durcheinandergebracht. Was sollten die Morde mit ihrer Kindheit
zu tun haben? Sie solle nachdenken, hatte er gesagt, und sich
in ihre Zeit als Gerti zurückversetzen. Na, vielen Dank, damit
hatte er ihr den Schlaf geraubt. Emilio war ein Herzchen. Er
schlief in seinem Zimmer sicher tief und fest, während sie hier
kein Auge zutun konnte.

Erneut versuchte sie, Schäfchen zu zählen. Vergeblich, sie
kam nicht weit. Aus den Schäfchen wurden spielende Kinder.

Sechs kleine Negerlein geh'n ohne Schuh und Strümpf; einer erkäl-
tet sich zu Tode, da blieben nur noch fünf …

Ohne Schuh und Strümpf? Im Sommer waren sie am liebsten barfuß herumgelaufen. Im schlimmsten Fall trat man auf
eine Wespe oder Biene. Autsch! Dem Seppi war das mal passiert, damals, als er noch dabei war. Aber der Seppi hatte sowieso das Unglück angezogen, er war in ihrer Clique der Pech-
vogel gewesen. Er hatte ihr oft leid getan. Andererseits hatten
sie ihn alle gemeinsam gehänselt, da hatte sie keine Ausnahme

gemacht. Aber so waren halt Kinder, lustig und unbeschwert – und doch auch kleine Biester.

Sie drehte sich zur Seite, weil sie keine Luft mehr bekam. Mitica hätte damals gut zu ihnen gepasst, der war auch so ein Rabauke. Aber ein Rumänenbub hätte es damals schwer gehabt, der hätte nicht in ihre Welt gepasst.

Phina gähnte. Jetzt wurde sie doch müde, Gott sei Dank. Ihre Gedanken wurden träge, sie glaubte zu spüren, wie ihre Arme und Beine schwerer wurden.

Schließlich schlief sie ein.

*

Der Mond stand hell über dem Mitterberg, durch die Weinberge strich ein Fuchs, und in der Ferne verlor sich das Geräusch eines einsamen Motorrollers. Da wurde Phina plötzlich aus einem tiefen Traum geschreckt. Sie hatte von dem Mann mit der Armbrust geträumt und ihn davonrennen sehen, eine hoch aufgeschossene, hagere Gestalt, nach vorne gebeugt, mit merkwürdig schaukelnden Bewegungen und pendelnden Armen. Sie hatte Emilios Stimme gehört, wie er von dem nächtlichen Besucher im Krankenhaus erzählt hatte, von seinen weit aufgerissenen Augen und den kuriosen Armbewegungen. Übergangslos war sie in ihrem Traum als kleines Mädchen hinter Seppi hergerannt; sie hatten «Fangsmandl» gespielt. Der Bub war leicht einzuholen gewesen – beim Laufen hatte er immer so komisch gewippt und mit den Armen herumgeschlenkert. Sie hatten alle gelacht, der Bini, der Bartl und der Lukas. Auch die blonde Gerti. Nur der Seppi hatte gejammert. Dann hatten sie ihn in das große Weinfass gesperrt. Fast gestorben wäre er da drin, aber dann hatte er doch noch gelebt.

Phina saß aufrecht im Bett. Gelebt hatte er schon, aber verrückt war er geworden. Durch Zufall war er von irgendeinem Arbeiter im Fass entdeckt worden, genau konnte sie sich nicht mehr erinnern. Halb tot war der Seppi gewesen. Erst hatte er gar nicht sprechen können, und als er wieder bei Sinnen war, hatte er nur noch wirres Zeug geredet. Darüber waren sie erst froh gewesen, denn so hatte er sie nicht verraten können. Aber dann hatte es schon schwer auf ihrer Seele gelastet, dass der Streich ihrem Spielkumpan so zugesetzt hatte. Phina versuchte, sich zu erinnern, was aus Seppi geworden war. Denn von einem Tag auf den anderen war er nicht mehr da gewesen. Der Seppi hatte ja bei Pflegeeltern gewohnt, und weil er nach dem Vorfall nicht mehr richtig im Kopf gewesen war, hatten sie ihn weggegeben.

Sie stand auf und schlich sich aus ihrem Zimmer, ohne Licht zu machen. Sie brauchte kein Licht, sie war in diesem Haus aufgewachsen. Leise öffnete sie die Tür zu Emilios Zimmer. Sie hatte recht gehabt: Er schlief tief und fest. Was eine Sauerei war, denn zuvor hatte er ihr mit seinen Bemerkungen den Schlaf geraubt. Also war es nur recht und billig, ihn ohne jedwede Zuwendung wach zu rütteln.

«He, das ist meine kranke Schulter», protestierte er, «das tut weh.»

«'tschuldigung, aber ich muss dich sprechen.»

«Hat das nicht bis morgen Zeit?»

«Nein, hat es nicht. Na ja, vielleicht doch, ganz sicher sogar, aber …»

«Dann leg dich zu mir und lass uns schlafen. Und morgen quatschen wir.»

«Ich hab getan, was du gesagt hast. Ich hab mich an früher erinnert und war wieder die Gerti.»

«Sehr schön», murmelte er müde. «Jetzt sei bitte wieder die Phina. Die Gerti lass ich nicht ins Bett, die ist zu klein.»

*

Für Phina war es spätmorgens, für Emilio noch viel zu früh, als sie ihn erneut weckte, diesmal behutsam und mit Rücksicht auf seine Schulter. Nach ihren vorangegangenen Albträumen und den verworrenen Erinnerungen an ihre Kindheit hatte sie an Emilios Seite doch noch Schlaf gefunden. Sie fühlte sich nicht so erschlagen wie erwartet. Aber mit jeder Minute, die sie wach im Bett lag, rotierten wieder ihre Gedanken, die erst träge waren und gemächlich, dann immer schneller: Sie überschlugen sich, gerieten durcheinander, machten ihr Angst und ließen ihr Herz rasen.

«Emilio, ich muss mit dir reden.»

«Ich weiß. Aber mein Kopf ist noch nicht wach.»

«Das wird sich gleich ändern», sagte sie. «Du hast mich doch aufgefordert, mich an meine Kindheit zu erinnern, an meine Zeit mit Bini, Bartl und Lukas. Und ob es irgendwelche Vorkommnisse gegeben hat, wolltest du wissen, richtig?»

«Ist dir was eingefallen? Ich meine, außer toten Gänsen und einem gekenterten Wasserfahrrad?»

«Ja, mir ist was in Erinnerung gekommen, etwas, das ich tief in meinem Gedächtnis vergraben hatte, weil ich wohl nicht mehr daran denken wollte. Letzte Nacht hat sich's wieder an die Oberfläche gedrängt. Ich weiß nicht, was ich davon halten soll. Rational kann ich mir nicht vorstellen, dass die Geschehnisse von damals etwas mit den Ereignissen von heute zu tun haben könnten. Aber mein Bauchgefühl sagt was anderes. Und die Bilder, die ich vor meinem Auge habe, sind beunruhigend.»

«Schieß los!»

Phina war froh, dass sie es herauslassen konnte. Sie fing mit Seppi an, dem Fünften im Bunde, der ungeschickt war und furchtsam, der beim «Fangsmandl» immer das Opfer war und der beim Laufen so merkwürdig mit den Armen schlenkerte. Dann beichtete sie, dass sie gemeinsam den armen Seppi in ein Weinfass gesperrt hatten, dass er hinterher fast tot gewesen war und schwer traumatisiert. Als man ihn gefunden hatte, war das Fass offen gewesen, und weil Seppi ein eigenartiges Kind war, hatte man geglaubt, er habe sich selbst hineingelegt. Seppi hatte nichts dazu gesagt, und wenn, dann war es ein solches Durcheinander gewesen, dass keiner daraus schlau wurde. Jedenfalls sei auf seine Freunde kein Verdacht gefallen. Weil Seppis Geistesverwirrung nicht besser wurde, hatten ihn seine Pflegeeltern bald weggegeben.

Danach hatten sie vom Seppi nie mehr was gehört. Sie hatten ihn schnell vergessen. Was für alle das Beste war, denn natürlich hatten sie sich schuldig gefühlt. Aber keiner hatte je mit anderen darüber gesprochen. Das sei ihr Geheimnis geblieben.

«Er hat beim Laufen merkwürdig mit den Armen geschlenkert?», hakte Emilio nach, der mittlerweile hellwach war.

Phina nickte. «Ganz so wie unser Armbrustschütze bei seiner Flucht, und wie du es von eurer Begegnung im Krankenhaus berichtet hast. Seppi war hager, aber für sein Alter groß und immer so komisch nach vorne gebeugt. Er hatte markante Wangenknochen. Und er konnte seine Augen unheimlich groß machen, sodass man rund herum das Weiße sah. Von seinen aufgerissenen Augen habe ich heute Nacht geträumt.»

«Der Seppi hieß eigentlich Josef, richtig?»

«Ja, ich denke schon.»

«Weißt du den Namen seiner Pflegeeltern?»

Phina überlegte. «Das waren die Grubers. Der alte Gruber ist vor einigen Jahren gestorben. Die Gruberin ist danach in irgendein Altersheim gegangen. Vielleicht lebt sie noch, keine Ahnung.»

«Hmmm.»

«Was meinst du? Da bilde ich mir was ein, oder? In der Nacht, wenn man wach liegt, hat man die blödesten Gedanken. Es kann doch nicht sein, dass der Seppi …?» Sie sprach den Satz nicht zu Ende.

«Ich hatte in der Nacht schon die tollsten Einfälle», sagte Emilio. «Da übernimmt unser Unterbewusstsein die Regie, und das kommt mir oft gescheiter vor als unser Wachbewusstsein. Na ja, oft ist's auch ein Schmarrn, was einem beim Träumen so einfällt, das gebe ich zu. Aber in diesem Fall glaub ich's nicht. Freilich, ein normal denkender Mensch würde sich nicht Jahrzehnte später an seinen Spielkameraden aus der Kindheit rächen, die ihm einen blöden Streich gespielt haben. Aber dieser Josef war ja offenbar schon zuvor etwas verhaltensgestört. Durch eure Mutprobe wurde er schwer traumatisiert. Im Ergebnis hat er seine Pflegeeltern verloren, er wurde aus seinem Leben gerissen und irgendwohin abgeschoben. Seine vermeintlich besten Freunde haben ihm seine Kindheit geraubt und die Hoffnung auf ein glückliches Leben. Wer weiß, wie es ihm später ergangen ist? So verrückt muss man nicht sein, um euch an allem die Schuld zu geben. Es braucht auch kein allzu heißes Gemüt, um Rachegelüste zu wecken. Vielleicht in Nächten, in denen man wie du nicht schlafen kann und das Unterbewusstsein mit einem spricht.»

«So wie du das sagst, wird mir gleich schlecht. Wir waren Kinder und hatten nichts Böses im Sinn. Außerdem bringt man doch deswegen keinen um.»

«Kein Mensch hat das moralische Recht, jemanden zu töten. Trotzdem wird jeden Tag und überall auf der Welt gemordet. Doch, ich kann's mir schon vorstellen. Erst recht, wenn wir wissen, dass der Josef psychisch krank war, und mal davon ausgehen, dass er es immer noch ist.»

«Aber warum dann dieser Satanisten-Quatsch? Das macht doch keinen Sinn.»

«Ich hab keine Ahnung. Entweder ist's eine bewusste Irreführung, oder dieser Josef glaubt wirklich an den Fürstem der Hölle. Wer weiß?»

«Und warum hatte dann der Bartl eine Rebschere in der Brust?»

«Du hast recht, der passt nicht ins Bild. Aber der Schuss mit der Armbrust auch nicht. Trotzdem kann's ein und derselbe Täter sein.»

«Oder es war doch die Laura, die den Bartl erstochen hat, obwohl ich es nicht glauben kann.»

«Dann wäre sie dem Josef womöglich zuvorgekommen. Wie auch immer, das sind alles Spekulationen. Vielleicht ist der Josef längst tot, oder er hat sein Kindheitstrauma überwunden und ist ein braver Mitbürger geworden.»

«Und jetzt?»

Emilio fuhr sich über das Kinn. «Ich sollte aufstehen und mich rasieren. Dann werde ich frühstücken und mich anschließend auf die Suche nach Josefs Pflegemutter machen, der Gruberin. Wenn sie noch lebt, erfahren wir von ihr, wo sie den Buben hingegeben hat. Dann kann ich herausfinden, was aus ihm geworden ist.»

«Hoffentlich geht's ihm gut. Das wünsche ich mir.»

61

Es gab Momente, da glaubte Josephus zu fühlen, wie der Totengott Hades von ihm Besitz ergriff. Hades, der die Unterwelt beherrschte. Hades war unerbittlich, und es gab kein Entrinnen aus seinem finsteren Reich. Auch Josephus hatte sich vorgenommen, keine Gnade zu zeigen und sich weder durch Bitten noch durch irdische Verlockungen erweichen zu lassen. Hades hatte es nach einem Weib gelüstet, und er war mit seiner von schwarzen Rössern gezogenen Quadriga aus der Unterwelt über die Lande gefahren. Weil kein Weib seinem Werben folgen wollte, schon gleich keine Göttin, beschloss er, eine zu rauben. Sein Auge fiel auf Persephone, die Tochter des Zeus, die er in sein Totenreich entführte und zu seiner Geliebten und Gemahlin machte. So oder so ähnlich hatte es sich zugetragen. Im Kloster hatte Josephus ein Seminar zur griechischen Mythologie besucht. Schon damals hatte ihn der Totengott Hades weit mehr in seinen Bann gezogen als etwa Zeus, der Göttervater und Herrscher über Blitz und Donner, oder Poseidon, der Gott des Meeres. Nicht auf dem Olymp wollte er herrschen, sondern in der Gegenwelt der Finsternis.

Er glaubte sich zu erinnern, dass Hades neben der schönen Persephone noch eine Geliebte hatte, eine Nymphe, die den Namen Minthe trug. Ein Götterweib und eine Meerjungfrau. Josephus spürte, wie ihn lüsterne Gedanken übermannten. Was würde der Totengott Hades an seiner Stelle tun? Josephus fletschte die Zähne und zog sich aus. Auch er hatte seine Unterwelt, Luzifer hatte es gut mit ihm gemeint.

Er schritt die Treppe hinunter und betrat den Raum in seinem Keller, den er Satan geweiht hatte. Er entzündete die Kerzen und nahm die Peitsche vom Haken, um sich zu züchtigen. Dabei würde er sich an einem Anblick erfreuen, der auch einem Hades gefallen hätte. Denn vor ihm lag ein Weib auf einem Feldbett, die Hände und Füße gefesselt. Sie sah ihn mit angsterfüllten Augen an, sagte aber kein Wort, ließ auch kein Jammern vernehmen und kein Wehklagen.

Er bückte sich und zog die schwarze Decke zur Seite, die ihr im Verlies Wärme spendete. Jetzt lag sie nackt vor ihm. Das war seine Persephone, eine Göttin aus Fleisch und Blut. Wollüstig und mit wogendem Busen. Sie war ihm in einer schicksalhaften Nacht zur unrechten Zeit in einem Weinberg begegnet. Da hatte er gerade dem Peiniger aus Kindertagen eine Rebschere tief in die Brust gestoßen. Ihm war nichts anderes übrig geblieben, als die Zeugin seiner Tat zu überwältigen und wie Hades die Persephone hierher in sein kleines, verborgenes Totenreich zu verschleppen. Natürlich hätte er sie an Ort und Stelle töten können, aber dazu hatte er keinen Auftrag gehabt; sie hatte ihm nichts angetan, sie stand nicht auf der Liste. Seitdem hielt er sie gefangen. Er tat alles, damit sie am Leben blieb, gab ihr Wasser und Essen, verarztete ihre Wunden und gab ihr Antibiotika – obwohl er wusste, dass sie in diesem Raum sterben würde. Das schmerzte ihn, war aber nicht zu ändern.

Josephus betrachtete ihren Körper, den er begehrte. Er ließ die Peitsche auf seinen Rücken sausen, bis er schließlich zusammenbrach und sich stöhnend auf dem steinernen Boden krümmte. Es dauerte, bis er wieder auf die Beine kam. Schwankend stand er vor seiner Persephone. Kein Wort kam über ihre Lippen. Sie sah ihn mit einem Blick an, den er nicht deuten konnte. Was würde sie tun, wenn er ihre Fesseln löste? Josephus hatte Träume, orgiastische Träume. Aber er widerstand der Versuchung. Im Moment war er zu schwach, um seine Göttin niederzuringen. Er verhüllte sie mit der Decke, benetzte mit der Zunge seinen Zeigefinger – und malte ein Kreuz auf ihre Stirn.

62

Phina brauchte nur einige Telefonate, um herauszufinden, in welchem Altersheim Helene Gruber lebte. Am liebsten hätte sie Emilio begleitet, aber sie hatte einen geschäftlichen Termin, den sie nicht verschieben konnte. Emilio wollte keine Zeit verlieren. Denn wenn das keine Hirngespinste waren, lief da draußen jemand herum, der ebenso verrückt wie gefährlich war. Und selbst wenn sich herausstellte, dass dieser Josef als Täter nicht in Frage kam, sollte er das möglichst schnell wissen, um sich nicht in einer Sackgasse zu verrennen. Er schnappte sich seinen «Schaltassistenten» Mitica, dem er keine größere Freude hätte machen können, und fuhr los.

Eine halbe Stunde später saß er der Gruberin gegenüber, die zwar alt und gebrechlich war, aber zu seiner Erleichterung bei bester geistiger Gesundheit. Es stimmte sie traurig, als er auf ihr Pflegekind Josef zu sprechen kam. Es gebe glücklichere Kapitel in ihrem Leben, sagte sie. Denn den Seppi habe sie wie ein eigenes Kind angenommen, sie habe ihm all die Liebe geschenkt, zu der sie fähig gewesen war. Aber der Junge habe sich von klein an seltsam betragen; es sei ihr nie gelungen, zu seiner Seele vorzudringen. Jedenfalls habe sie dieses Gefühl gehabt. Sie habe seine Eigenarten darauf zurückgeführt, dass er als kleines Kind seine leiblichen Eltern durch einen tragischen Unfall verloren hatte. Davon sei er halt traumatisiert gewesen, der arme Bub.

Ansonsten sei er brav gewesen, gehorsam und auch nicht schlecht in der Schule. Er habe wenig Kummer gemacht, sei dann aber immer versponnener geworden. Habe Sachen geredet, die sie nicht verstanden hätten, sei oft von Ängsten geplagt gewesen und habe epileptische Anfälle gehabt. Sie sei mit ihm bei verschiedenen Ärzten gewesen, auch bei einem Nervendoktor, aber man habe ihm nicht helfen können.

Damals hatte sie mit ihrem Mann noch die Hoffnung gehabt, dass das nur eine vorübergehende Entwicklungsstörung war. Aber dann sei es zu diesem schicksalhaften Ereignis gekommen, das sie bis heute nicht verstehen könne. Man habe den Bub vermisst, überall nach ihm gesucht, dann sei er am nächsten Tag gefunden worden. Er habe in einem großen Weinfass gelegen, auf dem Rücken, die Arme ausgestreckt und die Füße übereinander, wie der Heiland am Kreuz. Der Schrecken war groß gewesen, denn zunächst hatte man ihn für tot gehalten, aber das war er nicht. Sie hätten nie herausgefunden, warum er sich ins Fass gelegt hatte, er habe auch nie eine Erklärung für sein Tun gegeben oder erzählt, was vorgefallen sei, stattdessen habe er nur noch wirres Zeug geredet.

Wie gesagt, schon vorher sei der Seppi eigenartig gewesen, aber danach so verhaltensgestört, dass sie sich nicht mehr zu helfen gewusst hätten. Sie hätten mit dem Pfarrer im Dorf gesprochen, der den Seppi gut gekannt habe, er sei ja auch Ministrant gewesen. Der Priester habe dann den Vorschlag gemacht, den Bub in die Obhut eines Klosters zu geben, wo ihm Gottes Hilfe zuteil werden könne.

Erst hätten sie sich gesträubt, aber dann sei ihnen klar geworden, dass es das Beste war – für den armen Josef, aber auch für sie selbst, denn mit ihren Nerven seien sie damals am Ende gewesen.

Die alte Frau hatte die ganze Geschichte ohne große Stockungen erzählt, hatte sich zwischendurch mal schneuzen müssen, auch einige Tränen verdrückt. Emilio hatte sie ihr Herz ausschütten lassen, ohne sie zu unterbrechen.

«Was ist aus ihm geworden?», fragte er nun.

«Ein Mönch wird er wohl geworden sein. Aber ich habe ihn nie mehr gesehen, nichts von ihm gehört. Wahrscheinlich ist das so in einem Kloster: Wer neu dazukommt, muss mit seinem weltlichen Leben abschließen. Ich hoff, dem Seppi geht's gut. Gescheit war er ja, der Bub, aber halt nicht normal.»

«Wissen Sie den Namen des Klosters, in das Ihr Pflegekind gekommen ist?»

Sie nickte. «Der Pfarrer wollte es uns nicht sagen, aber wir haben es dann doch erfahren.»

Er sah sie auffordernd an.

Helene Gruber zögerte. «Warum wollen Sie wissen, welches Kloster unseren Josef aufgenommen hat?», fragte sie.

«Weil ich ihn sprechen muss. Ich muss etwas von ganz früher erfahren, das für mich sehr wichtig ist. Ich hoffe, er kann sich daran erinnern.»

«Aber Sie wollen mir nicht sagen, worum es geht?»

«Nicht so gern», gab er zu.

«Ich sag's Ihnen unter einer Voraussetzung.»

«Ja, bitte.»

«Sie richten ihm Grüße von mir aus. Und Sie kommen mich hernach wieder besuchen und erzählen mir, wie es ihm geht. Würden Sie das tun?»

«Selbstverständlich», versprach er und verdrängte den Gedanken, dass es ihm wahrscheinlich schwerfallen dürfte, die Grüße mit der gebotenen Herzlichkeit auszurichten, und dass es der alten Gruberin nicht gefallen könnte, was aus ihrem Seppi geworden ist.

*

Emilio kannte in Südtirol nur wenige Klöster. Natürlich das barocke Augustinerkloster Neustift vor den Toren Brixens, vor allem wegen der köstlichen Weine wie des Sylvaners. Dann das spektakulär auf einem Felsen gelegene Kloster Säben bei Klausen, das aber nach seinem Wissen schon seit Jahrhunderten von Benediktinerinnen geführt wurde. Und das Kloster Marienberg, hoch oben im Vinschgau, ebenfalls eine Benediktinerabtei, in der jedoch Mönche lebten. Aber die frühere Pflegemutter von Josef nannte einen ganz anderen Namen und einen Ort, von dem klar war, dass er nicht in Südtirol lag.

Zurück im Auto nahm er sein Smartphone und googelte das Kloster. Emilio fand heraus, wo es sich befand; es war jedoch zu weit weg, um schnell hinzufahren. Dort wurde Italienisch gesprochen. Das käme ihm gelegen, denn in keiner anderen Sprache konnte man so schön das Blaue vom Himmel herunterlügen. Denn das musste er wohl tun, wollte er erfahren, was aus dem Novizen Josef geworden war. Klöster waren traditionell verschwiegen, so verschwiegen, dass ihm keine Lüge einfiel, die erfolgversprechend war, schon gar nicht am Telefon.

Nach kurzem Nachdenken rief er im Vatikan an. Genauer gesagt im *Palazzo del Tribunale*, wo das Gendarmeriekorps der Vatikanstadt seinen Sitz hat. Dort kannte er einen hochrangigen Gendarmen, dem er in früheren Jahren mal einen wertvollen Dienst erwiesen hatte. Eine Bezahlung hatte es dazumal nicht gegeben, nur Gottes Lohn, eine päpstliche Audienz, und das Versprechen, dass er einen Gefallen guthabe. Einen

Mann, der für den Heiligen Stuhl arbeitete, durfte man beim Wort nehmen. Nun machte er die Probe aufs Exempel. Sein Gendarm erwies sich als kooperativ. Er versprach, im Kloster nachzufragen. Emilio liebte es, wenn sich alte Freundschaften bezahlt machten.

Somit hatte er ein gutes Gefühl, als er mit Miticas schaltkräftiger Unterstützung zum Krankenhaus fuhr. Dort wollte er einen Termin für eine Nachuntersuchung wahrnehmen. Er konnte gerade sowieso nichts Besseres tun. Der päpstliche Gendarm in Rom hatte zugesagt, ihm umgehend Bescheid zu geben.

*

Die Ärzte waren mit seiner Schulter zufrieden. Na immerhin, er selbst war es nicht.

Danach ging er hinauf in die Abteilung, wo Korbinian Grandl lag. Emilio vergewisserte sich, dass sein Zimmer ordentlich bewacht wurde. Er brachte in Erfahrung, dass sich sein Gesundheitszustand nicht gebessert hatte, eher im Gegenteil. Er erinnerte sich an den Besucher in der Vinothek, ein netter Mann, etwas verstört und nervös, aber sympathisch. Und jetzt lag er hier und rang mit dem Tod. Emilio war aufgrund seiner Lebenserfahrung sparsam mit Mitleid, aber Korbinians Schicksal bedrückte ihn. Sollte sich herausstellen, dass wirklich dieser Josef dafür verantwortlich war, würde es ihm schwerfallen, dem Mann zu vergeben – traumatische Kindheitserlebnisse hin oder her.

*

Noch immer kein Anruf aus dem Vatikan. Emilio entschloss sich zu einem Damenbesuch. Er fuhr zu Sabrina Unteregger, verpflichtete Mitica zu strengstem Stillschweigen und machte der schwarzen Witwe seine Aufwartung.

Eigentlich wollte er klarstellen, dass aus ihrer zart knospenden Beziehung nichts werden könne, weshalb sie sich besser nicht mehr sehen sollten. Das war seine erklärte Absicht gewesen. Stattdessen ließ er sich zu einem Glas Wein überreden und zu leckeren Antipasti. Einen Teller brachte er hinaus zu Mitica, zusammen mit einer Cola. Nach einer knappen Stunde fand er den Absprung, ohne die klärenden Worte gesprochen zu haben.

Er wartete weiterhin auf eine Nachricht aus Rom.

*

Nächste Station war das Weingut von Phinas Nachbarn. Peter Waldleitner war oben im Büro. Emilio gab ihm die Information, dass das ominöse Erpresserschreiben null und nichtig sei. Er gab dem Winzer das Blatt zurück und sagte, er könne es verbrennen. Er habe herausgefunden, wer auf diese blöde Idee gekommen sei. Er könne keinen Namen nennen, habe aber die hundertprozentige Gewissheit, dass es zu keinen weiteren Forderungen kommen werde, auch seien alle Drohungen Schall und Rauch.

Als er seinem «Freund» Peter Waldleitner berichtete, dass er außerdem den wahren Täter ausfindig gemacht habe, hielt es sein Gegenüber kaum mehr auf dem Sitz. Umso größer war die Enttäuschung, dass Emilio partout nicht mit dem Namen herausrücken wollte. Er habe mit Phina darüber gesprochen, und sie hätten Verschwiegenheit vereinbart. Aber er solle von ihr ausrichten, dass einer guten und einvernehmlichen Nachbarschaft nichts im Wege stünde. Sie sei bereit, die Vergangenheit ruhen zu lassen. Das war zwar gelogen, denn Phina hatte nichts dergleichen gesagt, aber Emilio dachte, dass er zur Abwechslung mal Frieden stiften und zwei alte Streithähne miteinander versöhnen könne. Hoffentlich spielte sie dann auch mit. Peter Waldleitner grummelte, dass er sich das noch gut überlegen müsse, aber immerhin sei die Phina nicht so schlimm wie ihr querköpfiger Vater, Gott hab ihn selig. Dann sagte er, dass er doch noch eine Flasche Blatterle gefunden habe; die würde er jetzt gerne aufmachen.

Emilio überlegte, inwieweit die Tatsache, dass Mitica ihm einen Teil des Fahrens abnahm, bei einer Alkoholkontrolle hilfreich wäre. Er kam zu dem Schluss, dass wohl eher das Gegenteil der Fall war; außerdem konnte es gut sein, dass er heute noch einen klaren Kopf brauchte. Weshalb er das Angebot dankend ablehnte, aber er würde bei nächster Gelegenheit darauf zurückkommen.

*

Eine Stunde später lag er im Liegestuhl auf der Terrasse, mit schweren Augen und trüben Gedanken, da kam endlich der ersehnte Anruf aus dem Vatikan. Was ihm der Gendarm erzählte, machte ihn schneller wach als ein doppelter Espresso.

Der Seppi war tatsächlich ein Mönch geworden und wurde nun Josephus genannt. Aber er sei im Laufe seines klösterlichen Lebens immer absonderlicher geworden. Manche Brüder hätten sogar geglaubt, er sei regelrecht vom Teufel besessen, weshalb extra ein Teufelsaustreiber aus Rom gekommen sei, aber der Exorzist habe nichts ausrichten können. Am Ende sei er aus der Glaubensgemeinschaft des Klosters ausgeschlossen worden. Monate später habe man im Konvent einen Geheimbund entlarvt, dessen Mitglieder dem Satan gehuldigt hätten. Es gebe den begründeten Verdacht, dass auch Josephus diesem Kreis angehört habe. Der Gendarm des Heiligen Stuhls hatte darüber hinaus den heutigen Wohnort von Josephus in Erfahrung gebracht.

Als er den Ort nannte, lief es Emilio kalt den Buckel hinunter – denn viel näher ging es nicht.

63

Es gab Phasen, in denen fühlte sich Josephus ausgelaugt und kraftlos, nicht nur körperlich, sondern auch geistig. Da kam er sich vor wie eine heruntergebrannte Kerze, deren Flamme klein und zittrig war, wo es nur eines Windhauchs bedurfte, um sie zum Erlöschen zu bringen. Dann lag er ängstlich darnieder, von Zweifeln gepeinigt und ohne Hoffnung. Aber er kannte auch das krasse Gegenteil: Zeiten voller Energie und Tatendrang, voll kühner Entscheidungen und großer Geistesschärfe. Da war er wie eine mächtige Kerze, die von keinem Sturmwind gelöscht werden konnte. In den letzten Tagen und Wochen hatte er ein solches Stimmungshoch verspürt, unterbrochen nur von kurzen Eintrübungen, die schnell vorübergingen.

Seine Mission wirkte auf ihn wie eine Droge, bewusstseinserweiternd und aufputschend; sie steigerte seine Leistungsfähigkeit und schenkte ihm höchste Glücksgefühle. Er empfand weder Schmerz noch Hunger noch Müdigkeit. Er kannte keine Angst; wenn es die Situation erforderte, konnte er aggressiv sein und ohne Skrupel.

Gleichwohl war ihm bewusst, dass diese Euphorie nicht ewig anhalten würde. Daher durfte er nicht zaudern und musste aufs Tempo drücken. Eine wichtige Maßnahme hatte er bereits ergriffen. Er hatte sich nachts auf Gertis Weingut geschlichen, die mitgebrachte Handgranate scharfgemacht und so unter ein Pedal ihres Traktors geklemmt, dass sie beim Betätigen explodieren würde. In den zurückliegenden Wochen hatte er Gerti immer wieder mit dem Fernglas beobachtet. Er wusste, dass sie fast täglich mit dem Traktor fuhr, und er hatte den Eindruck gewonnen, dass sie keinen anderen ans Steuer ließ. Der alte Lamborghini-Traktor war ein Liebhaberstück, war ihre persönliche Leidenschaft, da durfte niemand außer ihr ans Steuer. Genau das würde ihr zum Verhängnis werden.

Er hatte vor kurzem Radio gehört, in der Hoffnung, dass die Nachricht kommen würde, aber es war noch nicht passiert; offenbar hatte Gerti ihren Traktor bislang nicht bewegt. Es gab keinen Grund zur Beunruhigung. Sie würde es tun, ganz gewiss, und dann würde eine fürchterliche Detonation ihren Traktor in tausend Teile zerfetzen – und auch die Lenkerin. Gewiss, im Leben könnte ihr Anblick das Auge erfreuen, aber sie hatte ihr Recht auf Dasein, auf Glück und auf Liebe längst verwirkt, vor Jahrzehnten schon, als sie ein kleines Mädchen gewesen war, mit blonden Zöpfen, unschuldig eigentlich, und doch unbarmherzig und seelenlos: eine Mittäterin, die sein Leben zerstört hatte.

Jene Nacht, die sein Schicksal und damit auch ihres besiegelt hatte, lag lange zurück und war ihm dennoch so gegenwärtig, als ob es erst gestern gewesen wäre. Er glaubte, ihre Stimme zu hören. «Au ja, eine Mutprobe», hatte sie begeistert gerufen. Und vor dem Fass hatte die Göre in die Hände geklatscht. «Reinkriechen, reinkriechen!», hatte sie gefordert. Sie hatte die drei Jungs aufgestachelt, hatte kein Mitleid mit ihm gehabt, hatte keine Sekunde daran gedacht, wie elend es ihm dabei ergangen war.

Dann hatte er in diesem Fass gelegen, hatte vergeblich versucht, die verriegelte Klappe von innen zu öffnen, und in dem runden Fass nach oben zu klettern, wo die Öffnung und die

Freiheit auf ihn warteten. Immer wieder war er ausgerutscht, hatte sich die Hände blutig gerissen, hatte geschrien – und schließlich aufgegeben.

Da war ihm der Heiland erschienen, zumindest hatte er das geglaubt. Heute wusste er, dass in Wahrheit Luzifer zu ihm gesprochen hatte. Jedenfalls hatte er einen Schein verspürt, überirdisch und von glorioser Intensität. Er hatte sich auf den Boden des Fasses gelegt, hatte die Arme ausgestreckt und ge-spürt, wie er ans Kreuz genagelt wurde. Damals hatte er einen Schwur geleistet: dass seine Widersacher dafür würden büßen müssen. Nicht morgen, nicht übermorgen, nicht im nächsten Jahr. Gottes Mühlen mahlten langsam. Josephus musste lachen. Die Mühlen Satans mahlten noch viel langsamer, aber mit un-erbittlicher Sorgfalt – und ohne je ein Korn zu vergessen.

Viel Zeit war vergangen seit jener Nacht im Fass. Damals hatte er geglaubt, dass er sein Schicksal in die Hände Gottes legen müsste. Nicht ahnend, dass es einen anderen gab, einen mächtigeren und unbarmherzigeren Herrscher: nämlich Satan und seine engelgleiche Reinkarnation mit dem Namen Luzifer. *Gepriesen sei dein Name, deine Kraft und deine Herrlichkeit. Dein Wille geschehe.*

*

Josephus stand im Wohnzimmer. Er hatte seine rote Kutte an, darunter war er nackt. Seine Mission war erfüllt, jedenfalls so gut wie. Die Peiniger seiner Kindheit hatten für ihre Frevel bezahlt. Korbinian war im Vorhof der Hölle, er erlitt tausend Qualen, bevor er erlöst wurde. Gertis Urteil war gesprochen, bald würde sie von der Granate zerfetzt. Sie würde keine Gele-genheit haben, über das Wie und Warum nachzudenken. Das war bedauerlich und gewissermaßen ein Akt der Gnade. Sie hatte das vielleicht sogar verdient, denn dazumal war sie nur eine Mitläuferin gewesen, keinesfalls die Haupttäterin. Aber schützte das vor einer Bestrafung? Sicherlich nicht.

Josephus zog die Kordel um seine Hüften enger, so fest, dass es wehtat und ihm fast den Atem nahm. Als Nächstes würde er in den Hades hinunterschreiten und seiner Persephone einen lustvollen Tod bescheren. Er würde ihr eine zweite Kordel, die vom Hohepriester des klösterlichen Satansordens geweiht worden war, um den schlanken Hals legen – dann langsam zuziehen und ihr Röcheln tapfer ertragen.

In diesem Moment läutete es an der Haustür. Die Unterbrechung war höchst unpassend. Josephus musste mit seinen Gedanken erst in die Realität zurückfinden. Er spähte durch einen Fensterschlitz.

Draußen stand ein Mann, der einen Arm in einer Schlinge trug, auf einen Stock gestützt – und mit einem gelangweilten, irgendwie geistesabwesenden Gesichtsausdruck. Natürlich kannte er diesen wundersamen Patron. Obgleich er Gertis Hausgast war, womöglich sogar ihr Geliebter, wusste er nicht viel von ihm. Er war wohl von altem Adel, aber von undurchsichtigem Charakter. Er hatte den Pfeil abbekommen, der für Gerti gedacht war. Und er war ihm im Krankenhaus zu nächtlicher Stunde begegnet. Der Mann war überaus seltsam.

Josephus nahm aus der Schublade seines Garderobenschranks einen arabischen Krummdolch, mit breiter und zweischneidiger Klinge, wie dafür geschaffen, einen Christen vom Hals bis zu den Eingeweiden aufzuschlitzen, und ließ ihn unter seiner Kutte verschwinden. Er schritt zur Tür und öffnete sie. Er setzte ein Lächeln auf, das freundlich wirken sollte, aber voller Niedertracht war und Heimtücke.

64

Zu Beginn seines Südtirol-Daseins hatte sich Emilio in Eppan mit der Orientierung schwer getan. Es waren eher die Weinlagen und Kellereien, die ihm Anhaltspunkte gaben, mit denen kannte er sich aus. Einen Schreckbichl zum Beispiel oder Schulthauser konnte er leicht verorten. Aber es hatte gedauert, bis er verinnerlichte, dass mit Eppan eigentlich Sankt Michael gemeint war – und manchmal auch die größer gefasste Gemeinde Eppan mit Orten wie Sankt Pauls, Girlan, Frangart, Montiggl und Missian, die alle dazugehörten. Zwischen den Dörfern verfuhr er sich noch heute regelmäßig, was nicht weiter tragisch war, denn inmitten des größten Weinbaugebiets Südtirols gab es viel zu entdecken. Und wenn es einmal ganz schlimm kam, fiel ihm eine Vinothek ins Auge, und er trank dort ein Glas Wein.

Aber heute war nicht der Tag, an dem sich Emilio an den Reizen Eppans erfreuen konnte. Seine Gedanken waren beim Anruf des vatikanischen Gendarmen. Während er mit einer Hand seinen Landy steuerte, dazwischen Mitica Anweisungen zum Schalten gab, versuchte er, die erhaltenen Informationen zu ordnen und sich von diesem Josephus, den man in seiner Kindheit so nett und harmlos Seppi genannt hatte, ein Bild zu machen. Es passte alles zusammen. Für ihn gab es keinen Zweifel mehr, dass dieser Mönch für die Taten verantwortlich war, für die Morde an Bartholomäus und Lukas, für den

Mordanschlag auf Korbinian – und für die Wunde an seiner Schulter. Josephus wähnte sich auf einem Rachefeldzug; offenbar war er geistig verwirrt und fühlte sich womöglich vom Satan besessen. Was ihn nicht weniger gefährlich machte, ganz im Gegenteil.

Emilio überlegte, dass es angesichts dieses Psychogramms nicht besonders klug war, ihn ohne Verstärkung in seinem Haus aufzusuchen. Aber er war es gewohnt, Dinge zu tun, die bei näherer Betrachtung idiotisch waren. Außerdem liebte er das Risiko, vor allem, wenn er es für kalkulierbar hielt. Zugegeben, diese optimistische Annahme hatte sich gelegentlich als Irrtum herausgestellt. Aber irgendwie war es dann doch immer gut ausgegangen. Jedenfalls war er noch am Leben.

Phina wusste nichts von seinem Vorhaben. Sie war nicht auf dem Weingut gewesen, hatte irgendeinen Termin in Kaltern.

War es eine Ironie des Schicksals, dass der Mönch im Eppaner Gemeindegebiet lebte, ganz in ihrer Nähe? Nein, war es wohl nicht, denn hier hatte er seine Kindheit verbracht, ebenso wie Phina und die drei anderen. Er war zu seinen Wurzeln zurückgekehrt. Manche Menschen machten das.

Emilio fuhr langsam am Haus vorbei, das bescheiden war und nicht besonders gepflegt. An der nächsten Kreuzung bog er rechts ab und parkte. Er gab Mitica die Telefonnummer von Sandrini. Falls er in einer Stunde nicht zurück sein würde, solle Mitica den *Commissario* anrufen, ihm die Adresse durchgeben und sagen, dass es ein Notfall sei und er Hilfe brauche. Darüber hinaus verpflichtete er den Jungen, ihm keinesfalls zu folgen und im Auto zu bleiben. Dann stieg er aus und schlenderte zum Haus des Josephus, mit dem linken Arm in der Schlinge und in der rechten Hand den Gehstock. Er sah nicht angespannt aus, eher wie ein Spaziergänger, der sich keine Sorgen machte – es gelang ihm sogar, sich fast so zu fühlen. Schließlich stand er vor dem Haus.

Er läutete.

*

Es dauerte, dann wurde ihm aufgetan. Nun war Emilio doch überrascht. Denn einen Mönch in roter Kutte hatte er nicht erwartet. Er blickte in die stechenden Augen, die er schon mal gesehen hatte, nur nicht aus so unmittelbarer Nähe. Das Lächeln seines Gegenübers war freundlich – und doch auch wieder nicht. Für Emilio stand außer Frage, dass der Mann genau wusste, wer da vor ihm stand. Aber der Mönch konnte nicht wissen, was er alles über ihn in Erfahrung gebracht hatte. Emilio hatte keinen Plan, hatte sich nichts zurechtgelegt. Somit war es ein spontaner Einfall, als er den Mönch auf Italienisch begrüßte, der Sprache seines Klosters.

«*Buon giorno, fratello Josephus*», sagte er, «*in nome di Satana, il regno dell' universo.*»

Josephus wirkte fassungslos. Mit allem hatte er gerechnet, aber wohl nicht mit einem satanischen Gruß.

«*Posso entrare?*», fragte Emilio freundlich. «Darf ich eintreten? Wir haben einiges zu besprechen.»

Der Mönch machte einen Schritt zur Seite, ließ Emilio herein und schloss hinter ihm die Tür. Eine Hand hielt er fortwährend unter der Kutte. Emilio ging davon aus, dass er dort eine Waffe verbarg.

Er spürte, dass sein Auftritt den Mönch noch immer verwirrte. Weshalb er gleich weitermachte.

«Ich bin Hohepriester des satanischen Zirkels von Sant' Angelo», log er munter drauflos. «Ich entbiete dir unseren Gruß

362

und erweise höchsten Respekt vor deinen Taten. Luzifer sei mein Zeuge.»

Emilio dachte, dass er jetzt etwas dick aufgetragen hatte. Wenn Josephus darauf einstieg, war er wirklich nicht mehr bei Sinnen.

«Sant' Angelo?», fragte dieser mit gerunzelter Stirn.

«Sant' Angelo vom heiligen Engel», antwortete Emilio, «gewidmet dem gestürzten Lichtbringer Luzifer, den Jesus im Lukasevangelium wie ein Blitz vom Himmel fahren sah.»

Er dachte, dass er noch nie einen solchen Blödsinn aus dem Ärmel geschüttelt hatte; aber mit dem Lukasevangelium war er sich sicher. Er verfügte über eine profunde Halbbildung, auch was die Bibel betraf. Und er hatte mal eine Biographie über einen berühmten englischen Satanisten gelesen, der hatte ständig so merkwürdige Sätze von sich gegeben.

«Wie ist dein Name?»

«Man nennt mich den Baron», erwiderte er, «was auch den Tatsachen entspricht, denn ich entstamme einem alten Adelsgeschlecht, das schon seit Generationen schwarze Riten praktiziert.»

«Woher weißt du von mir und von meinen Taten?», wollte Josephus wissen, der den satanischen Zirkel von Sant' Angelo offenbar geschluckt hatte, aber immer noch voll Misstrauen war.

Für Emilio stellte sich hingegen die Frage, was er mit diesem Spiel eigentlich bezweckte. Nun, womöglich lieferte der Mönch seinem Glaubensbruder ein Geständnis; dann hätte er Gewissheit und könnte sich die nächsten Schritte überlegen. Von seinem Informanten im Vatikan wusste Emilio vom satanischen Geheimbund im Kloster des Josephus, und er kannte den Namen des Anführers.

«Monsignore Alberino», sagte er mit verschwörerischer Stimme.

Josephus bekreuzigte sich; er tat das anders, als es Emilio vertraut war. Er versuchte, sich die Abfolge einzuprägen.

«Ich verstehe. Ihr kennt euch?»

«Wohl wahr, wir kennen und wir schätzen uns.»

«Wie geht es ihm?»

«Ich habe erst heute mit dem Vatikan telefoniert», sprach Emilio ausnahmsweise die Wahrheit. «Ihm geht es besser, als viele denken. Es wird der Tag kommen, an dem er rehabilitiert wird. Die Vorbereitungen sind getroffen.»

«Das freut mich zu hören, Baron. Was ich nicht verstehe – wie kommst du hierher nach Südtirol? Und warum lebst du im Hause und an der Seite von der Gerti?»

Emilio lächelte. «Weil auch ich wie unser Monsignore Alberino ins Visier der päpstlichen Inquisition geraten bin und es für klüger halte, mich für einige Zeit versteckt zu halten. Wenn du verstehst, was ich meine.»

Josephus deutete auf Emilios Schulter. «Tut mir leid», murmelte er.

«Kein Problem. Ich weiß ja, dass ich nicht gemeint war, es sei dir verziehen. Übrigens hat sich der Gesundheitszustand von Korbinian, der bei euch Bini hieß, verschlechtert. Er wird nicht mehr lange leben. Du hast auch diese Prüfung bestanden.»

Josephus stand mitten in der Stube, die Hand noch immer unter der Kutte verborgen, seine Augen irrlichterten durch den Raum.

«Die Prüfung bestanden?», wiederholte er. «Du hast recht, es war eine Prüfung.»

«Ebenso wie beim Bartl und beim Lukas. Mein satanischer

Bruder, du hast dich prächtig geschlagen. Der Monsignore wäre stolz auf dich.»

Josephus zitterte. «Es war nicht leicht», stammelte er.

«Leichte Prüfungen sind etwas für Schlappschwänze», sagte Emilio, «unsereiner misst sich an Höherem.»

Dann schlug er mit einer fahrigen Bewegung ein Kreuz, wie er es gerade bei Josephus gesehen hatte. Er hoffte, dass er es annähernd richtig hinbekam. Das erhoffte Geständnis hatte er jedenfalls, nicht direkt und auch nicht gerichtsverwertbar; aber jeder Zweifel war ausgeschlossen.

«Was sind deine Pläne mit Gerti?», fragte Emilio. «Du sollst wissen, dass ich dir nicht im Wege stehe.» Er lächelte. «Das meine ich durchaus wörtlich. Ich möchte nicht wieder was abbekommen.»

«Es ist alles arrangiert. Halte dich von ihr fern, dann kann dir nichts geschehen.»

«Du willst mir nicht sagen …»

«Nein, möchte ich nicht. Sie wird zur Hölle fahren, das ist sicher.» Josephus musste lachen. Irgendwas amüsierte ihn bei dem Gedanken.

Warum nahm er nicht endlich seine verdammte Hand aus der Kutte? Vorsichtshalber entriegelte Emilio mit dem Daumen die Sicherung seines Degenstocks. Außerdem achtete er auf genügend Abstand zu Josephus. Wobei das nichts helfen würde, wenn er über eine Pistole verfügte.

Emilio beunruhigte, dass im Hinblick auf Phinas Ableben alles arrangiert sein sollte. Wie konnte das sein? Nach seiner Einschätzung war der Mönch ein Einzeltäter. Er tat aber so, als ob schon alles vorbereitet wäre, es nur noch passieren musste. Das gefiel ihm nicht. Aber er spürte, dass er keine Antwort bekommen würde.

«Darf ich dir was zu trinken anbieten?», fragte der Mönch.

«Nein, vielen Dank.»

Emilio machte eine ausholende Handbewegung durch den Raum. «Ich vermisse unsere Insignien, mein Bruder.» Er lächelte. «Oder verbirgt sich unter diesem Teppich ein Pentagramm?»

Der Mönch kam Emilio einen Schritt näher. «Kein Pentagramm, nur ein verschrammter Holzboden.»

Emilio beschloss, das Spiel nicht ewig fortzusetzen. Es war mit Risiken behaftet, und ein weiterer Erkenntnisgewinn stand nicht zu erwarten. Allerdings glaubte er nicht, dass Josephus ihn einfach so gehen lassen würde. Umgekehrt wusste er nicht, wie er ihn überwältigen könnte. Vielleicht war es doch nicht so gescheit gewesen, ohne Unterstützung dem Mann einen Besuch abzustatten.

Weil er gerade nicht weiterwusste, ihn aber noch eine andere Frage beschäftigte, sagte er wie nebenher: «Was ist eigentlich aus Laura geworden? Du weißt schon, Bartls Geliebte. Hast du sie von ihrem irdischen Leben befreit?»

«Du weißt von Laura?»

«Natürlich, ich weiß fast alles.»

«Du sagtest, dass du ein Hohepriester des satanischen Zirkels von Sant' Angelo bist, richtig?»

Emilio nickte. «Ja, das sagte ich.»

Josephus legte den Kopf zur Seite und sah ihn misstrauisch an. «Aber ich habe keine Gewissheit, dass du die Wahrheit sprichst. Ich kenne keinen Zirkel von Sant' Angelo. Wo ist eigentlich dein Ring?»

Emilio sah auf seinen Ringfinger und küsste ihn. «Ich lebe hier inkognito, schon vergessen?»

«Gut, das mag sein. Dennoch beschleichen mich Zweifel. Du

weißt fast alles, dennoch bist du neugierig. Und ich frage mich, was dein Besuch bezwecken soll.»

«Wir sind satanische Geistesbrüder. Wir sollten voneinander wissen und unsere Kontakte pflegen, gerade in der Diaspora.»

Josephus stand weiterhin mitten im Raum. Er begann leicht zu schwanken, seine Unterkiefer mahlten. Aber er zeigte kein Zeichen wirklicher Schwäche.

«Du willst unsere Insignien sehen», sagte der Mönch, «und dich interessiert das Schicksal dieser jungen Frau namens Laura. Dann folge mir. Nein, besser, du gehst voraus. Bitte nach hinten. Da gibt es eine Treppe, die in den Keller führt, hinunter in meinen ganz persönlichen Hades.»

Emilio folgte der Aufforderung. Persönlicher Hades? So ein Schwachsinn, aber immerhin gebildet. Er hinkte stärker als nötig und stützte sich bei jedem Schritt auf seinen Gehstock. Der Gedanke gefiel ihm nicht, dass Josephus direkt hinter ihm war. Ob er wohl die Hand noch in seiner Kutte hatte? Oder zielte mittlerweile eine Pistole auf seinen Hinterkopf?

Unten angelangt, entriegelte Emilio die schwere Eichentür.

«Bitte eintreten!», forderte ihn der Mönch auf.

Emilio brauchte einen Moment, bis sich seine Augen an die Lichtverhältnisse im fensterlosen Raum gewöhnt hatten, der nur vom Flammenschein einiger großer, schwarzer Kerzen erhellt wurde. Es roch nach Weihrauch. Auf dem Boden erkannte er ein großes Pentagramm. Im Flackern der Kerzen zeigte sich an der Wand die magische Zahl 666. Josephus hatte nicht gelogen: Die Insignien des Satanskults waren vorhanden, nicht nur die vertrauten, sondern auch noch andere, die für Emilio neu und schwer zu interpretieren waren. Zum Beispiel ein Kreuz, das er aus der Astrologie kannte, mit einer geschwungenen Sichel.

Aber er sah noch mehr: nämlich ein pritschenartiges Bett, das genau im Zentrum des Pentagramms aufgestellt war. Darauf lag unter einer schwarzen Decke ein menschliches Wesen, nur das Gesicht schaute heraus. Emilio erkannte, wen er vor sich hatte. Laura lag hier, Phinas vermisste Freundin. Sie hatte die Augen geöffnet und sah ihn an. Gott sei Dank, sie lebte noch.

Emilio drehte sich vorsichtig um. Hinter ihm stand der Mönch, die Hand nicht mehr unter der Kutte, sondern vor seiner Brust: Die Finger umklammerten einen mächtigen Krummdolch. Der Anblick war furchterregend, vor allem auch deshalb, weil Josephus triumphierend grinste und dabei die schiefen Zähne entblößte – mit einem Augenausdruck, der noch wahnsinniger wirkte als zuvor.

Emilio tat so, als ob er dem Dolch keine Bedeutung beimaß.

«Wohl getan, mein Bruder. Du gereichst unserem Orden zum Stolze.»

Da er ohnehin eine Vorliebe für geschraubte und gedrechselte Sätze hatte, fiel es ihm nicht schwer, so verquast zu reden. Auch wenn er sich dabei reichlich dämlich vorkam. Was sich Laura bei diesen Worten dachte, mochte er sich gar nicht vorstellen.

«Sie kam des Wegs», sagte Josephus. «Mir blieb keine Wahl.»

«Du hast richtig gehandelt. Auch, dass du sie nicht getötet hast, verdient Anerkennung.»

«Zieh die Decke weg!»

Emilio trat zu Laura an die Liege. Er hätte ihr gerne etwas Beruhigendes zugeflüstert, aber er traute sich nicht. Josephus stand zu dicht hinter ihm. Er tat, wie ihm geheißen. Ihr nackter Anblick überraschte ihn nicht, er hatte es erwartet. Ihre Hände und Füße waren gefesselt. Ob sie blaue Flecken hatte oder Striemen oder andere Verletzungen, konnte er im dämmrigen Licht der Kerzen nicht erkennen. Ihre Bauchdecke hob und senkte sich. Sie atmete schnell und flach. Er konnte es ihr nicht verdenken. Er kannte sie als fröhliche und ausgelassene junge Frau, voller Lebenslust und unbekümmerter Freude. Was mochte sie erlebt haben seit ihrem mitternächtlichen Verschwinden? Ob sich Josephus an ihr vergangen hatte? So nackt, wie sie hier lag, sprach einiges dafür. Laura, arme Laura.

«Ihr Leib ist wohlgeformt», sagte Josephus. «Findest du nicht?»

«Du perverses Schwein», flüsterte sie.

Emilio hätte sich am liebsten umgedreht, um dem Teufelsmönch an die Gurgel zu gehen. Aber er hatte nur einen verfügbaren Arm. Und der Mönch hielt ein Messer in der Hand, mit dem er ihn aufschlitzen konnte wie eine gekochte Kartoffel.

«Ein Prachtweib», bestätigte Emilio.

Laura spuckte ihn an. Josephus drückte ihm den Dolch in den Rücken. Er stand so dicht hinter ihm, dass er seinen Atem spürte. Er roch nach Knoblauch, ungeputzten Zähnen und zu viel Magensäure.

«Ich habe eine Aufgabe für dich», sagte Josephus.

«Was soll ich tun?»

«Du wirst sie erdrosseln. Und zwar hier und jetzt.»

«Sie umbringen? Warum?»

«Weil es der Wille Satans ist. Das solltest du doch wissen, du Hohepriester aus Sant' Angelo. Glaubst du, es ist ein Zufall, dass du den Weg zu mir gefunden hast? Luzifer hat dich geschickt, um dieses Weib zu richten. Du wirst es aus dem Leben in den Tod befördern. Du solltest dich darauf freuen.»

«Verzeih, dass ich Widerspruch einlege. Aber dein Vorhaben deckt sich nicht mit den Regeln unseres Ordens. Wir bringen niemanden um, der keine Schuld auf sich geladen hat.»

«Das dachte ich ursprünglich auch, deshalb lebt sie noch. Aber sie ist ein Sandkorn im Getriebe Satans, sie stört den Ablauf. Sie muss weg.»

Laura stöhnte auf. «Du bist ja völlig gestört im Kopf», sagte sie. «Ihr seid es alle beide.»

Emilio war klar, dass es wenig Sinn machte, zu widersprechen. Dann würde Josephus sie nacheinander beseitigen: erst ihn, dann Laura. Er musste eine andere Lösung finden.

«Wenn es sein muss, dann sei es», stimmte er zu. «Du sprachst von Erdrosseln. Wie stellst du dir das vor? Ich hab nur eine Hand zur Verfügung; das habe ich dir zu verdanken.»

Der Mönch deutete zur Wand, wo an einem Haken eine feste und dicke Kordel hing, ähnlich jener, die er um die Hüften trug. In gehörigem Abstand hing an einem weiteren Haken eine genagelte Peitsche.

«Du wirst deinen Stock weglegen, dann zur Wand gehen, diese Kordel nehmen, sie unserer Laura mehrfach um den schönen Hals schlingen und dann langsam zuziehen. Das geht auch mit einer Hand. Außerdem möchte ich, dass du dir Zeit nimmst. Ich will sehen, wie sie sich windet und wie der Odem des Lebens aus ihrem Körper weicht.»

Laura fing laut an zu schreien. Sie riss an ihren Fesseln, was vergeblich war und ihr nur unnötige Schmerzen bereitete.

Der Druck des Dolchs in Emilios Rücken verstärkte sich. Der Stock half ihm nichts, auch nicht der Degen, den er mit einer Hand nicht so schnell herausziehen konnte. Also folgte er der Anweisung und ließ den Stock fallen.

«Wenn sie tot ist», sprach Josephus mit leiser Stimme, mehr zu sich selbst als zu Emilio, «muss ich ihr noch etwas Blut entnehmen, für meine Ampulle. Sie wird ihren Lebenssaft anstelle von Gerti spenden. Luzifer hat es so gewollt. Er wird seinen Segen geben.»

«Es ist mir eine Ehre, dir zu helfen», sagte Emilio, «auch wenn ich als Hohepriester von Sant' Angelo nicht dazu verpflichtet wäre.»

«Genug geredet. Schreiten wir zur Tat. Hol die Kordel! Aber ganz langsam, mach keinen Scheiß. Der Bartl war viel stärker als du, und er war nicht verletzt. Trotzdem hatte er gegen mich keine Chance. Glaub mir, ich hab dich schneller abgestochen, als du Amen sagen kannst.»

Josephus lachte laut und schrill. Laura schrie um ihr Leben. Das alles hallte wider in diesem unheimlichen Kellerraum. Emilio dachte, dass es Zeit war, Schluss zu machen.

«Du wirst auf mich keine Gewalt ausüben müssen», sagte Emilio. «Ich bin nicht lebensmüde, außerdem finde ich zunehmend Gefallen an der gestellten Aufgabe. Es war mir noch nie das Glück beschieden, einer nackten Frau in der Blüte ihres Lebens den Hals zu würgen.»

«Perverses Schwein!», schrie Laura.

Emilio hoffte, dass Josephus ihm glaubte. Vielleicht gab der Mönch sich für einen Augenblick seinen Phantasien hin und war entsprechend unaufmerksam.

Emilio ging langsam die wenigen Schritte zur Wand, wo die Kordel hing. Er tat dies mit gespielter Unbeholfenheit, mit zitternder Hand und unsicherem Schritt. Der bohrende Druck im Rücken war verschwunden, und er roch den stinkenden Atem nicht mehr. Der Mönch war offenbar stehen geblieben. Jetzt galt es ...

Emilio griff zum Haken – aber nicht zu jenem mit der Kordel, sondern mit einem beherzten Sprung zu dem mit der genagelten Peitsche. Schon hatte er sie in der Hand und wirbelte herum. Die Peitsche sauste mit einem pfeifenden Ton durch die Luft. Josephus wich erschreckt zurück. Emilio machte einige schnelle Schritte und schlug zu. Die Peitsche traf Josephus mit voller Wucht. Der Krummdolch flog davon, Blut spritzte.

Emilio hatte in seinem Leben schon viele Erfahrungen gemacht. Einige bezogen sich auf Angriff und Verteidigung. Menschen, die sich für kultiviert hielten – die mit Gewalt nicht vertraut waren, die Skrupel hatten und moralische Bedenken –, waren zwar womöglich ehrenwert, aber hatten bei einem ernstzunehmenden Gegner jeden Kampf schon verloren, bevor er überhaupt begonnen hatte. Erst mal vorsichtig schubsen und sich in Gedanken dafür entschuldigen machte keinen Sinn. Man musste sich entscheiden: Entweder ließ man es sein, oder man tat es – aber dann richtig! Also ließ Emilio die Peitsche erneut niedersausen. Josephus hielt die Hände schützend vors Gesicht. Es half nichts, schon folgte der nächste Hieb. Der Mönch stürzte zu Boden, zuckte und blieb dann regungslos liegen.

Emilio schätzte kurz die Situation ab. Er klemmte die Peitsche unter seinen verbundenen Arm, hob den Dolch auf und schnitt Laura, so schnell es ging, die Fesseln durch. Dabei ließ er Josephus keine Sekunde aus den Augen. Er ahnte, dass es noch nicht vorbei war – dass der Mönch, der fanatisch war und an satanische Fähigkeiten glaubte, gerade seine Kräfte sammelte, um gleich aufzuspringen und sich auf ihn zu stürzen.

Emilio gab Laura, die sich nur schwankend auf den Beinen halten konnte, den Dolch und wies sie an, die Kordel zu holen. Dann trat er auf seinen am Boden liegenden Gehstock und zog den Degen heraus – gerade noch rechtzeitig. Josephus war schon im Begriff aufzuspringen, da drückte ihm Emilio die Klinge gegen die Kehle.

«Halt still, sonst durchbohr ich dich», zischte er. «Dein Freund Satan hat dich verlassen. Es ist vorbei.»

Laura war eine mutige Frau, vor allem war sie wütend und voller Hass, deshalb traute sie sich an Josephus heran. Sie bog ihm die Arme auf den Rücken und fesselte ihn mit der Kordel: so fest, wie sie nur konnte, in der Hoffnung, dass es wehtat. Dann zog sie die Kordel von seiner Kutte und fesselte ihm die Beine. Erst dann nahm Emilio den Degen von seiner Kehle. Anschließend hüllte sich Laura in die Decke und brach in Tränen aus. Sie ließ sich von Emilio umarmen, der ihr sanft den Kopf streichelte.

«Es ist vorbei», sagte er leise, «alles wird gut.»

«Alles wird gut?»

«Ganz bestimmt, du wirst sehen.»

Epilog

Am nächsten Morgen war tatsächlich alles vorbei – und manches war gut. Nicht alles, das würde Zeit brauchen, aber vieles.

Laura hatte ihre Freiheit wieder, und die Wunden, die sie erlitten hatte, würden vernarben, auch jene an ihrer Seele. Ihre Eltern waren glücklich, auch wenn sie nicht ahnten, welche Qualen ihre Tochter erlitten hatte. Josephus befand sich in einem Militärhospital, unter strenger Bewachung und des mehrfachen Mordes beschuldigt. Phina war froh, dass Emilio nichts passiert war – und dass er ihre Freundin Laura befreit hatte. *Commissario* Sandrini saß in Bozen an seinem Schreibtisch und bereitete eine Pressekonferenz vor, auf der er mit stolzer Brust die Aufklärung gleich mehrerer Morde kundtun würde. Seine Assistentin Mariella zog eine Schublade auf und gönnte sich zum Cappuccino ein Maronenplätzchen. Phinas benachbarter Winzer Peter Waldleitner dachte über Emilios Vorschlag nach, einen Weinberg mit der alten Südtiroler Rebsorte Blatterle zu bestocken. Im oberen Eisacktal grämte sich Phinas ehemaliger Freund und Kellermeister über die Höhe der Zahlung, der er zugestimmt hatte, aber für die er einen Kredit aufnehmen musste. Zur Überraschung der Ärzte ging es dem schwerverletzten Korbinian Grandl heute entschieden besser, was die Hoffnung nährte, dass er es schaffen könnte. Miticas Mutter Ileana Nastasiu bekam die Nachricht, dass sie in den nächsten

Tagen aus dem Sanatorium entlassen würde. Was sie einerseits erfreute, andererseits ängstigte, weil sie nicht wusste, wie sie ihr weiteres Leben meistern sollte. Sabrina, die lebensfrohe Witwe des ermordeten Winzers Bartholomäus Unteregger, beschloss, das Weingut möglichst schnell zu verkaufen, die Kinder in die Obhut der Großeltern zu geben und Südtirol den schönen Rücken zu kehren.

Emilio stand am geöffneten Fenster seines Schlafzimmers und sah über ein Meer von Rebstöcken in die weite, liebliche Landschaft des Überetsch. Er dachte, dass er wieder mal die Nase voll hatte von Verbrechen jedweder Art, erst recht von durchgeknallten Psychopathen in Mönchskutten. Er blickte hinunter in den Hof, wo gerade Mitica aus dem Haus gerannt kam und ihm fröhlich zuwinkte. Bald waren die Ferien zu Ende, dann würde der Bub nach Bozen zurückkehren und wieder bei seiner Mutter wohnen. Er nahm sich vor, Mitica im Auge zu behalten, ihn zu unterstützen und zu fördern. Sein «Assistent» war ihm ans Herz gewachsen, was ihn verwunderte, denn er mochte keine Kinder, egal welchen Alters. Oder sollte er sich da getäuscht haben?

Er beobachtete lächelnd, wie Mitica auf Phinas Traktor kletterte und hinter dem Steuer Platz nahm. Er war zu klein, seine dünnen Beine reichten kaum hinunter bis zu den Pedalen, aber er streckte sich und rutschte dabei halb vom Sitz. Bei ausgeschaltetem Motor trat er auf die Kupplung, dazu betätigte er den langen Schaltknüppel, so wie er es als «Fahrassistent» im Landy gelernt hatte.

Emilio wusste nicht warum, aber just in diesem Moment glaubte er, die Stimme des Josephus zu hören. «Es ist alles arrangiert», hatte er auf die Frage nach Gertis Schicksal geantwortet. «Halte dich von ihr fern, dann kann dir nichts geschehen.» Später hatte er gesagt, dass er anstelle ihres Blutes jenes von Laura nehmen müsse. Es sei alles arrangiert? Was hatte das zu bedeuten? Irgendwie schien Josephus enttäuscht, dass es noch nicht passiert war.

Aus dem Haus kam Phina gerannt. «Mitica, du frecher Kerl, komm sofort runter von meinem Traktor!», rief sie. Der Traktor war ihr heilig, kein anderer auf dem Weingut würde es wagen, ihn zu fahren. Und ein Spielzeug war er schon gar nicht.

Emilio schmunzelte. Plötzlich fiel ihm ein, dass Josephus noch etwas gesagt hatte. «Sie wird zur Hölle fahren», hatte er gesagt, mit Betonung auf «fahren», und dabei irre gelacht. Emilio lief ein Schauder über seinen Rücken, und er spürte, wie ihm die Farbe aus dem Gesicht wich. Hatte Phina gestern ihren Traktor bewegt? Nein, hatte sie nicht; sie war ja in Kaltern gewesen.

«Mitica, sofort runter!», schrie er hinunter in den Hof. «Und dann lauf weg, so schnell du kannst. Phina, auch du, nichts wie weg!»

Mitica ließ sich von keinem gerne rumkommandieren, aber wenn Emilio etwas sagte, gehorchte er aufs Wort. Außerdem war er schnell, sehr schnell sogar. Schon sprang er mit einem großen Satz vom Traktor, überschlug sich auf dem Boden, war im nächsten Moment wieder auf den Beinen und rannte los.

Sekunden später gab es eine gewaltige Explosion. Der schwere Traktor wurde in die Luft gehoben, Teile flogen nach allen Seiten, ein Blech schoss hinauf bis zu Emilios Fenster.

Dann war es ruhig, gespenstisch ruhig. Über dem Hof hing eine Wolke aus Staub und Rauch.

«*Cazzo!* Was war denn das für eine Scheiße?», hörte er Mitica rufen.

Dann ertönte Phinas Stimme. «Mein Traktor, mein schöner Traktor!»

Emilio atmete durch. Die beiden schienen wohlauf. Er dachte, dass es nun wirklich vorbei war – aber erst jetzt, nicht schon vorhin, da war er voreilig gewesen. Josephus hatte ausgespielt. Phina alias Gerti würde leben. Auch Laura. Und Mitica.

Emilio fuhr sich mit der Zunge über die trockenen Lippen. Am Vormittag trank er grundsätzlich keinen Wein. Aber Ausnahmen bestätigten die Regel. Jetzt brauchte er ganz dringend einen Schluck. Um sich zu beruhigen und um auf den guten Ausgang anzustoßen.

Egal, ob Weißburgunder oder Gewürztraminer, ob Vernatsch, Lagrein oder Goldmuskateller. Ein Glas nur – aber aus bester Lage!

ANHANG

Leser des ersten Südtirol-Krimis mit Baron Emilio («Tod oder Reben») kennen große Teile dieses Anhangs bereits. Aber er ist in der Zwischenzeit überarbeitet, ergänzt und aktualisiert worden. Bei den Weinen schlägt sich dies weniger nieder, denn hier gibt es eine erfreuliche Kontinuität auf hohem Niveau. Bei den Restaurants finden sich allerdings diverse Neuentdeckungen. Es zahlt sich aus, dass unser Protagonist Emilio viel herumfährt und lieber isst und trinkt, als in einem Kriminalfall zu ermitteln.

Auch für diese Ausgabe gilt: Der Anhang soll keinen Wein- oder Restaurantführer für Südtirol ersetzen. Er hat weder den Anspruch auf eine umfassende Darstellung, noch bemüht er sich in der Auswahl um Objektivität. Vielmehr stellt er einige Adressen vor, die bei einer weinaffinen und kulinarisch geprägten Reise als erste Orientierung dienen können – allerdings, dem Thema und der Handlung folgend, unter Aussparung der großartigen Bergwelt der Dolomiten. Den Leserinnen und Lesern kann nur empfohlen werden, auf eigene Erkundungsreise zu gehen. Südtirol ist für Menschen, die gerne essen und Wein trinken, ein Reiseziel voller lustvoller Entdeckungen.

Weine

Südtirol ist die nördlichste Weinregion Italiens. Weingeo-
graphisch kann man sich an einem Ypsilon orientieren:
rechts oben der Schenkel mit dem Eisacktal bzw. Valle Isarco
(u. a. Brixen und Klausen). Links oben vom Reschenpass kommend das westliche Etschtal (Vinschgau, Meran). Im Schnitt-
punkt Bozen (mit dem Sankt Magdalener Hügel). Und nach
unten bzw. Süden auf der Landkarte links die Region Überetsch mit der berühmten Weinstraße (Strada del Vino) und
Orten wie Eppan und Kaltern. Rechts parallel verlaufend und
durch eine Hügelkette getrennt das tiefer liegende Unterland.

Charakterisiert wird Südtirol durch die Gegensätze der
Alpen im Norden und dem mediterranen Einfluss vom Süden.
Obwohl Südtirol eine der kleinsten Weinbauregionen Italiens
ist, ist es aufgrund der klimatischen Besonderheiten, der un-
terschiedlichen Höhen-, Hügel- und Steillagen sowie Sonnen-
expositionen, aufgrund der vielfältigen Böden (z. B. vulka-
nischer Porphyr, Quarz, Kalk, Dolomitgestein) und mit rund
5000 Weinbauern außerordentlich abwechslungsreich. Hinzu
kommen große Temperaturunterschiede zwischen Tag und
Nacht – was sich auf viele Rebsorten qualitätssteigernd auswirkt.

Neben den autochthonen (in Südtirol heimischen) Rebsorten Vernatsch, Gewürztraminer und Lagrein haben in Südtirol
auch viele internationale Trauben (wie Blau- und Weißburgun-

der, Sauvignon, Cabernet und Merlot) eine lange Tradition. Insgesamt sind 20 verschiedene Rebsorten für Qualitätsweine (DOC) zugelassen.

Nach der Vernatsch-Krise in den 70er Jahren hat sich das Weinland Südtirol neu orientiert und eine großartige Karriere absolviert. Es hat die größte Dichte an DOC-Weinen in ganz Italien. Die weißen Reben haben heute einen Anteil von deutlich über 50 Prozent. Gleichzeitig gibt es eine Rückbesinnung auf traditionelle Rotweine wie den Lagrein, der über ein erstaunliches Potenzial verfügt.

Andrian, Kellerei (Terlan)

Seit 2008 wird die älteste Kellereigenossenschaft Südtirols (gegründet 1893) von der Kellerei Terlan geführt (s. dort), präsentiert sich aber weiterhin als eigenständige Marke.
Weinempfehlungen: Tor di lupo Lagrein, Andrius Sauvignon, Anrar Blauburgunder u. a.

39018 Terlan, Silberleitenweg 7, Tel. 0471 257135, office@kellerei-andrian.com, www.kellerei-andrian.com

Arunda Sektkellerei

Gilt als führende Sektkellerei Südtirols, hoch gelegen zwischen Bozen und Meran (über 1000 Meter), klassische Flaschengärung. Inhaber: Josef Reiterer.
Weinempfehlungen: Arunda Cuvée Marianna, Arunda Extra Brut Millesimato, Arunda Excellor, Arunda Talento Brut u. a.

39010 Mölten, Prof.-Josef-Schwarz-Straße 18, Tel. 0471 668033, info@arundavivaldi.it, www.arundavivaldi.it

Baron Di Pauli

Der Kellerei Kaltern (s. dort) angegliedertes, traditionsreiches Weingut der Familie Baron Di Pauli.

Weinempfehlungen: Gewürztraminer Exilissi, Weißweincuvée
Enosi, Kalterersee Kalkofen, Cabernet-Merlot Arzio.

39052 Kaltern a.d. Weinstraße, Kellereistraße 12,
Tel. 0471 963696, info@barondipauli.com,
www.barondipauli.com

Blauburgunder

Der Blauburgunder bzw. Pinot Nero ist synonym mit dem
französischen Pinot Noir (mit seiner Heimat im Burgund)
und dem deutschen Spätburgunder. Die anspruchsvolle
Rebsorte wird in Südtirol schon seit Generationen kultiviert und findet in entsprechenden Lagen (z.B. auf Kalkbö-
den) ideale Bedingungen.

Bozen, Kellerei

Große Genossenschaftskellerei (Zusammenschluss von
Sankt Magdalena und Gries), die hochklassige und vielfach
ausgezeichnete Weine hervorbringt.

Weinempfehlungen: Lagrein Taber Riserva, Chardonnay
Kleinstein, Sauvignon Mock, Sankt Magdalener Huck am
Bach u.a.

39100 Bozen, Grieser Platz 2, Tel. 0471 270909,
info@kellereibozen.com, www.kellereibozen.com

Brigl, Josef

Das Weingut hat ein lange Tradition (bis ins 14. Jh.) und ausgezeichnete Lagen, die Weine sind entsprechend bekannt.

Weinempfehlungen: Lagrein Briglhof Riserva, Pinot Nero Kreuzbichler, Sauvignon u. a.

39057 Sankt Michael/Eppan, Tel. 0471 662419, brigl@brigl.com, www.brigl.com

Dipoli, Peter

Als Südtiroler Winzer von prägendem Einfluss erzeugt Peter Dipoli aufsehenerregende Weine mit viel Charakter.

Weinempfehlungen: Sauvignon Voglar, Merlot Fihl, Rotweincuvée Yugum. Sehenswerter Weinkeller.

39044 Neumarkt, Villnerstr. 5, Tel. 0471 813400, www.peterdipoli.com

DOC

Die kontrollierte Ursprungsbezeichnung DOC ist die Abkürzung für «Denominazione di Origine Controllata». Nirgendwo in Italien gibt es einen höheren Anteil an DOC-Weinen an der gesamten Weinproduktion einer Region: über 98 Prozent aller Südtiroler Weine sind DOC-Weine.

Eisacktaler Kellerei

Die noch relativ junge Eisacktaler Genossenschaftskellerei hat einen ausgezeichneten Ruf, v. a. bei Weißweinen,

die in der Spitze unter «Aristos» firmieren. Kellermeister:
Thomas Dorfmann.

Weinempfehlungen: Sylvaner Aristos, Kerner, Veltliner und
Riesling Aristos, Gewürztraminer Passito Nectaris,
Dominus (rot und weiß) u. a.

39043 Klausen, Leitach 50, Tel. 0472 847553,
info@eisacktalerkellerei.it, www.eisacktalerkellerei.it

Erste + Neue

Der Name deutet nicht darauf hin, dass es sich auch hier
um eine Genossenschaftskellerei handelt – zumal um eine
besonders große. Im reichhaltigen Sortiment sind die
Puntay-Weine hervorzuheben, die in Holzfässern ausgebaut sind. Sehenswerter Barrique-Keller.

Weinempfehlungen: Puntay Sauvignon, Puntay Lagrein Riserva,
Prunar Pinot Bianco, Puntay Kalterersee Classico Superio-
re u. a.

39052 Kaltern a. d. Weinstraße, Tel. 0471 963122,
info@erste-neue.it, www.erste-neue.it

Genossenschaftskellereien

In Südtirol gibt es rund 5000 Weinbauern, die im Durchschnitt kaum mehr als einen Hektar Rebfläche bewirtschaf-
ten. Aufgrund dieser kleinteiligen Struktur haben sich traditionell viele der Weinbauern in Kellereigenossenschaften
zusammengeschlossen. Die ersten Gründungen erfolgten
noch im 19. Jh. Heute gibt es in Südtirol 13 Genossen-
schaftsbetriebe, die über zwei Drittel der Weine produzie-
ren. Dabei stehen sie für eine hohe Qualität. Zusammen

mit den privaten Weingütern und den freien Weinbauern gehören sie zum «Konsortium Südtiroler Wein».

Gewürztraminer

Zwar wird die Herkunft der Traube kontrovers diskutiert, aber schon der Name verweist auf den Ort Tramin in Südtirol. Wird auch als Traminer Aromatico bezeichnet. Intensiv duftend, Gewürzaromen. International im Trend. Nach Rebfläche drittwichtigste Sorte in Südtirol.

Girlan, Kellerei

Traditionsreicher Genossenschaftsbetrieb, der sich in den letzten Jahren stark verjüngt hat. Kellermeister: Gerhard Kofler.

Weinempfehlungen: Chardonnay Flora, Weißburgunder Plattenriegl, Sauvignon Indra, Gewürztraminer Spätlese Pasithea, Vernatsch Gschleier u. a.

39057 Girlan, St.-Martin-Straße 24, Tel. 0471 662403, info@girlan.it, www.girlan.it

Goldmuskateller

Die Rebsorte hat in Südtirol eine lange Tradition und verströmt einen charakteristischen Muskatduft. Wird meist süß als Dessertwein ausgebaut (siehe Passito). In der trockenen Variante ein beliebter Aperitif.

Haas, Franz

Bekannt u. a. für seinen ehrgeizigen Pinot Grigio und Pinot Nero.

Weinempfehlungen: Pinot Nero Schweizer (Künstleretikette), Manna (Weißweincuvée), Gewürztraminer u. a.

39040 Montan, Villnerstraße 6, Tel. 0471 812280,
sabine@franz-haas.it, www.franz-haas.it

Hoandlhof

Manfred «Manni» Nössing gilt im positiven Sinne als «weinverrückt». Die Weine seines Hoandlhof in Brixen sind entsprechend ausgefallen – und hochklassig.

Weinempfehlungen: Sylvaner, Kerner, Veltliner, Müller Thurgau u. a.

39042 Brixen, Weinbergstraße 66, Tel. 0472 832672,
manni.n@brennercom.net, www.manni-noessing.com

Hofstätter (Tramin)

Traditionsreiches Weingut in Tramin, das zwar u. a. auch Gewürztraminer und Lagrein produziert, v. a. aber bekannt ist für seinen hochklassigen (und entsprechend teuren) Blauburgunder.

Weinempfehlung: Barthenau Vigna Sant'Urbano (Blauburgunder)

39040 Tramin, Rathausplatz 7, Tel. 0471 860161,
info@hofstatter.com, www.hofstatter.com

Kalterersee

Anbaugebiet rund um den Kalterer See. Die Rotweine aus dem DOC-Bereich werden aus der Vernatsch-Traube gekeltert. Oft besser als sein Ruf. Am besten jung und leicht gekühlt.

Kaltern, Kellerei

Ausgezeichnet aufgestellte Kellereigenossenschaft mit modernem Winecenter (s. dort), einer breiten Palette erfolgreicher Weine, dem angegliederten Weingut Baron di Pauli (s. dort) und biodynamischen Weinen unter der Marke Solos.

Weinempfehlungen: Moscato Giallo Passito Serenade, Cabernet Pfarrhof Riserva, Sauvignon Castel Giovanelli, Gewürztraminer Solos u. a.

39052 Kaltern a. d. Weinstraße, Kellereistraße 12, Tel. 0471 963 149, info@kellereikaltern.com, www.kellereikaltern.com

Kurtatsch, Kellerei

Genossenschaft mit einer Vielzahl von Lagen rund um Kurtatsch an der Weinstraße.

Weinempfehlungen: Gewürztraminer Brenntal, Müller Thurgau Graun, Sauvignon Kofl, Cabernet Kirchhügel, Pinot Bianco Hofstatt u. a.

39040 Kurtatsch, Weinstr. 23, Tel. 0471 880 115, info@kellerei-kurtatsch.it, www.kellerei-kurtatsch.it

Kerner

Kreuzung aus Trollinger (Vernatsch) und Riesling. Wird
v. a. im Vinschgau und im Eisacktal angebaut.

Köfererhof (Neustift)

Der Köfererhof in Neustift ist sogar älter als das darunter-
liegende Kloster. Die Weinberge zählen zu den nördlichsten in Italien. Entsprechend liegt der Schwerpunkt bei
Weißweinen.

Weinempfehlungen: Sylvaner, Pinot Grigio, Kerner, Veltliner
u. a.

39040 Varna, Pustertalerstr. 3, Tel. 0472 836649,
info@koefererhof.it, www.koefererhof.it

Kretzer

Steht in Südtirol für Roséweine wie z. B. den Lagrein
Kretzer.

Kuenhof

Renommiertes Weingut im Eisacktal oberhalb von Brixen
(Peter Pliger). Biodynamischer Weinbau.

Weinempfehlungen: Riesling Kaiton, Sylvaner, Veltliner

39042 Brixen, Mahr 110, Tel. 0472 850546,
pliger.kuenhof@rolmail.net

Lageder, Alois

Alois Lageder gilt als Pionier der Südtiroler Qualitätsweine sowie des biologisch-dynamischen und somit nachhaltigen Weinbaus. Zu unterscheiden sind die beiden Linien Alois Lageder und Tenutae Lageder (aus Einzellagen familieneigener Weinberge). Für die Verkostung des breiten Sortiments empfiehlt sich die Weinschenke «Vineria Paradeis» (s. dort) am alten Dorfplatz von Margreid.

Weinempfehlungen: Chardonnay Löwengang, Cabernet Löwengang, Cabernet Sauvignon COR Römigberg, Casòn Hirschprunn u. a.

39040 Margreid a. d. Weinstraße, Tel. 0471 809500, info@aloislageder.eu, www.aloislageder.eu

Lagrein

In Südtirol heimische (autochthone) Rebsorte. Ergibt dunkle Rotweine, die sich aktuell einer Renaissance erfreuen. Wurde früher häufig mit Vernatsch verschnitten. Bekannt auch als Rosé-Wein Lagrein Kretzer.

Laimburg, Landesweingut

Die Versuchsanstalt für Weinbau der Provinz Bozen produziert auch eigene Weine (z. B. Gewürztraminer, Lagrein). Sehenswerter Felsenkeller.

Weinempfehlungen: Pinot Bianco, Pinot Grigio, Oyèll Sauvignon, Barbagol Lagrein Riserva u. a.

39040 Auer, Laimburg 6, Tel. 0471 969500, laimburg@provinz.bz.it, www.laimburg.it

Loacker-Schwarhof

Loacker gilt in Südtirol als Vorreiter des biodynamischen und homöopathischen Weinbaus. Auf chemische Produkte wird schon seit langem konsequent verzichtet. Die Rebflächen des Schwarhofs liegen in sonnenverwöhnter Lage oberhalb von Bozen. Zur Familie gehört auch der bekannte Süßwaren- und Waffelhersteller Loacker.

Weinempfehlungen: Lagrein Gran Lareyn, Merlot Ywain, Pinot Nero Norital, Sylvaner Ysac u.a.

39100 Bozen, St. Justina 3, Tel. 0471 365125,
lo@cker.it, www.loacker.net

Manincor

Exquisites und traditionsreiches Weingut im Familienbesitz (Michael Graf Goëss-Enzenberg), oberhalb des Kalterer Sees an der Weinstraße gelegen. Mit spektakulärem Weinkeller, der nahezu unsichtbar im Weinberg verborgen ist (Führungen nach Anmeldung). Die Weinberge werden zur Gänze biodynamisch bewirtschaftet. Mit drei Weinlinien: Hand und Herz (abgeleitet aus «Man-in-cor») sowie Krone (extreme Selektion aus alten Reben).

Weinempfehlungen: Weißburgunder Eichhorn, Chardonnay Sophie, Castel Campan, Reserve della Contessa, Pinot Noir Mason, Cuvée Cassiano u.a.

39052 Kaltern a.d. Weinstraße, St. Josef am See 4,
Tel. 0471 960230, info@manincor.com, www.manincor.com

Müller Thurgau

Vom Schweizer Hermann Müller aus dem Kanton Thurgau
wurde die weiße Traube im deutschen Geisenheim aus
Riesling mit Sylvaner (bzw. Chasselas) gekreuzt. Wenn sie
im Ertrag reduziert wird, kann sie hochwertige Tropfen
hervorbringen – wie in Südtirol z. B. im Eisacktal.

Muri-Gries

Kellerei des Benediktinerklosters im Bozner Stadtteil
Gries. Bekannt v. a. für Lagrein.
Weinempfehlungen: Lagrein Abtei Riserva, Bianco Abtei Muri,
Lagrein Rosato (Kretzer), Abtei Muri Pinot Noir Riserva,
Abtei Muri Rosenmuskateller u. a.

39100 Bozen, Grieser Platz 21, Tel. 0471 282287,
info@muri-gries.com, www.muri-gries.com

Nals-Margreid (Nals)

Bemerkenswerte genossenschaftliche Cantina – nicht nur
wegen ihrer Architektur – mit 150 Hektar Rebfläche von
Nals über Bozen bis nach Margreid im südlichen Unterland.
Weinempfehlungen: Pinot Bianco Sirmian, Pinot Grigio Punggl,
Chardonnay Baron Salvadori u. a.

39010 Nals, Heiligenberg 2, Tel. 0471 6 78626,
info@kellerei.it, www.kellerei.it

Niedermayr, Josef

Historisches Weingut im Familienbesitz, mit moderner Kellertechnik und einem großen Namen v. a. bei Süßweinen (Passito).

Weinempfehlungen: Passito Aureus, Lagrein Gries Blacedelle, Sauvignon Naun u. a.

39057 Girlan, Jesuheimstraße 15, Tel. 0471 662451, info@niedermayr.it, www.niedermayr.it

Passito

Weine aus teilgetrockneten, fast rosinierten Trauben. Durch den Entzug von Wasser erhöhen sich die Zuckerkonzentration und der Alkoholgehalt. Nach diesem Verfahren entstehen ausgezeichnete Süß- bzw. Dessertweine.

Pergola

Die für Südtirol typische Reberziehung an horizontalen Stangen führt zwar zu schönen Laubengängen, ist aber für viele Rebsorten wenig geeignet, sodass sich die «Pergeln» im Rückzug befinden. Bei Vernatsch weiter dominierend.

Puni Destillerie (Glurns)

Erste und (bisher) einzige Whisky-Destillerie Italiens am Fuße des Ortlermassivs im Vinschgau. Außergewöhnliche Architektur in Gestalt eines Kubus.

39020 Glurns, Punistraße 10, Tel. 0473 831616, info@puni.com, www.puni.com

Riserva

Diese Weine dürfen erst zwei Jahre nach der Weinlese in den Verkauf gehen, sind in der Regel höherwertiger und teurer – wobei nicht geregelt ist, wie der Ausbau und die Lagerung zu erfolgen hat.

Rosenmuskateller

Stammt ursprünglich aus Sizilien (Moscato Rosa) und bringt aromatische Süßweine hervor, die einen Rosenduft verströmen.

Sallegg, Castell

Vom hochherrschaftlichen Familiensitz des Grafen von Kuenburg kommt nicht nur vorzüglicher Kalterersee und Lagrein.

Weinempfehlungen: Kalterersee Bischofsleiten, Moscato Giallo (Rosenmuskateller), Sauvignon, Lagrein Riserva, Lagrein Rosé u. a.

39052 Kaltern, Unterwinkl 15, Tel. 0471 963132, info@castelsallegg, www.castelsallegg.it

Sankt Magdalener

Der Rotwein wird aus der Vernatsch-Traube gekeltert und kommt aus der Region Bozen (mit Karneid und Ritten). Als Classico stammt er direkt aus dem Ortsanbaugebiet von Sankt Magdalena.

Sankt Pauls, Kellerei

Genossenschaftskellerei, deren Weine unter verschiedenen Labels (z. B. die hochwertige Linie Passion) auf den Markt kommen, aber allgemein von guter Qualität sind.

Weinempfehlungen: Sauvignon Passion, Gewürztraminer Passion, Merlot Huberfeld, Weißburgunder Plötzner u. a.

39050 St. Pauls, Schloss-Warth-Weg 21, Tel. 0471 662183, info@kellereistpauls.com, www.kellereistpauls.com

Neustift, Stiftskellerei

Stiftskellerei im Eisacktal mit langer Weintradition (geht zurück bis ins 12. Jhdt.), eindrucksvollem Gemäuer, hochgelegenen Weinbergen und feinen Tropfen.

Weinempfehlungen: Riesling Praepositus, Sylvaner Praepositus, Kerner Praepositus, Müller Thurgau u. a.

39040 Vahrn, Stiftstraße 1, Tel. 0472 836189, info@kloster-neustift.it, www.kloster-neustift.it

Strasserhof

Eines der nördlichsten Weingüter Südtirols, gelegen oberhalb des Klosters Neustift und bekannt für typische Eisacktaler Gewächse.

Weinempfehlungen: Sylvaner, Veltliner, Müller Thurgau, Riesling u. a.

39040 Vahrn, Unterrain 8, Tel. 0472 830804, info@strasserhof.it, www.strasserhof.it

Stroblhof

Das Weingut mit dem gleichnamigen Hotel und Restaurant liegt über Eppan und ist v. a. bekannt für seine Weißweine und Blauburgunder. Inhaber: Rosemarie Hanni-Ausserer und Andreas Nicolussi-Leck.

Weinempfehlungen: Weißburgunder Strahler, Chardonnay Schwarzhaus, Blauburgunder Pigeno, Blauburgunder Riserva (von alten Reben) u. a.

39057 Sankt Michael/Eppan, Pigenoer Weg 25,
Tel. 0471 662250, weingut@stroblhof.it,
www.stroblhof.it, www.stroblhof-eppan.com

Sankt Michael-Eppan, Kellerei

Hochangesehene Kellereigenossenschaft in Eppan. Kellermeister: Hans Terzer. Mit legendärem Sauvignon blanc. Die Spitzengewächse etikettieren unter Sanct Valentin.

Weinempfehlungen: Sauvignon Sanct Valentin, Blauburgunder Sanct Valentin, Chardonnay Sanct Valentin, Weißburgunder Schulthauser u. a.

39057 Eppan a. d. Weinstraße, Umfahrungsstraße 17–19,
Tel. 0471 664466, kellerei@stmichael.it, www.stmichael.it

Schreckbichl, Kellerei

Traditionsreiche Kellereigenossenschaft in Girlan. Neben den Basisweinen gibt es die höherwertige Praedium Selection sowie die Edellinie Cornell.

Weinempfehlungen: Praedium Pinot Bianco, Lafòa Sauvignon,

Praedium Siebeneich Merlot Riserva, Sigis Mundus Cornell Lagrein u. a.

39057 Girlan, Weinstraße 8, Tel. 0471 664246,
info@colterenzio.it, www.colterenzio.it

Sylvaner

Die weiße Rebsorte (Sylvaner) findet sich v. a. im Eisacktal, weil es dort ausreichend kühl und dennoch sonnig ist.

Terlan, Kellerei

Genossenschaftskellerei mit ausgezeichnetem Ruf und einigen Weinen, die nicht nur international bekannt sind, sondern fast schon Kultstatus genießen.

Weinempfehlungen: Sauvignon Quarz, Weißburgunder Vorberg, Lagrein Porphyr, Gewürztraminer Lunare u. a.

39018 Terlan, Silberleitenweg 7, Tel. 0471 257135,
office@kellerei-terlan.com, www.kellerei-terlan.com

Tiefenbrunner

Schlosskellerei in Kurtatsch, die schon alleine mit dem Müller Thurgau Feldmarschall einen legendären Ruf genießt. Gemütliche Jausenstation.

Weinempfehlungen: Feldmarschall von Fenner zu Fennberg (Müller Thurgau), Chardonnay Linticlarus, Gewürztraminer Castel Turmhof, Lagrein Castel Turmhof u. a.

39040 Kurtatsch, Schlossweg 4, Tel. 0471 880122,
www.tiefenbrunner.com

Törggelen

Im Herbst wird der neue, frisch gekelterte Wein zu ge-
bratenen Kastanien oder einer deftigen Brotzeit getrunken.
Torggl ist der alte Name für eine hölzerne Weinpresse und
für den Raum im Weinbauernhaus, wo die neuen Weine
verkostet wurden.

Tramin, Kellerei

Genossenschaftskellerei mit aufsehenerregendem Weinkeller und breitem Sortiment. Legendär sind die Gewürztraminer. Kellermeister: Willi Stürz.
Weinempfehlungen: Gewürztraminer Nussbaumer, Gewürztraminer Terminum (Passito), Grauburgunder Unterebner,
die Cuvées Stoan (weiß) und Loam (rot) u. a.

39040 Tramin a. d. Weinstraße, Tel. 0471 096633,
info@cantinatramin.it, www.cantinatramin.it

Unterortl/Castel Juval

Das Weingut Unterortl gehört zum Schloss Juval im
Vinschgau und ist damit im Besitz des berühmten Berg-
steigers Reinhold Messner. Geführt wird das Weingut von
Martin und Gisela Aurich, die v. a. für ihre Riesling- und
Weißburgunderweine höchste Auszeichnungen erhalten.
Weinempfehlungen: Riesling Valle Venosta, Weißburgunder
Valle Venosta, Juval Glimmet, Juval Gneis u. a.

39020 Kastelbell, Juval 1b, Tel. 0471 667580,
familie.aurich@dnet.it, www.unterortl.it

Veltliner

Die weiße Traube (mit dem typischen «Pfefferl») ist v. a. aus Österreich bekannt, wird aber auch in Südtirol kultiviert, mit Schwerpunkt im Eisacktal.

Vernatsch

Noch immer rangiert die traditionsreiche Traube in Südtirol an erster Stelle hinsichtlich der angebauten Rebfläche; sie hat aber nicht mehr die Bedeutung wie in früheren Jahrzehnten. Die Rotweine sind leicht, trinkig und gerbstoffarm. Im Trentino heißt der Vernatsch Schiava. Mit ihm verwandt ist der deutsche Trollinger (leitet sich ab von «Tirolinger»). Es gibt die Sorte in verschiedenen Unterarten wie Edel-, Groß- und Grauvernatsch.

Walch, Elena

International renommierte Weinerzeugerin, die auf konstant hohem Niveau elegante Weine kreiert. Im Park des Weinguts lädt das Bistrot zum Genuss der Tropfen und kleiner Köstlichkeiten ein.

Weinempfehlungen: Gewürztraminer Kastelaz, Lagrein Riserva Castel Ringberg, Weißweincuvée Beyond the Clouds, Sauvignon Castel Ringberg u. a.

39040 Tramin, Andreas-Hofer-Str. 1, Tel. 0471 860172, info@elenawalch.com, www.elenawalch.com

Waldgries (Bozen)

Im klassischen Sankt-Magdalener-Gebiet liegt das im Familienbesitz (Plattner) befindliche historische Weingut, von dem hochgeschätzte Weine kommen.

Weinempfehlungen: Lagrein Mirell, Sankt Magdalener klassisch, Cabernet Laurenz, Sauvignon

39100 Bozen, Sankt Justina 2, Tel. 0471 323603,
info@waldgries.it, www.waldgries.it

Winecenter Kaltern

Das moderne Informationscenter und Weingeschäft liegt direkt an der Weinstraße im Dorf Kaltern, gehört zur Kellerei Kaltern (s. dort). Informationsveranstaltungen, Weinverkostungen etc.

39052 Kaltern, Tel. 0471 966067,
info@winecenter.it, www.winecenter.it

Essen und Trinken

Südtirol ist ein Dorado für Schlemmerreisende. Freunde von Jausen mit Speck, Schlutzkrapfen oder Knödel kommen in Buschenschänken genauso auf ihre Kosten wie Gourmets, die sich an Sternen und Hauben orientieren. Im Folgenden wird eine Auswahl von Empfehlungen vorgestellt, die eine Vorliebe für die einfachen, gleichwohl feinen Genüsse erkennen lassen – Ausnahmen bestätigen wie immer die Regel. Manche der genannten Vinotheken und Gasthöfe kommen im Roman vor. Die meisten sind dem Baron Emilio persönlich bekannt – der Autor hat sie ausnahmslos alle besucht. (Die Recherchen für ein Buch, das in Südtirol spielt, sind qualvoll und entbehrungsreich.) Darüber hinaus gibt es einige köstliche Rezepte, die authentischer nicht sein könnten, denn sie stammen aus bekannten Südtiroler Küchen. Der Autor schätzt sich glücklich, dass sie ihm für dieses Buch zur Verfügung gestellt wurden, und entbietet ein herzliches Dankeschön.

Banco 11 (Bozen)

Direkt am Bozner Obstmarkt trifft man sich in der kleinen Weinbar Banco 11 (Stand 11) zu einem Sprizz oder einem Snack. Mit Feinkostladen.

39100 Bozen, Obstplatz 11, Tel. 0471 3496 238465, geschl. So

Batzen Häusl (Bozen)

In einem der ältesten Gasthäuser Bozens (ehemalige Schänke des Deutschen Ordens) gibt es zwar auch Wein, aber vor allem Bier aus dem eigenen Sudkessel. Mit Garten.

39100 Bozen, Andreas-Hofer-Straße 30, Tel. 0471 050950, www.batzen.it

Baumann, Buschenschank (Signat)

Ob hauchdünne Schlutzkrapfen oder Strauben (Teigkringel) zum Nachtisch – Mali Höller zeigt, wie's geht. Die Wirtin der Buschenschank ist berühmt für ihre authentische Küche.

39054 Signat, Oberlaitach 6, Tel. 0471 365206

Binderstube (Völs am Schlern)

Modernes Zirbelholz-Ambiente mit einer ambitionierten Küche, die v. a. für ihre Nudelgerichte bekannt ist.

39050 Völs am Schlern, Dorfstr. 10, Tel. 0471 725089, geschl. So

Bistro 7 (Meran)

Unter den Meraner Lauben gilt das Bistro 7 als angesagter Treff – für einen schnellen Cappuccino oder Sprizz, für eine kleine Weinprobe oder für ein ausgedehntes Essen.

39012 Meran, Lauben 232, Tel. 0473 210636, www.bistrosieben.it

Blindprobe Sensorium (Völs am Schlern)

Hier werden Wein- und Sensorikseminare angeboten,
die in völliger Dunkelheit stattfinden. Die «Blindprobe»
steigert die Geschmacks- und Geruchswahrnehmung.
Gleichzeitig wird das Weinwissen vertieft.

39050 Völs am Schlern, Kirchplatz 5, Telefon 0335 254780,
Kontakt in Deutschland: Jörg Linke, 85662 Hohenbrunn,
Dorfstraße 19, Tel. 08102 895868, www.blindprobe.com

Carrettai (Bozen)

Die Osteria dai Carrettai (Zum Kärrner) ist für ihre
Crostini berühmt. Die Bestellungen werden an einer Theke
aufgegeben, der Wein wird aus kleinen Fässern gezapft,
die Plätze an den Holztischen (auch vor dem Lokal an der
Hauswand) sind ebenso rar wie begehrt.

39100 Bozen, Dr.-Streiter-Gasse 20 b, Tel. 0471 970558,
geschl. So

Elephant (Brixen)

Traditionsadresse in Brixen (seit 1695) mit gepflegtem
Ambiente und klassischer Küche. Auch bei Durchreisenden
ein beliebter Stopp. Restaurant und Hotel.

39042 Brixen, Weißlahnstraße 4, Tel. 0472 832750,
www.hotelelephant.com

Enovit (Bozen)

Angesagte Weinbar mit runder Theke, gut sortierten Regalen und einigen Tischen im Nebenraum für kleine Gerichte.

39100 Bozen, Dr.-Streiter-Gasse 30, Tel. 0471 970460, geschl. Sa Nachmittag & So

Finsterwirt, Künstlerstübele (Brixen)

Das traditionsreiche Restaurant im Herzen der Altstadt ist eine Brixener Institution. Mit einer bemerkenswerten Weinauswahl (Vinothek AdlerVinum).

39042 Brixen, Domgasse 3, Tel. 0472 835343, www.finsterwirt.com, geschl. So Abend & Mo

Fischbänke (Bozen)

Die Bruschetteria des Cartoonkünstlers Rino Zulla (Cobo) hat keine Gasträume, sondern befindet sich im Freien unter großen Schirmen rund um vier Marmortheken (über die früher Fisch verkauft wurde). Sie hat einen charmant provisorischen Charakter – und Kultstatus.

39100 Bozen, Dr.-Streiter-Gasse 26, Tel. 0471 971714, geschl. So

Fischerwirt (Durnholz)

Die Anreise im Sarntal hinauf zum Durnholzer See ist zwar lang, aber lohnt sich nicht nur für Wanderer, denn im modern gestalteten Fischerwirt (Fam. Premstaller) lockt eine gute (Fisch-)Küche mit feinen Weinen und Blick auf den See.

39058 Sarntal, Durnholz 16, Tel. 0471 625523,
www.fischerwirt.it, geschl. Mo

Hidalgo (Burgstall)

Das Restaurant hat sich einer leichten mediterranen Küche verschrieben, mit z. B. köstlichen Risotti und Spezialitäten vom Grill. Im bemerkenswerten Weinkeller lagern Tausende von Flaschen.

39014 Burgstall bei Meran, Romstraße 7, Tel. 0473 292292,
www.restaurant-hidalgo.it

Johnson & Dipoli (Neumarkt)

In Neumarkt finden Weinreisende zielsicher den Weg zur Vinothek mit Restaurant von Vincenzo de Gaspari, mit dem sich vortrefflich über Südtiroler Weine diskutieren lässt.

39044 Neumarkt, Andreas-Hofer-Str. 3, Tel. 0471 820323

Kaiserkron (Bozen)

Renommiertes Restaurant mit kreativer Küche, gehobener Bistro-Atmosphäre und kleiner Terrasse unter weißen Markisen.

39100 Bozen, Musterplatz 1, Tel. 0471-303233,
www.kaiserkron.it

Kallmünz (Meran)

In einer einstigen Remise erfreut Luigi Ottaiano (aus Neapel) den Gast nicht nur mit reduziertem Interiordesign, sondern v. a. mit einem kreativen Mix aus süditalienischer und japanischer Küche. Dazu passend kommt auch das aufmerksame Servicepersonal aus Japan.

39012 Meran, Sandplatz 12, Tel. 0473 212917, www.kallmuenz.it, geschl. Mo

Käsesoufflé (Rezept vom Pretzhof, siehe dort)

Der Pretzhof bei Sterzing wird von Ulli (steht am Herd) und Karl Mair geführt. Von ihnen stammt das Südtiroler Rezept für ein bäuerliches Käsesoufflé.

Zutaten: 0,5 l Milch, 100 g Bauernbutter, 30 g Mehl, 70 g geriebenes Schüttelbrot, 70 g feines Knödelbrot (schön trocken), 70 g Graukäse (in kleine Stücke geschnitten), 70 g geriebener Bergkäse, 1 Prise Kräutersalz (je nach Intensität des Graukäses), frische Kräuter (z. B. Schnittlauch, Petersilie), 7 Eier. Darüber hinaus werden Butterpapier und kleine Backförmchen benötigt.

Zubereitung: Aus Mehl, Butter und Milch eine Mehlschwitze machen (nicht einbrennen lassen). Danach zum Abkühlen etwas stehen lassen. Das Eigelb vom Eiweiß trennen. Ganz vorsichtig das Eigelb in die abgekühlte Mehlschwitze einrühren und das Ganze nach und nach mit Schüttelbrot, Knödelbrot, Käse und Salz vermengen. Das Eiweiß schlagen (nicht zu steif) und unter die Masse heben. Die gesamte Masse dann in die Förmchen schütten. Die Förmchen in ein

Wasserbad legen (das Wasser muss kochend heiß sein) und im vorgewärmten Ofen bei 160 Grad ca. 20 bis 25 Minuten garen. Gelegentlich kontrollieren, ob die Oberseite braun wird. Geschieht dies zu schnell, muss das Soufflé mit Alufolie bedeckt werden.

Anrichten: Zum Herausnehmen die Förmchen umstülpen. Teller mit Schüttelbrot und Graukäse dekorieren.

Kohlern (Bozen)

Von Bozen geht es hoch hinauf, entweder mit dem Auto (und der Schwierigkeit, es zu parken) oder mit der Seilbahn. Oben hat man einen grandiosen Ausblick – und im weithin bekannten Gasthof Kohlern gibt's dazu eine regionaltypische Küche.

39100 Bozen (Kohlern), Tel. 0471 329978, www.kohlern.com, geschl. Mo

Kuppelrain (Kastelbell)

Zu den besten Restaurants Südtirols wird regelmäßig Jörg Trafoiers Kuppelrain in Kastelbell im Vinschgau gezählt.

39020 Kastelbell, Bahnhofstr. 16, Tel. 0473 624103, www.kuppelrain.com

Laurin (Bozen)

Zum altehrwürdigen Parkhotel im Zentrum Bozens zählen ein lauschiger Park, eine legendäre Bar und ein gepflegtes Restaurant – mit stimmungsvoller Terrasse und einer

Küche, die die kulinarische Brücke schlägt von Südtirol zum mediterranen Italien.

39100 Bozen, Laurinstraße 4, Tel. 0471 311291, www.laurin.it, geschl. So Mittag

Messner (Jenesien)

Deftige Südtiroler Klassiker gibt's im einfachen, aber authentischen Gasthof Messner in Jenesien am Südhang des Tschögglberges.

39050 Jenesien, Glaning 3, Tel. 0471 281353, geschl. Mo

Miil (Tscherms)

Zum Kränzelhof in Tscherms bei Meran gehört das Restaurant «MiilErlebnis». In den alten Gemäuern wurde einst Getreide gemahlen, heute gibt's ein modernes Interieur und eine kreative Küche.

39010 Tscherms, Gampenstraße 1, Tel. 0473 563733, www.kraenzelhof.it, geschl. So & Mo

Millefoglie vom Kalbfleisch mit frischen Pfifferlingen (Rezept vom Restaurant «Zur Rose» in Eppan, s. dort)

Die Küche des Sternekochs Herbert Hintner ist ebenso regional geprägt wie mediterran beeinflusst und mit innovativen Akzenten garniert. Für dieses Buch gibt er zwei köstliche Rezepte preis (siehe auch: Zucchiniblüten mit mediterraner Buttersauce).

Zutaten für 4 Personen: 600 g Kalbfleisch (Rücken oder

Kalbsnuss), 400 g Pfifferlinge geputzt, 50 g Schalotte in Würfel geschnitten, 500 g Kalbsfond, Olivenöl, Salz und Pfeffer.

Zubereitung: Fleisch putzen, auf beiden Seiten würzen, in der Pfanne auf beiden Seiten ca. 10 Min. gut anbraten und nachher im Ofen bei 80 Grad ca. 15 Min. ruhen lassen. Nachher bei 180 Grad 3 Min. erhitzen. Kalbsfond bis zur gewünschten Form einreduzieren lassen. Für die Pfifferlinge die geschnittenen Schalotten mit etwas Olivenöl anschwitzen, die Pfifferlinge salzen und ca. 7 Min. im eigenen Saft weich dünsten.

Anrichten: Das Kalbfleisch in dünne Scheiben schneiden und in die Mitte des Tellers legen, die Pfifferlinge darüber geben und diesen Vorgang zweimal wiederholen, sodass ein Millefoglie (wörtlich «tausend Blätter») entsteht. Mit dem einreduzierten Kalbsfond ausgarnieren. Als Beilage kann man grüne Bohnen oder Selleriepüree servieren.

Museion, Café (Bozen)

Zum Museum für moderne Kunst in Bozen (Museion) gehört ein trendiges Café mit kleiner Küche und Blick von der Terrasse auf den Talfer-Fluss.

39100 Bozen, Dantestraße 6, Tel. 0471 3334068762, www.cafe-museion.com

Noafer (Jenesien)

Der Gasthof liegt hoch über Bozen in Jenesien und ist nicht
nur zur Törggelen-Zeit im Oktober und November ein
beliebtes Ausflugsziel für eine mittägliche Marende.

39050 Jenesien, Glaning 3, Tel. 0471 266539,
geschl. Di & Juli/August

Oberwirt (Marling)

Die kreative Küche des traditionsreichen Hauses erfreut
nicht nur Hotelgäste, sondern wird auch sonst von Fein-
schmeckern hochgeschätzt. Gemütliche Stuben, Garten-
terrasse und große Weinauswahl.

39020 Marling bei Meran, St.-Felix-Weg 2, Tel. 0473 222020,
info@oberwirt.com, www.oberwirt.com

Paradeis (Margreid)

Die modern gestylte «Vineria Paradeis» gehört zum
Weingut Alois Lageder (s. dort). Es werden nicht nur die
Weine des Hauses präsentiert, sondern auch Delikatessen
angeboten und kleine, feine Gerichte.

39040 Margreid, Sankt Gertraudplatz 5, Tel. 0471 809580,
www.aloislageder.eu, geschl. So

Patscheiderhof (Signat)

Almgasthof oberhalb von Bozen, inmitten von Weinbergen, mit phantastischem Blick ins Tal, mit Terrasse,
alter Gaststube und beliebten kulinarischen Klassikern –

von Rohnenknödeln (Rezept siehe dort) bis Schlutzkrapfen.

39050 Signat, Tel. 0471 365267, www.patscheiderhof.com,
geschl. Di & Mo abends

Pillhof (Frangart)

Angesagte Vinothek mit Restaurant (italienisch-interna-
tional) in einem modern gestalteten Ansitz. Tische auf
mehreren Ebenen und im Innenhof.

39010 Frangart, Boznerstr. 48, Tel. 0471 633100,
www.pillhof.com, geschl. Sa abends & So

Pretzhof (Sterzing)

Von Sterzing finden Freunde der authentischen Südtiroler
Küche den Weg hinauf zum gemütlichen und romantisch
gelegenen Pretzhof (Ortsteil Wiesen), wo Ulli und Karl
Mair mit Produkten aus eigener Landwirtschaft und mit
ausgesuchten Weinen für kulinarisches Wohlbefinden
sorgen. Zu diesem Buch haben die beiden ein wunderbares
Rezept für ein bäuerliches Käsesoufflé (s. dort) beigesteuert. Dafür herzlichen Dank.

39040 Sterzing-Wiesen, Tel. 0472 764455, www.pretzhof.com,
geschl. Mo & Di

Rafenstein (Bozen/Jenesien)

Direkt neben der mächtigen Burgruine Rafenstein, die über
die Straße nach Jenesien mit dem Auto zu erreichen ist,
befindet sich dieser gemütliche Landgasthof (Hildegard

Unterkofler) mit Stuben und Terrasse – und vielen Stamm-
gästen, die aus Bozen heraufkommen.

39100 Bozen, Rafensteinerweg 38, Tel. 0471 971697, geschl. Di

Ringberg, Castel (Kaltern)

Im schön gelegenen Ansitz, inmitten der Weinberge von
Elena Walch (s. dort), verwöhnt das Restaurant von Stefan
Unterkircher und Claudia Pischeider mit innovativer
Küche. Große Terrasse mit Blick auf den Kalterer See.

39052 Kaltern, Sankt Josef am See 1, Tel. 0471 960010,
www.castel-ringberg.com

Rohnenknödel (Rezept vom
Patscheiderhof, s. dort)

Die Rohnenknödel (rote Beete) des Patscheiderhofs sind
legendär. Für die Leser dieses Buchs verrät die Familie
Rottensteiner das Rezept.

Zutaten für 4 Personen: 100 g rote Beete gekocht, 30 g fein
geschnittene Zwiebel, 120 g Knödelbrot oder fein ge-
schnittenes Weißbrot, Salz, 20 g Butter, 2 Eier, 50 g Quark,
1 TL Koriander, Salbei, Kümmel (alles fein gehackt).

Zubereitung: Die Zwiebel in Butter dünsten und über das Knödelbrot geben. Die rote Beete schälen, in Stücke schneiden
und mit den Eiern im Mixer pürieren. Den Quark und die
Gewürze dazugeben und alles mit dem Brot vermengen.
15 Min. «rasten» (ruhen) lassen. Aus der Masse die Knödel
(40 g) formen und im Salzwasser 10 Min. köcheln lassen.
Die Knödel auf Tellern anrichten und mit Parmesan und
brauner Butter abschmelzen.

Romani, Ansitz (Tramin)

Stimmungsvolles Restaurant in Tramin mit historischem Kellergewölbe, charmanter Terrasse und einer verfeinerten regionalen Küche (Armin Pernstich).

39040 Tramin, Andreas-Hofer-Straße 23, Tel. 0471 860010, www.ansitzromani.com, geschl. So & Mo

Schlosswirt Juval (Kastelbell-Tschars)

Zum Schloss Juval von Reinhold Messner gehörender Gasthof (nur zu Fuß oder mit dem Shuttlebus erreichbar), der auf Produkte aus eigenem Anbau oder unmittelbarer Nachbarschaft setzt. Die Weine stammen von Messners Weingut Unterortl (s. dort).

39020 Kastelbell-Tschars, Juval 2, Tel. 0473 668056, www.schlosswirtjuval.it, geschl. Mi und in den Wintermonaten

Seibstock (Meran, Bozen)

Das bekannte Feinkostgeschäft gibt es in Meran und in Bozen, mit hochwertigem Sortiment an Delikatessen – nicht nur aus Südtirol –, exquisiter Weinabteilung und eigenen Produkten (z. B. Chutney).

39012 Meran, Lauben 227, Tel. 0473 237107
39100 Bozen, Lauben 50, Tel. 0471 324072
www.seibstock.com

Siegi's (Kaltern)

Kleine Weinbar mit Lokal und Speisekarte von der Schiefertafel (im Zentrum von Oberplanitzing).

39052 Kaltern, Oberplanitzing 56, Tel. 0471 665721,
info@siegis.it, www.siegis.it

Signaterhof (Signat)

Von Bozen hinauf zum Ritten geht es links ab zum Signaterhof, der für die traditionelle, aber raffiniert verfeinerte Südtiroler Küche von Günther Lobis bekannt ist. Mit Terrasse und alter Gaststube.

39050 Signat, Tel. 0471 365353, www.signaterhof.it,
geschl. Sa abends & So

Sissi (Meran)

Am oberen Ende der Genuss- und Preisskala rangiert seit Jahren das Gourmetrestaurant von Andrea Fenoglio.

39012 Meran, Galileistraße 44, Tel. 0473 231062,
www.sissi.andreafenoglio.com, geschl. Mo & Di mittags

Stadele (Lana)

Modern gestaltetes Restaurant in Lana mit kreativer (Fusion-)Küche und großer Weinauswahl.

39011 Lana, Aichweg 2, Tel. 338 2702860, www.stadele.eu,
geschl. Mi & Do

Stroblhof (Eppan)

Nicht nur Hotel und Weingut (s. dort), sondern auch ein beliebtes Ausflugslokal. Oberhalb von Eppan und nahe der berühmten «Eislöcher» gelegen.

39057 Eppan, Pigenoerstr. 25, Tel. 0471 662250, www.stroblhof.it, geschl. Mo

Trenkerstube (Dorf Tirol)

Zum noblen Hotel Castel gehört das nicht minder feine (kleine) Restaurant Trenkerstube, das bei Gourmets in hohem Ansehen steht.

39019 Dorf Tirol, Hotel Castel, Keschtngasse 18, Tel. 0473 923693, www.hotel-castel.com, geschl. So & Mo

Vögele (Bozen)

Alteingesessenes Restaurant in Bozen mit regionaler Küche und gemütlichen Stuben.

39100 Bozen, Goethestraße 3, Tel. 0471 973938, www.voegele.it, geschl. So

Walther's (Bozen)

Am zentralen Waltherplatz in Bozen sind die Terrassen des Walther's ein beliebter Treffpunkt bei Touristen und Einheimischen.

39100 Bozen, Waltherplatz 6, Tel. 0471 982548

Zucchiniblüten mit mediterraner Buttersauce
(Rezept vom Restaurant «Zur Rose» in Eppan, s. dort)

Neben den Millefoglie das zweite Rezept aus der Gourmetküche dieses Gasthauses. Mit kulinarischem Dank an Herbert und Margot Hintner.

Zutaten für 4 Personen: 500 g Ricotta, 100 g Zucchini in Würfel geschnitten, 2 Eigelb, 1 EL Kartoffelmehl, 50 g Parmesankäse gerieben, Salz und Pfeffer, 4 Eiweiß, 8 Zucchiniblüten.

Zubereitung: Ricotta in ein Küchentuch geben und gut ausdrücken. Die Zucchiniwürfel mit Salz und Pfeffer würzen, in Olivenöl kurz ansautieren und kalt stellen. Ausgedrückten Ricotta, Parmesankäse, Zucchiniwürfel, Eigelb, Kartoffelmehl, Salz und Pfeffer gut verrühren. Eiweiß zu Schnee schlagen und die Masse unterheben. Die Zucchiniblüten mit der Ricottamasse füllen und im Ofen bei 170 Grad ca. 7 bis 10 Min. braten.

Zutaten für die mediterrane Buttersauce: 50 g grüne, 50 g rote und 50 g gelbe Paprikaschoten, geschält und in Würfel geschnitten; 50 g Gemüsefond, 100 g kalte Butter, 30 g entkernte Oliven, 50 g geschmorte Tomaten, Salz und Pfeffer, 5 Basilikumblätter, 5 Petersilienblätter.

Zubereitung: In einer Pfanne mit etwas Olivenöl die Paprikaschotenwürfel kurz anschwitzen, den Gemüsefond dazugeben, aufkochen lassen, die kalte Butter in Würfel schneiden, gut einrühren, von der Feuerstelle nehmen und mit den Zutaten – Oliven fein geschnitten, Tomaten gehackt, Petersilie und Basilikum fein geschnitten, Salz und Pfeffer – abschmecken.

Anrichten: Die Zucchiniblüten auf den Teller legen, die

mediterrane Buttersauce leicht darübergeben und mit Parmesankäsespänen bestreuen.

Zum lustigen Krokodil (Kaltern)

Weinbar im Herzen Kalterns, eingerichtet im Stil der 50er Jahre, charmante Atmosphäre, kleine Gerichte (und gelegentliche Musikeinlagen).

39052 Kaltern, Goldgasse 10/B, Tel. 0471 965358, geschl. Sa Nachmittag & So

Zur Rose (Eppan)

Vielfach ausgezeichnetes Feinschmeckerrestaurant im Zentrum von Eppan. In der Küche Herbert Hintner, im Service seine Frau Margot. Umfangreiche Weinkarte. Degustationsmenü. Für den Anhang dieses Südtirol-Krimis haben die beiden dankenswerterweise ihr Kochbuch geöffnet und zwei Rezepte zur Verfügung gestellt: «Millefoglie vom Kalbfleisch mit frischen Pfifferlingen» und «Zucchiniblüten mit mediterraner Buttersauce» (siehe dort).

39057 Eppan, Josef-Innerhofer-Straße 2, Tel. 0471 662249, www.zur-rose.com, geschl. So & Mo mittags

Zur Rose (Kurtatsch)

Traditionslokal mit stimmungsvollem Ambiente und verfeinerter Regionalküche.

39040 Kurtatsch, Endergasse 2, Tel. 0471 880116, www.baldoarno.com, geschl. So & Mo

Der Autor bedankt sich bei allen, die ihm bei seinen Recherchen geholfen, das Manuskript auf Fehler durchgesehen und wertvolle Informationen beigesteuert haben. Ganz besonders bei Gräfin Sophie und bei Marianne.

Alle Angaben in diesem Buch wurden vom Autor mit größter Sorgfalt zusammengestellt. Sollten sich dennoch Fehler eingeschlichen haben, bittet er dies zu entschuldigen. Außerdem unterliegen insbesondere Telefonnummern sowie Angaben zu Weingütern und Restaurants häufigen Veränderungen. Der Autor kann keine Verantwortung für die Richtigkeit der Angaben übernehmen. Die handelnden Personen im Roman sind frei erfunden. Jede Ähnlichkeit oder Namensgleichheit mit lebenden Personen wäre rein zufällig und unbeabsichtigt.

Besuchen Sie den Autor auf seiner Website:
www.michael-boeckler.de